DU MÊME AUTEUR

Aux Éditions Gallimard

MIDI, LA NUIT

LES FLOCONS
NOIRS

MARC BACONNET

LES FLOCONS NOIRS

roman

GALLIMARD

A mes Comètes,
Claude, Claire et Hélène.

« Il y a des choses que le hasard n'est
pas propre à terminer. »

Claudel
Le Soulier de satin

« Nous sommes une prodigieuse machine qui transforme, jour et nuit, du
hasard en nécessité. De l'innocence à
la mort. »

Florian Leurien

On se souvient des circonstances tragiques dans lesquelles disparut récemment Florian Leurien.

Tel un démiurge abandonnant ses propres créatures au moment où elles commencent à vivre, il ne vit pas la fête qu'il avait ordonnée. Il nous a quittés quelques mois avant la création de l'immense spectacle qu'il avait conçu de l'Étoile à la Concorde, et qu'on appela à tort la fête de la Comète.

La comète a disparu. Nous avons oublié la fête. Privée de son créateur, elle ne fut qu'une mascarade. Tout se vend, même une comète.

Pour Florian Leurien la vraie fête était ailleurs. Pendant qu'il travaillait à ses dernières mises en scène, il enregistrait sur une machine à traitement de textes, qu'il avait rapidement acquise à la suite de la disparition d'un manuscrit, ce qu'il désirait écrire en secret et en toute liberté. Tentative tranquille et obstinée, même s'il savait qu'il ne pourrait la mener à son terme, de mettre en ordre les fragments dispersés d'une vie, d'une œuvre et d'un destin. Mettre en ordre et mettre en scène, une dernière fois.

C'est par le plus grand des hasards que ce texte a pu nous parvenir. Quelques semaines avant sa mort il donna une lettre à celle qui partagea les derniers mois de sa vie. Il lui révélait l'existence de la disquette et lui annonçait son intention de la lui remettre : « Bientôt le texte t'appartiendra. Tu en feras ce que tu voudras. Tu pourras même, en une fraction de seconde, dans ta toute-puissance, l'effacer et le renvoyer au néant dont il n'aurait jamais dû sortir. Il est sous la domination de tes doigts, et peut-être, si tu en as le désir, à la discrétion de tes yeux. Je t'aime. »

La mort l'empêcha de tenir sa promesse. Sa compagne, à qui il avait légué sa maison, chercha longtemps. Elle pensa même que la disquette avait été détruite ou volée. C'est en enlevant du petit bois et des bûches dans le foyer de la cheminée qu'elle trouva la disquette dans son étui. S'apprêtait-il à la brûler, ou, sous le coup d'un danger soudain, l'avait-il précipitamment jetée là en espérant la récupérer plus tard ? La compagne de Florian Leurien, alors en voyage, n'a pu reconstituer l'emploi du temps de son ami les jours qui ont précédé sa disparition.

Il ne lui restait plus qu'à introduire la disquette dans l'ordinateur. Elle essaya au hasard différents codes, qui ne la renvoyèrent qu'à des indications de mise en scène. Elle plaça enfin le curseur sur CHEVELUR-BER et confirma.

Aussitôt elle vit apparaître les premiers mots du texte.

P.-S. Quelques passages comportant des révélations susceptibles d'impliquer certaines personnes dans la mort du metteur en scène, nous avons été contraints de différer la publication du texte de Florian Leurien jusqu'à la clôture de l'instruction. A la demande de la destinataire de l'œuvre, nous avons modifié quelques noms de personnes et de lieux.

1

PASSAGES

Une trace dans l'espace

C'était ma première sortie depuis la mort d'Estelle.

Je quittais la salle de réception de la mairie, installée dans un pavillon du xviiie siècle au fond d'un parc. Nous venions d'inaugurer une médiathèque. Il ne manquait rien, pas même une lunette astronomique, « parce que, avait dit un orateur, c'est aussi un moyen de nous faire voir, comme avec une caméra, ce qui est très loin de nous. De puissants télescopes ont déjà retrouvé la trace de la comète de Halley. Pourtant nous ne pourrons la voir par nous-mêmes que dans trois ans... Nous avons à notre disposition des yeux, des oreilles et une mémoire qui ne sont pas ceux de notre corps et qui cependant nous appartiennent. Ils nous grandissent aux dimensions de l'univers ».

C'était à la fin d'un long gel et il faisait encore froid. La nuit était tombée sans qu'on s'en aperçoive. Il y avait, pour atteindre la sortie, une longue allée à remonter. J'ai tout d'abord perçu au loin le bruit de talons hauts frappant les dalles de pierre et se réverbérant le long de la façade du château, puis, après un silence, le crissement de pas sur le

15

gravier, ce qui m'a obligé à lever les yeux. J'ai vu une silhouette noire qui venait lentement vers moi, d'une marche mécanique, se laissant guider par le tracé de l'allée, juste perceptible par les ondulations plus claires des cailloux.

Elle avait jeté un manteau sur ses épaules, sans passer les manches. Loin derrière elle je voyais la lumière orangée des projecteurs sur la façade. Son visage et son corps sont restés dans la nuit. Plusieurs secondes après, remontant toujours l'allée qu'elle venait de suivre, j'ai senti subitement le sillage de son parfum qui restait en suspension dans l'air froid de l'hiver, un air sans odeur, prêt à recueillir la moindre vapeur. Elle venait d'inscrire sa trace dans l'espace, et je levai la tête, pour mieux humer cette traînée nouvelle abandonnée ici pour moi, surpris de découvrir dans la limpidité du ciel tant d'étoiles brillantes, et dans le froid de la terre tant de senteurs humaines.

Répétition

Ils étaient fatigués. J'aurais dû interrompre plus tôt la répétition. Je vois maintenant clairement ce qu'il aurait fallu leur dire. Vous jouez le début en pensant déjà à la fin. Vous trichez. Ne vous occupez pas de l'histoire. Elle se fait ailleurs, sans vous. Prenez le texte à pleine voix, comme vous prenez le volant de votre voiture, et foncez. Un mot, des mots, des virages de mots, et vous déroulez des kilomètres d'histoires, une Voie lactée d'histoires pour ceux qui vous regardent et vous écoutent. Mais vous, vous ne comprendrez jamais l'histoire que vous racontez.

Dernier passage

J'ai retrouvé mon clochard de minuit. Je le rencontre parfois quand je vais prendre le dernier métro. Il se soûle de phrases comme d'autres de gros rouge. Il dégouline de mots.

16

Il vous aborde en vous demandant « T'as pas une question ? », sur le même ton qu'il vous dirait « T'aurais pas cinquante balles ? » Si vous ne lui répondez pas, il vous injurie aussi violemment que si vous lui aviez refusé de l'argent. Mais si vous lui refilez n'importe quelle petite question, alors il est heureux, il vous suit, il devient votre ombre qui parle. Ne lui posez plus de questions. Une seule lui suffit. Laissez-le dire et ne vous retournez pas. Il s'arrête de parler quand on le regarde.

« T'as pas une question ?

– ... Dis-moi à quelle heure est le dernier passage.

– Le dernier passage de quoi ?

– Le dernier passage du métro !

– Le dernier passage ? Ça dépend. Il n'est jamais à l'heure à cette heure-là. Je l'entends qui passe quand je mets mes pieds sur sa bouche et que je prends ma dernière bouffée d'air chaud. Disons entre une heure moins vingt et une heure moins le quart, mais ça dépend des saisons, des incidents de parcours, des vols, des gens qui bloquent les portes, des fouilles, des grèves. On peut pas savoir exactement. Ici c'est le bout de la ligne. De toute façon t'iras plus très loin maintenant. Ça vaut plus la peine de monter dedans. Y en a plus pour longtemps. Tuuut, Terminus ! Tout le monde descend ! Je connais des voyageurs qui à cette heure-là veulent pas attendre et rentrent chez eux à pied. Y a le risque de se faire attaquer et voler. Mais à la station aussi, et dans le métro aussi. Les voleurs montent avec les voyageurs et les attaquent pendant le trajet. Voyageurs, voleurs, c'est tout un et ils se reconnaissent pas ! Moi quand je vois monter quelqu'un, je peux pas dire si c'est un voyageur ou un voleur...

« ... Va pas là-dedans ! Descends pas je te dis ! Y a plus d'air à cette heure. Ils vont fermer les portes, tu pourras plus sortir. Faut jamais prendre le dernier métro. Il revient pas et toi tu restes au fond.

« Attends un peu, marche pas si vite. Ici tu risques rien. Ils vont éteindre les lumières. Faut faire des économies, ils ont plus de sous. Alors on va pouvoir contempler les étoiles. Tu peux pas regarder les étoiles en marchant, c'est dangereux, tu risques un accident. Ou tu marches et tu regardes par terre, ou tu t'arrêtes et tu regardes au ciel.

« Moi, tu vois, le dernier passage qui m'intéresse, c'est pas ton métro. C'est trop tard pour le métro. Enterré. Moi c'est le dernier passage de la comète, oui, le dernier passage pour elle et pour moi, parce que moi, dans soixante-seize ans, si elle revient, je boufferai les pousses de comète par la racine, et la comète elle reviendra plus. Ils l'auront bousillée. Il paraît qu'on va la bombarder. Avec des sondes. Quel mal elle nous fait, hein, je voudrais bien le savoir. Depuis le temps qu'elle passe elle a jamais tué personne. D'autant que c'est fragile ces engins-là. C'est comme nous, ça se détraque. C'est tout en finesse. Du gaz qui s'évapore. Si tu souffles dessus, plus rien. Vaporisée... Si c'est pas malheureux, une belle chose pareille ! Elle reviendra pas, c'est sûr, et nous dans soixante-seize ans on n'existera plus.

« Et ça te fait rien que je te dise ça ! On se sera tous fait péter, et la comète avec. On est bourré d'explosifs, mon pauvre vieux. Les gens ils savent pas ça, ou ils veulent pas y penser. Ras la gueule des cratères et des silos qu'on en a, et on sait plus où les mettre. Un mégot là-dessus et tout pète...

« Te presse pas comme ça ! Faut pas tourner les pages à toute vitesse ! T'as sommeil ou quoi ? On fait juste que commencer. C'est même pas la première scène ! On n'a même pas fait le noir dans la salle. Seulement le prologue. Moi je lève le rideau passé minuit pour voir les étoiles... Attends un peu le dénouement, tu vas voir...

« Écoute bien. Je te disais une chose. C'est pas possible qu'en soixante-seize ans y en ait pas un, des Grandes Rocheuses à l'Oural, et vice versa, qui finisse pas par jeter un jour son mégot dans le tas. Exprès ou pas exprès, qu'est-ce que ça fait ? Faudrait leur interdire de fumer à tous. Mais ça sert à rien. Ils fument en cachette et c'est encore plus dangereux. C'est l'overdose. Complètement camée la planète. Elle tourne plus rond. Tu verras le feu d'artifice !

« Donc la comète c'est son dernier passage, même si elle

revient. Ça lui servira à quoi de revenir si y a plus personne pour la regarder ? Une belle femme que personne ne voit, c'est pas une belle femme. Et qu'est-ce que ça peut nous foutre qu'elle revienne si on n'est plus là pour la voir ? Le soleil, lui, il est heureux tous les matins. T'as vu la mine qu'il a ? On se lève tous pour le regarder, il nous fait décaniller, on attend pour se coucher qu'il soit parti, après vous mon Prince, révérence, prière du soir et silence ! Le soleil dort ! On a juste le temps de faire ce qu'il peut pas voir. Alors que la lune, t'as vu la mine qu'elle se paye ? Justement parce qu'on la regarde pas assez, et qu'elle voit tout ce que le soleil veut pas voir. Elle est pâle à en crever, et depuis qu'on lui a marché dessus, ça s'arrange pas. Mais enfin ces gens-là, ils existent parce qu'on existe, ils nous regardent parce qu'on les regarde, et ça personne pourra me démontrer le contraire.

« Alors si on se fait tous sauter, plus de lune, plus de soleil, plus de comète et plus de bon Dieu. Tu me diras qu'on peut pas les tuer. Moi je te dis si. Nous on se tue bien. Et c'est bien plus grave que de tuer une étoile. Et quand on se tue pas on meurt. Eux c'est pareil. Les étoiles filantes, qu'est-ce que tu crois que c'est ? Le feu d'artifice du bon Dieu ? C'est la guerre des étoiles, et c'est pas nous qui l'avons inventée. C'est des étoiles qui se font descendre par des étoiles et qui viennent mourir chez nous. On en a plein la terre, mais on les voit pas parce qu'elles sont en cendre. A la longue ça fait remonter le niveau du sol et grossir la planète. Notre fumier c'est de la poudre d'étoiles mortes. Y a des morts partout dans l'univers, des poussières de morts en suspension dans les étoiles, tous les cadavres qu'on n'a pas enterrés, et voilà que maintenant on se met à leur envoyer les nôtres. C'est froid tout ça, ça gèle les rayons du soleil, et la terre, avec tous les morts qu'elle entasse, les siens et ceux des autres, elle se refroidit. Y a plus de saisons.

« Tiens, écoute... Ton métro, il vient de passer. Ça tremble là-dessous. On va fermer la grille des enfers. T'as manqué ta barque. Tu passeras une autre fois. Moi je reste sur terre. Je guette la comète.

« Je vais te dire une chose, une dernière. La comète, il paraît qu'elle a un parfum. Mais on ne le sent que la nuit, et il faut qu'il fasse un peu froid. Le parfum s'évapore moins vite. J'ai encore jamais senti une comète, et je voudrais pas mourir avant de l'avoir fait. Faudrait attendre l'hiver...

« Pars pas maintenant. On va regarder notre feu d'artifice.
« T'es tout con après un feu d'artifice. Avant c'était noir, après c'est encore plus noir.
« Entre-temps on a tiré toutes les fusées...

« Allez, fous le camp, météore !
« T'as même plus de questions à poser ! Les questions, c'est des fusées, tu devrais savoir ça ! Si t'as plus de questions tu restes à terre, t'es mort ! Allez, va-t'-en, avant de te faire ramasser par ton cercueil.
« Pourquoi t'attends là sans bouger ?...
« Faut que ce soit moi qui pose les questions maintenant ? »

J'aurais aimé filmer mon clochard à son insu, l'enregistrer, le mettre en scène. Vous auriez vu sa trogne, ses guenilles et son allure.
Mais c'était impossible, je l'aurais fusillé à bout portant. Cinq ou six personnes, avec caméras, micros et projecteurs lui auraient tourné autour, comme des rapaces sur une charogne. Il n'aurait plus existé, enfermé dans une bobine, gelé dans la pellicule, prêt à être débité en tranches pour la boucherie médiatique.

J'envie les romanciers.

Avec leurs petits moyens, leur écriture lente et leur solitude, ils ont toutes les libertés, et l'éternité pour eux.

Maintenant c'est elle qui me regarde. Elle me rend mon insolence. Je l'ai dévisagée plusieurs fois pendant qu'elle dînait tranquillement, et il me faut à mon tour malgré moi baisser les yeux.

Il y a longtemps que je souhaitais revenir ici, à l'*Auberge des Pléiades*, entre Orange et Avignon. C'est une autre façon pour moi d'apprécier le festival.

Le miroir de turbot aux trois émeraudes, posé sur un lit de fines lamelles de sauge, ressemble à un sulfure. On distingue les éclats et les filaments de feuilles d'oseille, d'épinard et de poireau disposés en étoile autour d'un grand médaillon blanc, immaculé et brillant sous une sorte de gelée seulement visible par ses reflets, telle la cornée d'un œil immobile qu'aucune lumière ne fait ciller.

Sans la regarder je devine ses gestes. Elle cherche son briquet dans son sac à main, mais continue de me fixer. Elle allume sa cigarette et, une fraction de seconde, pour éviter la fumée, baisse les paupières. Elle porte une robe noire, assez décolletée, avec autour du cou une longue chaîne d'or qu'elle lisse en un lent va-et-vient régulier de l'intérieur de son pouce recourbé, les autres doigts repliés, et inertes.

J'aime cette salle construite en forme d'hémisphère, où chaque table, toujours ronde, est logée dans une alcôve. On y peut goûter tranquillement les plats les plus secrets qu'on vous sert cachés sous une cloche d'argent et y rencontrer, au hasard des jours et des regards, les touristes et les artistes désœuvrés du festival.

De la pointe de mon couteau je perce la gelée et fais tressaillir quelques stries au vert tendre. Mais ce n'est pas la meilleure façon de toucher au plat. Je laisse finalement le couteau à poisson glisser entre les émincés de sauge et le fond du miroir. En soulevant légèrement je cherche avec l'arrondi de la palette l'endroit où de lui-même il se brisera.

Elle vient de se lever, et saisit la lanière de son sac à main pendu au dossier du fauteuil. Elle frôle de son ventre le bord de la table et sourit au maître d'hôtel qui, trop tard, a fait glisser le fauteuil pour qu'elle puisse se dégager plus facilement. Elle me voit, mais très vite dirige son regard loin derrière moi, comme deux passants cessent de se regarder au moment où ils vont se croiser.

Sur l'épais tapis on ne l'entend pas marcher. Elle disparaît.

Un discret parfum que je ne peux identifier m'enveloppe et plane, prisonnier au fond de l'alcôve.

J'incline vers moi, tout en le faisant pivoter, le verre dans lequel tout à l'heure on a versé un meursault Goutte d'Or, et quelques larmes, lentement, descendent le long du cristal.

Marie-Anne

Ce même parfum, je devrais dire cette même odeur, je l'ai senti de nouveau le lendemain matin en pénétrant dans le salon où l'on sert les petits déjeuners. Il y avait en effet dans ces subtils et tenaces effluves beaucoup plus qu'un parfum sur lequel j'aurais pu chercher à mettre un nom. C'était le mariage réussi de l'odeur intime d'un corps et de l'artifice qui vient la souligner, la répandre dans l'air, et l'épanouir. C'était un parfum unique de chair et d'aromates, peut-être aussi la vapeur d'un souvenir dont je ne pouvais plus trouver l'origine, à moins que ce ne fût déjà la mémoire lointaine du passage d'hier soir.

Elle était assise deux tables plus loin sur ma droite. Malgré moi j'ai tourné la tête dans sa direction. Elle a baissé aussitôt les yeux, mais trop tard. Nous avons perçu ensemble l'éclair noir de nos pupilles.

Elle venait d'avaler la dernière gorgée de son café. Elle s'est levée et a ajusté, en prenant son temps, la courroie de son sac à main sur son épaule. Elle portait un ensemble couleur d'aigue-marine avec un chemisier de soie gris perle. Elle m'a croisé, s'est arrêtée, s'est retournée comme si elle avait oublié quelque chose, et derrière mon épaule, tout contre mon oreille, très doucement une voix, « Excusez-moi... Vous allez me trouver bien indiscrète... Pardonnez-moi... », une voix grave et monocorde, on aurait dit qu'elle avait quelque chose d'important à dire, « Je voulais vous demander... Je suis Marie-Anne Sagère, enfin pour vous je pense Marie-Anne Virlande... Vous êtes Florian Leurien ? » C'est au moment où elle a dit « Pardonnez-moi » que je l'ai reconnue. Sa voix m'a redonné son vrai visage, celui d'il y a vingt-cinq ans. J'ai failli prononcer son nom avant elle, mais je n'ai pas osé. Je m'en suis voulu de ne pas l'avoir reconnue immédiatement.

Deux noms et deux visages, mais pour moi le seul nom d'un visage, Marie-Anne Virlande, étudiante à Sciences Po, qui vendait le journal des étudiants socialistes aux portes de la Sorbonne, « Lisez *L'Unité*, le journal des étudiants qui veulent savoir... », Marie-Anne découverte un soir lors d'une répétition du *Voyageur sans bagage* d'Anouilh dans un petit amphi sous les combles, un long baiser en coulisses, la promesse de se retrouver, trois mois passés à marcher ensemble au hasard le soir dans les rues de Paris et à refaire le monde, et de longs moments où nous ne disions rien, serrés l'un contre l'autre sur un banc, dans le coin d'une porte cochère, contre un tronc d'arbre, pour conjurer de grandes frayeurs. Cela nous suffisait, et nous nous sommes séparés pour le temps des vacances. Nous nous étions juré de nous retrouver en octobre, pour décider de ce que nous ferions... Et c'est ce matin seulement que, malgré nous, nous avons tenu notre promesse.

Je croyais ne pas l'avoir oubliée. Je ne savais pas qu'un jour je ne la reconnaîtrais pas.

Elle, dès le premier coup d'œil, a su, avant même de m'avoir identifié, qu'elle allait me reconnaître.

Répliques

« De temps en temps je vois ton nom dans les journaux... » Elle sourit et ferme les yeux. « Nous nous sommes quittés si vite... Pour Estelle j'ai su, c'est affreux. J'ai voulu t'écrire, mais je ne savais plus où te joindre, et puis je trouvais indécent de renouer avec toi des relations à ce moment-là... Je ne pensais pas que je pourrais un jour te le dire. »

Son mari, ses enfants ? Oui, bien sûr. Ils sont à leur place dans sa vie comme les étoiles dans le ciel. C'est naturel, et ça ne vaut pas la peine d'en parler plus longtemps. Elle a l'air étonnée que je lui pose ces questions.

« Moi ? Professeur de sciences éco à Nanterre, six ans déjà, et depuis quatre ans, mais tu n'as pas dû voir ça dans les journaux, chargée de mission auprès du ministre de l'Économie et des Finances, un bureau rue de Rivoli, un huissier et parfois un chauffeur. Passionnant et éphémère. En mission ici aujourd'hui. Tu me rencontres en service commandé. Et toi, le festival ?

– Le festival, aussi... Il faut de temps en temps voir les spectacles des autres pour mieux apprécier les siens... Comme en politique. Toujours socialiste ? Courant A, courant B ? Variante C ou D ? Catégorie E, F, G, H... ?

– Il n'y a que vingt-six lettres dans l'alphabet. Cherche !

– Inutile. Vous mélangez si bien vos courants chauds et vos courants froids... Tu dois beaucoup souffrir parfois... Mais tu savais si bien faire le grand écart là-haut dans les combles...

– Tu disais toujours, là-haut dans les combles, qu'il n'y a que les imbéciles qui n'évoluent pas. »

Spontanément nous retrouvons les répliques brèves que nous échangions pour savoir qui aurait le dernier mot. Cela durait parfois longtemps.

« Florian j'aimerais te revoir. Il faut que je parte... Tu reviens parfois ici ?

– Quelquefois. J'aime le décor. J'y venais souvent avec Estelle, avant de rentrer aux Commettes, là-haut, en Sologne...

– J'ai vu une photo, un jour, dans une revue. Tu y habites toujours ? Je ne me souviens plus de la légende, mais ça m'a fait rêver... Les Commettes... Que prépares-tu en ce moment ?

– Tu n'as pas vu ça dans les journaux ? Tu ne lis que la rubrique économique... Pourtant on en parle beaucoup. Je monte *Le Soulier de satin* dans une centrale nucléaire en construction, ne ris pas, c'est très sérieux, à Belleville-sur-Loire, un immense chantier et des milliards, et quelques petits sous percés pour mon soulier. Une vraie folie, dont je rêvais depuis longtemps. Ce sera superbe... Je t'inviterai à la première !»

Elle a dit qu'elle viendrait, que ça lui rappellerait le temps des combles, et elle a murmuré, en me regardant et en souriant : « *Le connais-tu à présent que l'homme et la femme ne pouvaient s'aimer ailleurs que dans le paradis ?* »

Rendez-vous

Mais je ne l'écoutais plus. Malgré moi je m'entendis lui dire : « Marie-Anne... Excuse-moi... Dis-moi... C'est bien toi qui étais il y a deux ans dans les jardins de Châteauneuf-sur-Loire, un soir d'hiver ?»

Elle a été surprise. Elle avait oublié. Oui, elle y était. C'était pour l'inauguration d'une médiathèque. Maintenant elle se souvient. A la dernière minute elle avait dû représenter son ministère, qui avait donné une subvention, et cela l'avait fort contrariée, un samedi soir qu'elle devait passer en famille aux Cordelières. Mais pourquoi cette question ?

Parce que sans le savoir ce soir-là nous nous sommes croisés.

Parce que sans le vouloir nous étions fidèles au rendez-vous.

Nous avons juré une deuxième fois de nous retrouver. Marie-Anne Virlande, 36, rue Traversière, tél. 45.36.05.41. Trop de coïncidences avec la rencontre d'Estelle il y a quinze ans. J'ai l'impression de vivre deux fois la même scène, comme au théâtre.

Trois heures du matin. Depuis que j'ai commencé à inscrire les premiers mots sur l'écran j'ai l'impression qu'il ne s'est écoulé que quelques instants. L'écriture est une drogue. Les lettres naissent en scintillant comme des étoiles qui viennent se fixer les unes après les autres sur une voûte miniature, loupe aux reflets bleus qui les grossit et leur donne une autre forme, boule de cristal dans laquelle je viens de voir et d'entendre Marie-Anne, il y a deux ans et la semaine dernière, mon clochard de minuit et, en accéléré, la répétition d'hier après-midi.

Si je veux retrouver ce que je viens d'écrire, il faudra que j'invente un code. Plutôt un titre, car si je mets des chiffres je finirai par tout embrouiller, et cela ne voudra rien dire. Comment savoir ce qu'il y aura sous le texte 36 ou 63 ?

J'ai appuyé sur la bonne touche. Le texte se trace à toute allure sur l'écran. Je capte des mots qui restaient invisibles, en suspension dans l'espace, comme à la radio on fait sortir du silence la musique et les voix portées en permanence par les ondes. Selon ma fantaisie tantôt le texte apparaît, tantôt il disparaît. Il n'existe pas vraiment. Je joue avec un fantôme. Si j'appuyais sur une autre touche il sortirait tout imprimé sur une feuille. Ce serait sa naissance. Et sa mort. Figé sur du papier, et violé par tous les regards. Je préfère le retenir ainsi dans les limbes scintillants et voilés de sa nébuleuse, et continuer à jouer avec lui.

Monologue de la Lune

Demain je me remettrai au travail. Revoir la dernière scène de la deuxième journée du *Soulier*, le monologue de la Lune. Je veux entendre une voix fine et précise qui trace elle-même sa trajectoire dans le ciel. Qu'on la sente glisser le long des filins d'acier tendus du ciel à la terre, qu'elle s'amplifie en faisant vibrer les aubages et les ailettes du rotor et de l'alternateur, qu'elle résonne en parcourant tout le dédale des tuyauteries et qu'elle habite de son écho tout l'édifice. On doit la voir se déplacer dans l'espace et se projeter d'un coup à la fin au fond de l'horizon, au bout du monde, quand elle pose son ultime question : « *Le connais-tu à présent que l'homme et la femme ne pouvaient s'aimer ailleurs que dans le paradis ?* »

Les Commettes

Oui, Marie-Anne, j'habite encore cette grande maison isolée au bord de la Sauldre, à quelques kilomètres de Clémont. De la route on ne peut la voir. Elle est cachée par un épais rideau d'arbres et deux rangées de conifères qui, même l'hiver, la protègent de tout regard.

Nous l'avons découverte par hasard, un jour qu'Estelle et moi nous rentrions du festival en passant par la Sologne. Nous roulions lentement. C'était la fin de l'été et nous cherchions un endroit pour cueillir de la bruyère. Nous avons vu un écriteau : « Les Commettes. Propriété à vendre ». Nous avons souri. Estelle rêvait tout haut : « Quel beau nom... Habiter aux Commettes ! On doit se croire en plein ciel... Viens, on va acheter des comètes ! – Avec deux *m* et deux *t* ma chérie, regarde... – Ça ne fait rien, quand on le dit on n'entend pas la différence... On va voir ? »

La main dans la main nous nous sommes avancés sur une allée de gravier qui formait une large courbe et nous dérobait toujours ce que nous souhaitions découvrir. On aurait dit que nous tournions en rond et que nous étions prisonniers d'un labyrinthe. Je me souviens avoir regretté de ne pas avoir pris la voiture. Estelle craignait de trouver au bout du chemin un affreux château du Moyen Âge construit au siècle dernier.

Enfin nous avons vu une barrière blanche, et sur la droite est apparu, caché dans les arbres, un toit de tuiles moussues, soutenu par un colombage à poutres de chêne et pans de briques disposées en chevrons dessinant une longue ondulation rose qui allait mourir à l'orée de la forêt.

Nous ne plaisantions plus. Nous n'avons rien dit. Chacun savait ce que l'autre pensait. Nous avons fait plusieurs fois le tour de la maison. Nous avons relevé le nom de l'agence. Nous avons rêvé sur la meilleure façon d'aménager les murs. Six mois plus tard nous achetions les Commettes. Il paraît que c'est le diminutif féminin des « communs ». Mais je n'en crois rien, et je n'ai trouvé aucun dictionnaire pour l'attester. Toutefois il est agréable d'imaginer que nous avons habité les commettes de communs démolis d'un château disparu. Ici aussi les origines sont devenues invisibles. Les Commettes ont pris la place d'un château évanoui.

En réalité, comme toujours, Estelle avait raison. Quelque temps après notre découverte, à la fin d'une répétition, elle descendit de scène et s'avança vers moi d'un geste théâtral, me fixa dans les yeux, leva les mains au ciel. « Je l'ai lu chez Descartes, au chapitre septième, à la page dix-huit, livre des Météores. Écoute mon chéri. On appelle comète tous les chevrons de feu que l'on voit dans les cieux... » Elle vint s'asseoir sur mes genoux, m'embrassa et murmura : « Tu te souviens des chevrons de briques ? C'est une maison de feu. Nous y brûlerons ensemble. C'est bien une comète. Ils ont fait une faute d'orthographe. Il faudra faire rectifier cela au cadastre. »

L'administration fut insensible aux charmes de l'argumentation d'Estelle. Elle dut se résigner à laisser sur la plaque « Les Commettes ». Pendant dix ans nous les avons fait briller de tous leurs feux. Nous avons tout transformé et agrandi. Ce fut notre folie. Tous nos amis y sont venus, et nous y avons conçu, Estelle et moi, nos plus belles mises en scène.

Maintenant le seigneur y est seul et veuf. Il n'a ni descendance, ni sujets. Il joue parfois encore avec ses fantômes. Il mime fidèlement ses amours d'autrefois. Et quand il s'absente pour visiter ses scènes lointaines, les voleurs viennent lui dérober ses souvenirs.

Effraction

En rentrant de Paris, il y a deux mois, j'ai remarqué qu'une porte-fenêtre battait au vent. Elle avait été fracturée à coups de hache et forcée avec un levier. Dans la grande salle tout était renversé, comme si on avait tout bousculé en prenant précipitamment la fuite. Ce n'est certainement pas moi qui ai dérangé les voleurs. Ils étaient passés plusieurs jours avant mon retour. Le sol était jonché de livres, de papiers et de dossiers. Les factures se mélangeaient aux notes manuscrites griffonnées lors de répétitions. Près de la porte tout était recouvert par des feuilles mortes que la tempête des jours précédents avait poussées jusque-là. Fossiles recouverts de poussière et de pourriture.

Au milieu de la pièce deux fauteuils, celui d'Estelle et le mien, avaient été éventrés à coups de poignard. Le tissu des sièges s'était rétracté et formait à l'endroit où il était incisé un bourrelet de cicatrice. Mes vieux microsillons, écorchés de leur enveloppe, avaient roulé n'importe où. Leur disque noir luisait comme de l'anthracite. Mystérieuses soucoupes lourdes de musiques muettes, elles avaient été plaquées à terre par une force inconnue et malfaisante. Les disques compacts brillaient au sol comme des étoiles et me renvoyaient, quand je les fixais du regard, des faisceaux d'arc-en-ciel, comme si en eux n'était plus gravée qu'une lumière décomposée et froide.

Dans la cuisine une partie de la vaisselle était empilée par terre, des assiettes et des plats cassés, soit parce qu'on les avait jetés violemment sur le carrelage, soit parce qu'on avait dû marcher dessus pour circuler dans la pièce. Le faisan bleu et or qui décorait le fond d'une assiette en faïence de Gien était déchiqueté en plusieurs morceaux. Un couperet l'avait dépecé en plein vol.

Là-haut, dans notre chambre, le saccage était pire. Le linge avait été sorti de l'armoire, déplié et déchiré. Il gisait sur la

29

moquette gris perle, affalé sans forme et sans corps, en tas de guenilles, malgré sa propreté, longues traînées d'une immense charpie qu'on aurait arrachée à la chair qu'elle recouvrait. On s'était vautré sur le lit. Les draps étaient froissés et maculés. Le matelas reposait de guingois sur le sommier, une de ses extrémités retombant sur la descente de lit. Les vêtements et les robes d'Estelle, ainsi que les miens, avaient été décrochés de leur portemanteau et lacérés. J'eus envie de vomir.

A l'intérieur du secrétaire d'acajou tout m'a semblé en ordre. La salle de bains était intacte. Y étaient-ils seulement entrés ?

Aucun bijou, aucun objet de valeur n'avait disparu. Les bracelets, les colliers et les bagues étaient toujours dans leur coffret. Les opalines, les cristaux, les timbales d'argent et la collection de sulfures étaient à leur place. A part les deux fauteuils et la vaisselle, seuls le linge et les vêtements avaient été détériorés. Pourquoi ? Même la chaîne haute-fidélité, qui avait été déplacée, fonctionnait.

Tout a été fouillé. Apparemment rien n'a été volé. Que peuvent bien rechercher avec autant d'acharnement ceux que je ne peux même pas appeler mes voleurs ?

Lentement j'ai tout rangé. Il m'a fallu plusieurs semaines. Les manuscrits d'Estelle, les pièces et les partitions qu'elle annotait pour de futures mises en scène étaient éparpillés par terre, mais complets, seulement déchirés et froissés. Il ne manque aucune des photos que je possède, dans leur album ou dans leur enveloppe. Même les photos d'Hameïla et d'Amik sont toujours dans le petit tiroir du secrétaire. Elles datent de plus de vingt ans et la couleur commence à passer. Estelle les avaient rangées là quand nous avons emménagé, et depuis nous n'y avions plus touché. C'était la seule chose peut-être qui aurait pu intéresser des inconnus curieux de mon passé.

Ils m'obligent à revivre en désordre ma vie inscrite dans tous ces papiers, toutes ces photos, le linge, les robes, les jupes et les chemisiers, et aussi les livres et les disques, et cela n'en finit pas. Continuellement ressuscitent des moments différents de ma vie, et sur chaque instant je m'arrête. Chaque objet, même le plus futile et le plus inutile, a son histoire que je connais et qui se raconte d'elle-même. Je reste là à l'écouter. Je cherche à quatre pattes dans le chaos de ma maison, et quand je ramasse un objet, je lui parle, je le caresse et le regarde, étonné de le retrouver à cet endroit, petite chose perdue, connue et oubliée, et je ne sais plus en quel temps je vis. Alors je remets l'objet à sa place, il n'y a rien d'autre à faire, je le renvoie dans le passé dont il n'aurait jamais dû sortir. C'était un mauvais rêve.

Quelqu'un a commis chez moi un sacrilège, mais je ne sais pas ce qui a été profané.

Soupçons

C'est en voulant me remettre à écrire il y a quelques jours que j'ai eu les premiers soupçons. Je pensais avoir laissé sur mon bureau des feuilles manuscrites sur lesquelles depuis quelques semaines je récrivais pour mon plaisir la scène dans laquelle j'avais vu Estelle pour la première fois. Je la refaisais à ma façon, en me souvenant surtout de son jeu et de sa diction. Je l'entendais dire le texte que j'écrivais.

« Que me dites-vous, Cyrille, il neige ? Mais ce n'est pas possible ! Je sens encore sur ma joue la tiédeur du soleil. Ce devait être une neige dorée et toute chaude, des flocons de soleil qui viennent mourir sur terre dans le plus grand silence. Non, ce n'est pas cela. Pour moi ce sont des flocons noirs, et je ne peux les entendre... Mais cela n'a aucune importance. (*Un silence.*) Cyrille, pourquoi êtes-vous venu ce soir ? (*On la voit toujours de dos. Elle reste immobile, le front appuyé sur la vitre de la fenêtre, la main droite posée sur la poignée, comme si elle allait l'ouvrir. Cyrille s'approche d'elle.*

31

Elle ne détourne pas la tête. De la main gauche elle cherche l'embrasse du rideau.)

   – Je voulais vous montrer ceci. (*Elle ne bouge pas.*) Enfin... Je suis très maladroit, je vous prie de m'excuser. Je voulais que vous touchiez de vos doigts cette bourse de satin. (*Elle lâche vivement l'embrasse qu'elle venait de détacher. Le rideau retombe de lui-même et cache la moitié de la fenêtre. Elle se recule légèrement, mais reste toujours face au rideau. Elle tend sa main entrouverte. Avec précaution Cyrille y dépose une bourse de satin blanc.*) »

Je ne peux retrouver ces feuillets. Il me semble pourtant les avoir laissés sur mon bureau avant de partir. J'ai cherché partout. J'ai cru qu'ils avaient pu se mélanger à d'autres feuilles et que je les avais rangés par mégarde dans un dossier. Mais je n'ai rien retrouvé. A vrai dire je ne suis sûr de rien. Je n'ai pas beaucoup d'ordre, et ce ne serait pas la première fois que j'égarerais des documents auxquels pourtant je tiens.

Je récrirai donc toute la scène, mais cette fois je saurai toujours où la retrouver. Je vais l'enregistrer dans la machine à mémoire. On appelle habituellement cela une machine à traitement de textes. Mais je n'aime pas l'expression. Elle suppose qu'il suffit de quelques médicaments pour guérir ou améliorer le texte. C'est bien plus compliqué que cela. Mieux vaudrait parler du traitement de l'auteur.

Ce n'est donc pas par snobisme que j'utilise ce nouveau mode d'écriture, encore moins par facilité. J'aime le crissement de la plume sur le papier, et l'odeur de l'encre qui monte, comme une vapeur, des méandres de l'écriture. Ces traces liquides qui glissent de la pointe d'une plume d'or sur un papier lisse m'ont toujours fasciné. Mais je veux pouvoir conserver avec certitude la seule vraie liberté qui me reste : celle d'écrire en secret pour mon plaisir ma vie d'hier et d'aujourd'hui.

Maintenant, quand je pars, j'emporte avec moi la disquette. S'ils reviennent, et je crois qu'ils reviendront, ils pourront voler la machine s'ils veulent. J'en possède sur moi l'âme, et il faudra me tuer pour me la dérober*.

* C'est ainsi qu'apparaît sur l'écran ce premier groupe de douze textes, précédés chacun d'un titre qui avait été aussi noté par l'auteur sur un carnet qu'il remit, quelque temps avant sa mort, à la destinataire de l'œuvre. Il est impossible de savoir si ces titres ont été donnés avant ou après la rédaction des textes. Nous les publions suivant l'ordre du carnet, qui n'est pas toujours le même que celui de l'écran. Quel aurait été l'ordre définitif ? Il est malheureusement trop tard pour répondre à une telle question. Des accolades, suivies de chiffres et de noms, pas toujours lisibles, regroupent entre eux les titres et suggèrent peut-être une éventuelle division en quatorze chapitres.

Bien que Florian Leurien avoue lui-même qu'il a très vite repris la plume, se contentant d'enregistrer ensuite sur une disquette ce qu'il avait écrit, on n'a retrouvé aucune trace de manuscrit.

2

SPECTACLES

Nouvelles de l'espace   Pas d'argent pour « Thésée »
« ...ailleurs que dans le paradis ? »   Une nouvelle vraie
Canular d'aujourd'hui, vérité de demain   Fiction
Les voix du hasard   Les hasards du big-bang
MANÊ THECEL PHARÈS   Radiographie

Nouvelles de l'espace

Un homme et une femme se sont unis hier dans l'espace.

La nouvelle a fusé comme un éclair. Mais déjà pour moi c'était trop tard. Je venais de couper le contact de l'auto-radio, et je n'ai vraiment perçu que l'écho de la voix qui donnait l'information, comme on ne garde de la foudre qu'une trace imprimée sur la rétine et le souvenir d'un grand fracas. Je m'étais habitué au fond sonore des rythmes et des voix sur le ronronnement du moteur. Je n'écoutais plus. J'ai enfin trouvé une place pour garer ma voiture et j'ai tourné la clé. Une dernière fois le témoin rouge de la pression d'huile s'est éclairé, une fraction de seconde, et tout s'est éteint.

Dans le brutal silence que je venais de créer sont restés un instant en suspension, déjà déformés et irréels, les mots entendus, une rumeur qui se dissout, la pure mémoire d'un événement dont j'ignore encore tout.

Malgré cela je suis arrivé à l'heure à mon rendez-vous avec Carlo Maffi. J'espérais qu'il pourrait enfin intervenir à Rome pour monter *Thésée*. Ce ne sera pas encore pour cette fois.

Toute la soirée je lui ai parlé de mon projet. J'ai complètement oublié la nouvelle.

Pas d'argent pour « Thésée »

Le vieux Carlo n'a rien voulu savoir. Il est resté insensible à tous mes arguments. Il n'a même rien manifesté quand je lui ai dit que de toute façon ce serait ma dernière création. Il tirait sur son énorme cigare et répétait : « Injouable... Infaisable... Trop de difficultés à surmonter... Je n'aurai jamais l'accord de la municipalité... »

Pourtant monter dans le Colisée un immense spectacle sur la vie de Thésée n'est pas un exploit. Il durerait quatre heures. Il serait programmé au choix en quatre langues : italien, français, anglais, allemand. Tout sera enregistré à l'avance : paroles, musiques, effets sonores, et même les jeux de lumière. On pourra donc facilement attirer tous les publics qui sont à Rome l'été, et ensuite l'exporter sans problèmes. Les acteurs mimeront le texte d'un destin écrit pour eux, mais qu'ils n'ont pas le pouvoir de proférer, à l'image des hommes d'aujourd'hui : des muets qui écoutent parler des acteurs à leur place. On entendra des paroles, des ordres et des cris traverser l'espace, commander les gestes et les actes d'humains qui les captent, leur obéissent, ou se révoltent : une fête, une folie et une tragédie.
Carlo est le seul qui puisse faire adopter le projet à Rome. « Thésée ? Connais pas ! Tu crois vraiment que tu vas déplacer les foules et faire un malheur avec ça ! Et le Colisée, on va te le donner, comme si tu étais le pape !... Tu rêves... Trouve autre chose pour ta fête... »
Personne aujourd'hui ne sait qui est Thésée. Carlo ne le sait pas, moi non plus, et Thésée, si jamais il a existé, ne l'a pas su lui-même. L'essentiel n'est pas là. Je veux qu'on voie un homme évoluer dans les ruines du Colisée, et incarner les temps les plus secrets et les plus importants de notre vie et de

notre histoire. Son nom m'importe peu. Ils y viennent en foule pour accomplir leur chemin de croix. Ils y viendront en foule revivre leur vie.

Mais déjà Carlo s'était levé pour signifier que l'entretien était terminé. L'air ennuyé, en mouillant son doigt sur sa langue, il tournait mécaniquement en les froissant les pages du scénario. « Thésée!... Thésée... Quelle idée! Ce n'est certainement pas ce qu'il faut faire... Notre mythologie, aujourd'hui, vois-tu... Moi, mon petit, j'ai fréquenté les plus grands metteurs en scène, et les plus grands génies, permets-moi de te dire que... »

Notre mythologie, aujourd'hui, commence par le culte de l'argent. Si tu étais convaincu, Carlo, que Thésée te rapportât beaucoup d'argent, tu serais un grand démocrate, tu serais enthousiasmé par mon projet, j'aurais du génie, et le Colisée en prime...

Le fondateur de la démocratie est en exil. Il cherche un sponsor.

Carlo a refermé le manuscrit, l'a rejeté loin devant lui en le laissant retomber sur son bureau. « Je ne peux rien pour toi... Va chercher ailleurs... Pas un sou là-dedans, tu m'entends, pas un sou... Trouve l'argent toi-même... Tu ne manques pas de relations... Adresse-toi... Je ne sais pas, moi, puisque tu cherches un Italien, adresse-toi à l'Autre? On ne lui refuse rien en ce moment, à lui et à son complice des compagnies de navigation. Tes histoires d'armateurs grecs, ça doit les intéresser. Ils seront très heureux de te voler un spectacle de prestige, et même cul-tu-rel! Peut-être que tu réussiras à faire filmer ton truc pour la Cinquième chaîne, avec toutes les dix minutes de la publicité pour les bateaux de plaisance, les couturiers de Phèdre et les parfums d'Ariane... Tu pourras comme ça financer ton feuilleton... »

Il m'a regardé avec insistance : « Je sais qu'ici je vais avoir tout le monde contre moi. Tu as si bonne réputation, même si tu n'as pas toujours eu le succès que tu méritais. Mais je ne produirai pas ton spectacle... L'argent, autrefois, tu en trouvais comme tu voulais, sur les bateaux justement... Tu as perdu la recette magique? »

Pour mieux appuyer son refus, il remue le passé.
Mais comment peut-il savoir?
Tout cela, même pour moi, fut si mystérieux.
J'ai trouvé en effet, il y a plus de vingt ans, de l'argent, de la façon la plus folle et la plus dangereuse, pour payer mes premières créations.
J'avais rencontré de bien curieux mécènes. Eux du moins n'exigeaient rien, que du silence.

Maintenant que j'en suis arrivé à mon dernier spectacle et que je n'ai plus rien à redouter que le saccage et le vol de mes souvenirs, je peux livrer sous le sceau du code le secret qui me pèse. Ce ne sera pas long, mais, comme tout aveu, il paraîtra à beaucoup incroyable, parce que justement je me contenterai de dire la vérité. Peut-être même prendrai-je plaisir à raconter cette histoire. Pourtant ce n'est pas pour cela que j'écris.

« ... *ailleurs que dans le paradis?* »

J'entends de nouveau, toute proche, la voix qui répète de plus en plus vite la phrase entendue ce soir. « Un homme et une femme se sont unis hier dans l'espace. » Elle annonce une vérité qui ne devrait pas nous étonner, et je m'en veux d'avoir été surpris. Cela devait arriver, mais nous ne savons pas prévoir l'avenir.
Comme on retrouve sur un piano un air qu'on aime, je tape la nouvelle sur le clavier de ma console. Ainsi elle ne m'échappera pas. Même publique elle n'appartient plus qu'à moi seul, et personne ne pourra m'en dérober la mise en scène.

Nous savons enfin pourquoi on a raccordé au vaisseau spatial une sphère de trente mètres de diamètre. Elle a été assemblée, élément par élément, après la mise sur orbite de la navette. On nous disait que c'était la première cellule d'une future station orbitale, et qu'elle resterait là, en attendant d'autres sphères.

Lentement ils ont nagé l'un vers l'autre. Leurs gestes sont précis, et calmes, car ils savent que bientôt ils se toucheront. Ils maîtrisent parfaitement les mouvements de leur corps et corrigent insensiblement leur trajectoire. Débarrassés de leur combinaison, nus dans l'air pulsé qui caresse leur chair comme un vent tiède, ils flottent et se laissent dériver vers un centre d'attraction et de gravité qu'ils ont eux-mêmes choisi.

Enfin leurs doigts se frôlent, et ils s'agrippent l'un à l'autre. Leurs mains se referment, mais emportés par leur élan, bien qu'ils aient au plus juste calculé leur course, ils se trouvent projetés vers le haut de la sphère, possédés par une force qu'ils dominent encore mal. Ils continuent leur ascension, l'un contre l'autre, face à face, surpris et étonnés, attendant sans angoisse la douce collision qui les immobilisera le long de la voûte transparente.

Pour se freiner, sans s'être concertés, ils amorcent un mouvement de torsade, comme s'ils dansaient en pivotant autour d'un axe fixe. Ils s'arrêtent enfin contre la paroi et, avec précaution, esquissent leur première étreinte. Ils savent que tout geste brusque peut de nouveau les propulser dans l'espace où ils flottent, et les séparer pour de longues secondes pendant lesquelles il faudra patiemment recommencer les gestes de l'approche.

Alors elle a fait glisser sa main le long des flancs de l'homme. Il la serre par la taille et la presse contre lui, au point qu'ils commencent à basculer, elle sur lui, couchée sur lui, leurs deux corps maintenant horizontaux, amarrés l'un à l'autre, mais le mouvement continue, et ils tournent lentement, comme une aiguille sur son pivot. Ils parcourent ainsi plusieurs heures, tandis que la femme insinue sa jambe droite entre celles de l'homme qui s'écartent, et cela modifie le mouvement qui se transforme en une spirale de plus en plus large. Elle maintient longtemps la pression de son genou contre la cuisse de l'homme, et lui, à son tour, pour mieux la sentir, se déporte légèrement sur la gauche, comme s'il voulait danser autour d'elle, faisant glisser ses cuisses sur ce genou qui se détend enfin, s'écarte même un instant.

Ils ne sont jamais immobiles, mais cela ne les gêne nullement. Ils ne cherchent même plus à diriger ou à freiner leurs évolutions. Ils s'adonnent sans contrainte à une danse nuptiale libérée de la nécessité des pas, ils se livrent en même temps à la danse et à l'amour, dans une lente dérive qui ne les inquiète plus. Les parois de l'immense bulle où ils sont enfermés réfléchiront, comme un écho, leur élan dans une autre direction. Ils tracent, dans un temps qui n'est plus le temps, le mouvement perpétuel de leur amour.

Il a fait un tour complet autour de son corps. Elle a peur de le perdre et s'agrippe à lui, d'une seule main posée sur son épaule, comme si elle voulait reprendre appui, et se laisser guider par lui. Il est de nouveau face à elle et l'entraîne, la poussant devant lui. Leurs ventres se pressent, et, après un long moment, il sent la main de la femme, plutôt l'extrémité de ses doigts, et surtout la pointe de ses ongles longs s'insinuer au plus fin des chairs de son sexe pour les écarter et les repousser. Déjà au plus intime de son corps s'insèrent les bords humides et chauds des lèvres de la femme qu'il aime.

Ils dansent, sans musique, à leur propre rythme, la naissance de leur amour. Ils délimitent avec leur corps le périmètre d'un nouveau paradis. Détachés de tout, sauf d'eux-mêmes, débarrassés du ciel et de la terre, de l'horizontale et de la verticale, ils accomplissent les purs gestes de l'amour. Ils sont à leur jouissance, et ne sentent plus leur corps que par le corps de l'autre. Aucun lit ne vient border les rives de leurs ébats. Ils ne connaissent plus la triste pesanteur, mais seulement l'exacte tension de leurs muscles, l'excitation de leurs nerfs et de leurs organes, et la libre volonté de ceux qui s'aiment.

Le secret, jusqu'à la dernière minute, a été bien gardé. A moins que cela n'ait pas été prévu, et qu'on ait découvert progressivement leurs ébats filmés par l'œil impassible des caméras. Peut-être au début a-t-on cru à une facétie. Mais il a bien fallu se rendre à l'évidence. L'expérience en cours n'était pas programmée. L'homme et la femme robots désobéissaient, lentement, tranquillement, en toute lucidité, et avec grande jouissance. Les quelques injonctions qu'on tenta de leur faire parvenir restèrent sans écho. Ils ne les entendaient même pas. Leurs compagnons soudain étaient devenus invisibles. Ils étaient seuls au monde.

J'aimerais que cela se soit passé ainsi, et qu'ils aient inventé d'eux-mêmes un nouvel art d'aimer et une nouvelle liberté.

On les avait envoyés là-haut pour préparer la guerre, et ils ont fait l'amour dans les étoiles.

Une nouvelle vraie

Je suis allé en fin de matinée acheter quelques journaux. A ma grande surprise il n'y a aucun titre ni aucune information concernant l'événement. En revanche, partout en première page, on nous rappelle que la comète de Halley se rapproche de la terre comme elle le fait tous les soixante-seize ans. On nous dit aussi qu'on vient de lancer une sonde pour aller à sa rencontre et mieux la connaître. Pour un peu on voudrait elle aussi la soigner et lui faire quelques prélèvements de molécules pour savoir de quoi elle souffre. D'une inquiétante fragilité, qui nous fait peur. Car nous savons maintenant que les astres aussi sont mortels.

C'est la fusée Ariane qui a tendu dans l'espace ce nouveau fil, et la sonde a été baptisée Giotto. Une femme et un homme se sont unis hier soir dans l'espace, celle qui a su la première faire perdre son secret au labyrinthe, et celui qui le premier a osé relier par sa peinture la naissance d'un dieu et la trace étincelante d'un astre inconnu. Nous savons donner une âme aux instruments les plus modernes de notre science. Ils portent le nom de personnes humaines, et leurs actions, en effet, sont le reflet de notre conscience. Mais plus humains encore sont mes deux spationautes, et d'eux je n'ai plus de nouvelles.

Canular d'aujourd'hui, vérité de demain.

Prudemment j'interroge le marchand de journaux. Il a du mal à comprendre ce que je lui demande. Il me regarde l'air intrigué, puis sourit. « Non... Rien entendu à ce sujet... C'est drôle tout de même... Vous êtes bien sûr ? Un canular peut-être... Pourtant nous ne sommes pas le 1er avril... Mais avec les journalistes il faut toujours se méfier ! Notez bien, ça arrivera sûrement un jour, alors, un peu plus tôt, un peu plus tard... Aujourd'hui on ne s'étonne plus de rien, mais enfin, tout de même, ce n'est pas demain la veille... Il y a sûrement encore des progrès à faire... Et quatre qui font vingt, merci ! » J'ai téléphoné à quelques amis. J'avais l'impression de les tirer de leur sommeil : « Qu'est-ce que que tu me racontes ? Où est-ce que tu es allé pêcher un truc pareil ? Tu es sûr d'avoir bien compris ?... Non, j'ai regardé la télé hier soir, ils n'ont rien dit... » Pourtant certains semblaient au courant : « ... C'est dans l'air, c'est certain. A la NASA on y pense sérieusement. Mais des affaires comme ça sont programmées longtemps à l'avance ; on l'aurait su avant. De toute façon tout est filmé en permanence... A moins qu'ils n'aient censuré pour garder l'expérience secrète ? Ce n'est pas dans leurs habitudes... En Union soviétique, encore, je ne dis pas... Ton information est sûrement incomplète... Ça va te donner des idées pour un prochain ballet ! Allez, fais de beaux rêves... » Ils s'intéressent plus à mes fantasmes qu'à la vérité.

42

Fiction

Je ne sais plus quelle chaîne de radio j'écoutais. J'ai bien entendu la phrase. Je me souviens même avoir voulu remettre le contact, et avoir murmuré « la sphère qu'ils voulaient raccorder à la navette, c'était donc pour ça !... » Mais j'étais déjà très en retard, et la rencontre avec Carlo était capitale pour moi. A regret je suis descendu de voiture. Peut-être s'agissait-il simplement d'Ariane et de Giotto ?

Peut-être malgré moi suis-je en train d'inventer une fiction, c'est-à-dire une histoire qui sera vraie un jour, dans quelques années ou dans un siècle ? Je continuerai donc à raconter l'histoire des deux spationautes. Pour moi cette nouvelle est vraie, puisqu'elle nous annonce un événement qui se produira dans l'avenir. Si l'on avait dit à Giotto, en plein xive siècle, qu'un jour une sonde envoyée dans l'espace à une vitesse de soixante-neuf kilomètres à la seconde porterait son nom et irait à la rencontre de la comète qu'il avait peinte pour son Adoration des mages, on lui aurait dit la vérité, la seule chose qu'il n'aurait pu croire.

Les voix du hasard

« Florian ? Je t'appelle, comme promis... » Sur le moment je n'ai pas reconnu sa voix, plus frêle et plus timide que celle de l'autre matin. Elle hésitait à chaque début de phrase. Elle voulait me dire qu'elle regrettait de m'avoir ainsi abordé, elle était sûre de m'avoir reconnu, mais elle se demandait si au fond c'était bien utile. Le matin, quand elle m'a revu, elle a osé, « tu as dû me trouver bien ridicule », et elle a préféré me rappeler pour me dire tout cela, et me demander si bientôt je reviendrais à Paris, « *Florian il faudrait que nous nous rencontrions...* On aurait tant de choses à se dire cette fois, et pas seulement des banalités ». Nous avons pris rendez-vous pour mardi, dix-neuf heures, à son bureau, au ministère.

43

Je ne lui ai pas dit que plusieurs fois depuis notre entrevue à l'*Auberge des Pléiades* j'avais voulu moi aussi l'appeler au téléphone. Mais au moment d'appuyer sur les touches pour composer le numéro, je n'ai pas pu. Il y avait tant d'imprévu dans notre rencontre qu'elle me semblait irréelle, sans lendemain, malgré les promesses échangées. Mieux valait, une fois encore, s'en remettre au hasard. Ce matin c'est elle qui a appelé.

Une demi-heure après le téléphone a de nouveau sonné. J'ai reconnu immédiatement la voix de contralto d'Hameïla, que pourtant je n'avais pas entendue depuis plusieurs années. Ainsi je n'ai pu reconnaître une femme que j'avais aimée et que je retrouvais en face de moi, et j'ai sans hésitation identifié la voix d'un visage dont je ne revoyais plus les traits.

Les intonations d'Hameïla sont encore plus gutturales qu'autrefois, elle prononce de nouveau les *r* du fond du gosier, et toutes les leçons de diction que je lui avais données quand elle chantait sont bien oubliées. Maintenant qu'elle vit à Londres elle parle français avec moins d'aisance. Elle était oppressée et j'ai compris tout de suite qu'elle avait quelque chose de grave à me dire.

Elle m'annonçait la mort de Nadia Sandraine. « Je ne sais rien de plus. Ça doit remonter à une quinzaine de jours. A Milan, oui... La dernière fois que je l'ai vue, toi et moi nous étions encore ensemble. Tu dois t'en souvenir. Tu vois, ça ne date pas d'hier. Ce n'est pas elle qui aurait dû mourir, Florian, mais l'autre, Sergio Saltarelli. Tant qu'elle vivait, elle le tenait. Maintenant il va refaire des bêtises. Je sais bien... Nous n'avons plus rien à craindre. Tout cela est si loin... Mais il y a tant de souvenirs, tu comprends... J'ai eu du mal à te joindre, tu n'es jamais là. J'ai appelé plusieurs fois. *Florian, il faudrait que nous nous rencontrions.* Viens nous voir à Londres un jour. On ne s'est pas revus depuis la mort d'Estelle. Tu sais, cela m'a fait très mal, même si je ne la connaissais pas, surtout dans ces circonstances. Et puis... j'ai pensé à des choses horribles, avec tout ce qui se passe en ce moment, là-bas et en Europe. Tu crois qu'ils ont vraiment perdu la mémoire de ce que nous avons fait ? Sergio certainement pas. Il a dû parler. Parfois j'ai peur. Il y a longtemps que je voulais te le dire, mais je n'osais pas. Pour eux le temps ne compte pas, tu sais. Viens à Londres un week-end. Je te présenterai Anthony. Maintenant je suis complètement anglaise. Je ne retournerai jamais là-bas...»

Les hasards du big-bang

Florian, il faudrait que nous nous rencontrions... Quelles lignes secrètes relient ces deux voix ? Elles se sont rencontrées en moi comme des personnages sur la scène. Il y a des hasards si extraordinaires qu'on ne peut s'empêcher de les raconter. Tracer des mots, c'est reprendre dans les filets et les entrelacs de l'écriture du hasard éparpillé pour le transformer en une trajectoire lisible.

Une petite étincelle du big-bang est devenue comète dans le grand nuage de Oort. Hasards d'une explosion. Elle aurait pu aussi bien devenir étoile, planète, nébuleuse, astéroïde ou poussière sidérale dans un autre nuage. C'eût été une autre vie et une autre histoire à raconter. Mais maintenant il n'y a plus qu'une histoire inscrite dans l'espace selon une courbe précise. Il n'y a plus de hasard. Elle obéit, comme nous tous, à des lois rigoureuses et cruelles : la trajectoire de la comète la condamne inexorablement à la mort. Elle se brûle la chevelure chaque fois qu'elle frôle le soleil. Papillon de l'espace, son vol est éphémère. Elle mourra jeune, bien avant le soleil qui la dévore, et avant notre terre qui l'ignore. Elle n'a pas eu de chance.

Moi-même, en écrivant furtivement cela, j'hésite.

La petite étincelle d'un minuscule big-bang m'a fait ce que je suis. Je suis né de l'union des larmes filantes de quelques gouttes d'or, j'ai jailli de la collision d'imperceptibles astres qui ont traversé un vide immense pour fusionner et mourir, je suis fils d'étoiles mortes qui m'ont légué leur fragile chaleur et leur nom périssable.

Qui pourra lire ma trajectoire ?

J'enregistre les scènes les unes après les autres, sans lien et sans ordre, j'écoute les voix du hasard au fond du téléphone, ou sur le trottoir à minuit, tout cela tisse des histoires que moi non plus je ne comprends pas. Les mêmes noms s'inscrivent les uns après les autres sur l'écran, comme ils se sont inscrits dans ma vie, pour qu'elle continue encore à se compliquer, jusqu'au jour où tout commencera à se simplifier pour aboutir au lieu unique du dénouement, le seul possible et le seul ignoré, aussitôt effacé par la chute d'un rideau.

MANÊ THECEL PHARÈS

J'écris donc pour moi seul avec un code secret. Je joue avec le curseur lumineux qui bat comme un cœur au début de chaque ligne et me dicte le rythme de mon écriture. Il reproduit fidèlement les mots que je frappe, et jusqu'ici je me suis complu à retranscrire pour moi-même les événements les plus marquants de ma vie présente. J'avais acheté cette machine pour y consigner en toute sûreté mes notes de travail, y graver quelques scènes jouées par Estelle quand je l'ai connue, et en faire la mémoire de ma mémoire. Mais je suis en train d'en faire tout autre chose. Je joue avec elle sans savoir m'en servir, comme un enfant à qui on aurait offert un jouet qui n'est pas de son âge.

Ce qui m'étonne, c'est que je me sens en face de ce clavier aussi libre qu'avec une plume, puisque je peux à volonté effacer et réécrire. Il n'y a même plus trace de ratures ni de remords comme sur un manuscrit. Le texte est toujours unique et toujours nouveau. Perpétuellement innocent, il s'inscrit en lettres brillantes dans sa pureté primitive, gravé dans l'espace sur une paroi translucide, architecture de rayons et de mots, une lumière qui devient verbe dans un total silence. Parfois son apparition me fait peur. « *Soudain apparurent des doigts de main humaine qui se mirent à écrire, derrière le candélabre, sur le plâtre du mur du palais royal, et le roi vit la paume de la main qui écrivait. Le roi changea de couleur, ses pensées se troublèrent, les jointures de ses hanches se relâchèrent et ses genoux se mirent à claquer.* » (Daniel, V, 5). *MANÊ THECEL PHARÈS* avaient écrit les doigts. *Mesuré, pesé, divisé.* C'est le titre sibyllin de tout texte, quand il faut annoncer la fin d'un règne, le retour des barbares, et sa propre mort.

Peut-être confierai-je un jour le code à quelqu'un. Je lui donnerai la disquette, les lettres et le chiffre, pour qu'il continue à jouer avec le texte et à le faire vivre, car il est peu probable que j'y mette un jour le mot fin.

A moins que, dans un moment de lucidité, je n'efface tout.

Radiographie

On dirait la photographie d'un ciel nocturne et pur. Je suis bien incapable, dans ce brouillard de lignes et de points, de repérer quelques constellations. Certaines se détachent nettement, d'autres sont plus floues, poussières d'étoiles et de nuages. On distingue une trame de Voies lactées qui se croisent comme des canaux irriguant un corps aux multiples branchies. Mais on pourrait aussi bien y voir, comme sur une photo prise de satellite, des tourbillons et des tempêtes, de gigantesques fumées d'éruptions, et l'annonce de prochains cataclysmes.

Maintenant que je regarde la radiographie de mes poumons devant l'écran où en même temps s'inscrivent les mots que je tape, j'ai peine à croire que je doive lire là le texte de mon destin. Le spécialiste, tel un oracle, fut lui aussi sibyllin. Du doigt il m'a désigné une traînée qu'il suivait avec préci-

47

sion, une nébuleuse spirale, avec des nodules brillants, et tout un réseau de fils et de cheveux entremêlés. Quels signes peut-on lire dans ce ciel innervé d'oxygène et de sang? Seulement les mots que par dérision je trace sur l'écran derrière la brume immuable de mes poumons. Il disait : « Vous voyez là, et là, et encore là... Et jamais aucune douleur? » Douleur... Le ciel ne souffre pas. Une sensation nouvelle, plus qu'une douleur, l'impression d'avoir dans son corps un corps étranger, et qu'une lutte sans merci va les dévaster. Il n'y aura pas de vainqueur. Et toujours le réflexe stupide de vouloir tout savoir, parce qu'à la fin de notre siècle tout doit s'expliquer, et de vouloir guérir, comme si l'éternité était la loi commune, et la mort une exception.

« Cette traînée dans vos poumons... », ce voile dans les deux hémisphères, « vous êtes venu bien tard... », personne ne m'avait invité, « peut-être avec de la patience et du temps... » Je n'ai plus le temps, il ne m'appartient pas, « guérison... », dérision.

Une comète dans un ciel pur, au moyen âge de ma vie. Ne rien déranger et jouir du spectacle.

3

LA MORT D'ESTELLE

Le retour de Sergio   Visite
Les sanglots de Sergio   Rôdeurs   Départ
La mort d'Estelle   Attentat   « Regarde!»   Mystères
Morte pour lui   Sécrétions et secrets

Le retour de Sergio

Il marchait lentement dans l'allée des Commettes. Il allumait une cigarette. C'est à cela que je l'ai reconnu tout de suite. Il a détourné brutalement la tête et a protégé du creux de la main la flamme du briquet, comme si tout cela devait rester secret. Je me souviens lui avoir demandé un jour pourquoi il prenait, chaque fois qu'il fumait, un air de conspirateur. Il tient sa cigarette retournée dans la paume de la main, serrée entre le pouce, l'index et le majeur, pour qu'elle disparaisse de tout regard indiscret. Il aspire avec précaution plusieurs fois de suite la fumée, pour entretenir une braise qu'il ne faut à aucun prix laisser s'éteindre. Même quand il est à l'air libre, il chasse régulièrement la fumée du revers de la main. Il a gardé ses habitudes d'enfant qui fumait en cachette et avait peur d'être trahi par l'odeur.
Comment a-t-il pu trouver les Commettes? Qui l'a déposé ici? Il n'a pas voulu me le dire. Il a fait un geste évasif, comme si ma question était superflue: « Tu es tellement connu... J'ai fait du stop, j'ai dit ton nom, et voilà... » Je n'ai pas pensé à lui demander qui lui avait indiqué le chemin. Il est difficile de trouver l'endroit avec seulement l'adresse.
Je pensais ne jamais le revoir. Nous nous étions séparés il y

a dix-huit ans. Pendant quelques secondes j'ai eu peur. Suffit-il d'entendre au téléphone un nom prononcé par la voix d'une femme inquiète pour voir quelques jours après apparaître en chair et en os celui qui le porte? Est-ce l'invitation à écrire plus vite que je ne le voulais cette histoire que je revoyais très loin de ma vie, presque étrangère à moi tellement le temps a passé? Est-ce pour moi aussi l'apparition des doigts de mains humaines, ceux de Sergio cachant son éternelle cigarette, qui m'obligent à lire et à découvrir le sens de ce qui s'inscrit jour après jour dans ma vie?

Il n'avait même pas entendu le bruit de ma voiture. J'étais presque à l'arrêt, mais j'aurais pu accélérer brusquement, partir, et regarder dans le rétroviseur sa réaction, le renvoyer immédiatement dans le passé de ma vie, tout en l'observant, de loin, pour mieux m'en débarrasser. Ce fut le contraire. Je me suis arrêté à sa hauteur, comme si quelqu'un avait freiné à ma place. Je n'étais pas maître de ma trajectoire. C'était lui le centre de gravité.

Il a eu l'air étonné, comme si nous passions là par hasard, et a manifesté tout de suite un empressement chaleureux, pour s'efforcer d'avoir l'air naturel : « On dirait qu'on s'est quittés hier, c'est extraordinaire... Oui, dix-huit ans... Tu n'as pas changé... Ça me fait bien plaisir tu sais... Je ne t'ai jamais oublié, Florian. Je suis ta carrière dans les journaux. Justement c'est le dernier article sur tes projets qui m'a donné l'idée... Alors après *Le Soulier* dans une centrale tu veux monter *Thésée* dans le Colisée? Ton vieux rêve! L'argent, bien sûr... Je pourrais t'aider tu sais. Le vieux Sergio a encore de la ressource, et pas seulement pour trouver de l'argent. J'aimerais reprendre du service avec toi... Si on prenait un verre? »

Qui a fait entrer l'autre dans la maison? Comme lors de notre première rencontre sur le bateau il prenait naturellement la direction des opérations. Il a aussitôt regardé les meubles et la décoration avec une attention qui m'a paru suspecte. Il gravait tous les détails dans sa mémoire. Puis il a poussé un sifflement admiratif : « C'est merveilleux chez toi... Merveilleux... Tu me montres tout? »

50

Il a été vraiment impressionné par la grandeur des pièces. J'ai retrouvé, un instant, le vrai Sergio, celui que j'aimais, qui s'exaltait à partir de deux fois rien, dans des monologues interminables, pour atteindre les vérités secrètes qu'il cherchait.

« Toujours tes problèmes d'espace, hein, Florian ? Tu as dû abattre beaucoup de cloisons, et faire sauter le plafond, et construire une autre maison dans le prolongement de la première... C'est superbe ! » On aurait dit qu'il avait réellement assisté aux transformations.

« Et la mezzanine, là-haut, c'est pour dormir, suspendu en l'air, dans un hamac peut-être ? Tu as gardé ça de l'Orient... Une cour intérieure, fermée, avec une loggia au fond... A moins que tu n'aies conçu cela pour faire chez toi du théâtre et des répétitions. On a toujours besoin d'un balcon au théâtre. Et ton ciel ? Plein de petites lampes étoiles, tout là-haut dans les cintres. Ça doit être beau le soir. On n'a pas l'impression d'être à l'intérieur... Un vrai microcosme ton... ta maison... » Il n'a pas osé dire salon.

Comment dénommer en effet cette immense pièce hexagonale de cent soixante mètres carrés que nous avons fait construire il y a douze ans derrière la maison ? Estelle et moi nous voulions en faire pour nous et nos amis un lieu où l'on pourrait à volonté travailler, manger, répéter, jouer, faire de la musique, chanter, peindre. Un endroit qui serait une scène, un auditorium, un atelier, une salle à vivre. Une serre pour les plantes, les sens et les idées. Dans les deux parois qui jouxtent la maison nous avions fait percer deux portes : celle de gauche communique avec la grande cuisine construite sur la cave, celle de droite donne sur l'escalier qui conduit à l'étage de la maison primitive, où sont les chambres et les salles de bains réservées aux amis. Les nôtres se trouvaient au rez-de-chaussée dans l'ancienne salle de séjour. C'est Estelle qui avait conçu et décoré tout l'ensemble.

J'ai soigneusement effacé toute trace du saccage. J'ai remis à leur place les vêtements d'Estelle. Le temps n'est pas encore venu pour moi où je puisse les faire disparaître. Ceux qui étaient rangés dans la penderie du bas n'ont pas été lacérés. Ils ont seulement été jetés à terre et piétinés. J'ai rependu au même endroit le manteau noir qu'elle portait le jour de son départ. Depuis ce jour plus personne n'est venu effleurer de ses doigts le moindre objet, ni même faire résonner sa voix sur les murs de ce qu'elle appelait simplement « la grande salle ». Sergio, après une bande de casseurs, a violé un lieu clos depuis deux ans, où je ne répète plus que mes dialogues avec Estelle.

Quelle voix amie pourrait une dernière fois réveiller les charmes qui se sont figés, il y a deux ans, un soir de mai ?

Visite

« Et ton bureau ?

— Je n'ai pas de bureau, Sergio. Mon bureau c'est ici, c'est n'importe quelle loge de n'importe quel théâtre... Juste une table de travail...

— Et ta salle de bains ? Je serais curieux de savoir ce que tu en as fait, toi qui pestais toujours même contre les plus luxueuses. Tu te souviens, à Rhodes, ta salle de bains à l'hôtel *Hélios* ? »

Il se souvient de mes goûts les plus secrets et de mes confidences les plus intimes. Est-ce pour me parler de décoration et d'ameublement qu'il est revenu ? Je ne vois dans son retour que le viol inutile d'un présent qui ne lui appartient pas.

Je l'ai donc conduit à la salle de bains. Tout d'abord il n'a rien dit. Il a regardé les plantes vertes, et a longuement suivi des yeux la frise de vitraux qui fait tout le tour de la salle, comme si la pièce était immergée et que l'on voyait se dessiner sur les vitres les crêtes de vagues figées dans une lumière bleu pâle. Il s'est arrêté devant les vasques aux reflets de nacre. Il a vu les consoles sur lesquelles sont restés à la même place les flacons d'opaline et de cristal que j'avais offerts à Estelle. Puis il s'est détourné et a aperçu les trois marches, en arc de cercle, qui descendent dans la baignoire, creusée dans le sol comme une piscine. « C'est... ta femme qui a imaginé tout cela?...» Je l'ai poussé vivement dehors, je lui ai répondu mécaniquement « Ma femme, oui, bien sûr, ma femme, qui d'autre aurait pu...»

Non Sergio! Ce n'est pas ma femme. Je n'emploie jamais cette expression. Estelle n'a jamais été ma femme. C'est une femme que j'aimais et qui m'aimait...

Il a eu le temps d'apercevoir, à côté de l'armoire à pharmacie, sur les étagères de la penderie dont je n'avais tiré le rideau qu'à moitié, les corsets orthopédiques qu'Estelle devait porter en permanence depuis quelques mois. Elle avait réussi à cacher à tout le monde, et longtemps à moi-même, une gêne de plus en plus contraignante. Elle espérait guérir. Quand elle allait consulter son urologue, en qui elle avait entière confiance, elle disait en plaisantant : « Je vais lire l'avenir. Urologue? Astrologue!»

Je brûlerai les corsets. J'ai tort de conserver ainsi les traces de la beauté et des souffrances d'Estelle. Tout ce que je veux garder d'elle doit entrer en moi. Le reste il faut le détruire. Les objets de nos morts sont des poussières inutiles en suspension dans notre présent, qui nous empêchent de les aimer encore.

Les sanglots de Sergio

Sergio a beaucoup vieilli. Ses mains tremblent. Boire un verre signifie pour lui vider une bouteille. Plus il boit, plus il parle d'argent, de plus en plus lentement. « Je veux travailler avec toi. Je sais trouver le fric, ne t'inquiète pas... *Thésée...* C'est une idée géniale... Jamais fait, ça. Ça va marcher, tu vas voir. »

Pour m'en débarrasser je lui ai dit que je ne faisais que passer chez moi pour prendre des documents, que je repartais immédiatement, que je devais retrouver un acteur à la gare de Vierzon et que je pouvais par la même occasion le reconduire au train. Mais il s'accrochait. Il voulait que je lui trouve un hôtel dans les environs. Je lui ai dit que je serais absent plusieurs jours, que j'étais très occupé, et qu'il n'était plus question de monter *Thésée*.

La conversation traînait. Chacun attendait que l'autre parlât le premier du passé. Par deux fois j'ai failli lui dire : « Et Nadia ? » Mes lèvres sont restées serrées. Je ne pouvais ici prononcer son nom. Et je voulais être bien sûr qu'il était résolu à me cacher sa mort.

Par politesse nous sommes convenus de nous revoir. Il m'a donné son adresse à Milan, en ajoutant qu'il déménagerait bientôt et me tiendrait au courant.

Avant de partir il a jeté un dernier regard à la grande salle. « Et tu laisses tout ça au grand jour ? Quand tu t'en vas, tu n'as pas peur des voleurs ? »

En montant en voiture il a murmuré, comme pour lui-même : « C'est idiot de rester si longtemps sans nouvelles l'un de l'autre... Jusqu'à ces dernières années je croyais que tu vivais toujours avec Hameïla... Non, ne dis rien, j'ai tout su, par des amis qui m'ont montré les journaux... C'est curieux tout de même... Complètement invraisemblable... »

Nous n'étions plus aux Commettes. Brutalement je l'ai regardé : « Oui, maintenant je suis seul. Et toi, toujours avec Nadia ? » D'abord il n'a rien dit. Il a porté une main à ses yeux, s'est penché en avant, comme quelqu'un qui vacille sous le coup d'une grande douleur et s'efforce de réprimer un cri. De nouveau j'ai regardé la route. J'étais décidé à rester impassible. Il avait eu la volonté de se taire, il pouvait avoir le courage de parler. Il était maintenant secoué de sanglots de plus en plus violents et cachait son visage dans ses mains. Il articula enfin quelques mots : « Nadia... Je savais bien que tu finirais par me demander... Mais tu ne pouvais pas savoir... Morte... Récemment... Et moi je ne pouvais pas te le dire... Trop récent... Plus tard... Pleins de choses à te dire... Nadia... Nadia... »

Je n'ai pas honte à l'avouer. Les sanglots de Sergio

m'étaient agréables. Ils me délivraient d'une longue attente. J'appréciai enfin sa visite.

Moi aussi la mort de Nadia me bouleverse, mais je garde les yeux secs. Il y a longtemps que pour moi elle est morte, de l'autre mort, celle de la rupture et de l'oubli. Sergio sait donc où me retrouver. Il me sera difficile à l'avenir de l'éviter. Il pourra aussi retrouver Hameïla. Quand il m'a demandé de ses nouvelles, sans réfléchir, je lui ai dit qu'elle était mariée à Anthony Linsdown, un riche actionnaire de la B.P. Il vaudrait mieux que je la prévienne. Je ne voulais le retrouver que dans mon histoire. Je n'aurais jamais dû écrire son nom sur l'écran. Maintenant qu'il est revenu, je sais que l'histoire n'était pas terminée, et que sa fin ne m'appartient pas.

Rôdeurs

Estelle fermait un soir les volets de la grande salle. Soudain elle retira ses mains de la poignée, comme si elle s'était brûlée, et m'appela. Elle me dit que cette fois elle en était sûre, elle avait vu quelqu'un, au fond du jardin, qui s'était mis à courir au moment où elle ouvrait la fenêtre. Ce n'était pas la première fois qu'elle croyait apercevoir ainsi une silhouette à travers les arbres. Je la rassurai en lui disant qu'il devait s'agir d'un braconnier égaré. Elle n'eut pas l'air convaincu. Elle me répondit qu'elle avait aussi remarqué sur la route, à quelques centaines de mètres de notre maison, une camionnette qui stationnait parfois sans raisons apparentes. Nous avons simplement décidé qu'il faudrait chaque soir vérifier que tout était bien fermé, et nous n'en avons plus reparlé. C'était trois semaines avant sa mort.

Départ

Pendant tout le temps que j'ai fait visiter la maison à Sergio, je n'ai cessé de voir Estelle surgissant soudainement dans l'encadrement d'une porte, ou allongée sur le canapé, comme elle le faisait surtout les derniers temps, quand elle avait du mal à supporter une station debout prolongée, et dans son déshabillé blanc, qui flottait derrière elle quand lentement elle montait l'escalier pour aller chercher un livre ou ses notes dans la mezzanine.

Et enfin là, devant la porte, quand pour la dernière fois je l'ai vue partir.

Elle avait rassemblé, comme elle aimait le faire, ses longs cheveux en une tresse qu'elle laissait pendre sur son épaule droite. Cela donnait à sa chevelure, au-dessus de la nuque, une allure de tornade, comme si ses cheveux captaient des tourbillons qui venaient se figer là, et fixaient les formes d'une matière et d'un mouvement qu'eux seuls pouvaient emprisonner. Elle avait jeté sur elle son manteau noir au tissu très fin, sans passer les manches, qui pendaient inertes le long de son corps. On aurait dit qu'elle avait revêtu une chape pour s'isoler de tout contact. Mes yeux une fois encore furent attirés par la raie lumineuse de la robe qui s'offrait dans l'ouverture du manteau, sur les bords duquel fusaient par moments, comme des étincelles, les pointes de ses ongles vernis, pinçant les bords du tissu pour les maintenir bien droit, ou caressant la ceinture, pour mieux l'ajuster à la taille.

Nous avions longuement discuté pour savoir si elle devait accepter les propositions de Parinelli. Je craignais que son séjour à Londres ne la fatiguât. Elle venait de me dire qu'à son retour elle se ferait hospitaliser pour des examens, mais que rien ne pressait et qu'une fois de plus Parinelli avait besoin de sa collaboration. Il la voulait près de lui pendant quinze jours, au moment où le spectacle allait prendre sa forme définitive. Il créait au Covent Garden *Il Mondo della Luna* de Haydn. Estelle devait, comme à son habitude, l'aider à corriger tout ce qui n'était pas encore au point. « Je te vole Stella, comme il l'appelait, pour quinze jours. Avec elle on fera un chef-d'œuvre. » Depuis un mois elle annotait la partition et m'en parlait souvent.

Elle est partie un mardi après-midi. J'ai entouré sa taille de mon bras. Nous ne pouvions plus, depuis quelque temps, nous serrer l'un contre l'autre, face à face. Je savais que cela était devenu douloureux pour elle. J'appuyais mon ventre sur sa hanche, elle inclinait sa tête sur mon épaule, puis la relevait, et nous nous embrassions. Elle venait d'avoir quarante-deux ans. Elle était belle.

Je lui ai proposé de l'accompagner. Elle supportait mal la position assise en voiture. Elle aurait pu à côté de moi s'allonger sur son siège. Mais elle a refusé. « Non, reste ici, tu as trop de travail. Deux cents kilomètres, ce n'est pas très long, et je m'arrêterai quelques fois en route, je te le promets. Ne t'inquiète pas... Ce n'est pas si grave... Je ferai attention, et au retour je me soignerai sérieusement... Travaille tranquillement. On s'appellera le soir... »

C'est alors que je lui ai dit de prendre ma voiture, qu'habituellement elle ne voulait pas conduire parce qu'elle la trouvait trop grande. Sans attendre sa réponse je lui ai donné les clés. « Fais-moi plaisir, prends-la, tu peux incliner le siège tout en conservant une bonne visibilité, tu peineras moins. Mais promets-moi de t'arrêter de temps en temps... »

Elle est partie avec l'Alfa Romeo blanche. Elle devait la laisser à Orly au parc P7 et prendre l'avion de vingt heures.

La mort d'Estelle

Plusieurs fois pendant les quinze jours elle m'a appelé. Elle était enthousiaste. « Ce sera magnifique. Dans un mois tu viendras à la première. » Elle avait trouvé qu'il y avait beaucoup à reprendre, que Parinelli était mal entouré, qu'il avait beaucoup vieilli... « Je me suis fait quelques ennemis, mais je lui ai évité quelques erreurs. » Quand je lui demandais comment elle allait, elle me répondait invariablement « mais très bien... très bien... »

Le vendredi où elle devait rentrer elle m'a appelé dans l'après-midi. « C'est fini. Je crois que c'est au point. Parinelli

57

est anxieux, mais content tout de même. Il attend ton jugement avec impatience. Mais il dit que tu n'oseras pas me critiquer, car il déclare à tout le monde que ce qu'il y a de meilleur dans son spectacle vient de moi. Il est adorable. Je prends l'avion de cinq heures. Mon chéri on pourra dîner ensemble. Je t'embrasse. Je t'aime. »

A partir de dix heures du soir je n'ai cessé de guetter un bruit de moteur. Une fois même je suis sorti en courant. J'avais entendu sur la route une voiture et j'étais sûr que c'était elle. A onze heures je me suis dit qu'elle avait peut-être manqué son avion, ou qu'elle avait eu une panne de voiture. Je me suis reproché de ne pas avoir fait changer la batterie qui donnait des signes de faiblesse. Quinze jours sans rouler, elle devait être à plat quand Estelle a voulu démarrer. Mais depuis le temps elle m'aurait téléphoné. J'ai vérifié plusieurs fois le téléphone, pour m'assurer que le combiné était bien posé sur son support et que la prise était bien branchée. J'attendais d'une minute à l'autre un appel, ou un bruit familier, le ronronnement grave et rond du moteur dans la cour, une portière qui claque, ses talons hauts sur le dallage, le bruit de la porte qui s'ouvre, sa voix, alors que je n'ai pu encore l'apercevoir, « un embouteillage terrible sur l'autoroute à la suite d'un accident, pas moyen de t'appeler, j'étais coincée dans le mur des voitures, je me suis énervée, j'ai très mal, tu veux bien, je m'allonge quelques minutes, et puis on dînera tous les deux... », enfin elle est là, pourquoi cette panique, c'était stupide, « tu as dû t'inquiéter... — non... non, enfin je me demandais pourquoi, mais je me doutais bien qu'il devait y avoir une raison, tu sais, quand on voyage... »

Mais rien. Le silence, celui qu'on ne peut plus supporter, parce que soudain il est devenu inexplicable.

Il faudrait téléphoner à Londres ou à Orly pour savoir si l'avion de dix-sept heures... Mais si elle cherche à m'appeler pendant ce temps-là ? Il ne faut pas bloquer la ligne.

Bientôt minuit. Instinctivement je décroche le combiné, les renseignements, Orly, je veux savoir si l'avion décollant de Londres à dix-sept heures... « Quelle compagnie, Monsieur ? » Déclics. Faux numéros. Attente, postes qui ne répondent pas. Quelle compagnie ? Je ne sais pas. J'ai vu son billet, mais aucun souvenir. A eux de savoir. A dix-sept heures il n'y a pas dix avions qui s'envolent pour Paris à la même heure. British Airways. « ... Si Mme Estelle Fulgère était dans l'avion ?... Il faudrait demander directement au siège de la compagnie. A cette heure c'est impossible. Oui l'avion est arrivé normalement à dix-huit heures. » Aller au péage de l'autoroute. Vingt kilomètres. Je regarderai toutes les voitures que je croiserai. Mais la nuit je ne reconnaîtrai rien. Et si pendant ce temps elle m'appelle... ? Brancher le répondeur automatique. Avec elle je n'ai jamais eu peur d'être ridicule. « Estelle, je suis parti au péage de l'autoroute. Je suis inquiet. Je vais me renseigner... Tu as dû être retardée. Je suis de retour dans une demi-heure. Rappelle-moi. » Tant pis si quelqu'un d'autre entend le message. Mais qui pourrait téléphoner à cette heure ?

J'ai pris la petite voiture d'Estelle. J'ai mis un mot en évidence sur une chaise face à la porte. « Je vais à ta rencontre. Repose-toi. Je reviens. »

Je suis parti dans la nuit. J'ai laissé la grande salle allumée, et la porte ouverte, au cas où elle arriverait pendant ce temps, car je ne suis pas certain qu'elle ait ses clés ; elle les oublie souvent.

Les phares des voitures qui me croisent, c'est peut-être elle. Quand je reviendrai elle sera là. Elle aura trouvé mon mot. Je la prendrai par la taille, doucement. Elle passera sa main dans mes cheveux. Elle dira « tu es un grand fou ! Tu vois bien que je ne peux pas m'absenter longtemps. Ta batterie a lâché d'un coup, en sortant du parc à Orly. J'aurais mieux fait de prendre ma vieille Autobianchi. Pour me faire dépanner à cette heure... » Elle sourira en voyant que j'ai mis sur la nappe rose les assiettes au liséré bleu pâle et aux faisans dorés, et nous parlerons de son travail à Londres.

« Non, monsieur, pas d'accident ou de voiture en panne sur l'autoroute, pas à ma connaissance. Nous on ne s'occupe que du tronçon à péage. Une Alfa Romeo blanche ?... Albert !

Tu as vu une Alfa Romeo blanche?... C'est quelqu'un qui demande... Non, on peut pas vous dire. Des voitures, vous savez, il en passe tellement...»

Je suis rentré. J'ai cru voir dans la cour les reflets des chromes d'une voiture blanche. Mirage.

Le silence. Accroupi sur le sol. Même pas la force de boire ou de fumer.

Vers une heure et demie du matin le téléphone a sonné. «Estelle! Ma chérie... — Orly, service de sécurité...» La voix neutre d'un homme. «Vous êtes M. Florian Leurien? Etes-vous propriétaire d'une Alfa Romeo blanche immatriculée... On a eu du mal à déchiffrer le numéro, 3641 MN 18? Un accident? Non, monsieur, non, enfin c'est peu probable. Pourriez-vous passer demain matin pour être entendu par un commissaire? Voici l'adresse... Une explosion, au moment où la voiture démarrait. Oui, c'est cela, conduite par Mme Estelle Fulgère. Elle a été tuée sur le coup. Je ne sais pas. Je n'ai pas de détails, monsieur. Vraisemblablement d'origine criminelle d'après les premiers éléments du rapport. Non, nous ne savons rien de plus.»

Après, plus rien. Le grand trou noir d'une nuit sans fin.
J'ai erré pendant des heures dans les bois.
J'ai repris connaissance au milieu des feuilles pourries, des branches mortes et de la vomissure.

Attentat

La voiture n'a pas explosé tout de suite. Elle a parcouru une dizaine de mètres, ou plus. Les employés de service ont dit qu'ils ont vu une grande flamme orange, plus haute que les réverbères, qui sortait de terre. La voiture a été projetée en l'air. Elle a tourbillonné sur elle-même, comme une feuille morte prise dans une tornade. Estelle est morte aspirée par une gigantesque chevelure de feu. On a entendu l'explosion de très loin, à tel point que le service de sécurité à déclenché immédiatement son plan d'alerte, sans même savoir de quoi il s'agissait. Les deux employés qui contrôlaient les sorties se sont précipités. L'un d'eux a crié : « C'est une voiture piégée ! » Ils étaient à quatre cents mètres. Il n'y avait plus beaucoup d'essence dans le réservoir, pourtant le feu a pris immédiatement... On a retrouvé des débris dans un rayon de cent mètres. Estelle n'avait pas encore bouclé sa ceinture. Elle a été éjectée et projetée contre le pare-brise d'une voiture qui a éclaté sous la violence du choc. Son corps a été criblé de milliers d'éclats, du sang vitrifié. Ils affirment qu'elle a été tuée sur le coup. Elle ne respirait plus quand ils sont arrivés.

« Peut-être est-ce vous qui étiez visé, monsieur Leurien ? Avez-vous des ennemis personnels, qui pourraient vous en vouloir au point de..., à vous ou à votre amie ? Nous n'avons recueilli aucun indice... Tout ce que vous pourrez nous dire... »

Estelle morte pour moi, à ma place. Parce que j'ai insisté pour qu'elle prenne ma voiture, pour qu'elle soit mieux assise, pour qu'elle ait moins mal.

Je n'ai pas l'imagination d'un romancier. Peut-être aurais-je dû, comme je le fais maintenant, remonter loin dans ma vie, et imaginer ce que je n'aurais jamais osé soupçonner.

Ce n'est que ce soir que je commence à entrevoir la vérité.

S'il le faut je torturerai Sergio. J'avais donné son nom au commissaire, en ajoutant que ça ne servirait à rien...

A la morgue, quand il m'a fallu reconnaître le corps, j'ai vu son visage auréolé d'un bandeau blanc, ses ongles vernis bien à plat sur le drap comme posés sur un écrin, et derrière ses paupières closes, intactes, il y avait ses grands yeux verts.

« *Regarde!* »

Quand elle disait « Regarde! », instinctivement je regardais ses grands yeux verts qui soudain devenaient immobiles, dilatés et fascinés par les couleurs et les formes qu'elle fixait intensément. Je redécouvrais la peinture, et le monde, à travers elle. Je la laissais me prendre le bras et la suivais sans rien dire, attendant le moment où elle me ferait partager son exaltation.

C'était deux ans avant sa mort. Sur la route de Venise nous nous étions arrêtés à Padoue. Elle m'emmena immédiatement visiter la Cappella degli Scrovegni pour voir les fresques de Giotto. Je sentis une fois encore ses doigts serrer mon bras. C'était son geste habituel quand elle voulait me faire partager une grande émotion.

« Regarde!... Il n'avait pas peur de l'espace, il le remodelait comme il le voulait. Il agrandissait tout. Tu vois comme la chapelle paraît haute et profonde. Pourtant elle est petite. Tout converge vers un point unique qu'on ne verra jamais, bien au-delà de la voûte... »

Elle me désignait l'ascension du Christ, « une navigation dans l'espace... Ils volent avec leurs bras, et autour d'eux on sent les turbulences produites par ce corps glorieux qui devient soleil. C'est le mouvement perpétuel d'une métamorphose qui ne finira jamais, une création infinie d'espace... C'est cela l'ascension du Christ. Et regarde, c'était déjà inscrit dès sa naissance... » De son index elle me montrait l'adoration des mages. « Regarde le décor. Ils sont propulsés sur une montagne lunaire qu'aucune pluie n'a érodée. Ils sont très loin sur un astre inconnu. Chaque visage avec son auréole brille comme une étoile. Il n'y a aucune pesanteur. Tu as vu le manteau du premier roi mage à gauche, et la robe de l'ange à droite? Aucun vent, aucun mouvement ne les fait bouger. Regarde, sur la crèche, il n'a pas épinglé la petite étoile miraculeuse, il a peint au-dessus la trace fulgurante d'une comète, immobile dans sa vitesse vertigineuse. Elle déroule ses fils d'or comme une Parque présidant à une naissance. Nos vies sorties de la vie sont prisonnières d'une immense comète, nous sommes les projectiles d'une fulgurante explosion... Oui, Florian, nous sommes cela, mais nous ne le savons pas. Nous sommes des bolides immobiles. « Il faudrait pouvoir nous voir comme Giotto nous a vus. Il a peint la vérité. La vérité, c'est l'auréole et la comète de chacun d'entre nous... »

Quand elle disait cela, sa voix était frêle, presque timide. Je n'ai jamais su, lorsqu'elle regardait ainsi un tableau, si elle jouissait intensément, se projetant avec ses yeux dans un monde où elle retrouvait sa propre sensualité étalée partout dans les plis les plus secrets des robes, les reflets les plus nuancés de la lumière et l'éclat insolent des chairs qui s'offraient à sa vue et à son corps, ou si elle souffrait au plus profond d'elle-même, découvrant au-delà des vibrations sans fin de la lumière et de sa jouissance, un abîme d'illusions qui lui révélaient la vérité du néant.

Elle avait alors la même respiration et le même masque que dans l'amour.

Maintenant me reviennent ses paroles. C'étaient des paroles de vérité, qu'elle se disait à elle-même, mais qu'elle ne pouvait proférer qu'en ma présence. Elle éprouvait une sorte de peur à lire ainsi notre destin dans les œuvres d'art. Parinelli m'avait dit un jour en parlant d'elle : « Elle voit, elle lit un tableau, une pièce de théâtre, un opéra comme si c'était un oracle la concernant... Elle souffre beaucoup, et elle trouve, elle trouve tout ce qui est contenu dedans et que nous ne voyons pas... »

Estelle, morte de la mort que tu avais prédite, Estelle, arrachée à la terre par une auréole de feu, appelée par les voix de Marie-Anne et d'Hameïla, ressuscitée par le passage de l'intrus, tu sors enfin du cadre de ta vie et de ta mort, tu es là dans l'écran luminescent des mots, bien plus qu'un nom et qu'un souvenir, une mémoire vivante, une voix charnelle qui m'a tant de fois sauvé du silence.

« Contente-toi d'inventer ce qui existe », me disais-tu quand tu me voyais hésiter sur un détail de mise en scène, un éclairage ou une couleur. Et à force de te regarder, je finissais par trouver.

Mystères

La mort d'Estelle est restée pour moi jusqu'à ce jour un mystère.

A-t-elle été suivie par ses assassins ? Ils ont vu qu'elle était seule. Ils savaient donc que c'était elle qu'ils allaient tuer. Ont-ils exécuté froidement ce qu'on leur avait commandé : faire exploser une Alfa Romeo blanche appartenant à Florian Leurien, sans se soucier de l'identité de la victime ? Ou avaient-ils vraiment reçu l'ordre de tuer Estelle Fulgère, la compagne de Florian Leurien ? La vie d'Estelle m'était plus transparente que la mienne. Rien ne pouvait expliquer un tel meurtre, à moins qu'on ait voulu m'atteindre à travers elle. Pendant plusieurs semaines j'ai guetté un signe, attendu un message, espéré même des menaces. Mais rien. Ils l'ont tuée et je n'étais pas concerné. La police a même fini par croire à une erreur sur les personnes. Elle donnait là l'explication de toute mort : une erreur qui se répète systématiquement, dont nous sommes les innocentes victimes.

Les seuls indices un peu précis qu'on ait pu recueillir n'ont fait qu'embrouiller un peu plus les recherches. En effet les quelques secondes qui se sont écoulées entre le moment où Estelle a mis le contact et l'instant où la voiture a explosé prouvent, selon les experts, que la bombe était de fabrication artisanale. En fait, ont assuré des spécialistes, elle aurait pu ne pas exploser. Le dispositif de mise à feu était défectueux. Il a fini par fonctionner ce vendredi soir. On peut donc imaginer que la voiture était piégée depuis quelque temps déjà, et que c'est par hasard qu'elle a explosé ce jour-là. Mais lors d'une contre-expertise qui eut lieu plus tard, on avança l'hypothèse qu'au contraire on avait placé sous la voiture un système de mise à feu très sophistiqué, réglé longtemps à l'avance, qui devait se déclencher précisément ce vendredi soir à dix-neuf heures. C'est l'hypothèse qui prévalut, mais on ne put jamais rien prouver.

Il y avait peu de monde sur le parc, et miraculeusement il n'y eut aucun blessé, seulement quelques véhicules incendiés. Mais aussitôt après l'explosion, quelques voyageurs, qui venaient de garer leur auto non loin de là, sont repartis en toute hâte avec leur voiture, pour la mettre à l'abri, alors que les secours et la police n'étaient pas encore arrivés. Plusieurs témoins ont rapporté cela. L'égoïsme de nos contemporains sait prendre des risques. Cela leur donne un grand sang-froid. L'un d'entre eux est sans doute parti avec la preuve qui aurait permis de remonter une filière et de découvrir l'origine des meurtriers. Que lui importe ! Il risquait de ne pas être remboursé par son assurance. Il a sauvé sa voiture. C'est un citoyen méritant.

Nous étions donc observés depuis longtemps, et l'on connaissait bien nos habitudes. A cette heure-là, en effet, Estelle et moi, quelles que fussent nos occupations, nous rentrions toujours depuis quelques années dans notre maison de Sologne pour y passer la scirée. Si Estelle n'avait pas été rappelée plus tôt que prévu par Parinelli, l'explosion aurait eu lieu en pleine forêt. Nous serions morts tous les deux, et je ne serais plus là pour chercher encore à comprendre. Ou avec un peu de chance la voiture aurait explosé dans un chemin de traverse, où nous avions pris l'habitude de nous arrêter pour qu'Estelle pût marcher un peu et se détendre. Nous parlions alors de notre fin de semaine aux Commettes, des amis que nous allions recevoir, des projets qui prenaient corps. Nous aurions entendu une déflagration, nous aurions vu une grande boule de feu derrière nous, nous aurions crié, nous aurions couru, nous nous serions serrés l'un contre l'autre...

Autre chose a prévalu, un hasard qui nous a séparés, dont il est impossible de reconstituer la chaîne. Si Estelle n'avait pas vécu il y a quinze ans avec un metteur en scène italien qui s'appelait Parinelli et qui avait vingt ans de plus qu'elle, si elle n'avait pas joué avec autant de talent le rôle principal d'une mauvaise pièce, si elle ne m'avait pas rencontré par hasard dix ans auparavant dans un restaurant, si Parinelli, comme il me l'a avoué, effondré, à l'enterrement d'Estelle, avait refusé la proposition du Covent Garden, ce qui avait été sa première réaction, si j'avais fait moins attention à son état et si elle avait pris sa voiture, si elle avait été en bonne santé, si elle avait égaré ses clés comme cela lui arrivait souvent, si la batterie avait été à plat...

Morte pour lui*

C'était un des quinze Français qui avait décidé de rester à Beyrouth Ouest, parce qu'il aimait une Libanaise. C'est elle qui conduisait la voiture, parce qu'elle pensait qu'on les laisserait plus facilement passer. Ils étaient en règle, c'était elle qui montrait les papiers, et ils franchissaient sans difficulté les contrôles.

Mais le dimanche 26 avril, à un barrage, on lui dit qu'elle pouvait passer, mais que l'homme devait descendre. Elle a parlementé, elle a tout expliqué, que tous les jours on les laissait passer et qu'ils le connaissaient bien, que c'était un ami de leur pays, qu'il travaillait chez eux. Elle a entendu des menaces, on lui a crié qu'elle était une chienne et lui un porc, et déjà ils se précipitaient sur la portière. Alors elle a embrayé et accéléré à fond, en faisant zigzaguer la voiture. Elle conduisait très bien et elle restait maîtresse d'elle-

---

* En face de ce titre on trouve dans le carnet une indication : « A insérer après "Mystères". » Le texte fait allusion à des événements qui ont eu lieu le 26 avril 1986 à Beyrouth et le 15 décembre 1986 en France. Florian Leurien, frappé par la similitude des situations, a voulu insérer ces lignes après l'évocation de la mort d'Estelle.

C'est vraisemblablement le dernier texte écrit par Florian Leurien, qui mourut le 21 décembre 1986.

même. Elle n'avait pas peur. Derrière ils ont tiré, mais c'était trop tard. Ils étaient passés et de sa main droite elle caressait la nuque de celui qu'elle aimait.

En face un milicien caché dans le renfoncement d'une porte avait tout vu.

Il a déchargé son arme en visant le coin droit du pare-brise derrière lequel il ne voyait rien, que des reflets.

Elle a été tuée sur le coup.

Lui ne fut que légèrement blessé par les éclats de verre. Ils ne l'ont même pas pris en otage.

Et vous avez déjà oublié cette histoire.

Et vous oublierez aussi qu'hier un employé municipal de Provins a été tué par hasard et par erreur, parce qu'il venait déplacer la voiture de son maire.

J'aime confier les traces de ces tragédies à ma mémoire.

Si j'avais une autre vie je me ferais scribe comme autrefois, écrivain public pour transcrire les histoires vraies qu'on viendrait me raconter, et être une mémoire vivante, et non l'anonyme rédacteur d'informations qui meurent dès qu'on leur a donné le jour.

Sécrétions et secrets

Maintenant tout dort, sauf le ciel éveillé qui renvoie sur nos têtes tous les reflets de la vie et dévoile à ceux qui méprisent le sommeil son corps d'étoiles et de satellites. La disquette est toujours enfermée dans son logement. Je vais pouvoir me jouer ma propre musique, m'entendre dans un miroir de mots que je déformerai au gré de ma fantaisie, et lire les lignes de ma vie sur un écran magique. Pendant vingt ans j'ai créé des œuvres pour le public, et pour cela je n'ai cessé de me créer moi-même. Je ne suis que la création de créations, sécrétions et secrets.

4

DU SOULIER À LA BOURSE

De l'argent pour un soulier   Mise en scène   Dédicace
Le lieu le plus noble du discours politique   Trois spectacles
Le retour de la Comète   Le retour des élections
Théâtre privé   Prestidigitatrice   « Le Soulier de satin »
« Les Yeux de la nuit »   La bourse de satin

De l'argent pour un soulier

Je ne cesse de leur répéter de se méfier de l'écho. Il est inutile de forcer sa voix sous prétexte qu'on joue dans un hangar immense. On entend très bien, tout le métal résonne et c'est splendide. Je suis heureusement surpris des conditions dans lesquelles se déroule la répétition. Je redoutais le pire. Tous les obstacles ont disparu les uns après les autres. Même l'acoustique est excellente.

Pourtant on m'a ri au nez le jour où j'ai proposé de monter Le Soulier de satin dans une centrale nucléaire en construction. Tous les professionnels du spectacle, forts de leur expérience, ont déclaré que ce serait un échec. Ils m'ont démontré que le seul spectacle digne de ce cadre était celui de la contestation écologique. Les responsables de l'E.D.F., eux, ont été immédiatement séduits. Certains connaissaient même la pièce autrement que par ouï-dire, et j'ai trouvé auprès d'eux un accueil que j'aurais aimé recevoir dans les couloirs d'un ministère qu'on continue d'appeler par habitude « de la Culture ».

« Le Soulier de satin? Tiens! Quelle idée! Mais c'est à

Jean-Louis Barrault ça... Et tu ne sais pas que Manoel de Oliviera est en train d'en faire un film qu'il découpera en feuilleton pour les télévisions européennes? Et que Vitez va faire l'intégrale à Avignon? Tu veux te suicider? Avec l'E.D.F.? Tiens! C'est intéressant ça... Et ils payent? Dans une centrale en construction... Et les spectateurs alors, tu les mets où?»

Quand ils ont compris que le spectacle allait se réaliser, ils ont fini par s'y intéresser, et par suivre. On a même fait semblant de connaître l'œuvre, et on a soudain dépensé beaucoup d'énergie pour faire croire que l'idée venait du ministre. Pour persuader le public que c'était vrai, ils ont donné beaucoup d'argent...

Le montage financier s'est donc fait sans difficulté. Il y aura à Belleville-sur-Loire un festival d'été pendant lequel on donnera, du 1er juin à la fin juillet, vingt-quatre représentations, dans la version abrégée, les vendredi, samedi et dimanche soir.

Mise en scène

Nous jouerons dans le hall de la salle des machines. L'espace libre pour la scène est de quinze mètres de profondeur, quarante de longueur et trente-cinq de hauteur, avec tous les étages et les escaliers qu'on voit en enfilade comme sur une coupe. Il faut donc surtout utiliser cette profondeur étagée. En haut et au centre, violemment éclairée, l'immense rosace évidée de l'alternateur, soleil rouge aux rayons blancs, dont le centre est un trou noir, roue de loterie, de fortune et d'infortune, irradiant tout le drame. On la verra pendant toute la représentation.

Comme toile de fond, en arrière-plan, les veines et les artères d'un corps écorché, toute l'anatomie d'une tuyauterie gigantesque qui sort d'un organisme invisible, orgues titanesques qui font vibrer la lumière, dispensent la chaleur et amplifient les voix. Elles seront éclairées par des centaines de projecteurs. Ici le jour et là la nuit, là-haut le ciel bleu et là-bas la tempête, et plus haut encore les trajectoires du soleil et de la lune, et partout les ombres, les fantômes et les poussières suspendus dans les airs, et toute la fantasmagorie de l'espace.

Tout au-dessus de nos têtes les deux énormes ponts roulants, couleur du soleil, le vrai *deus ex machina*, qui me permettra avec ses filins de faire tanguer les bateaux sur la mer, chanceler les trônes des rois, et soulever les humains comme des fétus de paille. Tout le plancher de la terre pourra, quand il le faut, chavirer. La nacelle sera un satellite d'où l'on verra aussi bien l'Amérique et l'Asie, l'Océanie, l'Europe et l'Afrique. L'œuvre trouvera ici son vrai décor. Nous serons vraiment au théâtre, à l'église, et aux dimensions du monde.

Les spectateurs, comme dans les théâtres antiques, seront sur des gradins disposés en éventail sous un hangar construit spécialement dans le prolongement de la salle des machines. Le toit sera escamotable, selon le temps. Le public pourra ainsi apercevoir, quand il fera nuit, les deux tours de réfrigération illuminées. Ils verront au-dessus d'eux les jupes immenses de déesses mères à la taille fine et au corsage renflé, sous lesquelles s'engouffre un vent perpétuel qui les fait vibrer. Aujourd'hui encore, elles président à l'entretien de nos vies et aux cycles de nos métamorphoses.

Dédicace

J'ai eu raison de choisir ce lieu. C'est l'enclos sacré où règnent maintenant de nouveaux dieux. Il convient d'y accomplir les rites d'une nouvelle initiation et de le baptiser avant qu'il ne produise son courant de vie et de mort. Il faut faire retentir ses murailles de paroles de terreur et d'alliance, exorciser notre peur et répéter les gestes qui promettent le salut. Il faut ici faire du théâtre.

A peine avons-nous réussi à enfermer dans un tabernacle

de béton et d'acier quelques barres d'une énergie précieuse que nous gesticulons autour comme des sauvages pris de panique. Nous oublions qu'à l'origine de toute vie il y a une explosion qui tue et qui transmue, et l'alliance de nouvelles molécules soudées entre elles par un éclair aveuglant. Cela s'appelle une naissance.

Dédions-lui sans trembler, avec nos voix et avec nos corps, les célébrations de la vie et de la mort.

Le lieu le plus noble du discours politique

On parle un peu partout du spectacle, comme s'il avait déjà eu lieu. Sans le vouloir, car seule l'intuition m'a guidé, j'ai réussi là mon meilleur coup médiatique. De nouveau des petits génies vont me trouver du talent, pour quelques semaines.

Je n'ai recruté que de jeunes acteurs inconnus. Ils ont la foi. Pour eux c'est l'aventure. On dirait que je suis allé les chercher dans la pièce elle-même. Ils se donnent à fond, et n'ont d'autre exigence que celle de sentir auprès d'eux quelqu'un qui a une mise en scène à créer et une vie à leur donner. C'est tout ce qu'ils attendent. Ils sont simples, timides et pleins de bonne volonté. Ils ne sont pas encore célèbres.

Nous allons enfin pouvoir jouer un mystère d'aujourd'hui dans une cathédrale en construction. C'est à ce moment qu'elles sont les plus belles. On n'a jamais su les achever, et on n'a jamais compris que c'était inutile.

« Ma place est ici, au pied de cette colonne dans la mer qui soutient toute l'Europe et qui est le milieu de tout.

« Ni l'Islam ne réussira à l'ébranler, ni le mouvement des peuples furieux venus du Nord... »

Il est urgent d'entendre cela de nos jours, au théâtre. Il reste le lieu le plus noble du discours politique.

Trois spectacles

Un journaliste a conclu ainsi son article : « Dans les douze mois que nous allons vivre, il y aura trois spectacles à ne pas manquer : la mise en scène du *Soulier de satin* dans une centrale nucléaire, le passage de la comète, et les élections. » Il est heureux que je me sois inscrit le premier dans cette série de catastrophes.

Le retour de la Comète

Ce sera donc le second spectacle offert aux humains, après le mien. Cette fois je serai spectateur. Il aura la particularité d'être invisible au plus grand nombre, mais tout le monde en entendra parler, donc tout le monde croira l'avoir vu. Une religion pour quelques mois d'hiver.
On disait autrefois qu'elle annonçait de grands malheurs. A son approche certains perdaient la raison, et l'on vit des fils assassiner leur père, car elle les avait rendus fous. On murmurait même qu'elle pouvait voiler le soleil, et à son passage la terre se mettait à trembler en différents endroits. Les sources miraculeuses se tarissaient et les malades ne guérissaient plus. Toute entreprise était vouée à l'échec. C'étaient les grandes peurs de la nuit des temps, quand on voyait apparaître dans le ciel de la divinité le voile d'une comète. Lors de son dernier passage, en 1910, il y eut un soir, en plein Paris, des scènes de panique. Les modernes Parisiens, qui n'avaient plus peur que la tour Eiffel leur tombe sur la tête, étaient persuadés qu'ils allaient périr asphyxiés parce que la chevelure de la comète venait les caresser. Un grand savant leur avait démontré cela.
Cet hiver les arbres et les plantes ont gelé. Nous connaissons maintenant une grande sécheresse. A Lourdes, sous les rochers de la grotte miraculeuse, ne suinte plus qu'un mince filet d'eau. Et déjà partout la terre a tremblé. Il y a des milliers de morts, parce que quelques plaques stériles ont

glissé de quelques centimètres, à des milliers de kilomètres au fond de l'océan, sur des magmas visqueux.

Un frisson de la terre, qui a aussi ses frayeurs, nous oblige à redevenir ce que nous sommes vraiment : les acteurs de tragédies horribles que personne n'a écrites. Personne n'a mis en scène la mort de l'enfant de dix ans.

A Mexico, pendant trois jours, ils ont ausculté, creusé, étayé, espéré. Lentement, malgré la mort imminente, ils ont progressé dans les gravats, la poussière de ciment et les barreaux d'acier qu'il fallait mettre à nu, cisailler et parfois attaquer au chalumeau. Ils ont pris toutes les précautions. Ils ont consolidé, mètre après mètre, le tunnel creusé par leurs mains. Chaque vérin a été mesuré, vérifié, ajusté. Ils rampaient les coudes collés au corps pour ne provoquer aucun éboulement. Tous les quarts d'heure ils s'arrêtaient et faisaient un grand silence. Ils appelaient l'enfant enseveli depuis quinze jours sous vingt-cinq étages qui ne mesuraient plus que cinq mètres d'épaisseur, un mille-feuille de pierres et de ciment saupoudré de poussière humaine. Nous savons décorer les croûtes de la terre quand elles s'ouvrent sous nos pas.

Je les ai entendus appeler l'enfant. Leur appel n'était ni un nom ni un cri. Ils demandaient calmement qu'on fasse le silence. Tous les marteaux piqueurs et les bulldozers se sont tus. Les sauveteurs se sont arrêtés de creuser. Les hommes se sont figés comme des statues. On n'entendait plus rien que le bruit du vent dans les poutrelles disloquées et les draps déchirés.

Alors ils ont pris un bâton, un pauvre petit bâton, et sur la dalle qui pendait devant eux comme un rideau de théâtre soudain coincé qu'on ne peut plus relever pour le spectacle, ils ont frappé neuf coups rapides et trois coups plus lents, *un deux trois quatre cinq six sept huit neuf*, un homme affolé frappe neuf fois à une porte condamnée, *un... deux... trois...*, trois longs coups de gong se répercutent indéfiniment dans l'espace.

Des dizaines de fois dans ma vie, quand j'étais jeune comédien, j'ai émis ce signal. Caché derrière un rideau de velours pourpre, tenant à la main un long bâton, qu'on appelle dans notre métier le brigadier, j'ai frappé les mêmes coups sur un vieux plancher, et je voyais, dans la lumière des projecteurs qui s'allumaient, danser la poussière. Avec cette canne dérisoire j'appelais les inconnus à venir voir la farce d'une vie, ou l'agonie d'un héros. C'était pour nous le battement qui scandait le trac le plus insupportable, quand le cœur cogne à se rompre et qu'on ne peut plus rien faire que se projeter sur scène. C'est l'élémentaire et ultime vibration d'un appel quand il ne reste que quelques heures pour jouer toute une vie, entre le lever et la chute d'une toile, une déchirure et un linceul.

L'enfant lui aussi a frappé. Ils se sont rapprochés et ils ont parlé. Il a dit qu'il était couché entre deux dalles très froides, et qu'il sentait la main de son grand-père qui était mort. Sa voix était calme. Il attendait.

Ils ont repris leur procession. Ils ont doucement élargi la fente, et ils ont aperçu, dans le faisceau de leur torche, les doigts de l'enfant. Ils ouvraient la trousse d'urgence. Ils étaient épuisés et heureux. Ils ont déplacé une dernière dalle. Alors d'autres décors sont tombés des cintres, poussières, poutres et pierres, éboulis, papiers fleuris, carcasses de lit. Ils ont recommencé.

Enfin ils ont franchi le dernier rideau de gravats.

Quand ils sont arrivés sur la scène, l'enfant était mort.

C'est l'année de la comète, et l'année aux treize lunes, l'année des catastrophes. En Chine on l'appelait autrefois l'année du dragon, et il y avait des tremblements de terre, mais c'était pure superstition.

Pourtant les fuselages de nos monstres volants et leurs réacteurs d'acier se fissurent, et les avions tombent comme des masses, lentement d'abord, pour faire croire qu'il y a encore un espoir, inexorablement, pour que chacun ait bien le temps de prendre conscience qu'il va mourir, victime d'un mal soudain et invisible, pour avoir violé un espace qu'il n'aurait jamais dû franchir. Nos trains déraillent et leurs conducteurs sont frappés de folie. Des nuages invisibles, échappés de lointains cratères en béton, provoquent, tout comme au Moyen Âge, de grandes terreurs. Le lieu de notre confort est devenu l'endroit de notre mort. On piétine, on étouffe et on tue dans nos stades. Pour mieux célébrer l'holocauste, on honore le dieu ballon par une cérémonie d'une heure et demie, et des millions de fidèles regardent et applaudissent. On achète ainsi, en gagnant beaucoup d'argent, la paix de fanatiques prêts à commettre d'autres meurtres. *Ceci n'est pas un reportage sportif, mais une émission destinée à éviter d'autres massacres.* Nous habitons une tribu sauvage qui pratique le sacrifice humain.

Nos plus beaux sacrifices sont des torchères de feu et de sang. Nous ornons notre ciel d'immenses champignons vénéneux, nouvelle fumée d'une étrange prière. Les constellations du mal sont infinies. Nous avons occulté la peste et le choléra, pour mieux voir briller le cancer et le sida. Nous feignons de ne rien craindre. Nous sommes devenus de grands hypocrites. Nous cachons nos bombes, nos peurs et nos morts. Nous avons des techniques pour cela : services secrets, psychiatres et pompes funèbres.

Le retour des élections

Notre horde hypnotisée par ses drogues a déjà tout oublié. Il lui faut chaque jour de nouvelles images et de nouveaux frissons. Elle joue maintenant à la guerre des chefs. Ses membres vont sacrifier avec gravité au rituel électoral. C'est le nouveau lieu de leur superstition. Ils achètent cinq ans d'insouciance en faisant glisser dans la fente étroite de l'urne magique un petit rectangle de papier blanc, caché dans une enveloppe bleue, et sur lequel on a écrit à l'avance les noms de leurs fétiches.

Cela va les occuper plusieurs mois. Ils suivront fidèlement

sur leurs écrans les débats et les duels, et croiront entendre de grandes révélations. On leur prédira l'avenir. On leur fera des promesses, et on leur distribuera gratuitement un programme. Ce sont de bons spectateurs. Ils savent que tout est joué. Ils ne veulent que de bons acteurs et une bonne action. Ils jouent bien leur rôle : ils croient l'histoire qu'on leur raconte tout en sachant qu'elle est fausse. Électeur lecteur. S'apercevront-ils seulement qu'une comète est passée au-dessus de leur tête? La scène est trop vaste pour leurs yeux atrophiés. Il faut leur découper le monde aux dimensions d'un petit rectangle. Ils verront dans leur téléviseur une comète apprivoisée et maquillée des vives couleurs de l'électronique. L'univers se consomme standardisé et miniaturisé. Nous avons un écran à la place des yeux.

Théâtre privé

J'irai à sa rencontre. A la campagne les nuits sont des vraies nuits. On peut voir le ciel. Chez moi je monterai au grenier. Je ferai basculer le cadre de la lucarne, et du côté de la constellation des Pléiades je la guetterai.

Il y aura bien un soir de gel où je finirai par la voir. Nous jouerons tous les deux notre scène, avec les étoiles pour spectateurs.

Tout est gratuit.

Prestidigitatrice

Ses doigts effleurent le papier. Elle jongle avec les dossiers. Ses ongles laissent derrière eux une traînée lumineuse.

Je ne peux détacher mon regard des mains de Marie-Anne.

Téléphone, huissier, petits billets, secrétaire silencieuse et souriante, téléphone aux sonneries très douces, huissier qui se penche à son oreille, petits billets qu'elle lisse du bout des doigts pour les déplier, et qu'elle lit du bout des yeux avant de les replier, secrétaire qu'elle interroge du regard, téléphone qu'elle prend dans sa main gauche, comme un peigne pour se lisser les cheveux, « Marie-Anne Virlande, oui, c'est parti il y a une heure. A ne pas diffuser avant confirmation de la Banque de France. J'attends le feu vert. Je vous rappelle... », huissier qui la regarde toujours comme s'il la voyait pour la première fois et lui annonçait un grand malheur qu'il faut tenir secret, et s'en va comme s'il la quittait pour toujours, petits billets froissés étalés devant elle sur le cuir grenat de son bureau Directoire et qu'elle va serrer, comme on disait autrefois, dans une cassette dont la clé serait dans son sac à main, secrétaire muette qui attend derrière elle en me dévisageant, un intrus qui vient déranger Madame qui a tellement de travail et de responsabilités, des enfants, et un mari, et qui partira tard ce soir, la dernière, parce que M. le ministre a dit qu'il rappellerait, et le téléphone encore, qu'elle prend en le cherchant de ses doigts, sans regarder, par habitude, et qu'elle porte à son oreille, en repoussant d'un petit coup sec avec le haut de l'écouteur ses cheveux qu'elle remet derrière son oreille, « non, nous n'avons pas encore l'indice de septembre, demain dans la matinée, non, ce n'est pas pour réserver la priorité de l'information au *Monde*, les journaux du matin n'ont qu'à paraître le soir s'ils veulent être les premiers à diffuser l'information, je leur ai déjà dit... », et elle repose le combiné dans son logement tout en me regardant, contente de sa boutade, « j'ai bientôt fini, je t'emmène dîner à *La Nacelle*, j'adore, on est tranquille, tous les deux dans un berceau d'osier, on retrouve son enfance... Non, vrai, tu ne connais pas ?... », elle presse un bouton et la secrétaire revient, avec son bloc-notes, « pour demain matin », comme une bonne ménagère qui prépare son menu, les entretiens et les dossiers, mais le téléphone encore, « oui, je suis toujours là, bien sûr, je t'envoie ça demain comme prévu, bonsoir, oui, compte sur moi... », c'était le ministre, on va pouvoir partir, elle dit à la secrétaire qu'on peut renvoyer le chauffeur, qu'elle a sa voiture, et enfin nous marchons dans la cour du Louvre, et nous respirons l'air frais et humide.

J'ai trop bu à *La Nacelle*. Nous étions entre ciel et terre. Je n'ai pas sommeil et je vais continuer à pianoter avec les vingt-six lettres de la gamme. Mes doigts sont moins agiles que les siens. Ses mains ne cessent de bouger. Elle a toujours quelque chose à toucher, même quand elle ne fait rien. Elle a les ongles longs, d'un rouge très foncé, la seule couleur voyante qu'elle porte sur elle. Elle tourne ses bagues, les remet en place, vérifie l'effet produit en mettant ses doigts bien à plat, serrés, sur son bureau ou sur la table. Pendant plusieurs minutes elle a lissé la tige du verre en cristal, en s'arrêtant toujours à l'endroit où elle commence à s'évaser pour se perdre dans la coupe, puis, tout en me fixant de ses yeux noirs, elle a fait remonter très vite ses doigts jusqu'au bord qu'elle a suivi de son index.

Elle a les mains d'une danseuse de Thaïlande, la pulpe des doigts charnue sous les ongles, les phalanges bien marquées par les plis de la chair, et surtout par la courbure des doigts, car le plus souvent elle les tient recourbés, comme si elle allait jouer du piano.

A la fin du repas elle a commencé à faire glisser l'index et le majeur sur sa joue, en descendant vers le menton, puis elle a cherché la fossette qu'elle a sous la lèvre inférieure, et les doigts sont restés là, comme pour mieux imprimer en eux-mêmes les deux sillons qui vont se perdre dans le bourrelet des lèvres. Elle venait de me parler d'Estelle, très discrète-ment, « tu as dû être très heureux avec elle... Je pense que tu es encore avec elle... Je te comprends... Florian, tu as eu... tu as une vie extraordinaire », et les doigts se sont envolés sur la tempe, pour enrouler lentement une mèche de cheveux.

« Tu as de belles mains. »

Elle me regarde, étonnée. « Tu crois ? Je ne sais pas... Il y a longtemps qu'on ne me l'a pas dit... » Elle lissait de la paume, tous doigts écartés, sa serviette bien à plat sur le bord de la table, et soudain elle ne sait plus que faire. Une main est restée en l'air, et je peux enfin la saisir et sentir du bout des lèvres le glacis tiède de ses ongles.

Elle m'a reconduit, et je voyais ses phalanges blanches et

ses ongles rouges, dix griffes sur le volant, qui ne cessaient de changer de position, comme s'il fallait indéfiniment polir, tâter et agripper un cercle magique pour pouvoir arriver là où nous voulions. « Non, André, tu sais, toujours enfermé dans son laboratoire. De la recherche, oui, il est très content, très occupé... Un de ces jours, oui peut-être... Tu le reconnaîtrais ? Vous ne vous êtes pas connus longtemps... En bonne santé, oui, ça oui... Bien vivant, enfin pour lui...» Elle a arrêté la voiture juste en face de mon studio. L'index a retrouvé sa fossette, mais il continue de chercher, d'insister, comme pour mieux cerner un point précis. Les yeux dans le vague, détournant un instant la tête comme pour cacher un geste trop intime, elle ne cesse de se donner à elle-même des caresses qu'elle semble ne pas sentir.

« *Le Soulier de satin* »

C'était avant-hier, au cours de la répétition, que j'ai ressenti soudain cette impression bizarre qu'on éprouve quelquefois pendant une fraction de seconde, d'être à la fois ici et ailleurs, en ce moment et dans un autre temps qu'on a déjà vécu, sans pourtant se souvenir de rien.

L'actrice qui joue le rôle de Doña Prouhèze déposait dans les mains de la statue de la Vierge son soulier de satin pour qu'elle ne puisse s'élancer vers le mal que d'un pied boiteux : « *Je m'en remets à vous ! Vierge mère, je vous donne mon soulier ! Vierge mère, gardez dans votre main mon malheureux petit pied !* » Elle songeait plus à son texte qu'à ses gestes. Je l'ai interrompue. Pour lui montrer comment elle devait confier son soulier à la Vierge, je me suis placé à côté d'elle et ensemble nous avons gravi les vingt marches de l'escalier métallique qui dessert tous les étages de la salle des machines. Il conduit à une niche formée par les coudes d'énormes tuyaux poncés qui brillent comme de l'argent. J'ai fait hisser à cet endroit, par le pont roulant, une immense statue féminine qui est la reproduction exacte des tours de la centrale. A l'endroit où la taille est la plus fine, entre la jupe et le corsage, deux pales de métal figurent les mains ouvertes, comme deux éventails dépliés. La statue est éclairée de l'intérieur, et le visage n'est qu'un ostensoir géant formé par les reflets de la lumière sur la couronne des tuyaux.

Il fallait donc placer le soulier sur les pales. J'avais l'impression d'effectuer avec la jeune femme une procession rituelle, de celles qu'on accomplissait autrefois pour faire un vœu ou prévenir une grande catastrophe. Je la sentais trembler. Elle avait le trac et le vertige en gravissant l'escalier à claire-voie. Elle pourrait donc, le moment venu, donner la pleine mesure de son talent.

Ensemble nous avons appliqué le soulier dans la main de la statue, en vérifiant qu'il tenait bien et qu'il ne glisserait pas. C'est alors que, au contact des doigts de l'actrice et du satin, je me suis senti subitement ailleurs, en un autre temps. C'était un autre décor, une autre tragédie, une autre main, et dans le même geste, une même angoisse. Tout s'est embrouillé. Tout a tourné. Moi aussi j'avais le vertige.

Mais déjà il fallait enchaîner. « *Gardez-le contre votre cœur, ô grande Maman effrayante.* » Je lui ai dit de crier cela très vite, très fort, de là-haut, et de redescendre l'escalier en prenant appui sur les deux rampes. Elle doit s'en servir comme de béquilles, car maintenant elle boite et a du mal à poser son pied sans soulier sur le treillis de fer, comme si elle était amputée, et parfois elle s'arrête, essoufflée, se retourne et lève les yeux vers la statue. Arrivée en bas, elle s'enfuit en sautant à cloche-pied le long de l'immense condensateur rouge comme un mur de brique. Elle a peur de ce qu'elle vient de faire et regarde partout pour être sûre que personne ne l'a vue.

J'avais l'impression de transposer au théâtre une scène de ma vie.

Mais à trop insister tout s'est évanoui, comme lorsqu'on veut au crépuscule distinguer dans une forêt la dentelle d'une fougère, ou dans un ciel voilé de brume une constellation naissante. Les yeux se fatiguent, et tout se brouille.

81

« Les Yeux de la nuit »

C'est à l'instant, en rentrant aux Commettes, que subitement, de nouveau, j'ai senti sur mes doigts le contact du satin. Je rêvais une fois encore à cette scène que j'ai égarée, ou qu'on m'a volée. Je me répétais les premières phrases, mais je change toujours un mot, un détail, et si je récrivais la pièce, comme Estelle me le demandait souvent, je ne pourrais que composer une succession de premières scènes qui ne seraient que les variations d'une même rencontre toujours à refaire. C'était ce texte que je voulais inscrire en premier sur l'écran de ma machine quand je l'ai achetée. Mais le hasard de mes doigts, des rencontres et des événements en a décidé autrement. Je continue à jeter dans un trou noir des mots et des phrases qui disparaissent et ne cessent pourtant d'exister. Étoiles filantes sans retours, ou signaux intermittents qui sortiront un jour de leur noire galaxie pour venir se figer sur leur orbite? Rotations du jour et de la nuit, passages du blanc au noir, où le blanc s'efface dans le noir, où le noir révèle une nouvelle lumière, lignes blanches, lignes noires où le blanc est encore visible, mais seul le noir a un sens.

La pièce était mauvaise, et toute la critique de l'époque avait reconnu qu'elle avait été sauvée par le talent d'une jeune actrice débutante, Estelle Fulgère, que je ne connaissais pas, et par la mise en scène de Parinelli. Malgré une grande différence d'âge, ils s'aimaient. Il était tombé amoureux d'Estelle en la voyant jouer. Il l'a aimée sur scène. Il n'a pas réussi à l'aimer dans la vie et a fini par s'en apercevoir. Ce serait une belle histoire à raconter, mais elle ne m'appartient pas.

Je me souviens du titre de la pièce, *Les Yeux de la nuit*, mais je ne retrouve plus le nom de l'auteur. J'étais venu simplement voir la salle, car je devais mettre en scène, pour la saison suivante, *La Vierge et le Scorpion*, et je voulais me rendre compte des ressources réelles de la scène vue de la salle quand elle est pleine de spectateurs. Je voyais de dos une actrice immobile, la main tendue vers celui qui lui parlait, et j'attendais le moment où elle se retournerait enfin.

La bourse de satin

(... Avec précaution Cyrille y dépose une bourse de satin blanc. Karen la caresse de ses doigts.)
« Cyrille, c'est la bourse avec laquelle nous avons joué tant de fois. A tour de rôle nous la gardions. Nous ne disions plus "au revoir", mais "je te rapporterai la bourse". Vous avez voulu que je la prenne pour quêter le jour de votre mariage, vous m'avez demandé de vous la rendre après la cérémonie, et depuis vous l'avez toujours gardée. Pourquoi me la rendre maintenant ?
— Pour reprendre notre jeu, Karen. Cette bourse, personne n'a jamais su que je la possédais. Je l'ai souvent touchée et caressée. Mais maintenant ce satin ne me suffit plus. C'est vous Karen, vous...
— Taisez-vous ! Si vous me donnez la bourse, moi aussi, en échange, je vous donnerai autre chose. Ce n'est plus une bourse de satin blanc que je tends devant moi, Cyrille, comme le jour de votre mariage, mais une canne blanche, depuis quatre ans. Vous le savez, et je doute que vous acceptiez l'échange. *(Elle se retourne brusquement et lui tend la bourse.)* Il aurait fallu, il y a dix ans, quand nous jouions avec ce satin dans lequel nous enfermions nos secrets, écrire une autre scène. Ce qui n'a pas été écrit alors ne le sera plus aujourd'hui... Prenez la bourse, vite, je vous en prie, gardez-la et regardez-la à votre gré, gardez-la contre votre cœur si vous voulez, et laissez-moi avec ma canne dans la nuit, et partez, partez vite.
(Cyrille se précipite sur Karen. Il l'embrasse.) »

J'entends maintenant une voix qui prononce ces paroles distinctement en moi, mais ce n'est plus la voix d'Estelle, c'est une voix de femme aux intonations gutturales et rudes, qui parle français avec difficulté, une voix grave et oppressée qui murmure à mon oreille « Prenez la bourse, vite, je vous en prie, gardez-la et partez, partez vite... », la voix d'Hameï-la, la sœur d'Amik, le soir tragique de Rhodes, quand elle m'a

83

remis dans la main, en cachette, une bourse de satin blanc décorée de motifs verts et s'est enfuie, comme si elle avait honte de ce qu'elle venait de faire, regardant partout autour d'elle, comme avant-hier la jeune Doña Prouhèze, pour s'assurer que personne ne l'avait vue, que tout n'était pas perdu peut-être, et qu'elle n'était pas suivie. Ce moment je ne l'avais jamais oublié, mais je ne pensais jamais le revivre. C'est pourquoi je n'ai pu, sur l'instant, le reconnaître.

Ainsi tout est enfin relié, sur la scène et dans ma vie.

Une femme s'enfuit en longeant les murs dans l'obscurité, après avoir confié furtivement un soulier, une bourse de satin, à une statue, à un homme.

J'entends encore ses pas résonner dans les ruelles de Rhodes, je sens toujours ses doigts sur ma main, qui la forcent à s'ouvrir et y déposent une bourse de satin gonflée et lourde.

C'est la bourse qui depuis dix ans est rangée dans le secrétaire d'acajou, sous les photos d'Amik et d'Hameïla.

Y était-elle encore quand j'ai tout vérifié? Je n'en ai pas souvenir.

Dans le secrétaire tout est en ordre, le même ordre qui m'avait un peu étonné le soir où je cherchais désespérément ce qui avait pu être volé. Tout était trop bien rangé. Ce n'était pas l'ordre d'Estelle, auquel je n'avais pas touché, mais c'est seulement maintenant que j'en prends conscience. J'étais sur le moment trop perturbé et énervé pour y prêter attention.

Dans aucun tiroir je ne retrouve la bourse d'Hameïla.

Pourtant je suis certain qu'elle était rangée là.

Estelle m'en parlait quelquefois. J'avais laissé longtemps dans cette bourse une émeraude et un saphir. Hameïla avait fini, après bien des réticences, par accepter le saphir que je lui remis un jour à Athènes. Estelle, malgré la couleur de ses yeux, avait toujours refusé l'émeraude. Elle disait qu'elle rappelait trop de malheurs, que je pouvais la faire monter en

84

sautoir et la mettre dans une vitrine, car elle était très belle. Elle venait probablement du fond de l'Orient. Finalement je l'avais laissée dans la bourse.

Au dos des dernières photos du paquet qui était dans le petit tiroir du bas à gauche il y a un creux, la trace d'un objet dur qui aurait à la longue déformé le papier, et en soulevant les photos je retrouve, de plus en plus nette jusqu'à la dernière, cette bosse qui me prouve qu'elles reposaient, depuis plusieurs années, sur l'émeraude cachée dans le sac. La dernière photo représente Amik en spationaute dans *Les Planètes*, un an avant sa mort.

Je crois même discerner sur le fond du tiroir tapissé de moire rose un liséré sombre, en creux, fines lignes de poussière qui correspondent exactement à la forme de la bourse rangée à plat, et avec le doigt je sens dans le tissu une meurtrissure à l'endroit où était l'émeraude.

C'est donc cela qui a disparu. Ils ont volé l'émeraude, le tissu et le texte. Je sais enfin pourquoi ils sont venus.

Bientôt je connaîtrai la vérité. Ce sera alors la fin de mon histoire.

Elle a commencé un soir de printemps lorsque, à vingt-six ans, heureux et insouciant, j'ai rencontré par hasard Sergio, revenu vendredi dernier pour me demander si je n'avais pas peur des voleurs et s'effondrer au souvenir de Nadia.

Elle finira quand moi aussi j'aurai payé le prix de fautes que je n'ai pas commises.

5

THÉÂTRE À RHODES

Un soir de mai sur l'« Argo »
Un matin à Rhodes Un soir à Rhodes
Le colosse de Rhodes Bérénice à la longue chevelure
Le temple et le théâtre Le théâtre des opérations
Au commencement était l'acteur

Un soir de mai sur l'« Argo »

Ce n'est pas elle qui aurait dû mourir, mais l'autre...
Il y a vingt-quatre ans, un soir de mai en Méditerranée, j'ai fait la connaissance de Sergio, avant d'arriver à Rhodes. Il fumait une cigarette, accoudé au bastingage du pont arrière de l'*Argo*. Je m'en suis aperçu parce que je voyais la fumée sortir de ses doigts, mais la cigarette restait invisible. C'était avant l'heure du dîner. Je voulais le féliciter pour son jeu aisé, brillant sans ostentation, tout juste assez virtuose pour qu'on l'admire sans se lasser. C'était le pianiste attitré de la croisière, et tous les soirs il jouait pendant une heure des morceaux très variés. Puis il revenait vers les onze heures avec quelques musiciens pour faire danser les passagers. Je prenais plus de plaisir à l'écouter qu'à danser.

C'est ma première traversée. Je vais préparer comme délégué culturel la prochaine saison du festival de Baalbek. C'est une mission très officielle. Depuis la guerre civile de 1958, il y a quatre ans, on essaie de redonner vie à ce festival pour des raisons surtout politiques. On a constitué pour la circonstance une troupe qui n'a pas encore de nom. Tout cela est très fragile, et nul ne sait encore si le festival aura réellement lieu. Il faudra prendre la décision sur place, en accord avec l'ambassade.

Trois jours avant mon départ on me fit savoir qu'André Malraux voulait me voir. Je fus si étonné que je rappelai moi-même le cabinet de la rue de Valois. Oui, le ministre souhaitait s'entretenir en personne avec moi de l'avenir du festival.

J'avais soigneusement préparé mon dossier, pensant qu'il me faudrait exposer le projet et répondre à des questions précises. Je fus introduit dans le bureau. André Malraux était assis à sa table de travail. Il compulsait des notes. Il releva la tête et eut l'air surpris de me voir en face de lui. D'un bond, avec une vivacité extraordinaire, il fut debout. « Vous allez à Baalbek... faire du théâtre... c'est très important... Venez...» Sa voix tremblait comme sous le coup d'une forte émotion. Elle semblait reprendre une méditation intérieure que ma présence ramenait à sa conscience, comme si au lieu de le déranger je l'avais soudain renvoyé à l'intérieur de lui-même. Il parla lentement d'abord, me disant que c'était une victoire d'aller au Liban jouer *La Machine infernale*, quatre ans seulement après une guerre civile, dans des ruines qui n'étaient plus pour nous depuis longtemps des ruines, mais, sculptées dans les colonnes et les chapiteaux, les traces visibles de luttes incessantes pour traquer le destin... Un lieu idéal pour une création dramatique.

Je ne peux rapporter avec exactitude ses propres paroles. J'ai trop de respect pour le génie d'un homme qui a réussi, seul et à lui seul, à couvrir et à représenter tout son siècle pour me sentir autorisé à le faire parler vingt-quatre ans après notre rencontre. J'étais du reste si intimidé que je ne pris aucune note.

Il était venu s'asseoir en face de moi. Penché en avant, les coudes appuyés sur les genoux, il semblait m'interroger, les yeux levés vers moi, l'index de la main gauche barrant les deux lèvres. Les yeux posaient une question et le doigt demandait le silence. J'eus l'impression qu'il cherchait quelque part un point d'appui pour assurer une prise, avant de recommencer à parler, comme si une lutte se préparait dont l'enjeu était capital.

Brutalement il me déclara que nous n'avions pas de grande œuvre sur Thésée, qu'il faudrait en créer une, et que c'était justement là-bas qu'il fallait la jouer... Il me conseilla de trouver un auteur, ou de l'écrire moi-même! Il me confia que Gide avait merveilleusement compris cela, que la rencontre de Thésée et d'Œdipe, c'était tout de même quelque chose! Une avancée fulgurante du destin dans la cité! Et il cita de mémoire: «... Cette suprême confrontation au carrefour de nos deux carrières, je m'étonne qu'on en ait si peu parlé.» Mais Gide n'avait pas voulu en faire une tragédie. Pourquoi? Je me souviens qu'il fit alors un geste d'impuissance. Thésée restait un mythe, ou un opuscule pour grand styliste... Sa femme, au théâtre, avait mieux réussi que lui... Et il sourit imperceptiblement.

L'ongle de son pouce droit glissait sur la lèvre inférieure et même dans l'interstice de ses dents. Il garda le silence un long moment, avant de reprendre à mi-voix sa méditation. Thésée soulevant le rocher pour retrouver les armes de son père, c'était plus beau encore que Prométhée volant le feu... Plus humain... Donc plus grand...

Il parlait sans me regarder, cherchant très loin devant lui un horizon d'où il verrait émerger la confirmation qu'il attendait. Parfois, d'un geste brusque de la main, il remettait en place une mèche de cheveux qui retombait sur ses sourcils, comme on balaie très vite une objection déplacée. Il paraissait alors extraordinairement jeune.

La voix était maintenant plus assurée, le ton plus tranchant. Thésée en définitive était le héros libérateur par excellence. Il ne fallait pas oublier qu'il était à l'origine de la première tentative de conquête spatiale. C'est parce qu'il est descendu au labyrinthe que Dédale et Icare ont eu l'idée folle de s'envoler pour se libérer. Échec de l'acte. Succès de l'idée. Trois mille ans plus tard, ou trois minutes après, comme on voudra, l'homme marche sur la Lune. Pour la première fois dans l'histoire de l'humanité, la descente sous terre et l'envol dans l'espace, au même lieu, par le même homme...

Il esquissa devant lui, de son index, le départ d'une spirale. Je murmurai que je comprenais cela. Il me coupa aussitôt. Comprendre ne servait à rien. Est-ce que Thésée, lui, comprenait ? Il fallait le mettre en scène... Là nous y verrions plus clair... Surtout il fallait aller là-bas incarner le héros fondateur de la démocratie, c'était urgent... Pour eux et pour nous... Car eux ils n'ont que le temple, nous, nous avons réconcilié le temple et le théâtre. Ils n'ont pas réglé de la même façon que nous les rapports de la religion et du théâtre, et cela était très inquiétant... Nous n'avions pas, du monde, les mêmes représentations...

Il ponctuait ses phrases d'un geste rapide de la main gauche qui semblait désarticuler son poignet. Il faisait voir les idées avec ses mains, comme d'autres font entendre les notes sur un clavier, leur donnant une chiquenaude pour les propulser dans l'espace et attrapant déjà au vol la suivante. C'est alors seulement que je remarquai qu'il avait une cigarette. Elle glissait entre ses doigts, se métamorphosait comme un cylindre de prestidigitateur, et subitement on la retrouvait collée à ses lèvres. L'entretien déjà était fini. Il leva sa main droite en guise d'adieu, me regarda comme s'il ne m'avait pas encore vu, et avec un grand sourire, d'ironie ou de confiance, me lança un « Allez ! » comme on donne à quelqu'un une claque dans le dos pour lui souhaiter bonne chance.

Je pensais à tout cela en voyant les mains de Sergio voler sur les touches noires et blanches du piano. J'étais décidé à écrire moi-même les scènes de la vie de Thésée. J'espérais les faire jouer dans deux ou trois ans, et Malraux viendrait assister à la première... J'avais reçu rue de Valois un baptême qui me marquait pour la vie. J'abandonnais mes velléités de faire de la politique, qui m'avaient permis d'obtenir cette mission au Liban. Malraux n'avait jamais été élu, et il m'apparaissait évident que son autorité était bien plus incontestable que celle de n'importe quel mendiant de voix municipal, cantonal ou national. Ils ressemblent à mon clochard : « T'aurais pas une voix ? Donne-moi une voix, vite, donne-moi ta voix, je te la rendrai dans cinq ans, avec les intérêts... » J'avais envie de faire entendre d'autres voix. Je plongeai dans le théâtre. Je compris soudain que la représentation de l'action était encore plus importante que l'action elle-même.

Mais dans l'immédiat il me fallait surmonter de grandes difficultés : faire construire sur place les décors de *La Machine infernale* de Cocteau, recruter le personnel technique, faire confectionner les costumes dont il n'existait que les esquisses, étudier au mieux les ressources du temple de Baalbek et l'avenir du festival. Toutes les conditions d'une belle catastrophe étaient réunies. Mais c'était une aventure que je voulais mener à bien. J'espérais beaucoup des conseils et de l'aide que je recevrais à l'ambassade. Je pensais que finalement tout serait facile. J'avais la foi.

Avant même de faire les premières démarches je fus comblé au-delà de mes espérances.

« Un cigare ? Ici c'est très agréable. La fumée se dissipe immédiatement. Il ne reste que le goût dans la bouche, et l'air marin humidifie suffisamment le tabac pour qu'il reste moelleux... » J'ai su tout de suite qu'il avait obtenu un deuxième prix de piano au conservatoire de Milan et qu'il avait essayé de faire une carrière de soliste. Mais les concerts, les impresarii et les affiches lui coûtaient horriblement cher. Ce ne fut pas faute de talent, mais faute d'argent que Sergio cessa de donner des récitals. L'été il était pianiste, chef d'orchestre, directeur de troupe sur le bateau, l'hiver, il animait la revue d'une sorte de cabaret-casino à Beyrouth, *La Chevelure de Bérénice*, et il gagnait bien sa vie. Des techniciens du spectacle, oui il en connaissait, et il pourrait me donner des noms. Je le revois, tirant les yeux mi-clos sur le King Edward que je lui avais offert, prononçant, comme

s'il s'agissait d'une révélation, le nom de Nadia Sandraine...
« Il faut absolument que vous fassiez sa connaissance... Elle
vous rendra de grands services...» Il m'invita à venir à *La
Chevelure de Bérénice*. Et à son tour il me demanda si je ne
connaissais pas des acteurs qui seraient intéressés par quelques traversées gratuites entre Marseille et Beyrouth, « deux
villes de coquins» me dit-il en plissant les yeux, parce que la
compagnie de navigation voulait l'an prochain faire jouer
pendant les croisières quelques pièces en un acte, ou des
extraits de pièces célèbres, peu importe... « Vos acteurs
pourraient ainsi se faire la voix et le geste pendant le
voyage... Nous pourrions travailler ensemble...»
    Je devais quitter l'*Argo* à Rhodes. C'était l'époque où la
France exportait ses spectacles son et lumière. On parlait
d'en créer un dans la cour du Palais des Grands Maîtres, et
j'étais chargé d'une mission d'exploration. Lorsque je dis
cela à Sergio Saltarelli, il eut l'air surpris, frappa dans ses
mains et s'exclama : « Merveilleux ! Puisque vous faites escale à Rhodes, je peux déjà vous donner une adresse. Dans le
quartier turc de la vieille ville... Amik Baschkar... Venez que
je vous explique...» Il me prit par le bras et me conduisit au
bar.
    « Amik ne vous dira rien. C'est un timide et un inquiet.
Mais il sait tout faire. Un vrai factotum de théâtre. Il a
appartenu pendant deux ans à une troupe permanente à
Athènes, mais il ne supporte pas la discipline d'une troupe, et
du reste elle a fini par se dissoudre... Il danse maintenant à
La Chevelure. Superbe ! Vous pourriez employer ses talents,
ici et ailleurs. Il rêve de jouer en France. Il est libre, riche, et
aura peu d'exigences. Il se repose chez lui en ce moment à
Rhodes. Je vais vous expliquer... Et puis ici, je veux dire à
Baalbek, pour le festival, un acteur d'origine arabe — Amik
est égyptien — qui joue en français, sans accent, c'est précieux...» Il clignait des yeux en disant cela, comme s'il me
faisait une proposition intéressante qu'il ne faut pas refuser.
    Je lui promis d'aller voir Amik.
    C'est ainsi qu'un soir de mai 1962 naquit notre association.

Un matin à Rhodes

Malgré la hauteur du soleil dans le ciel je sentais encore sur ma joue les traces d'un léger vent frais. Cela augmenta l'impression de bien-être que j'éprouvais ce matin-là à déambuler dans les rues de Rhodes. Sergio m'avait dit de descendre la rue Hippodamou, en face de la mosquée de Souleïman, et de tourner dans la deuxième ruelle à gauche. « Là, juste après la petite mosquée d'Abdul Djetil, vous découvrirez dans un mur un grand portail. Il y a un interphone. Vous demanderez de ma part Amik Baschkar. » J'entends encore l'accent italien de Sergio, et c'est le souvenir de cet accent qui me fait retrouver avec exactitude les mots qu'il avait prononcés deux jours plus tôt, et à partir d'eux toute la réalité de la scène.

J'ai fait exactement ce qu'il m'a dit. J'ai trouvé le portail, encastré, en retrait, dans un mur épais. Je ne saurais dire de quelle époque dataient les motifs orientaux gravés sur les panneaux et incrustés de pointes de bronze. Mais je revois avec précision, tout autour du portail, le même motif que l'on trouve partout à Rhodes : des cordes tressées, sculptées dans la pierre, encadrant complètement, du sol à la pointe de la voûte, la porte qu'on franchit. Nœuds des navigateurs, ou chaînes du destin.

J'ai appuyé sur le bouton de l'interphone et j'ai attendu, étonné de trouver dans un mur aussi vieux un instrument aussi moderne. J'entendis sortant de la pierre un grésillement, et une voix lointaine, d'homme ou de femme, je ne pus le savoir, qui parla une langue inconnue. Distinctement j'ai articulé par deux fois le mot de passe : Sergio Saltarelli, Amik Baschkar. De nouveau des paroles incompréhensibles, puis plus rien. Enfin le bruit d'un insecte qui bourdonne, et une petite porte, découpée dans le portail, s'est ouverte.

Je vis une cour aux cailloux blancs, au centre de laquelle il y avait un bassin carré en céramique vert pâle et un jet d'eau svelte qui s'élançait très haut, s'évaporant dans la lumière du soleil. Au fond à gauche un immense hibiscus était couvert de fleurs. Elles dépliaient leurs pétales aux franges orangées et à l'onglet rouge pour former de larges flammes qui jaillissaient de branches cachées par des feuilles luisantes. Elles oscillaient imperceptiblement, animées par les pulsations d'un cœur invisible et lointain, comme si elles cherchaient à suivre, du style rosé de leur stigmate dressé au centre de leur corolle, le déplacement perpétuel des rayons du soleil.

J'attendis quelques instants, n'osant avancer sur l'étroite allée aux dalles de marbre qui permettait de contourner le bassin et de franchir la cour. En face de moi se dressait une haute façade de pierres dorées le long de laquelle montait un escalier qui conduisait à une loggia située sur le côté droit. A l'intérieur je distinguai, émergeant de l'obscurité, la silhouette d'une femme. De sa main gauche elle maintenait serré sur sa joue droite un voile blanc qui cachait sa chevelure et tout le bas du visage. Elle aussi attendait.

On aurait dit que sa mission était de guetter ainsi depuis des années, du haut des remparts d'une forteresse, et que rien ne pourrait la surprendre, pas même dans son jardin secret l'apparition brutale d'un homme venu d'un autre monde. Lentement je m'approchai. Je commençais à deviner de grands yeux noirs immobiles, insoutenables dans l'éclat de leur nudité, qui regardaient loin devant eux sans daigner me voir. Leur cerne, et la blancheur des doigts, seules chairs qui ne pouvaient se dérober à mon regard, avaient une pâleur de cire encore accentuée par les reflets du tissu qui cachait le visage, et par la fulgurance noire de ses yeux luisants.

A haute voix je prononçais, tout en montant l'escalier, ce qui était pour moi le mot magique : « Amik Baschkar ? » Mais elle resta impassible. Je me désignai du doigt : « Florian Leurien. » Ses yeux fixaient un point lointain bien au-delà du mur. Il y eut un long silence. Je crus percevoir un battement de cils, un léger retrait de la tête, comme pour esquisser un geste de refus. Mais peut-être était-ce une illusion d'optique produite par la pénombre de la loggia.

Arrivé à l'avant-dernière marche je m'arrêtai. De ma poche je sortis un stylo et une carte de visite. « Florian

Leurien attend Amik Baschkar ce soir à vingt heures au bar de l'hôtel *Hélios*. » Je tendis mon papier à la jeune femme. Elle se pencha vers moi, sans vraiment se détourner, et son buste, que je voyais de trois quarts, se dessina plus nettement quand le tissu de sa tunique, un instant retenu par le rebord de la balustrade, serra sa poitrine. Sa main droite était restée posée sur le bord de la rampe, et je vis qu'elle avait les ongles longs et vernis. Elle prit la carte, sans me regarder, et la glissa dans une fente du tissu qui s'ouvrait, invisible, sous sa ceinture. Son geste avait imprimé aux plis de la tunique une légère ondulation, et un court instant j'entrevis une cheville nue, et des escarpins aux lanières très fines, à talons hauts. Elle resta ainsi figée, la main tenant la carte cachée sur son ventre, jusqu'à ce que j'eusse repoussé la porte.

Un soir à Rhodes

Le même soir je vis arriver au bar de l'hôtel *Hélios* un jeune homme svelte à la démarche lente. C'est à peine si on voyait ses pieds avancer. Il glissait avec précaution sur l'épais tapis. On aurait dit qu'il marchait sur de l'eau.

Il était vêtu d'une simple chemisette blanche et d'un pantalon noir. Dans sa main droite il égrenait, entre son pouce et son index, un komboloï d'ambre, comme un bracelet trop grand qu'il aurait retenu dans sa main refermée. Il avait dans le regard le même éclat qui m'avait hypnotisé le matin même quand j'avais découvert la jeune femme muette à sa loggia. Il dit simplement tout bas au barman « Amik Baschkar », et se tut.

Je me présentai. Je lui dis que Sergio Saltarelli m'avait parlé de lui, et que j'aimerais le voir jouer et danser. Je cherchais un acteur acrobate pour mes prochains spectacles. Je lui parlai de *Thésée*. « Si vous le voulez, vous combattrez le Minotaure ! » Je disais cela en plaisantant. Je voulais seulement lui faire comprendre que le rôle, s'il le jouait un jour, serait aussi une épreuve physique. Je n'imaginais pas

Thésée autrement qu'en athlète. Il prit aussitôt un air grave. D'un geste sec, il fit tourner plusieurs fois son komboloï et murmura : « Le théâtre est un combat, pour nous tous. Le Minotaure... Je le connais... Je l'affronte régulièrement. Je répète mes combats. Je saurai mimer la lutte et faire sentir sa présence. Ce sera bien plus terrifiant si je me bats contre un monstre invisible. Ils croiront le voir, mais il n'apparaîtra jamais. C'est bien ce que vous voulez faire ? Les forces du mal existent, mais elles sont invisibles. Vous ne voyez pas la maladie qui vous ronge, et quand elle vous fait mal, c'est trop tard. Comment comptez-vous vous y prendre ? » Il y eut entre nous un long silence. Je l'entendis se dire à lui-même : « Je suis prêt... Un acteur se bat toujours contre des forces invisibles... »

Il avait vingt-deux ans, et il parlait comme s'il avait derrière lui une très longue expérience.

Au fur et à mesure que je rapporte ses paroles, me reviennent avec précision une foule de détails que je croyais à jamais évanouis. Je le revois debout devant un tabouret sur lequel il avait refusé de s'asseoir. Il n'avait rien bu de l'ouzo qu'il avait fini par accepter, « l'ouzo de Rhodes, le plus pur, le plus incolore et le plus parfumé » lui avais-je dit en insistant pour qu'il l'accepte. Il avait dit « oui... oui », l'air absent, comme si cela n'avait aucune importance. Et subitement, à mi-voix, « Pourrions-nous marcher ? Nous promener... Je préférerais... pour parler... Nous avons des choses importantes à dire... »

Il m'emmena dans les ruelles qui montaient à l'acropole. Je lui demandai comment il avait appris à parler aussi bien français. Il me confia qu'il avait eu, comme sa sœur, un précepteur français quand ils étaient enfants au Caire. « Mais je n'ai plus de pays, plus de langue, plus de théâtre... Le théâtre, c'est à vous... »

Il commença timidement à me raconter sa vie. Mais il n'alla pas loin. « Nous sommes arrivés ici il y a huit ans, quand Nasser nous a chassés d'Égypte. C'est mon père qui a voulu s'installer à Rhodes. Ma mère et ma sœur auraient voulu résider en Crète, mais mon père préférait rester aux portes de l'Orient. Il est mort il y a cinq ans. Moi je travaille, enfin je joue, là-bas, à Beyrouth... Sergio a dû vous expliquer... Mais mon histoire n'a aucune importance... »

Le colosse de Rhodes

Nous allions, semblait-il, au hasard. Pourtant il était sûr de lui. Il s'arrêta sur une petite place qui formait comme un promontoire sur la mer. « Regardez en bas le port de Mandraki, tout illuminé. Il paraît dix fois plus grand qu'il n'est en réalité. Belle illusion d'optique. C'est toujours le même depuis l'Antiquité. Ici on est partout dans le temps, on est ici et ailleurs, on change de peau à chaque coin de rue... Il y a des églises et des mosquées, des palais vénitiens et des buildings... Mon père avait raison, c'est une belle terre d'exil... » Il resta immobile, les bras ballants, comme s'il n'avait plus rien à dire.

Je dis seulement pour rompre le silence, en lui montrant les reflets du port : « Vous avez vu ? C'est extraordinaire. Les tours et les arcades dessinent un immense collier dans l'eau, un filet de lumière tendu dans la rade, qu'une main gigantesque pourrait ramener à la surface... »

Il me sourit : « Vous aussi vous êtes victime du mirage... Il y a ici une légende qui dit que, la nuit, se reflète dans l'eau le colosse de Rhodes, pourtant disparu depuis vingt-deux siècles. Il se dressait là devant vous. C'était une statue en bronze doré, de plus de trente mètres de haut, l'incarnation du soleil, portant sur sa tête, derrière les rayons de son diadème, un feu perpétuel qui servait de phare aux navigateurs. Les bateaux qui entraient ou sortaient passaient nécessairement sous ses jambes écartées qui venaient s'appuyer de chaque côté de la rade et formaient une arche immense. La statue de la Liberté s'appelait ici Hélios. Le colosse était si étincelant qu'on ne pouvait le regarder quand le soleil se reflétait sur son corps, et l'on prétend qu'il marqua à jamais de son éclat le fond de l'eau, comme l'éclair de la bombe atomique d'Hiroshima a gravé pour toujours sur les ruines les gestes de silhouettes humaines le matin de l'explosion. La nuit on voit resurgir des profondeurs l'arche brillante des jambes entre lesquelles s'ouvrait le passage vers la mer et la lumière... »

Il regardait, lui aussi fasciné, les traînées lumineuses qui oscillaient dans l'eau, et revenaient régulièrement s'arrimer au même endroit. Un fantôme apparaissait alors au fond de la rade. On oubliait qu'il y avait de l'eau. Des lignes et des points lumineux jouaient avec l'horizon et la surface de la terre. Nous-mêmes nous étions suspendus sur un socle qui ne tenait plus à rien.

Amik s'était avancé au bord du promontoire. On dominait toute la baie d'Acandia. Il suivit de son bras tendu une ligne qu'il me désignait. Mais je ne pus distinguer exactement ce que c'était. Je ne savais même pas s'il fallait regarder au-dessus de l'horizon, ou dans les myriades de reflets du ciel que nous avions sous nos pieds. Je l'entendis me dire « Vous voyez? ».

Et il commença à réciter à voix basse une étrange histoire.

Bérénice à la longue chevelure

« La reine Bérénice, la femme de Ptolémée Evergète, celle dont les cheveux étaient plus longs que les bras, quand elle vint faire escale à Rhodes, fit arrêter son navire juste en dessous de la statue d'Hélios. Elle resta longtemps la tête relevée, les lèvres entrouvertes, toute cambrée, ses longs cheveux noirs tombant derrière elle en arc de cercle, décollés de ses reins et flottant au vent. Elle voyait se joindre au-dessus d'elle l'ogive immense de muscles d'airain qui se perdaient dans le nœud d'un linge épousant le sexe du dieu. Elle tendit les mains, les doigts écartés, pour invoquer la divinité qui l'accueillait.

« "Divin Hélios, dit-elle, toi qui me recouvres de ton corps, toi qui retiens entre tes jambes puissantes la lumière liquide, toi que nul ne peut toucher de ses doigts, accepte le don de ma chevelure. Par mes cheveux tu me connaîtras et je t'aimerai, car mes cheveux sont les racines de mon corps. Nourris-les de ta semence éclatante. Qu'elle les irrigue à jamais, et toutes leurs fibres et leurs glandes. Je flotterai autour de toi et je t'envelopperai, et je serai aussi immense que ton corps. Quand tu auras perdu ton éclat aveuglant, quand ta lumière diurne se sera éteinte dans le repos de la nuit, je brillerai à mon tour de tous mes fils, pour que tu ne cesses de me voir et que je ne cesse de t'aimer. Je remplacerai le linge qui te ceint par une autre écharpe..."

« Aujourd'hui encore, regardez, elle offre, la nuit, son corps au soleil, et nous la voyons couchée à l'horizon, qui absorbe par toutes les fibres de sa chair la lumière qui s'est écoulée pour elle... Regardez là-bas, à l'endroit où la colline tombe doucement dans la mer, la chevelure de Bérénice... »

Je crus voir un écheveau d'étoiles qui s'étirait au-dessus de la colline. Quelques arbres, une ramure qu'on devinait sur fond de ciel, les reliaient à la terre, et parfois les voilaient.

Amik se tourna vers moi : « Vous voyez, nous ne savons faire que des contes avec les étoiles. Vous, vous calculez des orbites et vous mettez des hommes dessus... Je viens d'imaginer ce récit pour vous. Vous ne le trouverez chez aucun historien. Ce sont des légendes que j'invente, des scènes dont je rêve. Je me les récite comme des poèmes, en marchant la nuit... Mais qui peut s'intéresser à l'histoire d'une chevelure ? »

Le temple et le théâtre

Nous étions arrivés en haut de l'acropole. Nous longions un petit mur surmonté d'un grillage, dans une rue dont me revient le nom, que je pus lire gravé dans la pierre d'une façade, *Odos Diagoridon*, la rue qui passe à travers les places publiques, comme il y a des fleuves qui continuent à couler sous la mer.

Amik me dit soudain « attendez », prit son élan, sauta à pieds joints sur le muret, effleura d'une main le haut du grillage, et s'envola sans effort, fit une pirouette au-dessus de la clôture, et atterrit, jambes ployées, de l'autre côté. Il semblait que pour lui l'attraction de la terre n'était pas aussi forte que pour moi. « Le sanctuaire d'Apollon est fermé la nuit. Venez. Je vais vous faire entrer... » Il disparut quelques minutes et revint avec une barre de fer. Il chercha le long du grillage un endroit où il pourrait sans difficulté l'introduire. J'entendis les mailles du treillis craquer les unes après les autres, et délicatement, du pouce et de l'index, Amik releva le pan du lambeau de fils de fer qu'il enroula sur lui-même. Il esquissa une révérence et me pria d'entrer.

J'avançais entre des troncs d'oliviers et de cyprès. De l'obscurité parfois sortaient des fleurs de lauriers dont je n'aurais pu dire la couleur. Elles étaient suspendues à des branches invisibles, masses immobiles en suspension dans la nuit et dans lesquelles nous pénétrions en silence. Soudain, au détour d'une allée, à une distance que je ne pus apprécier, se dressa en face de moi un immense éventail tout blanc, qui semblait produire lui-même sa lumière, un rayonnement de diagonales qui sortaient de terre pour aller se perdre dans le ciel, reliées entre elles par des courbes qui s'ouvraient au fur et à mesure que nous avancions, comme si elles allaient nous absorber. Mes pieds butèrent contre les premiers gradins.

« Vous voilà revenu chez vous, dans un de vos théâtres, un théâtre antique tout neuf, restauré par les archéologues de Mussolini... Deux mille cinq cents ans de théâtre pour vous, et pour nous un siècle d'imitation du vôtre. Là aussi nous avons été colonisés...

« Vous séparez bien vos églises et vos théâtres. Je crois même que vous préférez aller au théâtre. Mais ce n'est pas grave. Chez vous il y a du théâtre même dans la religion : vous avez de belles liturgies, un rituel et des processions.

« Chez nous la religion n'a pas toléré le théâtre. Elle régente même la politique. Là-bas (il m'indiqua, d'un geste brutal, la direction de l'orient), tout est religieux...

« Nous n'avons pas la même représentation du monde. Vous ne trouvez pas cela inquiétant ? »

Le théâtre des opérations

Je relevai brutalement la tête. Je croyais être victime d'une hallucination. J'entendais une voix qui reprenait, avec une autre intonation, dans un autre décor, les mêmes mots que j'avais entendus quelques jours auparavant sous les lambris de la rue de Valois.

« Là-bas, des fêtes, mais pas de théâtre. Des prières, mais pas de liturgies. Des musiciens, mais pas d'orchestres. La psalmodie du muezzin, mais pas d'opéra. Des mosquées et des minarets, mais jamais de gradins, tout juste un cinéma à quatre sous pour les pauvres. Chez vous c'est tout le contraire : vous mettez toujours vos députés, comme les Grecs de Périclès, là, sur les gradins de l'hémicycle, et vous employez une expression atroce, mais que je trouve très belle — mon précepteur avait eu beaucoup de mal à me la faire comprendre — quand vous faites la guerre, vous dites "le théâtre des opérations"... Pour vous, quand Thésée affrontait le Minotaure, il faisait du théâtre... Vous avez mis la mort en opéra, et le paradis dans les coulisses. Au fond vous ne croyez pas au Minotaure. Vous avez lu Borges ? "Le croiras-tu Ariane ? Il ne s'est même pas défendu..."

« Méfiez-vous. Nous ne connaissons rien des forces du mal. Seuls la guerre, ou le théâtre... Le théâtre des opérations en somme... »

Je m'étais assis à mi-hauteur sur les gradins. Amik était resté en bas, debout sur l'orchestra, tourné vers moi. Je ne voyais que sa silhouette qui se découpait dans la nuit claire comme une ombre perdue à laquelle aucune lumière ne donnait plus naissance.

Il commença à faire glisser son pied sur le sol et se mit à danser, lentement d'abord, simple saut d'un pied sur l'autre, puis de plus en plus vite, posant alternativement un pied sur le sol et un sur le bord des gradins, jamais au même endroit, comme s'il repoussait de toutes ses forces des monstres dont lui seul détectait la présence. Il rebondissait de plus en plus haut des gradins sur les dalles. Sa chemise blanche traçait dans l'air une orbite régulière, et le moment où il parcourait l'espace durait plus longtemps que l'instant où il touchait la ligne des gradins ou la surface de la terre.

Sergio ne s'était pas trompé. Il avait du génie. C'était un théâtre à lui tout seul. Il jonglait avec le temps et l'espace. Je vis en lui toutes les créations que je pouvais faire. Mon inspiration dansait devant moi.

Au commencement était l'acteur

Il se retrouva assis à mes côtés. J'entendis sa voix qui prenait naissance de son souffle même. Il retrouvait sa respiration et il parlait. Les mots se succédaient, hachés, rapides.

« Je ne sais... quel théâtre... il faut faire...

« Les liturgies... Pour vous c'est facile... Moi je n'ai que mes origines... pour exister... Je suis sur un fil... Un acrobate, pas un acteur... Je n'ai plus d'histoire... »

Il me sembla qu'il cherchait désespérément en lui-même une cohérence, pour se rassurer, pour donner raison à quelque chose qu'il ne pouvait avouer. De nouveau il tordait dans sa main le komboloï qu'il venait de ressortir de sa poche. J'entendis un bruit de perles qui se frottaient les unes contre les autres, comme des débris de verre que l'on aurait écrasés en marchant.

« Vous avez raison... Il faut incarner les grands mythes. C'est un grand combat, pour nous tous...

« ... Le théâtre ne se réduit pas au théâtre. Vous avez bien compris qu'en faisant du théâtre, vous faites tout autre chose que du théâtre. C'est une religion qui délivre de toutes les religions...

« ... Dieu est acteur, un acteur masqué. Le plus vieil acteur de la tribu. Mais que représente-t-il ? Une parole en acte ? Un cri ? Une explosion ?... La force des forces ?... »

Il répéta, après un silence, « oui... une explosion... »

Nous sommes repassés de l'autre côté de la clôture. Nous avons commencé à redescendre. Amik m'a pris par le bras : « Vous passez par là, vous retrouverez facilement l'hôtel *Hélios*. Dans quinze jours je serai à *La Chevelure de Bérénice* avec Nadia et Sergio... Je voudrais travailler avec vous... A bientôt. »

Et il disparut.

THÉÂTRE AU PRÉSENT

Explosion

Le présent déjà tout entier me reprend. A moins qu'une fois encore ce ne soit le retour du passé dans le présent. Je gravite moi aussi sur mon orbite, et j'y croise d'étranges météores. Cet après-midi un homme marchait devant moi. Je le vis s'asseoir sur un banc, face à la rue Moirard. Il jeta loin devant lui un regard circulaire, comme s'il découvrait l'endroit pour la première fois. Il posa avec précaution sa mallette noire sur ses genoux et l'ouvrit lentement. Il cherchait quelque chose et semblait déplacer des feuillets. De temps en temps il levait les yeux. Autour de lui quelques pigeons picoraient. Quand je l'ai dépassé il regardait l'heure à son poignet, l'autre main cachée, immobile, enfouie dans sa mallette.

Quelques secondes après j'entendis sur ma gauche une formidable explosion. Cela devait venir de la rue Moirard. Je crus même percevoir comme les reflets d'un éclair. Pendant une seconde les gens, comme moi, se figèrent dans leurs gestes. Je perçus, dans un bourdonnement, des bruits cristallins, la chute de cascades lointaines, des éclats de verre qui tombaient partout sur les trottoirs. Plusieurs fois je ravalai ma salive. Les bruits enfin redevinrent plus présents et plus forts. La déflagration m'avait assourdi quelques instants. Instinctivement je me retournai. Il n'y avait plus personne sur le banc. Les pigeons s'étaient envolés. J'ai cherché l'homme à la mallette noire. Je l'ai vu qui s'éloignait tranquillement et descendait les escaliers du métro.

Je voulus comme d'autres passants aller voir moi aussi rue Moirard, pour porter secours, pour savoir, ou simplement pour voir, je ne sais. Une épaisse colonne de fumée noire montait droit le long des façades, et de temps en temps d'énormes gerbes de flammes orange ou bleues jaillissaient du sol. La fumée devenait alors soudain transparente, et l'on voyait toute la rue illuminée, puis de nouveau elle s'épaississait et tourbillonnait de plus en plus vite, en colonnes qui aspiraient des débris noirâtres. Ils planaient un instant et retombaient plus ou moins vite dans toutes les directions. J'entendais des cris, je voyais des gens courir. Des voitures en zigzaguant tentaient de faire marche arrière.

Subitement je me suis arrêté. J'eus la conviction que ce spectacle n'était pas pour moi, que j'étais en train de commettre une erreur. Je n'aurais pas dû me détourner de mon chemin. Il n'est pas bon d'ajouter du hasard au hasard. Pour moi tout avait été joué il y a quatre ans, et je n'étais pas là. Je devais à Estelle de ne pas aller plus loin.

Déjà les sirènes hurlaient. On ne pouvait plus passer. Je suis parti.

Je suis moi aussi descendu dans la bouche du métro. Là tout était tranquille. N'en déplaise à mon clochard de minuit, c'est un enfer paisible. La barque est sur ses rails. Elle transporte vers leur destination des êtres immobiles et silencieux, qui ignorent ce qui se passe au même moment au-dessus de leur tête. C'est la répétition du repos perpétuel.

Tricot

Je viens de lire ce matin dans les journaux que la mise à feu de la voiture piégée qui a explosé hier avait été télécommandée de quelques centaines de mètres, tout au plus d'un kilomètre, peut-être par la même personne qui l'avait abandonnée quelques minutes auparavant. Un quart d'heure avant l'explosion deux témoins en effet avaient vu un homme descendre d'une voiture qu'il venait de garer sur un passage protégé.

Je revis l'homme à la mallette noire.

Je suis donc allé faire une déposition à la préfecture de police. Je connais trop les remords du silence pour ne pas maintenant parler, même si c'est inutile ou dangereux. Ils m'ont assuré que mon identité ne serait pas révélée, mais cela ne m'inquiète pas. Il y a longtemps que ceux qui ont tué Estelle à ma place la possèdent, et je ne sais ce qu'ils attendent pour revenir.

Il est probable qu'on ne saura jamais qui était ce paisible promeneur. Si j'étais passé derrière lui, peut-être aurais-je découvert une vérité atroce ou une réalité absurde. Il connectait des fils sur les électrodes d'une pile ou vérifiait, inquiet, si sa femme avait bien mis dans sa mallette ses chaussettes en poil de chameau, les plus douces et les plus chaudes. Ici la vérité dépend de la façon dont on tricote les fils.

Fausse sortie

Je crois maintenant que j'ai eu tort de rebrousser chemin. Les voitures explosaient les unes après les autres. Avec un peu de chance j'aurais pu arriver à temps. Il fallait au contraire presser le pas et me projeter sur la scène. J'aurais pu moi aussi être aspiré par la tornade. Je n'ai pas su lire les signes. Il y avait trop de hasards pour que ce fût le hasard. C'était une provocation du destin à laquelle je n'ai pas su répondre. J'aurais pu précipiter le dénouement.

Il me faudra attendre une prochaine occasion.

Fausse note

J'ai été convoqué à la préfecture de police. On m'a montré un portrait-robot, peu convaincant, qui ressemble à qui l'on veut. Petites lunettes fines cerclées d'or, à peine perceptibles, que j'avais déjà oubliées, moustache brune retombant sur la commissure des lèvres, celle-là bien visible, nez long et régulier, cheveux bruns frisant sur la nuque, teint basané, couleur obligée des terroristes présumés, mais front dégarni et plus pâle que le bas du visage. L'homme était revêtu d'un imperméable de la couleur et de la forme de tous les imperméables, et portait à la main une mallette noire. Il avait la tenue correcte et anonyme d'un fonctionnaire qui a enfin quitté son bureau, d'un démarcheur qui ressemble à tout le monde pour n'effaroucher personne, ou d'un inspecteur des finances qui vient d'éplucher des dizaines de factures, avec grande politesse, chez un commerçant à qui il va infliger un redressement fiscal, ou, sans avoir besoin de longer les murs, l'air d'un terroriste chevronné qui se glisse dans la foule comme le poisson dans l'eau pour aller faire consciencieusement son travail.

Portrait-robot de portraits-robots. Allez donc savoir! Les salaires s'écrasent et les âmes se ressemblent. Nous avons tous une tête d'honnête homme.

Il reste pour mon inquiétude, mais je ne l'ai pas dit à l'inspecteur, que pendant quelques secondes j'ai eu le pressentiment qu'il s'agissait bien d'un déguisement, non pas des vêtements, mais de l'attitude. Quand je ne l'ai plus vu sur le banc, j'ai pensé que l'explosion l'avait chassé, comme les pigeons. Mais quand je l'ai vu s'avancer seul, calmement, vers la bouche de métro, j'ai eu l'impression d'un sacrilège. Il violait un ordre. Quand nous étions tous immobiles, lui marchait. Geste à contre-temps, petite fausse note que tout le monde entend.

Grand terroriste, mais mauvais acteur. Il aurait dû être surpris, et faire semblant d'avoir peur.

A l'heure qu'il est il a rejoint ses obscures coulisses. Il s'est démaquillé. Plus de lunettes fines cerclées d'or, plus de large moustache brune. Il ressemble enfin à ce qu'il est. Il déconnecte les fils des électrodes, ou range ses chaussettes. L'un n'exclut pas l'autre. Les terroristes aussi portent des chaussettes. Mais plus personne ne peut le voir. Il dira qu'il n'a jamais quitté sa loge et ne jouait pas ce jour-là. Il trouvera de nombreux témoins pour l'attester, devant Dieu et devant les hommes, et des caméras le filmeront auprès de sa vieille mère attendrie.

Mais si je l'entrevoyais seulement l'éclair d'une explosion faire un pas ou esquisser un geste, même démaquillé, immédiatement je le reconnaîtrais.

Je ne le dénoncerais pas, car je ne pourrais rien prouver.

Je ferais comme ils font avec moi.

Je prendrais mon temps pour le tuer.

Surprise

Je sais encore improviser et j'y prends du plaisir.

« Mme Marie-Anne Virlande. C'est urgent et personnel. Pouvez-vous lui faire parvenir ce message. Elle est au courant. » Mais sur la carte que j'ai mise sous enveloppe j'ai écrit simplement « personnel et pas urgent du tout ».

En sortant des bureaux du Palais-Royal où je suis venu une fois encore pour *Thésée*, j'ai eu envie de jouer à saute-mouton sur les colonnes de Buren. On vient d'en placer quelques-unes en démonstration. On doit pouvoir y faire, comme dans les parcours de gymnastique, des exercices gradués. A chacun sa colonne.

Puis j'ai flâné rue de Rivoli.

Je suis passé devant le portail que j'ai franchi il y a quinze jours quand je suis venu retrouver Marie-Anne. J'ai pensé soudain qu'il serait amusant de la surprendre.

Elle est sortie de son bureau, étonnée et souriante. Elle croyait que j'avais vraiment quelque chose à lui dire. Elle ne pouvait pas me faire entrer, car elle était en réunion, mais si je pouvais attendre dix minutes un quart d'heure, elle pourrait s'offrir une petite récréation de quelques minutes... J'ai attendu. J'ai vu des personnes qui sortaient les unes après les autres de son bureau. Mon cœur battait très fort. Un huissier, que je n'avais pas entendu venir, m'a dit que Mme Virlande pouvait me recevoir quelques instants.

Elle était en train de téléphoner, à moitié assise sur le coin de son bureau, une jambe supportant le poids du corps, l'autre, repliée, pendait inerte, et de la paume de sa main elle caressait très lentement la courbure du genou et le départ du mollet. D'un signe de tête elle m'a indiqué deux fauteuils au fond de la pièce près d'une grande cheminée de marbre, mais je suis resté debout à l'attendre à côté de son bureau.

Quand elle a raccroché je lui ai tendu la main. Mais elle était encore appuyée sur son bureau, ses doigts ramenant le bas de sa jupe sur le genou, et d'un coup de rein elle s'est mise debout, se propulsant vers moi et me tendant elle aussi sa main.

Nos mains ne se sont pas touchées. La mienne déjà entourait sa taille, pour la retenir dans son élan, la sienne venait s'appuyer sur mon épaule, pour mieux assurer son geste, et nous sommes restés ainsi, joue contre joue, quelques instants, nous pressant l'un contre l'autre. Puis nous avons oscillé de droite à gauche, comme si nous allions danser, et pendant plusieurs minutes, en scandant nos ébats de nos seuls prénoms, nous nous sommes caressés et embrassés.

Elle a murmuré « On va m'attendre... nous sommes fous... viens ». De la main elle a arrangé sa coiffure. Je l'ai suivie dans le grand escalier qu'elle descendait très vite. Sur l'épais tapis nos pas ne faisaient pas de bruit. Je la regardais filer devant moi, se retournant et me souriant : « La prochaine fois préviens-moi », et pour toute réponse j'ai fait en lui souriant un geste d'impuissance.

Ses pieds rebondissaient sur le bord des marches, elle se laissait emporter par la vitesse, contrôlant son équilibre de sa main gauche qui glissait sur la rampe.

Puis ses talons claquèrent sur les dalles noires et blanches du couloir. Elle m'a dit très haut, le plus naturellement du monde, « A bientôt M. Leurien », tout en saluant quelques personnes qui la croisaient, et elle a disparu.

Estelle aurait aimé ce ballet impromptu.

Tenture (« Le Soulier de satin », Troisième journée, scène VIII)

Don Camille: « Ouvrez cette tenture.
Je veux lui rendre ce grain de son chapelet qu'elle avait perdu et que j'ai passé toute la journée à chercher. Le voici. »
La scène est très courte, mais capitale. Ils me l'ont bâclée, et il était trop tard pour recommencer.
On ne doit pas voir la servante qui ouvrira la tenture. Elle se tient derrière. Don Camille arrive du fond, à l'étage supérieur, en se faufilant entre les coudes et les arcades formés par les tuyaux des condenseurs et des turbopompes. Il passera alternativement dans des arceaux d'ombre et de lumière, glissant sans bruit, mais avec difficulté, s'aidant des mains pour avancer. Parfois il rampe. Il évolue, prisonnier de souterrains aux parois brillantes, enfermé dans un ventre aux cavités soyeuses. Brutalement il disparaît, aspiré par un orifice qui le propulse sur le devant de la scène.
Il s'arrête, surpris et ébloui. Il suffoque. Il fait rouler dans sa main la perle de nacre, avec précaution, et parfois la fait glisser sur ses lèvres. Il voit la tenture de satin, blanche, marbrée, avec des reflets roses. Il s'approche lentement et demande à mi-voix « Doña Prouhèze est là ? », et la voix de la servante lui répond de l'autre côté de la tenture « Elle repose et m'a défendu de la réveiller ». C'est alors qu'il dit plus fort « Ouvrez cette tenture ».
Entre cette femme et lui il y aura toujours un voile, un voile qui est ce que son corps a de plus vaporeux, de plus satiné, de plus impalpable et de plus irréel, une chevelure de

chair, son odeur, un sillage, sa vibration, sa vie. C'est pourquoi il va caresser délicatement de ses doigts le tissu qui frissonne, et quand la servante, dont on ne verra que les doigts et le bras nu, écartera progressivement la tenture, on découvrira peu à peu que celle-ci n'est qu'un morceau de l'immense voile dans lequel Doña Prouhèze repose.

On la voit de face, étendue sur sa couche. Son corps est nu, seulement enlacé par deux bandes de satin, fins lisérés rouges qui sortent du pubis en s'écartant l'un de l'autre pour aller se croiser par-derrière dans le bas du dos et s'enrouler, de plus en plus larges et pâles, autour de la taille. Ils se séparent de nouveau et viennent recouvrir la pointe des seins et se rejoindre derrière la nuque, sous la chevelure, où ils forment un nœud d'où partent, très fins, tous les voiles qui se ramifient pour constituer le décor.

Nadia aurait su nouer et dénouer à merveille ces fibres de chair et de sang jaillies d'une fontaine vivante.

Alors Don Camille se prosterne. Il prend délicatement dans ses doigts un pan de voile comme s'il allait le boire, et lentement, à terre, il commence à s'enrouler dans les bandelettes. Prouhèze se cambre et gémit doucement. Elle sent les caresses de l'homme, de plus en plus fort, et commence à écarter les jambes. Elle fait de plus en plus vite onduler tous les voiles, et lui s'agrippe au tissu, le serre de plus en plus fort, tente de se rapprocher d'elle, mais les bandelettes l'entravent et il ne peut aller plus loin. Il s'immobilise en étouffant un cri. Alors, du bout des doigts, il réussit à déposer sur la couche de Prouhèze la perle de nacre qu'il venait lui rendre. Elle la regarde, étonnée, et ne bouge pas.

Tout le fond de la scène sera éclairé par une lumière douce et dorée : soleil couchant sur les sables blonds du désert.

« Comme c'est étrange ! nous sommes seuls sous cette tente et cependant il me semble qu'elle est remplie d'une assistance innombrable. » Il se redresse, se tourne vers la salle, et porte la main au-dessus de ses yeux pour essayer d'entrevoir autour de lui les spectateurs qui sont plus que jamais des acteurs clandestins et muets.

Progressivement la lumière se concentrera sur Doña Prouhèze. On ne verra bientôt plus dans un éclairage crépusculaire que les longues courbes de ses tentacules de satin qui enroulent l'espace, avec au centre de la nébuleuse, étiré par les ombres projetées, le corps immense de la femme qui respire doucement.

L'homme, par terre, semble mort.

Alors imperceptiblement elle commence à délirer : « J'ai retrouvé le grain perdu ! »

Tout cela ne doit pas durer plus de trois minutes.

Message

« Un message pour vous monsieur Leurien... »

La voix me fait sursauter. On me tend une enveloppe sur laquelle est inscrit, d'une belle écriture appliquée, large, presque anonyme dans sa calligraphie, mon nom suivi de la seule mention qui fait qu'en ce moment tout message qui m'est destiné m'arrive tôt ou tard, « metteur en scène du *Soulier de satin*, Centrale nucléaire de Belleville-sur-Loire ».

« Non... Je ne sais pas... Déposé hier... Ce n'est pas moi qui l'ai reçu. On l'a laissé à l'entrée. La personne n'avait pas de rendez-vous ni de laissez-passer. Elle n'a pas voulu dire son nom. Elle a dit qu'elle ne pouvait pas attendre... »

Le message que j'attendais, que je redoutais, que j'espérais. Enfin ils se sont décidés. Je vais savoir pourquoi ils sont venus reprendre la bourse de satin et ce qu'ils veulent de moi. Très vite j'ai déchiré du doigt le revers de l'enveloppe.

« Mon cher Maître, excuse-moi de t'importuner jusque dans ton sanctuaire... » Mes yeux ont glissé vers la signature. « Rappelle-moi vite, je t'embrasse, aussi fort que la dernière fois... Marie-Anne »... « Je ne sais comment te joindre. Cela fait plusieurs fois que je t'appelle. En vain. J'aurais pourtant des choses intéressantes à te dire, et des propositions à te faire. Une idée qui m'est venue... »

Mystère joyeux, comme disait la religion de mon enfance.

113

Celui-là ne m'inquiète pas, et j'aurai plaisir, le moment venu, à le dévoiler.

Mais serai-je pour autant délivré?

Blanc

Pendant huit jours je fus en effet introuvable. J'ai dû interrompre mes activités pour assister moi-même à un autre spectacle. Il y a des obligations auxquelles on ne peut malgré soi se soustraire. C'est une question de politesse. Je suis allé à pied à mon rendez-vous. Quatre ou cinq kilomètres de flânerie dans les rues de Paris, pour retrouver comme toujours la rue de Vaugirard, le jardin du Luxembourg et l'Observatoire. J'aurais bien voulu y pénétrer et monter là-haut sous la coupole regarder dans le télescope. Mais cela m'aurait mis en retard. Il m'a fallu obliquer sur la gauche, rue Cassini. J'étais arrivé. Je me sentais en pleine forme. Pourtant il paraît que médicalement je suis, selon la formule rituelle, gravement malade.

Il faut croire que leur science est plus lucide que ma conscience. Moi je me sens en parfaite santé. Ils savent mieux que moi ce qui se passe dans mon corps.

Je me suis toujours révolté contre cette ruse de la nature, ou cette imposture de l'éducation, qui fait que ce qui m'est le plus intime m'est le moins connu, et qu'on nous apprend à nous en remettre à d'autres du soin de notre vie. Il est bien vrai qu'elle ne nous appartient pas, encore moins maintenant qu'on explique tout. La propagation des virus et la prolifération des cellules ont remplacé la communion des saints et la multiplication des pains. Voilà ce qui fait que nous sommes mortels. Nous serons bientôt si savants que le temps de notre vie ne sera plus assez long pour apprendre à connaître les causes de notre mort. Et une fois encore nous mourrons avant de savoir. Le bonheur piétine.

Je suis donc arrivé à pied à l'hôpital. J'ai dû traverser à

l'entrée une armada d'ambulances blanches, de brancards et d'infirmiers, d'hommes et de femmes en uniforme, qui attendaient dans les coulisses, en bavardant, en plaisantant, et même en fumant, qu'un signal les propulse sur la scène de la douleur et des catastrophes. Ils iront à deux, ou tous en chœur, selon les fantaisies de l'auteur et les exigences du réalisateur. Il ne manque même pas le pompier de service. La représentation peut commencer.

Je suis allé chercher mon billet au service d'accueil, et je l'ai donné à une ouvreuse qui était revêtue d'une belle blouse blanche toute fraîche, et coiffée d'un joli bonnet qui faisait ressortir les traits réguliers de son visage et la finesse de son maquillage. Elle m'a elle-même conduit à ma loge, qui est assez confortable et a toutes les commodités, car il s'agit d'assister sans entracte à une série de plusieurs représentations qui vont durer six jours. Une vraie création.

Curieux théâtre, où il y a plus d'acteurs que de spectateurs. Cela doit coûter fort cher, et l'on se sent un peu confus. Elles sont trois à danser leur mime autour de moi. Leur corps est très agile. On ne les entend pas se déplacer, elles réduisent les dialogues à l'essentiel, se regardent pour bien coordonner leurs gestes, et exécutent en silence un ballet compliqué avec des tuyaux, des bouteilles et des seringues. Si elles doivent me toucher, et peut-être me faire mal, elles me sourient d'abord et me préviennent.

Elles savent leur rôle par cœur et n'ont aucun mal à persuader leur spectateur que tout cela est vrai, et grave. Plus de médecins malgré eux ni de malades imaginaires. Chacun s'applique à jouer authentiquement son rôle et à tenir son emploi avec conviction. Il y va de plusieurs salaires, et même d'une vie. On ne plaisante pas avec ces choses-là.

Le metteur en scène, comme il est normal, est invisible. Il ne reçoit que sur rendez-vous. Mais l'on peut facilement voir son assistant. On m'a demandé si je voulais le rencontrer, sans supplément. Mes actrices ont paru très étonnées quand je leur ai dit que je n'avais rien à lui demander. « Mais le bilan, monsieur?... » m'a chuchoté l'une d'elles en se penchant vers moi.

Je ne lis jamais les critiques.

Complot

C'est très compliqué et très amusant. Je crois que je vais accepter.

Essayons d'y voir clair.

Marie-Anne me dit que, lors d'une commission interministérielle consacrée aux Affaires culturelles, elle a vu passer un projet curieux. On voudrait faire au mois de mai ou de juin de l'année prochaine une grande fête de la Comète, à Paris bien sûr, et médiatisée à outrance, le plus naturellement du monde, cela va de soi. On dit que l'idée vient du ministre lui-même, ce qui est normal, et l'on étudie les moyens de financer la fête, ce qui est délicat.

Tout le monde est dans l'embarras. Le ministre a du génie, mais pas d'argent. Les capitaux seront privés, ce qui est toujours suspect, et l'on sera dans l'obligation de sponsoriser la comète. Cela ne s'est jamais fait, et les réactions de l'astre maléfique sont imprévisibles.

Et il y a plus grave encore.

Il faut plusieurs mois pour monter un pareil carrousel, et il ne pourra avoir lieu qu'aux beaux jours sous les grands marronniers en fleur. La fête aura donc lieu deux ou trois bons mois après les élections. C'est dire que le bénéfice politique en est fort incertain. La charité politique ne consiste pas à travailler pour son successeur. Il faut donc exploiter l'idée immédiatement : la faire connaître de tous compte plus que de la faire voir à un petit nombre.

C'est fort bien raisonné, mais on ne trouve pas d'impresario metteur en scène assez naïf pour se précipiter dans un tel guêpier et se retrouver à la sortie avec un déficit financier profond comme un gouffre, sans être sûr que le ministre sera encore là pour éponger les dettes de son génie.

C'est alors qu'on a avancé mon nom. Marie-Anne m'affirmé que ce n'est pas elle. Le succès du *Soulier de satin*, dont la première n'a pas encore eu lieu, impressionne beaucoup ceux qui n'y croyaient pas, justement parce que c'est un succès avant d'être une réalité. C'est exactement ce qu'ils recherchent.

Je vais leur faire savoir que je suis très intéressé.

Ce serait amusant que je reçoive la responsabilité de monter le spectacle, et que moi aussi je disparaisse avant la fête!

Je serai ravi de jouer ce tour aux amuseurs publics. Ce ne sera pas méchant. D'autres maîtres d'œuvre seront heureux de prendre le relais. Ils sauront mieux que moi vendre leurs scintillements d'étoiles filantes et leur génie à paillettes.

J'abandonne donc à regret *Thésée*, trop lourd à porter. Je mourrai avec mon vieux rêve. Il appartenait à l'enthousiasme de ma jeunesse et au génie de Malraux. Il ne reste plus qu'à brûler le manuscrit avant que je disparaisse, car à qui maintenant confier l'héritage?

Je me crois soudain revenu au Grand Siècle, ordonnateur de splendides fêtes de carton-pâte conçues pour les plaisirs du Prince et de son peuple. Ils ont su faire de ces divertissements des chefs-d'œuvre. J'honorerai la commande. Mais je ne serai plus là pour la livrer.

Aux Champs-Élysées

Le carton-pâte d'aujourd'hui, c'est l'écran géant en plein air, les téléviseurs au coin des rues, dans les galeries et les stations de métro, la sono place de la Concorde, des parcours labyrinthiques dans des hémisphères que nous construirons sur les Champs-Élysées, et surtout le laser qui découpe l'espace avec ses tranchants de lumière à l'arc de Triomphe, et la musique électronique qui prend naissance de l'air lui-même.

Le centre de gravité de la fête sera la voûte de l'Arc de

Triomphe. De là, à heure fixe, on verra fuser, dans les douze branches de la place de l'Étoile, des boules de feu et des filaments incandescents aux sept couleurs de l'arc-en-ciel, et je ferai vibrer les douze avenues d'ondes sonores qui se propageront si vite qu'on les croira parcourues de météores invisibles. La fête durera quinze jours. Je vois très exactement ce qu'il faut faire.

Personne cette fois ne viendra me voler mon scénario. Il est caché là dans ma mémoire codée.

Je dirai donc oui, et moi seul sais pourquoi.

Parce que je sais que je n'aurai pas la force d'aller jusqu'au bout.

Et on ne saura pas non plus à qui je dois cette folie.

A une femme que j'aime, perdue et retrouvée par hasard, mais à ce point de ma vie je ne sais plus ce qu'est ce hasard rigoureux qui me rattrape toujours quand je crois que tout est déjà accompli.

Elle fut la première. Elle ignore qu'elle sera la dernière. Nous nous aimons sans le savoir depuis vingt-cinq ans. Les amours inconscientes sont les plus fortes, et les plus fidèles. Il ne faudrait jamais avouer son amour.

Il faut qu'elle vienne tout de suite aux Commettes.

Je suis heureux de savoir tout cela. Quand Sergio aura parlé, j'aurai tous les fils de l'intrigue. Cette fois le hasard ne me rattrapera pas. Mais je ne suis pas pressé. Je peux encore plus nettement dessiner la courbe de ma trajectoire, me sentir enfin libre, et y prendre du plaisir.

Je vais dès maintenant travailler pour les Champs-Élysées.

118

J'ai dîné chez *Olympe*, dans la petite rue Nicolas-Charlet, car si je suis en traitement, je ne suis pas au régime. J'avais envie de son ravioli de homards. On sent fondre sous la langue des couleurs douces et chaudes, et au centre on découvre, immaculée et blanche, une chair ferme. Une torpeur parfumée vous envahit, et des liens secrets vous unissent à ces lointains homards, anonymes et si intimes, dont vous sentez en vous l'agréable et discrète essence. Ils ont fait plus d'un heureux, depuis l'heure fatale où ils furent arrachés à leur mer nourricière jusqu'au moment suprême où, au-delà de la mort, ils ont subi leur ultime métamorphose dans les mains d'un grand artiste. Les voilà ressuscités, le temps d'un éclair, nouvelle vie et nouvelle mort. Tout est enfin consommé dans le palais d'un homme qui est venu spécialement ce soir les rencontrer pour donner un sens à leur destin, et au sien.

Tragédie muette et délicieuse. Ni le homard ni celui qui le mange n'ont accusé les dieux. La rencontre a lieu sur un disque à la rotondité parfaite, assiette de porcelaine aux reflets de corail sur ses bords, patène légère à la pureté de neige en son centre, aussi polie que la cornée d'un œil qui reflète le monde, minuscule orchestra d'un théâtre de poupée. Le corps de celui qui dévore est posé ce soir sur une bergère Louis XVI recouverte de velours de Gênes aux lisérés d'un bleu-vert des plus tendres, filets d'eau venus accompagner le homard à sa dernière demeure. De la main droite, aussi précise et virtuose que celle d'un peintre mélangeant les couleurs, le mangeur choisit les morceaux et les miettes, la chair et la sauce, le verbe et l'adjectif, et porte tout cela à sa bouche, pour le humer, l'aspirer, le sentir, le broyer lentement, le déglutir, l'avaler, l'absorber, le métamorphoser définitivement pour assurer à tous deux leur salut commun. Il se recueille enfin dans le silence de la dernière bouchée, et se repaît de son repos.

Il vient de réussir le meilleur moment de la journée. Mais

réussira-t-il son corollaire, le meilleur moment de la nuit, l'amour ?

Hors de la salle, dans les cuisines, sont restés cachés les metteurs en goût. Leur art est si subtil et si fragile qu'on n'a jamais su leur donner le nom qui convenait. On continue de les appeler cuisiniers ou maîtres queux. Ils me font penser aux écrivains. Discrets et secrets, ils ne connaissent pas leurs dégustateurs. Artistes anonymes pour chefs-d'œuvre éphémères.

Dernière question

Puis j'ai marché comme à mon habitude. Rue de Vaugirard encore, boulevard du Montparnasse, boulevard Raspail, Denfert-Rochereau, et soudain, derrière moi, une voix familière.

« Vite, dépêche-toi, refile-moi ta question, une dernière question, parce que t'as vu l'heure qu'il est ?...

— Oui.. Eh bien, tiens, prends celle-là... Pourquoi tu demandes toujours la même chose ?

— Je demande jamais la même chose. Ou alors t'écoutes pas... Ton argent, c'est jamais le même ? Quand tu l'as dépensé, tu l'as plus ?... Celui que tu dépenses, c'est toujours un autre argent. Cent francs, c'est jamais les mêmes cent francs, et pourtant on dit toujours cent francs. Mes questions c'est pareil. C'est jamais la même chose que je demande. Et tes mots à toi c'est pareil. Tu crois que c'est les mêmes, et c'est jamais les mêmes. Vous faites tous ça, mais vous vous en apercevez pas. Moi je préfère demander "T'as pas une question ?" plutôt que de dire "Bonjour, comment ça va ?" Ça va jamais pareil, et c'est jamais demandé pareil. T'as dit ça dix mille fois dans ta vie, et peut-être bien plus, et t'as pas l'impression de te répéter... Tu peux pas te répéter. C'est pas possible. Y a pas une chose qui se répète. On croit mais c'est pas vrai.

« Tiens, par exemple, le soleil, regarde ! Enfin non, regarde pas, parce que ça fait mal aux yeux, même avec des lunettes. Ou alors faut mettre des nuages, mais il disparaît. Alors écoute. Tous les matins il se lève, toujours à l'heure. Jamais malade, jamais en retard. En bonne santé. Une vie réglée. C'est lui qui donne l'heure. Eh bien l'autre jour, à l'Observatoire, j'aime bien aller là-bas, je m'étais assis sur les marches derrière les portes, dans le grand amphithéâtre. On est caché par un tambour de porte, bien au chaud, et personne vous voit, mais on entend bien. Le professeur disait qu'on se levait jamais avec le même soleil, et que si on comprenait bien ce que ça voulait dire, on n'en dormirait plus de la nuit.

« Il disait que le soleil, il bouge, il brûle, il vit, il crache, il pète, il grossit, il maigrit, il parle comme une radio, mais faut des appareils spéciaux pour le recevoir, et j'ai pas compris ce qu'il racontait qu'il disait, il éjecte du plasma, dis donc, j'ai retenu ça, il a de belles boucles magnétiques, toutes blondes, mais il se fait aussi des protubérances que nous on se les ferait enlever tout de suite tellement ça déforme le visage, tout d'un coup il cogite fort, il envoie plein de rayons qu'ont des noms que je me souviens plus, mais lui il savait, et il disait que c'était une bombe qui n'en finissait pas d'exploser, qu'heureusement on était loin, juste de quoi se chauffer, les explosions quand on les voit de loin c'est beau, et il a ajouté c'est comme le feu, un jour ça s'éteint et faut se débrouiller pour se chauffer ailleurs. Note bien, il est encore jeune, le bougre. Il paraît qu'il vient de fêter ses quarante ans à lui. Le bel âge. Mais enfin il a déjà fait la moitié de sa vie. C'est pas encore demain la veille qu'il va se refroidir. On le sera avant lui. Mais il y passera aussi. Il aura son tour. Qu'il se dépêche de crâner avant de devenir obèse. Le professeur disait qu'il allait grossir, grossir, devenir tout rouge comme quelqu'un qui mange de trop, jusqu'à ce qu'il crève. Dame, il vieillit d'un jour tous les jours, tout comme toi, et ton soleil c'est jamais le même. Mais oui! Faut se répéter ça, c'est important, et inquiétant, parce que c'est jamais bon quand le bon dieu vieillit comme ça. Qu'est-ce qu'ils vont devenir les autres quand ils auront plus de soleil?...

121

« Et donc ma question, tu penses bien, c'est jamais la même, forcément, et toi t'as jamais la même question. Tu reviens toujours ici parce que t'as toujours une question qui t'embarrasse et que tu me la refiles. Avoue que ça te soulage...

« Moi j'ai pas de questions qui m'embarrassent. C'est la faute à mon père. Quand j'étais gamin chaque fois il répondait "Tais-toi, pas question". Alors j'en demande aux autres. Je vis avec les questions des autres.

« Tu veux que je te dise? Ça me fait rigoler. Parce que les autres ils ont plein de questions et ça les embarrasse. Ils peuvent même pas les poser. Y en a qui me répondent "J'ai pas le temps". Note bien, ils disent pas "J'ai pas de question", ils disent qu'ils n'ont pas le temps. Ils se trimbalent plein de questions dans leur tête et dans les poches, ça pèse lourd, ils sont crevés, mais ils pensent même pas à se soulager et ils veulent pas me les donner. Pas un qui dirait comme ça "Tiens, prends-moi celle-là". Ils ont perdu l'habitude. Y a plus personne pour prendre les questions. Quand j'étais gamin, je voyais ma mère, elle allait aux carrefours voir l'agent et elle demandait "Monsieur l'agent, je voudrais savoir où ce qu'est la rue Machin...", et l'agent il portait la main à son képi, et l'autre à sa poche revolver, et il en sortait un petit livre où il cherchait la réponse. C'était le bon temps pour les questions et pour les livres! Et le catéchisme, tu te souviens? Ça c'était parfait pour les demandes et les réponses. Je savais tout par cœur, et même des fois j'inventais des questions que M. le curé il savait pas quoi répondre. Maintenant tu trouves plus personne à qui parler. Les gens dans la rue ils sont tous silencieux. Ils marchent les yeux baissés, à croire qu'ils savent tous où ils vont et qu'ils ont jamais rien à demander.

« Et encore moi j'ai pas à me plaindre. J'habite un carrefour. Ils sont obligés de s'arrêter. J'en profite. Je leur demande leur question. T'as bien raison d'en profiter toi aussi. Mais la prochaine fois viens moins tard. J'ai même pas le temps de te répondre.

« Et puis dépêche-toi. Un jour pour toi aussi ce sera la dernière question. Parce que t'es tout de même moins costaud que le soleil. Alors méfie-toi ! »

Les questions d'Hameïla

Trouvé en rentrant à la fin de la semaine une lettre d'Hameïla.

« Florian, je suis très inquiète. Je t'en prie, donne de tes nouvelles. Je ne sais où te joindre. Le téléphone ne répond jamais. Je sais que tu dois être très occupé et que tu ne peux venir. Je peux faire le voyage. Il faut absolument que je te voie.

« Sergio est revenu. Il avait mon adresse qu'il a dû trouver dans les carnets de Nadia. Je la lui avais donnée il y a plusieurs années. Il m'a tenu un langage incohérent. Ses mains tremblaient. Il boit beaucoup. Il m'a dit qu'il savait où tu habitais et qu'il t'avait rencontré. Est-ce vrai ? Moi je lui ai dit que je n'avais pas ton adresse, et que nous ne nous rencontrions plus, ce qui n'est que trop vrai. J'ai pensé que c'était une ruse pour me faire parler.

« Il m'a posé beaucoup de questions sur ma vie depuis que nous nous sommes séparés, et en particulier sur toi. Il m'a dit qu'il se sentait plus en sécurité ici à Londres qu'à Milan. Je lui ai demandé pourquoi. Il m'a dit qu'on lui en voulait pour des choses qui s'étaient passées à Milan bien après ce qui est arrivé à Rhodes. J'ai essayé de le faire parler, mais il a esquivé mes questions en embrouillant tout, comme il sait si bien le faire, et je n'ai rien pu savoir.

« Je lui ai dit que j'avais appris la mort de Nadia par une amie milanaise, et il a paru étonné et contrarié que je le sache. Il s'est effondré en larmes. Il m'a donné quelques détails. Depuis plusieurs mois Nadia était devenue aveugle, à la suite d'hémorragies oculaires fréquentes et incurables. Elle était très fatiguée. Elle serait morte d'une crise cardiaque. Mais j'ai l'impression que Sergio n'a pas voulu tout me dire. Il répétait seulement entre deux sanglots, "Elle était toujours aussi belle... aussi belle..." Sa mort m'a étonnée, car Nadia a toujours été en bonne santé. Elle avait de mauvais yeux, c'est vrai, et tu sais comme moi qu'elle les a usés prématurément, sous les projecteurs, mais aussi avec des aiguilles qu'elle aurait mieux fait de laisser à ses ouvrières dans ses ateliers de couture. Elle aussi a été cruellement punie. Elle a dû terriblement souffrir de ne plus voir. Je pense qu'en fait elle s'est suicidée, mais je n'ai pas osé provoquer Sergio en le lui demandant.

« Ce qui m'a le plus inquiétée, c'est qu'il m'a demandé avec insistance si je n'avais pas reçu la visite de deux individus qui, paraît-il, me recherchent, et il a ajouté, ce sont ses propres termes : "Je ne voudrais pas qu'à toi aussi il arrive malheur". Il m'a fait promettre de le prévenir immédiatement si je recevais des coups de téléphone anonymes, ou des lettres, ou la visite de gens qu'il se borne à appeler des individus sans plus de précisions.

« Plusieurs fois, en parlant de toi et d'Estelle, il a répété : "Ce n'est pas elle qui aurait dû mourir, c'est invraisemblable ça, invraisemblable..." J'ai voulu lui faire préciser ce qu'il entendait par là, mais il était dans un tel état qu'il était difficile de comprendre ce qu'il disait. Il a fini par s'en aller de lui-même et je ne sais pas où il est parti. Il titubait.

« Je t'en prie, méfie-toi, et si Sergio veut te voir, ne le reçois pas. Il cherche quelque chose, mais je ne peux savoir quoi. As-tu remarqué de ton côté des agissements bizarres ?

« Je me souviens de tout ce qu'on a dit dans les journaux lors de la mort d'Estelle. Que sais-tu maintenant exactement ? Éclaire-moi sur tout cela, et dis-moi que notre cauchemar est bien fini. J'avais enfin trouvé le calme et le repos. Ne m'en veux pas si je te dis cela. Le premier à me les avoir appris, c'est toi, et je te redirai toujours que je te dois tout, jusqu'au bonheur que je connais aujourd'hui.

« Réponds-moi le plus vite que tu pourras. Donne-moi une heure, un jour et un lieu. Il ne m'en faut pas plus pour me rassurer et attendre calmement.

« J'ai toujours à mon doigt le saphir que tu m'as donné à Athènes.

« Je t'embrasse. »

Scribe

Voilà. L'histoire marche toute seule. Je n'ai même plus besoin de l'écrire. Tout au plus prendre quelques notes, pour mieux comprendre si c'est possible. Je vais répondre à Hameïla. Ce que j'ai pu faire il y a vingt ans, je ne le peux plus aujourd'hui. Pour moi le calme et le repos n'ont plus de sens. Je les ai tant de fois perdus et retrouvés qu'ils se sont brisés corps et âme. Hameïla aussi me les a fait perdre. Notre amour n'a duré que deux ans. Il était fini quand Sergio croyait qu'il ne faisait que commencer.

De quoi étions-nous coupables? De la faute des autres. Mais nous ne nous en sommes pas aperçus.

Il ne reste à Hameïla, comme à moi, que l'écriture, petite torture que l'on s'inflige, pour bien se persuader que la possession du bonheur tue le bonheur, et que rien n'est jamais achevé, ni une vie, ni une phrase. La mort et le point final ne sont que des illusions de vivants et d'écrivains. Moi-même je découvre en ce moment que j'ai de nouveau une femme à aimer. Je pensais que c'était impossible pour moi et interdit pour elle. Elle et moi nous allons être heureux, et nous allons souffrir, elle, j'en ai peur, plus longtemps que moi.

Hameïla, je préfère t'embrasser encore une fois, plutôt que de t'expliquer tout cela. Nous pouvions, rappelle-toi, nous embrasser pendant des heures, sans désirer rien d'autre que nos baisers et nos caresses. Ils continuaient même dans nos doigts et sur nos corps lorsque nous étions séparés. Ont-ils jamais connu leur fin?

Marie-Anne vient de partir. Elle ne sera pas à Paris avant dix ou onze heures. Je lui ai promis d'écrire jusqu'à ce qu'elle soit arrivée chez elle. Elle ne pourra me téléphoner, mais elle a dit qu'elle essaierait de composer mon numéro et attendrait deux sonneries avant de raccrocher. Elle roule maintenant dans sa 205 turbo. « Il faut que je parte... Ils m'attendent... Mes deux filles m'attendent. Je leur ai dit que je rentrerai tard, et demain matin il faut que je sois au ministère... »

Je l'ai attendue tout l'après-midi. Elle ne savait pas exactement à quelle heure elle pourrait passer. Elle était en mission dans la région et voulait profiter de son voyage pour mettre au point notre stratégie. Je lui ai dit au téléphone que l'aventure me tentait, et elle veut que je le fasse tout de suite savoir. « Je suis heureuse que tu acceptes... Je crois que ça va marcher... Dis-moi par où il faut passer pour découvrir tes Commettes... »

Quand elle est arrivée il faisait presque nuit. J'ai entendu, comme une délivrance, le bruit d'un moteur, et j'ai vu dans la courbe de l'allée la lumière des phares. J'ai pleuré. Il y a deux ans que je guette ce bruit et cette lueur.

Elle attendait près de sa voiture, ne sachant par où entrer. Je suis allé enfin à sa rencontre. « Tu as pu faire le détour, je te remercie... » Dans la grande salle elle a murmuré « C'est merveilleux. Tu sais... Je suis très impressionnée d'être chez toi. Je ne savais pas cet été, quand je t'ai rencontré aux *Pléiades* et que je t'ai parlé des Commettes, que j'y viendrais quelques mois plus tard. Pour moi c'était une photo dans un journal, ça n'existait pas vraiment... »

Je lui ai pris la main, et je me suis aperçu qu'elle n'avait pas enlevé son manteau. « Donne... Je te le mets dans la penderie...

— Non, laisse, je vais le faire moi-même. »

Elle a commencé à le déboutonner, et sont apparues aussitôt la raie blanche d'un chemisier, et la bande d'un bleu très sombre d'une jupe droite. Déjà elle faisait coulisser la porte de la penderie. Tous les manteaux d'Estelle étaient là, serrés les uns contre les autres, et juste en face de nous le manteau noir qu'elle avait pris le jour de son départ, sur lequel elle avait laissé couler sa longue tresse blonde. Marie-Anne s'est arrêtée, surprise et gênée. Elle ne voulait toucher à rien. « Donne-moi juste un portemanteau... Mais tu sais je peux le mettre là sur le fauteuil... Non, ne dérange rien. Je t'en prie, ne dérange rien. » Elle regardait les manteaux et les écharpes, et moi-même je les découvrais là, aussi surpris qu'elle, comme s'ils avaient été rangés par Estelle la veille au soir. J'aurais aimé que sa main en fît bouger un. J'ai déplacé un manteau en le mettant sur un autre, et je lui ai tendu un portemanteau. Avec beaucoup de précaution elle a suspendu le sien pendant que je faisais glisser les crochets sur la tringle pour faire de la place. « Je n'ai encore touché à rien ici... Je ne sais pourquoi... J'ai toujours attendu... Et c'est le seul endroit qui a été épargné par les cambrioleurs... Je te raconterai... »

Elle est revenue au centre de la pièce et est restée immobile. « C'est immense... Immense... » Elle levait ses grands yeux noirs vers la mezzanine. « Oui, un thé, je veux bien... Il commence à faire froid. » J'avais mis du bois mort et des bûches dans la cheminée, mais j'attendais qu'elle fût arrivée pour allumer le feu.

Elle m'a dit qu'elle trouvait la salle magnifique, mais qu'elle n'en était pas étonnée. « Superbe... Tu as toujours eu besoin d'espace, Florian. Une centrale nucléaire pour ton *Soulier*, ça te convient ! Tu rêvais d'un grand duplex, tu te souviens ? Pour ne pas gêner ma femme, disais-tu. Hypocrite... J'imaginais que tu devais vivre dans une maison comme celle-là. J'aime beaucoup la couleur de la moquette. Et l'escalier à vis, comme une spirale qui nous aspire pour monter là-haut... C'est là-haut que tu dors ?... C'est Estelle ou toi qui avez eu l'idée ?... Tu as préparé un feu. Tu me l'allumes ? Ce n'est peut-être pas... Non, excuse-moi, c'est peut-être pour le décor simplement, non, laisse, mais ta cheminée est si belle qu'on a envie... C'est de la pierre de Loire, toute blanche et tendre... » Elle a effleuré de ses doigts une rosace sculptée dans la pierre.

« Marie-Anne, les allumettes sont là, sur la cheminée. Je voudrais que ce soit toi qui allumes le feu. »

Elle m'a regardé, hésitante. Elle allait me demander pourquoi, mais je lui ai mis la boîte d'allumettes dans la main.

Lentement elle s'est accroupie de trois quarts, face au foyer, en équilibre sur la pointe des pieds, talons relevés, et elle a craqué l'allumette. Sa jupe est remontée au-dessus des genoux qu'elle tenait serrés l'un contre l'autre. Les jambes ainsi repliées faisaient paraître ses hanches et ses cuisses encore plus longues. Sous les reins le tissu s'est tendu à l'extrême, accentuant l'ovale de la croupe, et tirant vers le bas la ceinture de la jupe dont la fermeture à glissière s'entrouvait par le haut. Le chemisier ainsi libéré remonta de quelques centimètres, et je vis soudain un feu follet de chair virevolter devant mes yeux, s'enfuyant sous la soie le long de l'échine pour resurgir dans la nuque. Elle était forte et souple, attentive et recueillie. Elle attendit pour se relever que les premières brindilles commencent à crépiter.

Nous avons regardé en silence les bûches s'enflammer. «Elle tire bien... Elle est toute propre, tu ne t'en sers jamais ? » Pas depuis deux ans. C'est pourquoi je voulais que ce soit elle, ou personne. Je ne sais plus à qui appartient cette maison.

Le bas de ses jambes était éclairé par les flammes qui prenaient de la force, et par moments les mailles de son collant luisaient sur ses chevilles de reflets roses ou rougeoyants très doux et satinés.

Je lui ai dit que je voulais lui faire tout visiter, parce que personne, sauf des voleurs et des intrus, n'était venu ici depuis la mort d'Estelle. J'avais tout remis en place, comme auparavant.

Elle souriait, les lèvres entrouvertes. Elle attendait que je la guide, n'osant passer la première. Elle n'a posé aucune question. Dans la salle de bains elle a regardé avec attention les opalines, les poudriers de laque et les brosses de soie au manche d'argent. Du bout de son index elle a suivi le galbe d'une opaline. Très vite elle a retiré son doigt, comme si elle s'était brûlée. « Pardonne-moi... Je n'aurais pas dû toucher... Mais c'est si beau... Je comprends que tu veuilles garder tous ces souvenirs... Excuse-moi, je dis des bêtises... » J'ai pris l'opaline. Je la lui ai donnée. Je voulais qu'elle libérât de ses yeux et de ses doigts ces objets morts, prisonniers d'une attente à laquelle je ne pouvais mettre fin.

Elle a vu les corsets dans l'embrasure du rideau et m'a interrogé du regard. « Ce devait être une grande gêne pour elle... », et elle a effleuré ma main.

Maintenant je pourrai les brûler.

Elle a longuement regardé quelques toilettes d'Estelle. Même lacérées elles sont encore belles. Bandelettes précieuses arrachées à un corps évanoui, elles gardent, invisibles dans leur chair mutilée, les traces des contacts intimes qu'elles eurent avec le corps qui les portait, et, gelés dans leurs plis immobiles, les mouvements des formes qui leur donnaient vie. Quand elle a d'elle-même repoussé la porte de la penderie, quelques pans de tissu ont vibré.

Nous sommes redescendus prendre le thé. Elle semblait chercher quelque chose des yeux. « Tu devrais... J'ai l'air de te donner des conseils... Là, tu vois, à gauche, je verrais bien un piano à queue ou un clavecin... » Il y avait eu en effet à cet endroit un piano à queue. Estelle en jouait, et s'en servait quand on faisait de la musique de chambre, ou quand on venait répéter quelques scènes d'opéra. Après sa mort je l'ai rendu à Parinelli qui lui en avait fait cadeau. Il voulait le garder en souvenir. Marie-Anne a souri d'un air désabusé : « Tu vois, j'aurais mieux fait de me taire. Il était évident qu'il devait y avoir là un piano. J'aurais dû m'en douter... »

Elle a dit en se levant brusquement qu'il fallait qu'elle parte. Je lui ai fait promettre de revenir, pour que cette maison appartienne à quelqu'un.

Nous sommes restés longtemps debout, serrés l'un contre l'autre. Nous étions comme le premier jour de notre rencontre, la gorge nouée, les yeux fermés, silencieux, retenant encore nos désirs de caresses, nous écoutant seulement respirer et vivre. Enfin elle a dégagé sa tête de mon épaule. « Il faut maintenant que je parte... Ils m'attendent... Mes deux filles m'attendent...

— Marie-Anne, je n'aurais pas dû, l'autre jour, dans ton bureau... Je m'en suis voulu... Nous allons nous torturer inutilement. Et puis je suis... »

Elle a souri. « Oui, bien sûr... Tu sais, très souvent dans ma vie, c'était insupportable de penser qu'on ne se rencontrerait jamais plus... Alors... Il faut savoir ce qu'on veut... Florian, je suis très heureuse... Je te promets, je reviendrai. Je resterai plus longtemps... Toi aussi un jour viens nous voir aux Cordelières, ce n'est pas si loin... Pense à moi jusqu'à ce que j'arrive à Paris... »

Je lui ai redonné son manteau, qu'elle n'osait d'elle-même reprendre. Mais je n'ai pas voulu qu'elle le mette ici, je n'ai pas pu la voir partir avec son manteau sur elle. Je voulais apercevoir son corsage blanc à travers les vitres de la voiture. « Comme vous voudrez, cher Maître. Si c'est ainsi que je dois faire ma sortie... Nous n'avons même pas parlé de nos affaires. Il faut que tu ailles tout de suite rue de Valois. Je passerai après toi... »

Maintenant elle roule vers Paris. Elle a dû s'arrêter quelques kilomètres après son départ et mettre son manteau. Elle frissonnait quand elle est montée dans sa voiture. Elle roule et s'applique à bien conduire dans la nuit et sous la pluie. Moi je m'applique à bien écrire ce que nous venons de vivre. J'enroule de mon écriture ses gestes et ses paroles, et je retiens ici, en suspension dans l'air et en attente dans l'écran des mots, les traces de son passage et les lueurs des braises qui maintenant éclairent seules dans la nuit les fantômes de la grande salle.

Le téléphone vient de sonner deux fois.

Je n'ai plus peur.

« LA CHEVELURE DE BÉRÉNICE »

Pays blanc

Je suis arrivé au Liban le 30 mai 1962 au matin. Liban signifie pays blanc. C'est à peine si l'on ose le rappeler aujourd'hui.

Longtemps j'ai répété son nom comme tous les mots que nous employons dans la vie, sans savoir pourquoi il se nommait ainsi. Pour moi de toute éternité il fut nommé Liban, trouvant naturellement son nom et sa place sur cette portion de terre.

Mais il est plus facile de nommer un pays que de le faire exister.

Quels voyageurs l'ont ainsi appelé ? Ceux qui l'abordaient de la mer, ou ceux qui le découvraient du désert ? Blancheur des maisons à terrasse collées au flanc des collines et réfléchissant la lumière comme des miroirs, ou mirages de neiges étincelantes, apparition d'un paradis ouaté et frais quand on sort de la fournaise ?

Son drapeau dit une autre réalité : deux bandes rouges horizontales en haut et en bas, et au milieu toujours le blanc avec au centre la minuscule tache verte d'un cèdre. Deux raies de feu et de sang, pour une seule traînée blanche d'où émerge, sortant du brouillard, d'un sommet invisible, le souvenir verdoyant du paradis. Petite image d'Épinal qui dit la vérité. L'embryon, souvenir ou promesse, est un îlot inaccessible au milieu d'une mer de sang.

Du Liban je ne dirai rien d'autre. La décence l'interdit, celle que je dois à ce que fut ma vie là-bas, et celle que je dois à ce qu'est la vie du Liban aujourd'hui.

J'ai plus urgent à faire. Je recherche, au-delà de criminels que je ne connais pas, la preuve d'une culpabilité dont je n'eus jamais conscience.

Je veux savoir pourquoi Estelle est morte, pouquoi on m'a volé une bourse de satin avec une émeraude, pourquoi Sergio est revenu, pourquoi Hameïla a de nouveau peur.

Expliquer et comprendre ne servent en effet à rien, surtout quand l'histoire n'est pas finie.

Il faut chercher la plume à la main, tisser un filet qui m'enserre, aussi fin et naturel qu'était la toison des moutons avec laquelle, en Géorgie, au fond des torrents, d'obscurs conquérants retenaient dans la laine la boue qui charriait l'or. Ils en firent une toison d'or. C'était la première scène du *Jason* que j'ai créé à Baalbek. On voyait des hommes penchés au bord d'un torrent retirer lentement de l'eau des toisons aux boucles serrées, les lever à la hauteur de leur visage et les placer face au soleil, pour chercher à lire en filigrane, dans l'épaisseur du tissu, les traces dorées qui peut-être s'y étaient inscrites.

Il me faut de l'encre, épaisse boue noire, pour démêler tout ce que charrie l'eau trouble de mes jours. L'écran lumineux de la machine restera toujours un écran, tout juste bon à enregistrer et à reproduire. Mémoire morte.

J'ai à combler les blancs de ma vie entre deux raies de sang, la plus haute celle de ma naissance, et l'autre vers le bas du drapeau, qui m'attire comme le bas d'une page vers laquelle, de plus en plus vite, on se précipite pour écrire le mot fin.

132

« *La Chevelure de Bérénice* »

De la capitale du Liban je ne dirai rien non plus. J'y fus heureux. Ma vie en elle fut une gestation lente et chaude de trois étés. Je garde en moi le souvenir de la ville qui me reçut en ses ruelles, offrant tour à tour les parties de son corps au soleil blanc du levant et au soleil rose et dilaté du couchant. Aujourd'hui le corps de ma ville est mort, et sa mort est le cadavre d'une mère qui retient en elle d'autres corps en otage. Morte trop jeune.

Mais je peux nommer l'endroit où j'ai retrouvé Amik et ses amis. *La Chevelure* était une construction folle des années 1925. Je n'ai jamais su quel fastueux nabab exilé ou quel milliardaire farfelu l'avait fait construire. C'était un mélange invraisemblable d'architectures antique, arabe et occidentale, à l'image du Liban qui venait de se constituer en État autonome, mais sous mandat français. C'était un palais baroque, somptueux et décadent, où s'amalgamaient par le caprice d'un mécène fou l'Orient et l'Occident.

Je la découvris le soir en venant de la plage. En face de moi s'étageaient par degrés successifs des terrasses soutenues par des colonnes ocre, dont la base était plus étroite que le sommet, ce qui donnait à l'ensemble un mouvement d'envol, comme si ces jardins suspendus avaient été soulevés de terre. Le sommet des colonnes s'épanouissait dans la boursouflure rebondie d'un chapiteau noir et aplati. On aurait dit que trop de terre comprimée avait voulu s'échapper avant de se solidifier, et cela faisait comme un étroit coussin qui rendait plus doux le contact des terrasses avec les colonnes.

Des portiques à degré montaient vers une esplanade dont on ne devinait rien d'en bas. Partout des ouvertures, des escaliers, des jardins secrets, des puits de lumière éclairant des salles souterraines. J'eus l'impression de pénétrer dans le labyrinthe du Minotaure. L'accord des lieux avec mes rêves donnait à ceux-ci encore plus de réalité. Je reconnaissais un décor que pourtant je voyais pour la première fois.

133

En courant je gravis le dernier escalier qui débouchait sur la terrasse supérieure, mais avant d'arriver sur l'esplanade je me retournai et m'assis face à la mer. Je me mis à écrire en toute hâte les premières scènes de la vie de Thésée. Des lumières intermittentes, dont je ne distinguais pas la source, dorées, roses, rouges, avec des reflets d'arc-en-ciel, se projetaient sur mes feuillets. Les mots que je traçais décomposaient d'eux-mêmes la lumière. Je jonglai avec les couleurs en écrivant les premières paroles du drame. Égée vient de quitter la couche de la jeune Aethra, la future mère de Thésée, qui lentement sort de sa torpeur : « J'ai vu une grande lumière, un éclair d'arc-en-ciel, mais je n'ai pas entendu de tonnerre. J'ai senti une grande chaleur et mon corps se déchirer. Je ne connaissais pas cette douleur, et, au fond de la blessure que me fit l'éclair, il y avait une grande jouissance... Les colonnes ocre et leurs bourrelets noirs et luisants n'en finissaient pas de s'enchevêtrer au-dessus de ma tête... Égée... Il a dit que nous l'appellerions Thésée. » Puis en courant je montai à la terrasse.

Devant moi apparut la façade d'une immense rotonde en haut de laquelle se déployait, toute en longueur, une enseigne lumineuse qu'on devait apercevoir de très loin. Des centaines d'ampoules, qui avaient toutes les nuances de la lumière solaire, de l'or flamboyant au rouge crépusculaire, représentaient une longue chevelure flottant au vent. Elles s'allumaient et s'éteignaient très vite les unes après les autres pour donner l'illusion du mouvement, et jaillissaient, myriades d'étoiles filantes, de la tiare et du profil d'une princesse orientale. Les cheveux s'envolaient au vent de la mer et planaient un instant sur nos têtes, prêts à nous emporter dans le sillage lumineux qu'ils traçaient dans la nuit qui s'épaississait. Et de la mer on verrait bientôt une immense flamme lécher les terrasses de la ville.
Avait-on fabriqué cette enseigne parce que l'endroit s'appelait déjà *La Chevelure de Bérénice*, comme aurait pu le laisser croire le nom de quelques rochers, en face, sur la

plage, qu'on appelait *le gué de Bérénice*, par lequel j'étais passé pour arriver ici, ou l'avait-on appelé ainsi parce qu'on y avait mis cette enseigne? Je ne l'ai jamais su, parce que ces questions n'ont jamais de réponse. Je ne sais pas pourquoi tel est mon nom, et je cherche en vain le rapport qu'il a avec mon corps et avec ma vie. Comme personne ne peut dire si l'histoire d'Aphrodite, la déesse de l'amour, vient du hasard de son nom, qui signifie « née de l'écume », ou si son nom vient des accidents de son histoire : le sperme du dieu Ouranos, tombé bien malgré lui dans l'écume de la mer, a donné naissance à la plus belle des femmes. Histoire circulaire et fermée, de l'œuf et de la poule, du labyrinthe de nos origines. Aucune explosion pour en sortir.

Mystère des noms, d'une chevelure, de Bérénice, et de l'amour.

Apparition

Je passai donc sous la chevelure. A l'entrée de la rotonde il y avait deux bars luxueux en palissandre, disposés en arc de cercle de chaque côté de la porte, puis au centre des tables basses, des fauteuils, et, au fond, une scène assez large sur laquelle on pouvait faire du music-hall et même du théâtre. Il y avait encore peu de monde.

Amik et Sergio étaient là, accoudés au bar de droite. Ils vinrent aussitôt vers moi. Ils avaient longuement parlé entre eux de mes projets. Ils étaient d'accord sur tout. « Nous attendons Nadia... Elle est en retard... », dit Amik. « Pourtant ici c'est son domaine... », avait ajouté Sergio comme pour lui faire un reproche.

Tout autour de la rotonde, entre les bars et la scène, courait un déambulatoire surélevé aménagé en alcôves. Nous allâmes nous installer dans celle qui était la plus proche de la scène, « pour être plus tranquille... C'est l'alcôve de Nadia », avait ajouté Sergio. Une tenture de velours noir fermait la scène qui elle aussi était encadrée par les mêmes colonnes ocre que j'avais vues à l'extérieur, mais demi-cylindriques, plaquées sur le mur, et qui paraissaient encore plus étroites à leur base et plus larges au sommet. Nous ne disions plus rien. Je vis la tenture onduler comme si un courant d'air léger la parcourait. Des ongles rouges, des doigts recourbés écartèrent les bords du tissu, décollant le velours de la colonne. Un bras nu, phosphorescent sur le fond noir, tint le pan de velours relevé, et elle apparut dans une robe rouge aux reflets de moire, serrée à la taille par une large ceinture noire. Le tissu scintillait. Elle était revêtue d'une matière lumineuse et liquide qui coulait sur les formes de son corps et se renouvelait à chaque seconde. On ne pouvait distinguer ce qui était son corps et ce qui était sa robe. Elle était habillée et transparente. Tout vivait, tout vibrait, et seule la ceinture, en accord avec la tenture, permettait au regard de se reposer sur cette ligne fragile et mince de la taille qui accentuait le galbe du ventre et la pointe des seins.

Nadia feignit d'être surprise. Elle se figea dans son geste, un genou en avant retenant le pas qu'elle allait faire et tendant le bas de la robe dont le tissu se plaqua sur les hanches. Elle me regarda, les lèvres entrouvertes, sans sourire. De la main gauche elle caressa une mèche de sa longue chevelure blonde qui tombait par-devant sur ses épaules. Elle avait l'air impassible d'un mannequin qui vient de prendre son tour dans le défilé, nous forçant à le regarder, alors que son regard passe très loin au-dessus de nos têtes.

Elle laissa enfin retomber la tenture d'un geste lent et résigné, comme si elle regrettait d'être venue au rendez-vous. Les yeux baissés elle se dirigea vers nous. Elle murmura : « Sergio m'a parlé de vous... Je suis désolée, vous m'attendiez... » Elle effleura mon bras de sa main. « Non, restez assis, je vous prie... Quand pourrions-nous parler tranquillement ? Ce soir ce sera difficile, à moins que vous ne puissiez revenir. Nous commençons dans une heure, là, dans le petit odéon, Amik, Sergio et moi... Pourriez-vous revenir demain au début de l'après-midi ? »

Il y avait derrière la rotonde, creusée en hémicycle au flanc de la colline, une salle plus petite, « pour des récitals plus intimes » me confia Sergio. « Vous restez ? »

Récital

Ce fut d'abord elle qui apparut dans un fourreau de satin noir dont les fentes laissaient fuser l'éclair de ses jambes nues. C'était une autre femme, plus grande et plus mince encore, plus naturelle aussi que tout à l'heure, qui récitait, chantait, jouait, mimait, dansait, offrant ses gestes, sa voix, son corps à tous ceux qui l'entouraient sur les gradins. Elle dénoua ses cheveux qu'elle avait enroulés en bandeaux sur sa tête, et les laissa retomber sur ses seins. Elle dégrafa le fourreau qu'elle retint d'abord de ses coudes collés au corps, puis le laissa glisser doucement à ses pieds, et son corps apparut enserré dans un réseau de fines tresses blondes, fils dorés qui prolongeaient ses cheveux, femme noire, femme blonde, voilée dévoilée, caressant des hanches et du ventre la courbure vernie du piano à queue, s'allongeant sur le sol pour mieux sentir, de ses doigts et de ses jambes écartés, des vibrations qu'elle seule percevait, se cambrant, sur les coudes et sur les talons, soulevée par une force invisible qui la pénétrait et lui imposait un chant de plaisir et de douleur. Amik fut soudain là debout derrière elle, se penchant déjà sur son visage. Comment était-il entré en scène ? Il sortait du rêve et des appels de Nadia, jailli de l'ombre, né d'une faille de la terre. C'était un animal sauvage qui improvisait sa chasse, bondissait, rampait, s'agrippait à des branches imaginaires qui pourtant le soulevaient. Il faisait paraître deux fois plus grande la petite scène sur laquelle il évoluait. C'était une voix et un regard qui paralysaient la proie qu'il enserrait, Nadia inerte, merveilleuse souplesse d'une matière pure qui petit à petit épuisait celui qui la caressait, rouvrait les yeux, guidait maintenant le corps de l'homme en elle et se couchait sur lui jusqu'à ce que, pris dans les tresses blondes, il ne soit plus qu'un corps immobile englouti.

Rien d'autre pour eux n'existait que la prostitution sacrée qu'ils offraient à leurs fidèles.

Le noir se fit progressivement dans le petit odéon, recouvrant leurs deux corps allongés sur la terre. Nous restâmes longtemps assis en silence, chacun de nous prolongeant pour lui-même la cérémonie.

Je ne cherchai pas à les revoir après le spectacle.

Je descendis vers la mer à la lumière de *La Chevelure*.

Nadia Sandraine

Elle m'attendait seule au bar quand je suis revenu le lendemain. « Vous ne connaissez pas *La Chevelure* ? Venez... Sergio et Amik nous rejoindront... Nous allons pouvoir faire connaissance plus tranquillement qu'hier... »

Elle m'emmena dans des corridors obscurs qui débouchaient soudain sur des portiques violemment éclairés, ou dans des jardins intérieurs en forme de cloître. On devinait parfois, sous les arcades, des ombres qui s'évanouissaient, et l'on apercevait des pans de tissus colorés, robes ou djellabas qui disparaissaient dans des ouvertures que je ne voyais pas, on entendait du tissu froissé et l'écho de pas lents et réguliers, claquements secs de talons hauts ou bruits plus sourds de chaussures qui glissaient sur les dalles. « Ici ce sont les chambres et les appartements... *La Chevelure* est aussi un hôtel... Sergio et moi nous y avons des parts... » Et de nouveau nous nous retrouvions dans l'obscurité.

Ce passage perpétuel de l'ombre à la lumière m'aveuglait. Je sentais Nadia marcher devant moi plus que je ne la voyais, gardant sur ma rétine la forme blanche de son corps découpée dans la nuit. Plusieurs fois je la heurtai, et elle me prit le bras. « Il y a des passages très sombres, et des marches, méfiez-vous... » Nous montions un long escalier, coupé par des paliers étroits d'où partaient d'autres escaliers. Nous arrivâmes sur un anneau circulaire qui faisait le tour de la rotonde. Nous étions suspendus entre le ciel, les jardins, derrière nous, pleins d'orangers et de verdure, et plus bas, toute proche, devant nous, la mer, qui entrait sous les terrasses que j'avais gravies la veille, et venait baigner la rotonde et sa chevelure. Au-dessus de ma tête je vis l'armature de l'enseigne, un diadème éteint et terne, un squelette de fils de fer rouillés et de cheveux tout raides, suspendu dans le ciel, immobile dans le soleil. La chevelure ne rayonnait que la nuit. La promesse de la reine était respectée.

Nous sommes redescendus. Nadia m'a conduit dans une pièce que j'ai pris tout d'abord pour un grand salon. C'était une salle basse, toute en longueur, mais au fond il y avait un écran aveuglant, une violente lumière, celle du soleil qui tombait sur un miroir d'eau, et je vis que l'eau arrivait jusqu'à nos pieds. C'était une piscine qui entrait au centre d'un salon, nous étions au bord, et à côté de nous Nadia m'indiqua une banquette profonde et basse. « Nous avons des choses à nous dire... » Elle s'assit la première. Les coussins étaient si moelleux que lorsqu'à mon tour je m'assis je sentis son corps bouger.

« Que voulez-vous savoir de moi ?... » Elle parlait avec un léger accent slave qu'elle s'appliquait à cultiver, et qui semblait tout aussi artificiel et adorable que sa belle chevelure blonde. Elle ne cachait pas ses artifices. Elle avait, spontanément, la franchise de son mensonge.

Elle avait débuté comme mannequin à Florence. Elle avait fait du cinéma, du théâtre, puis de la chanson longtemps. Elle avait eu son heure de gloire avec deux quarante-cinq tours qui s'étaient vendus à près d'un million d'exemplaires. Elle avait connu Sergio dans les studios d'enregistrement. Ils s'aimaient toujours, malgré, ou à cause de fréquentes séparations. Mais ses derniers enregistrements n'avaient pas eu grand succès. Elle ne trouvait pas de bonnes chansons. Elle faisait de la radio, un peu partout, et du music-hall, ici, pour vivre. Elle aimait ce qu'elle faisait à *La Chevelure*, « mais ça n'aura qu'un temps... Il faut un corps pour faire ça, un corps toujours jeune, et ça n'existe pas... »

Tout en me parlant elle ne cessait, en tournant et en relevant lentement la tête, de faire glisser sur sa nuque et ses épaules les mèches de ses cheveux qui se rassemblaient naturellement en grappe. Elle croisait et décroisait les jambes, avec de grandes précautions, les frottant l'une contre l'autre en faisant crisser les bas et en se donnant à elle-même de longues caresses. Elle semblait n'avoir besoin de personne pour jouir de son corps.

Elle me dit qu'elle avait acheté il y a deux ans une boutique de haute couture. Elle voulait revenir à ses premières amours. « Je voudrais passer de l'autre côté de la rampe, dessiner, confectionner des costumes pour des spectacles, dès l'année prochaine, pour vous si vous voulez, si votre festival peut continuer, ou ailleurs... Je garderai ma boutique et mon appartement ici... » Elle me parlait comme si nous nous connaissions depuis toujours.

« Voulez-vous vous baigner ? Là, il y a tout ce qu'il faut... » Je voyais devant moi, dans le prolongement de la piscine, la mer toute proche d'où montait une légère brume. « Vous ne craignez pas que je m'échappe ?... » Elle eut l'air étonné. « Vous échapper ? Mais comment, et pourquoi ? — Mais, là, on doit facilement rejoindre la mer... » Elle éclata de rire. « Vous n'êtes pas le premier à vous y faire prendre... Venez voir ! », et de nouveau elle me prit la main. Une fois debout je compris ma naïveté. Nous étions assis au fond d'une grotte qui avait vue sur la mer, avec devant nous une piscine qui la prolongeait jusqu'à nos pieds. L'illusion était parfaite. L'architecte avait su ménager ses effets : un petit muret de marbre blanc, aveuglant, au bout de la piscine, suffisait à cacher à notre vue les autres terrasses qui descendaient vers la mer. Sans repère dans l'espace, les yeux ne distinguaient plus la dénivellation, et l'on voyait simplement l'eau de la piscine et plus loin la mer, au même niveau, séparées par un mince liséré blanc, comme une rade sépare et réunit le port et la mer.

« Je vous accompagne... Comme cela vous ne vous enfuirez pas... »

Et elle commença à se déshabiller. Sous le chemisier qu'elle entrouvrait apparut le haut d'un deux pièces noir. Elle me sourit et plongea dans l'eau. Ses longs cheveux flottèrent autour de son visage comme une auréole.

Nadia est morte il y a un mois, parce qu'elle ne pouvait plus voir le soleil. Sergio ne voulait pas me le dire. Peut-être que pour lui, comme pour moi en ce moment, elle est toujours vivante.

Il ne reste rien de *La Chevelure*. Il y a quelques années, lors de combats acharnés dans la ville, j'ai vu, au hasard des actualités télévisées, sa façade éventrée et ses terrasses écroulées. Le palais était en ruine. La chevelure d'ampoules avait éclaté une nuit en des milliers d'étoiles filantes. Elles blessèrent et tuèrent quelques dizaines d'innocents qui croyaient qu'il était encore possible de vivre sous sa protection. Ils avaient commis l'imprudence de venir respirer librement face à la mer. Ils voulaient une fois encore sentir les parfums nocturnes qui émanaient de la chevelure humide d'une femme inaccessible. Une explosion les a emportés, et la chevelure leur a servi de linceul.

Premier amour

Sergio et Amik ne vinrent pas nous rejoindre. « Ce sont de grands enfants... Ils ne savent pas ce que c'est que d'être à l'heure, avait dit Nadia en s'essuyant. Venez avec moi, nous allons commencer à travailler sans eux. »
Je retrouvai en face de moi dans un petit bureau, plutôt un boudoir, une femme d'affaires. En quelques minutes j'eus toutes les adresses et les noms dont j'avais besoin. « Vous pouvez rester, vous êtes ici chez vous... Ce soir nous ne jouons pas et... » Maladroitement je lui coupai la parole pour lui dire que j'avais rendez-vous le soir même à l'ambassade et que le temps pressait. Elle ne parut en éprouver aucune

contrariété. « Vous avez une mission officielle, c'est vrai, Sergio me l'a dit, je l'avais oublié... Allez... J'espère que vous ferez un beau festival. Je vais suivre de près la confection des costumes. J'aimerais voir l'effet qu'ils feront là-bas, en plein air... Peut-être m'inviterez-vous ? » Elle avait un regard perçant en disant cela. Elle voyait déjà les costumes sur la scène. Je crois que pour elle tout passait d'abord par les yeux. Elle me confia un jour qu'elle aurait aimé être peintre. Je comprends pourquoi elle s'est suicidée.

Sur le moment son assurance et sa désinvolture me déplurent. Je ne voulus rien décider avant d'avoir pris mes renseignements. Même si la rencontre avec Sergio sur le bateau n'était le fait que du hasard, instinctivement je me méfiais. Tout cela semblait trop bien arrangé, trop merveilleux. Je fis à Nadia une réponse polie. Elle me remercia comme si je lui avais dit oui.

Je n'étais pas au bout de mes surprises.

Le soir même je rencontrai l'attaché culturel et l'ambassadeur. Ils avaient l'air préoccupé. Le festival les ennuyait, et l'insistance du ministre, « qui ne voit pas toutes les difficultés que nous allons rencontrer », les irritait. C'était une commande dont ils se seraient bien passés. « Prestige !... Présence française... Politique de réconciliation... Ce n'est pas avec du théâtre dans des ruines qu'ils y arriveront... On en parlera partout, sauf ici ! Vous n'arriverez pas à mettre en route votre *Machine infernale* en deux mois... Vos acteurs sont prêts au moins ?... Oui, ils ont joué cela cet hiver à Paris ? Tant mieux... Mais les décors, les techniciens, l'éclairage, la sonorisation, et les costumes, et la billetterie, les invitations, la presse, les officiels, et toutes les confessions qu'il faudra rassembler, sans en oublier aucune, et même nous nous ne savons pas combien il y en a... En fait de réconciliation c'est une émeute qu'on va organiser, une de plus... Tout ça pour vouloir faire applaudir dans un temple romain un chef-d'œuvre français ! »

C'est alors que le jeune attaché culturel, qui semblait

souffrir le martyre, osa interroger M. l'ambassadeur. « Ne pensez-vous pas, monsieur l'ambassadeur, qu'il faudrait dans ce cas... Pourrions-nous conseiller à M. le délégué culturel de prendre des contacts avec... *La Chevelure de Bérénice*? » Il ravala sa salive et rectifia la position, comme s'il venait de faire preuve d'une grande audace, et dire une incongruité qui lui vaudrait les réprimandes immédiates de son supérieur hiérarchique. « J'y pensais, Laurent, j'y pensais... Il n'y a plus que cela à faire. Monsieur Leurien, voici ce que vous allez faire. Laurent vous dira comment entrer à *La Chevelure*, c'est un vrai labyrinthe. Vous demanderez à rencontrer Mme Nadia Sandraine... de notre part... » Il ajouta cela rapidement, à voix basse.

Ils durent me trouver stupide. J'étais si étonné que je me contentais de répéter « *La Chevelure*... Nadia Sandraine... Bérénice... Ah bon, très bien... Je vous remercie... » Je crus à une machination. Peut-être voulaient-ils savoir si j'étais déjà allé là-bas? Je me ravisai enfin. Je leur demandai qui étaient cette chevelure et cette dame. Ils me dirent exactement ce que Nadia m'avait dit d'elle-même, en précisant que ce n'était pas d'elle qu'ils tenaient leurs informations. Tout était donc vrai.

Au moment où je pris congé, M. l'ambassadeur, qui décidément avait l'air anxieux, me fixa de ses yeux bleus qu'il avait fort perçants : « Monsieur Leurien, je voulais vous dire... Nous connaissons bien Mme Sandraine. C'est une femme distinguée. Une grande artiste. Elle nous a déjà rendu de grands services. Vous la rencontrerez ici pour le 14 Juillet, et peut-être avant au hasard de quelques réceptions... Mais... Je dois vous dire qu'elle est terriblement séduisante. Il arrive qu'elle soit payée de ses services avant d'en avoir demandé le prix. J'ai dû procéder ici à deux mutations brutales. Je ne dis pas cela pour vous, vous n'êtes pas sous mon autorité, mais je tenais à ce que vous le sachiez... »

L'attaché culturel avait l'air d'un jeune séminariste qui approuve la sévérité de son directeur de conscience et y trouve une grande jouissance. Il n'avait pas une tête à se faire muter. C'était un froid politique dissimulé sous l'apparence timide d'un jeune fonctionnaire. Il connaissait les vertus de Mme Sandraine et savait les utiliser, en mettant des gants, et en lui baisant seulement la main.

Dès le lendemain je revis Nadia. Sergio vint nous retrouver. Il fut chaleureux et discret. Il avait l'air heureux et m'assura que tout irait bien, qu'on trouverait facilement le personnel, que l'ambassadeur pouvait compter sur Nadia et sur lui. Et il nous laissa.

Je passai la soirée avec Nadia, et la nuit délicieuse qui la suivit serait à mettre dans un mauvais roman. Je fis mieux que mes prédécesseurs. Je payai Nadia avant même qu'elle ne m'ait rendu service.

Brûlures

Nous avions dîné au bord de la piscine, et déjà nous n'avions plus rien à nous dire. Nadia a voulu me raccompagner jusqu'à l'escalier qui descendait vers la mer. Nous avons marché dans les allées au pied de la colline, au milieu des orangers et des lauriers. Nous avons reparlé de théâtre, de mise en scène, et du festival. Subitement je lui ai demandé si, avant de partir, je pouvais remonter sur la terrasse qui était au-dessus de la rotonde, là où l'enseigne brillait maintenant de tous ses feux. Elle a souri. « Vous voulez vous faire brûler par la chevelure ?... Habituellement on n'y monte pas. L'autre jour c'était juste pour vous montrer. Le petit escalier en colimaçon sert uniquement de passage pour entretenir l'enseigne et remplacer les ampoules. Cette chevelure nous coûte une fortune... Ce sont des lampes spéciales, et elles ne sont pas comme les cheveux, elles ne repoussent pas naturellement... Venez, je sais par où passer... »

A la naissance de l'amour il y a souvent un événement

144

imprévu sans lequel peut-être il n'y aurait jamais eu d'amour. On croit aimer, ou écrire, en toute nécessité, et on s'aperçoit que le hasard a tout manigancé.

Là-haut la lumière était telle qu'on ne voyait rien alentour. Un cercle noir nous enfermait. Nous avons mis nos mains en visière sur nos yeux pour ne pas être éblouis. Nous sommes passés, en nous courbant, sous la chevelure pour venir nous accouder au parapet. Un grésillement intense émanait des lampes et des armatures. Chaque ampoule était une cigale embrasée. Nos oreilles bourdonnaient. La chevelure nous enserrait de tresses invisibles, plus nombreuses encore que les mèches qui flamboyaient dans notre dos. Un vent fort et tiède soufflait de face, venant de la mer, et faisait voler en les plaquant sur mon visage les cheveux de Nadia. Derrière nous il faisait jaillir l'éruption de flammèches qui ne cessaient de se projeter dans le ciel. S'il avait changé brusquement de direction nous aurions été brûlés par la fournaise. Nous nous tenions agrippés à la barre de fer qui surmontait le parapet. Des reflets de braise passaient sur nos visages.

C'est alors que lentement, sans réfléchir, je me suis retourné. Je voulais voir de près la chevelure vivante et la tiare qui lui donnait naissance. Sans le vouloir j'ai entraîné Nadia dans mon geste. Nous étions aveuglés. Des éclairs et des étincelles jaillissaient de partout. Nadia a porté ses mains à ses yeux, s'est courbée et très vite s'est retournée. Des larmes coulaient entre ses doigts. Elle a dit tout bas « J'ai mal » et a cherché mon bras. Je l'ai guidée jusqu'à l'escalier. Du bout de son pied elle a trouvé le bord de la marche et nous avons commencé à descendre. Elle m'a demandé de l'excuser, car elle savait qu'elle avait les yeux fragiles et aurait dû se méfier. Nous étions maintenant à l'abri de la lumière. Elle avait toujours très mal et nous nous sommes arrêtés. J'entendais encore au-dessus de nos têtes les crépitements de l'enseigne qui crachait ses flammes, et d'en bas montaient tous les bruits de la rotonde : musiques de danse, éclats de voix, tintements de verres et de couverts, toute une vie nocturne,

145

tissus froissés, lumières tamisées et pupilles brillantes qui dans la pénombre cherchent d'autres yeux.

Alors elle a mis sa main sur mon épaule, pour que je l'aide à descendre. « Je ne vois rien. J'ai la chevelure dans les yeux, là, toujours devant moi. Et vous ? » Je me suis retourné pour lui répondre. Ses doigts, comme si elle voulait assurer son équilibre, serraient ma nuque. Elle se tenait sur la marche supérieure, et nos visages étaient face à face, à la même hauteur. Un appel d'air dans la cage d'escalier fit voler ses cheveux, et des mèches vinrent brutalement cingler mes yeux. Je clignais moi aussi des paupières, aveugle un instant, la cornée brûlée par ces feux follets qui n'en finissaient pas de me frôler et de me piquer. Quelques-uns léchèrent mes lèvres. J'avais du mal à respirer. Elle voulut remettre ses cheveux en place, et un de ses ongles griffa ma joue. Elle retira vivement sa main et tituba. « Viens, suis-moi... » Mais elle ne bougeait pas. Ma main entourait sa taille, pour l'inviter à descendre, et nous sommes restés ainsi immobiles.

Lentement nous avons l'un pour l'autre libéré nos corps de leurs vêtements, et nos doigts ont senti que depuis longtemps déjà ils étaient prêts à l'amour.

Agrippée à moi, si souple et si légère que je ne sentais plus que le frôlement de nos chairs, ce n'était plus Nadia, ce n'était plus Florian, je n'avais pas vingt-six ans, elle n'avait pas quarante-deux ans, nous étions soudain autres et ailleurs. Elle s'appuyait sur moi, les jambes écartées, je la maintenais, je la soulevais, je la portais, nous avancions l'un dans l'autre, pressés nous-mêmes par le ventre d'un immense vaisseau qui traçait son sillage de feu dans l'espace en pénétrant toujours plus loin. Sans cri, sans un mot, debout sans savoir où était le ciel et où était la terre, sans même nous appeler par nos noms, nous nous sommes aimés là, suspendus l'un à l'autre, nous laissant emmener nus dans l'air tiède qui caressait nos chairs et nous rendait si légers que nous aussi nous flottions.

Nous sommes redescendus. De nouveau elle pouvait me

guider. Elle évita la rotonde. Par des couloirs étroits et obscurs elle me conduisit à son appartement.

J'étais en elle au creux de la nuit. Quand le jour s'est levé j'ai vu que nous étions face à la mer, à mi-pente de la colline. La rotonde, et l'enseigne, étaient à notre droite. Nadia avait mis un masque sur ses yeux, et elle l'a gardé une fois réveillée. Je l'ai aidée à prendre son petit déjeuner. C'est dans la pénombre de la salle de bains, après notre douche, qu'elle l'a enlevé, pour que ses yeux progressivement s'habituent à la lumière. Elle m'a regardé longuement. Elle voyait encore des taches, mais cela ne l'inquiétait pas. Elle était assise sur le rebord de la baignoire et lissait ses cheveux. « Florian... Je ne suis pas fière de moi... Nous n'aurions pas dû... Mais c'était si fort, si imprévu... Qu'allez-vous penser de moi ? » Pour toute réponse, je l'ai serrée très fort et j'ai caressé ses cheveux.

En descendant les marches vers la mer, je me souvins qu'elle avait quarante-deux ans, qu'elle était belle, qu'elle ne m'avait rien demandé et que nous n'avions même pas pris rendez-vous.

Je m'assis sur un des rochers du gué de Bérénice. L'image de M. l'ambassadeur et de son jeune séminariste passa devant moi. Ils me semblaient très loin, dans un autre monde. Je me mis à rêver à Thésée.

Je ne voulais pas raconter cette nuit de douleur et de plaisir. Je me suis laissé entraîner malgré moi. Peut-être est-ce la mort de Nadia aveugle qui m'oblige à la ressusciter. Morte pour moi quand elle vivait, là voilà vivante et aimée maintenant qu'elle est morte. La vie est un relais que nous nous passons. Nadia connaîtra d'autres vies et d'autres morts. Il va me falloir vivre quelques mois avec elle.

Baalbek

Je veux en revanche retrouver dans leur naïveté les impressions et les souvenirs de mon premier voyage à Baalbek.

Il m'est facile de voir maintenant ce qu'il eut d'étrange, et je commence à pouvoir relier entre eux des indices si fragiles qu'il faut, comme font les archéologues, les repérer et les décrire avant de les interpréter. Plutôt que de recommencer chaque nuit à me retracer une succession de scènes qui me ramènent toujours à la mort d'Estelle, à la disparition de la bourse et au retour de Sergio, je devrais, une fois pour toutes, me contenter d'enregistrer ce que j'ai vu et à partir de là tenter de décrypter le sens de ce qui continue d'arriver.

Voici ce dont je me souviens avec précision.

Nous sommes partis en voiture un matin au début du mois de juin. C'est Sergio qui conduisait, à l'italienne et à la libanaise. J'eus quelques belles frayeurs. Amik était assis à côté de lui, j'étais à l'arrière. Je me laissais emmener, n'osant leur demander pourquoi Nadia n'était pas avec nous. Peut-être voulait-elle maintenant m'éviter? Nous n'avions pas cherché à nous revoir.

Je n'osais prononcer devant eux le nom du sanctuaire où nous allions, non par crainte ou par superstition, mais à cause du ridicule que j'éprouvais à dire Baalbek en français. Quand Amik le prononçait, cela avait une autre allure. Je disais « Une fois arrivés là-bas... Là-bas il faudra bien voir si les gradins... » Aller à Baalbek, c'était inévitablement pour moi aller à Balbec, quelque part sur la côte normande, dans un autre monde, à une autre époque où malgré moi « *j'apercevais des vagues soulevées autour d'une église de style persan* ». Ni Balbec, ni Baalbek, mais lieu d'un dieu cruel dans un Orient antique et barbare, sacrifices humains et meurtres rituels, temples hellénistiques aux colonnes géantes et aux chapiteaux corinthiens, festival, théâtre, mission culturelle et politique, réconciliation et jeune république, fraternité, pour plus d'égalité et de liberté, et pour Florian Leurien peut-être le début d'une longue carrière.

Et maintenant, à l'heure où j'écris, Baalbek c'est encore le dieu cruel et l'Orient fanatique, les fous de dieu et les otages qu'on lui sacrifie. Nous avons perdu notre combat. Ma carrière est finie et ma mission a échoué. Le sanctuaire est vide et le théâtre est mort. A Baalbek on bombarde et on tue. C'est le règne de la plus triste des religions, une religion sans théâtre et sans liturgie.

Plusieurs fois pendant le parcours nous avons été arrêtés par des barrages de miliciens aux uniformes divers, mais ils ne nous demandaient rien. Ils engageaient la conversation avec Amik et Sergio. Une fois même ils descendirent tous les deux de voiture, me demandant de les attendre, et allèrent discuter dans une rue avec un milicien qui devait être le chef de la brigade. Je ne sus jamais à quelle armée ou à quelle police ils appartenaient. Ils étaient bardés de cartouchières et jonglaient avec les 7,65 qui étincelaient au soleil comme de précieux lingots. Je vis même derrière quelques pierrailles amoncelées au bord de la route un mortier de 81. Je fus frappé par l'excitation de ces jeunes gens qui tous portaient à la ceinture des grenades comme on portait autrefois sa bourse, et caressaient amoureusement la crosse d'un ou deux revolvers qui renforçaient sous le tissu du pantalon leur virilité. Ils lissaient distraitement de leurs doigts la sangle d'un fusil en bandoulière, ou d'un pistolet-mitrailleur qu'ils portaient à l'épaule comme nous portons dans la rue notre sacoche. J'en fis la remarque à Amik quand il revint au bout d'une demi-heure. Il me répondit qu'ici tout le monde avait des armes et qu'on s'en faisait compliment. C'étaient les bijoux des hommes, et il ne fallait pas s'en inquiéter. « Vous, vous applaudissez. Ici, quand il y a une fête, on vide les chargeurs. Naissance, mariage, enterrement, tout se fait au pétard. C'est leur feu d'artifice. Certaines familles ont des collections d'armes extraordinaires. Il y a ici trois millions d'âmes, comme vous dites, et chaque âme a son arme. C'est... son ange gardien, c'est bien cela ? Une façon de se donner du courage et d'entretenir les relations... Oui, si tout ça partait en même temps, ça pourrait faire un beau feu d'artifice... »

Nous avons déjeuné à Zahlé, chez des amis de Sergio et d'Amik. Ils semblaient connaître tout le monde, et on eût dit que leur passage avait été annoncé à l'avance, tant il venait de gens pour leur parler. Avant de partir, Amik me présenta deux jeunes gens qu'il appela, je crois, Sakhem et Rassaoui, « deux techniciens de l'électricité ». Il parla longuement en arabe avec eux. Ils semblaient tenir un véritable conseil de guerre. Je crus même un moment qu'ils allaient en venir aux mains. Sergio, imperturbable, m'avait entraîné à l'écart et m'entretenait du festival. Il était très inquiet sur la qualité du tissu avec lequel on confectionnerait les costumes de *La Machine infernale*. Il disait que Nadia aurait beaucoup de mal à obtenir un résultat seulement acceptable.

Amik revint enfin, très calme. Il me déclara que tout était arrangé : Sakhem et Rassaoui étaient embauchés comme éclairagistes pour le festival. Je fus surpris et ravi. Ce n'était donc que cela. Je compris que mon trio était précieux, car je n'aurais pu résister à autant de palabres pour employer deux techniciens. Puis je me consolai en pensant qu'au fond, n'importe où, même dans les plus grands théâtres d'Europe, c'était toujours la même comédie. Il n'y avait là rien d'étonnant. Je n'imaginais pas un instant que la discussion pût porter sur tout autre chose.

Je regardais mes deux techniciens. Ils avaient plutôt l'air de terroristes que de machinistes. De vrais artificiers.

Depuis j'ai appris qu'Amik avait raison. Faire du théâtre c'est jouer sur un volcan. L'action sort des coulisses comme les fumeroles d'un cratère.

Derrière nous la chaîne du mont Liban formait comme la crête d'une très longue vague qui se serait soudain figée. En arrivant à Baalbek, Amik la regarda fixement. Il clignait des yeux et avait l'air inquiet. On devinait, dans les plis immobiles de l'immense rouleau qui se retenait de déferler sur le plateau où nous étions parvenus, des scintillements, des traînées blanches, des filets de cascades. Sergio murmura quelque chose à Amik, qui répondit très vite, en haussant les épaules. Je crus comprendre que Sergio avait parlé de congères. Amik soudain me dit en français, et en me regardant : « C'est la lumière sur la roche qui brille ainsi... C'est très beau maintenant... Mais en hiver et au printemps, c'est tout blanc... J'ai horreur de la neige...»

Moi je voyais un magnifique décor.

Des laves coulant du ciel s'étaient figées en lentes ondulations, ocre, bleutées, mauves, violettes selon leur hauteur et la distance d'où on les voyait. Elles venaient lécher les bases des temples d'où jaillissaient les colonnes. Les hommes soudain avaient lissé et décoré la pierre. Elle leur appartenait. Ils avaient osé sculpter le socle tellurien. Ils avaient même réussi à plaquer là, à l'entrée du sanctuaire, une cour hexagonale en forme d'étoile, comme si la terre ici était le miroir du ciel.

Lentement je me suis promené dans le sanctuaire. J'imaginais de faire construire des gradins très haut, disposés sur quatre ou cinq tours d'où l'on pourrait voir tout le spectacle, car je voulais jouer partout : devant le temple de Jupiter et son socle de douze mètres de haut, surmonté par six colonnes lisses de vingt mètres, projetant en l'air une frise de feuilles et de dessins décorant un mur imaginaire, bandeau suspendu dans le ciel, fronton d'un palais détruit, ourlets d'un manteau divin invisible, fond de scène gigantesque et superbe ; dans les propylées du temple de Bacchus, qu'il faudra éclairer de l'intérieur, chambres secrètes, labyrinthe deviné d'où sortiront les bruits sourds de la lutte et les mugissements du monstre. Je pouvais maintenant répondre à la question d'Amik. Non, on ne verra pas le Minotaure. Il sera partout, on l'entendra se déplacer et même respirer, un souffle parcourra tout le décor comme un écho, il sera présent mais invisible. Chaque spectateur le sentira rôder autour de lui, et il applaudira Thésée comme celui qui vient le libérer d'une grande angoisse. On jouera aussi sur cette étoile tracée au sol. Il faudra en souligner la géométrie, et la faire briller comme si elle renvoyait la lumière d'un autre monde. Et le long des murailles enfin, d'où viennent et partent les messagers qui apportent la peur et emportent l'espoir.

151

Sergio et Amik approuvèrent mes projets. Nous avons pris des croquis, nous avons tapé dans nos mains, chuchoté, parlé, crié, chanté, pour bien nous familiariser avec l'acoustique et trouver la meilleure sonorisation possible. Nous avons improvisé des scènes. Sergio était Dédale, Amik Icare, je faisais Thésée. « Si Nadia était venue, elle aurait été Ariane... — Cela lui irait à merveille... » Et Sergio, un instant, resta rêveur.

Trilogie

C'est alors que je leur dis que je voyais clairement ce qu'il fallait faire. J'écrirai ma trilogie : *Jason*, l'éolien, la toison d'or, la conquête de la terre, Médée... *Héraclès*, le dorien, la massue et la peau de lion, le triomphe de l'intelligence sur la force et la superstition, Omphale... *Thésée*, l'ionien, le labyrinthe, la délivrance et l'envol, la conquête de la liberté, Phèdre... Trois ans de création, le cycle de Baalbek, les grands mythes ressuscités sur un site lui-même mythique. Ce n'est pas un champ de ruines. C'est un lieu de combat. On arrive ici après des batailles titanesques qui ont duré des siècles. Il faut relever le défi.

Amik était enthousiasmé. Il dansait. Sergio prophétisait : « Tu tiens l'œuvre de ta vie... Maintenant, tout de suite, fonce... Regarde ! Le décor est en place. Là, à la base du temple de Jupiter, nous mettrons la proue de l'*Argo*, nous ferons flotter des voiles entre les colonnes, et la mer est là, devant nous, regarde, l'immense rouleau qui va déferler... Si l'on pouvait mettre des projecteurs, là-bas, à ras de terre... » Nous étions en plein délire. Les lieux faisaient sur nous l'effet d'une drogue.

Il ne me restait plus qu'à écrire.

Le soir, au retour, on s'arrêta de nouveau dans plusieurs villages. Dans le dernier, dont je n'ai jamais su le nom, Amik me dit qu'il devait nous quitter là, car il avait affaire avec des amis, mais il me retrouverait bientôt à *La Chevelure*. Le voyage se termina donc avec Sergio, qui envisageait déjà toutes les dispositions à prendre pour créer dès l'année suivante *Jason*. Il me dit qu'il faudrait en parler immédiatement à l'ambassade et prévoir des contrats.

Il faisait nuit quand il me laissa à *La Chevelure*. Il me dit qu'il avait un rendez-vous urgent dans le centre de Beyrouth et qu'il rentrerait certainement très tard. « Va donc dîner à la rotonde... Tu pourras continuer à rêver ! »

A peine étais-je installé que j'entendis derrière moi un froissement de tissu, et une main se posa sur mon épaule. Nadia se penchait sur moi et me souriait. Une fois passés les premiers instants de gêne, elle me demanda si je voulais bien venir chez elle voir les maquettes qu'elle avait confectionnées pour les costumes de *La Machine infernale*. « Viens quand tu auras fini de dîner. Rien ne presse... »

Je la trouvai revêtue du costume du sphinx. Deux fines bandes de tissu blanc, nouées sur la nuque, recouvraient les seins, mais laissaient la gorge nue, formant un angle étroit dont la pointe allait se perdre dans une ceinture noire, simple bandeau qui serrait sur la taille un fourreau de satin, blanc lui aussi, très étroit, enfermant tout le bas du corps dont on ne voyait même pas les pieds.

Elle resta immobile, comme si la jupe l'entravait. Elle me tendit les mains, pour qu'elle puisse mieux assurer sa marche. Elle avait coiffé ses cheveux de telle façon qu'ils semblaient jaillir du diadème, trois flammes rutilantes se dressant au-dessus de son front, pour retomber, comme l'eau d'une fontaine, en masses égales qui formaient un arrondi régulier sur ses épaules et derrière sa nuque. Son corps était aussi lisse et lumineux que le marbre des colonnes. Elle faisait monter de la terre qu'elle recouvrait de sa jupe toute une sève qui gonflait ses seins, irriguait sa gorge, et s'écoulait en des myriades de filaments luisants jusque dans la pointe des cheveux, pour se répandre ensuite, invisible, dans l'air que je respirais.

Elle m'aspira, moi aussi, jusqu'à l'aube.

Voilà ce que furent cette journée et cette nuit, les plus riches de ma vie. J'étais trop heureux pour y voir autre chose que la révélation d'une œuvre, d'une carrière et d'un grand amour.

Le pacte

La Machine infernale, et le festival, furent un succès. Tout le monde s'accorda pour demander sa reconduction. Mais comme l'avait prévu M. l'ambassadeur, on en parla beaucoup plus à Paris qu'au Liban. Le ministère était satisfait. Nous reçûmes une lettre de félicitations. Tout cela était excellent pour moi. Sans avoir encore monté aucun spectacle en France, on associait mon nom à une manifestation qui avait du succès. A mon retour je donnerais une conférence de presse, et j'annoncerais clairement mes intentions. La trilogie de Florian Leurien ne resterait pas un mythe.

Sergio devait partir lui-même en France avec les costumes, qu'on réutiliserait pour des représentations en province. Il s'acquitta de sa mission avec un grand scrupule, emballant lui-même avec Nadia les costumes dans des valises spéciales. Le diadème du sphinx était enfermé dans un petit coffre, et quand Nadia l'y déposa, je vis qu'elle avait modifié l'emplacement des fausses pierres figurant les flammes. « Je trouve que ça fait mieux ainsi », dit-elle comme pour s'excuser.

Deux jours avant mon départ pour la France je signais deux contrats. Le premier stipulait que Nadia et Sergio auraient la responsabilité de l'organisation matérielle des prochaines saisons du festival. Il y avait un cahier des charges qu'ils devaient honorer. Après consultation du ministère, qui s'engageait à verser des subventions, ce contrat fut approuvé et signé par l'ambassadeur, satisfait de se voir ainsi déchargé des tracas matériels. Le second était personnel. Il créait une société dont j'étais le président, Nadia et Sergio les conseillers techniques. Le but était de faire acheter par le festival les spectacles que nous produirions et dont nous garderions la propriété.

Une clause spéciale concernait Amik qui, comme acteur et chef de troupe, devait assurer au moins trois créations dans les six années à venir. Il recevrait un salaire, comme les autres membres de la troupe, mais il participait de façon importante au financement des créations. Il semblait immensément riche. Nadia et Sergio apportaient eux aussi de l'argent. J'allais pouvoir créer à l'abri du besoin.

Sans le savoir je venais de sceller un pacte infernal.

8

LES ENTRELACS DE LA TOISON

Filatures   Emoctè Haleyl   Mise en garde
« *Méfie-toi de l'homme qui n'a qu'une chaussure* »   *Interlude*
La Toison d'or   Entrelacs   L'embarquement de la toison
Une nuit sur l'« Argo »

Filatures

A chaque congé, je retrouvais Nadia, à Athènes, en Crète, à Malte ou en Sicile. Chacun faisait vers l'autre la moitié du chemin.

Attente des retours, grands jours clairs, vacances d'amour. Nadia s'étonnait toujours : « Pourquoi fais-tu tant de kilomètres ? A Paris il ne manque pas de femmes plus jeunes que moi. Pourquoi Nadia ? »

A *La Chevelure* aussi il y avait Sergio, mais Nadia s'envolait seule à chaque occasion pour retrouver Florian quand il lui disait : « A Taormina, *Villa Nettuno*, au Sounion, hôtel *Athèna*, à Héraclion, hôtel *Théséion*... » Elle arrivait toujours la première. Pourquoi Florian ?

Ni elle ni moi n'avons jamais su pourquoi.

La première fêlure eut lieu l'année suivante.

Amik m'avait invité à travailler chez lui au calme pour mettre la dernière main à la mise en scène de *Jason* que j'avais écrit dans l'enthousiasme dès mon retour à Paris. La création était prévue pour le 10 juillet. Depuis le mois d'avril Sergio et Nadia travaillaient sans relâche à tout mettre en place.

Je me retrouvais donc à Rhodes au début du mois de juin 1963.

Il était cinq heures de l'après-midi, l'heure où l'on recommence à sortir. Je déambulais dans les rues de la vieille ville du côté du bazar. Depuis quelques minutes j'entendais résonner derrière moi le claquement sec de talons hauts sur les dalles de la ruelle où je flânais. Le bruit avait cessé quand je m'étais arrêté pour détailler une fois encore le motif de cordes et de nœuds qui encadrait le portail d'une maison particulière. Il y avait foule ce jour-là au bazar de Rhodes, mais quand je repris ma promenade, je perçus de nouveau distinctement dans le brouhaha et les cris le martèlement irrégulier des talons près de moi.

Brusquement je me retournai. Quelques mètres derrière moi une jeune femme avançait très lentement. Elle avait la démarche indolente d'une promeneuse qui se tient à l'écart de la foule, et qui est sortie pour faire tout autre chose que des achats. Elle continua d'avancer et me croisa, la tête immobile. Je ne pus voir ses yeux, car elle portait des lunettes de soleil. Au rythme de son pas je reconnus immédiatement que c'était elle qui me suivait : elle m'accompagnait depuis le début de ma promenade.

Elle était grande. Ses cheveux noirs avaient des reflets d'anthracite et brillaient chaque fois qu'entre les toiles tendues sur les allées du marché ils interceptaient les raies blanches du soleil qui se plaquaient au sol. Je la vis de profil. Elle avait un type égyptien. Je me souviens avoir ironisé en moi-même sur cette certitude, car de ma vie je n'avais jamais vu de près une femme égyptienne. J'avais seulement rêvé à en perdre le sommeil, quand j'avais seize ans, sur les photos qui montraient les belles Égyptiennes du roi Farouk. Il venait d'être chassé par Néguib, et tous les journaux publiaient des reportages sur sa vie privée. Je découvris alors avec ravissement que vivaient là-bas d'autres beautés qui ne ressemblaient pas aux modèles d'Hollywood.

Il existait d'autres femmes dans d'autres paradis. Elles

avaient des yeux noirs et brillants, longues amandes serties par des paupières baissées entre lesquelles luisaient deux puits de lumière dont on ne verrait jamais le fond. Leur bouche était large et faisait saillir par les deux fossettes les pommettes de leurs joues reflétant la lumière de l'éclair qui les avait fixées sur la pellicule. Leurs lèvres épaisses, entrouvertes par on ne sait quel étonnement, avaient des reliefs et des ombres de dunes au soleil couchant. Les ailes du nez, dilatées, formaient au centre de leur visage la base étroite d'un triangle dont le sommet allait se perdre à la racine d'épais sourcils, arcs noirs qui cernaient le centre transparent des yeux où revenait toujours mon regard. Elles ne souriaient pas. Elles avaient l'expression impassible de femmes qui viennent de figer leurs traits parce qu'elles regrettent d'avoir à montrer la nudité de leur visage épanoui. Leur poitrine était voilée de lourds tissus chamarrés et rigides, que la pointe des seins déformait et gonflait.

Je passais de longs moments à les regarder quand elles émergeaient de la nuit sous le faisceau blafard et intermittent de ma pile électrique. Je m'inventais des romans que je n'ai jamais écrits. Je les aidais à fuir le roi et la révolution. Elles étaient riches et moi pauvre, elles avaient trente ou quarante ans, et moi à peine seize, elles avaient des maris et des amants, mais parfois elles me parlaient et me regardaient.

Mon inconnue leur ressemblait. Voilà pourquoi je décidai qu'elle était égyptienne. Elle portait à son bras un sac en crocodile, et à ses doigts des bagues qui jetaient des éclairs. Son élégance était sobre : tailleur gris et chemisier rose pâle. Elle avait les jambes nues et était chaussée d'escarpins à talons hauts en crocodile eux aussi, qui continuaient à marteler tranquillement le sol parmi tous les bruits anonymes du bazar. Je ne la connaissais pas, et pourtant j'étais sûr de l'avoir déjà rencontrée. Les rêves de l'adolescence vous attendent toute la vie.

J'eus envie à mon tour de la suivre. Mais elle semblait attendre que je me remette en marche. Elle tâtait distraitement une pièce d'étoffe sans écouter ce que lui disait le marchand. Je repris ma déambulation.

Entre elle et moi commença une longue promenade-poursuite. Je peux marcher des heures dans une ville, revenir sur mes pas, me perdre, me retrouver avec surprise en un lieu où je suis passé une demi-heure auparavant. Celui qui me suivrait me trouverait incohérent et ne comprendrait rien à ma façon de découvrir la ville. Je m'y conduis comme dans la vie. Je pars et je reviens. J'ai besoin soudain de retrouver à tout prix le détail d'une façade, le geste d'une statue, le bruit d'une fontaine. C'est alors une grande angoisse, la peur panique d'avoir définitivement perdu la trace d'un amour. Je marche comme un forcené pour retrouver un visage disparu, et quand je le retrouve, je découvre qu'il est différent de celui que je croyais connaître. Je ne me suis jamais lassé de mes amours urbaines. La fidélité y est facile. Je caresse une ville selon le plaisir qu'elle me procure, avec calme ou frénésie, avec douceur ou brutalité, ici ou là, mais je reviens toujours aux lieux les plus sensibles où mon cœur bat très fort et où mes pas enfin doivent s'arrêter.

Rien n'a déconcerté cette femme au visage impassible barré de larges lunettes noires. Je l'ai sentie derrière moi dans les ruelles les plus sombres où les passants disparaissaient les uns après les autres, parce que leur course s'arrêtait là et qu'ils cessaient d'exister en franchissant des portes dont ils possédaient la clé. Je l'ai retrouvée en ces lieux de retour où je m'arrêtais pour jouir de ma découverte et refaire mes forces. Elle trouvait toujours quelque chose à regarder en m'attendant.

C'est sur la place des Martyrs-Juifs, devant l'ancien palais de l'archevêché, que nous avons mis un terme à notre quête. Elle était en face de moi, immobile, de l'autre côté de la fontaine des hippocampes, un pied posé sur la bordure de marbre qui l'entoure. J'allais contourner la fontaine quand je la vis soudain, à travers les gouttelettes d'eau qui voilaient son visage, enlever ses lunettes noires, me sourire et dire en français, très lentement, avec des intonations gutturales et monocordes : « Florian Leurien? Quelle surprise! Vous ne me reconnaissez pas? Vous m'avez remis un matin, l'année dernière, un mot pour Amik... Je suis Hameïla Baschkar, la sœur d'Amik... Il faut que je vous parle. Non... Pas ici. Ce soir. Oui... Dans la ville moderne, rue Amalias, au night-club, après mon tour de chant... »

Emoctè Haleyl

Elle est apparue sur fond de velours vert dans la lumière d'un seul projecteur de lumière blanche. Elle était voilée d'un hedjab de gaze transparente et son front, et le haut du nez, paraissaient ainsi très pâles et très doux. Elle portait une robe longue faite d'un tissage très fin qui laissait transparaître l'éclat de sa chair quand le tissu était simplement plaqué sur son corps, mais qui s'épaississait en larges plis à partir du bas-ventre et ne laissait plus deviner que la ligne des jambes. Lentement elle porta ses mains derrière sa nuque et détacha le voile qui cachait ses lèvres, deux bourrelets cramoisis qui s'entrouvraient pour sourire, mais c'était déjà pour émettre le premier son, très grave, sorti du plus profond de son corps et ce fut très long, sans aucun accompagnement musical, seulement le balancement cadencé de son buste qui lançait de plus en plus fort la voix en spirale dans l'air.

J'eus l'impression pendant plusieurs minutes de danser avec sa voix.

J'étais resté à ma table. J'entendis derrière moi la voix d'un homme, « Emoctè Haleyl vous attend... Voulez-vous me suivre? » Nous montâmes un escalier en colimaçon très étroit. L'homme devant moi écarta une tenture. Je me retrouvai dans ce que je crus être d'abord une petite antichambre. A droite et à gauche partait en arc de cercle un corridor assez large, éclairé d'une lumière très diffuse qui semblait venir du sol. Je compris qu'en fait j'étais dans une sorte de salon circulaire au centre duquel il y avait l'escalier que j'avais emprunté. Les murs étaient tendus de velours sombre serré en plis formant comme autant de fines colonnettes qui allaient se perdre dans l'obscurité du plafond.

J'entendis un froissement de tissu, et sa voix. « Vous êtes venu... merci » et je la vis apparaître sur la paroi courbe du salon, dans une tunique blanche, serrée à la taille par une large ceinture de satin rouge. Elle portait des lunettes aux verres fortement teintés vers le haut, et plus clairs vers le bas, si bien que tout en devinant les cils, je ne voyais pas ses yeux.

« Cela nous sert de loge... Venez... Je me repose... Les projecteurs me fatiguent les yeux. »

Nous parcourûmes la moitié du cercle pour arriver face à une portière qui cachait une petite pièce carrée.

« J'ai des choses importantes à vous dire, monsieur Leurien. Il fallait absolument que je vous voie... Savez-vous que c'est la troisième fois depuis le début de l'année que la police perquisitionne à *La Chevelure* ?... Mais je manque à tous mes devoirs. Asseyez-vous, je vous prie. Gardons pour plus tard les choses désagréables. »

Sur une table basse je vis inclinée dans un seau en métal l'éternelle bouteille de champagne entourée de son linge blanc. Je redoutais le pire. Malgré le sous-titre du *Soulier de Satin*, et n'en déplaise à Claudel, qui pourtant connaissait bien le vignoble de Champagne, en ces matières, quand on est loin de la terre natale, le pire est souvent sûr. Au moins j'étais fixé sur les intentions de la sœur d'Amik. Ce n'était pas une scène de séduction qu'elle me jouait. C'était l'instant des grandes révélations. J'aurais voulu la questionner tout de suite, mais elle semblait prendre son temps.

« Je vous laisse vous servir. »

J'avais gardé dans mes mains le programme de la soirée, sur lequel étaient reproduits son visage voilé et son nom de chanteuse. Je le déposai à côté du seau. Elle vit son nom et son portrait couchés sur la table. Cela la fit sourire.

« Oui... Emoctè Haleyl est mon nom d'artiste. C'est une

162

anagramme que mon père a trouvée un jour, en me caressant les cheveux. C'était pour lui, je crois, un jeu de mots dont il ne m'a jamais dit le secret. D'autres me l'ont révélé. Mais vous trouverez, j'en suis sûre... »

Elle parlait français avec difficulté, mais correctement, comme si elle récitait des phrases apprises à l'école, en accentuant à sa manière les mots qu'elle déformait. J'entends, comme si c'était la première fois, la musique de sa voix, et les phrases qu'elle récitait. Je lui fis compliment de son tour de chant.

« Je ne sais pas l'effet que peut produire ma voix. J'ai tellement le trac que je ne m'entends pas et je ne me vois pas. Vous êtes indulgent certainement... J'ai pris des leçons de chant au Caire dans mon enfance... Mais nous venons de plus loin encore...

« Mon nom est Hameïla. Il est unique et personne ne sait d'où il vient. On n'a cessé de le déformer. Mon grand-père simplifiait en Hamal, ce qui veut dire nuage chargé d'eau, ma mère m'appelle Hamel, ce qui signifie grossesse, et mon père disait Hammala, "chargée d'un fardeau"... Pour eux je suis celle qui porte.

« Mes ancêtres étaient chefs de tribus nomades dans le désert. Puis ils firent allégeance au khédive à la fin du siècle dernier, et donc aux Anglais. Mon père était un haut dignitaire de la cour. J'ai peu connu dans mon enfance ma mère, qui était très belle. C'était la femme préférée du roi dans les dernières années de son règne... Il ne se séparait jamais d'elle... »

D'elle-même elle me racontait leur histoire, celle dont Amik m'avait dit un an avant qu'elle n'avait aucune importance. Pour moi elle était fascinante.

Hameïla, je ne te l'ai jamais dit, parce que j'ai eu la révélation de cela en un éclair en t'écoutant parler ce soir-là, et qu'après la confidence eût été incroyable. Je connaissais le visage de ta mère. Dans un petit coin de ma chambre, sur le mur, entre Louison Bobet et Gérard Philipe, j'avais découpé et affiché le visage d'une femme souriante, les yeux dilatés et brillants à la lumière d'un flash, qui sortait de l'ombre derrière l'épaule très longue du roi obèse. Elle venait pour moi de très loin. Ce n'était pas une vedette de cinéma et elle n'avait pas de nom... Elle était la femme secrète d'un homme illustre. La légende disait seulement « Le roi en compagnie d'une amie au théâtre du Caire », et cette femme était devenue ma confidente. Je ne savais pas qu'un jour je me retrouverais en face de sa fille. Je fus frappé par la ressemblance.

« Il a donc fallu nous exiler il y a dix ans... Mon père est venu mourir ici dans l'île des Roses qu'il aimait tant. J'aimais beaucoup mon père. Quand il est mort, j'ai tout perdu. Il habitait la maison où vous êtes entré... C'est notre refuge, là où sont les réserves de nos vies. J'y reviens périodiquement vivre comme autrefois... Je n'aime pas qu'Amik y introduise des étrangers. Pardonnez-moi, mais c'est pour sa propre tranquillité que je dis cela, et pour la vôtre aussi... Moi je chante pour me divertir, ici et ailleurs, à Athènes, à Malte, à Chypre, à Istanbul, toujours dans la langue du pays où je suis. En France, j'aimerais aussi... »

Mise en garde

« Je voulais vous dire... C'est donc la troisième fois que la police vient perquisitionner à *La Chevelure* depuis le début de l'année. Je ne peux vous dire pourquoi. Je l'ai appris par hasard. Je ne vais jamais là-bas. C'est le territoire d'Amik, qui refuse de me faire chanter et de m'introduire dans ce qu'il appelle le cabaret de Sergio et de Nadia. Mais je téléphone parfois à des amis qui fréquentent *La Chevelure*. Je sais finalement beaucoup de choses, et Amik est parfois si imprudent... Méfiez-vous de lui. Non, laissez-moi vous dire. Vous êtes séduit par son talent. Il ne s'agit pas de cela. Il y a longtemps qu'Amik a dépensé ce qui lui revenait de l'héritage de notre père... Je ne sais pas où il trouve l'argent, et je crois comprendre que c'est plutôt lui qui vous en donne... Je

164

ne sais rien de précis. Vous savez, malgré notre éducation franco-anglaise, je suis toujours pour lui une femme égyptienne, une mineure qui est bonne à porter. J'ai de l'argent. Cela me donne malgré tout une certaine liberté, et je n'ai pas touché à ma part d'héritage. Amik ne me l'a pas encore prise...

« ... Si Amik vous demande un jour de l'argent, que ferez-vous ? Et... s'il disparaissait brutalement ? Avez-vous prévu cela dans votre contrat ? »

Je fis un geste d'impuissance. Je ressentais ses propos comme une agression stupide, la vengeance d'une sœur jalouse de son frère. Je ne croyais pas un mot de ce qu'elle me disait. Mes craintes concernant le champagne s'étaient vérifiées. Il avait de l'aigreur et cela m'avait mis de mauvaise humeur.

Elle me parla aussi de Sergio, qui connaissait Amik depuis douze ans, quand ils vivaient encore au Caire, où Sergio résidait souvent. Il rendit alors certains services au palais et en fut largement payé. C'est lui qui était à l'origine de la vocation d'Amik. Il avait remarqué ses dons et l'avait convaincu de faire du théâtre. Il l'envoya dans un cours privé à Paris et Amik revint enthousiasmé. Il accepta tout ce que Sergio lui proposait, et ils entraînèrent Hameïla dans leur sillage. « Mais Sergio ne fait pas que du spectacle. Je sais qu'il disparaît parfois pour affaires, comme il dit. Des services qu'il faut rendre, à ce qu'il assure. Il connaît beaucoup d'hommes d'affaires, de Beyrouth à Marseille en passant par Athènes... Il a beaucoup d'argent aussi... »

Elle enleva ses lunettes, passa ses doigts sur ses paupières et se rapprocha de moi.

« Je sais que vous êtes... très lié avec Nadia. Amik m'en a parlé. Non je ne suis pas jalouse. Je comprends que vous aimiez Nadia. C'est très délicat pour moi de vous dire cela. Vous savez, Nadia et Sergio, c'est plus une association qu'un mariage. Nadia est très libre, mais leur association est solide. Je n'ai jamais pu savoir qui commandait à l'autre. Je crois surtout que l'homme que Nadia aime vraiment, c'est

Amik. Oui... Lui aussi connaît Nadia depuis douze ans, puisqu'elle était avec Sergio au Caire. Elle a beaucoup d'influence sur lui. Elle le protège comme son fils. Amik, comme moi, a si peu connu sa mère... »

J'eus l'impression qu'elle voulait ajouter quelque chose, mais elle n'osa pas.

Sans conviction, pour en finir, je murmurai que chacun était libre de ses entreprises. Nadia, Sergio et Amik étaient de grands artistes et ils me rendaient d'immenses services. Nous avions de grands projets et nous étions en train de les mener à bien... Que demander de plus?

Elle se leva et se pencha vers moi. Ses cheveux noirs recouvrirent ses joues, je ne voyais que sa bouche et ses yeux. « Je ne vous demande qu'une chose. J'aimerais que vous parliez à Amik. Demandez-lui pourquoi la police... Faites-le parler. A vous peut-être il dira des choses... Nous pourrions nous aider à y voir plus clair.

« Surtout ne dites jamais que nous nous sommes vus. »

Comme lors de la première rencontre avec Nadia, je ne pensai même pas à prendre rendez-vous.

« Méfie-toi de l'homme qui n'a qu'une chaussure »

On se serait cru à l'écoute de la BBC pendant la guerre. « Je répète: Méfie-toi de l'homme qui n'a qu'une chaussure. » Amik éclata de rire: « Fais attention. C'est moi... Je suis un homme dangereux... Donc j'arrive au bord du torrent. Je suis le jeune Jason, j'ai quinze ans, et déjà je pars à la recherche de mon père. Est-ce que je cours? Pendant qu'on y est... »

Je lui montrai comment mimer le passage du torrent. Au moment où il va s'engager, il voit une vieille femme qui veut elle aussi traverser. C'est en l'aidant qu'il perd, au milieu du cours d'eau, sa chaussure gauche. Il essaye de la rattraper, mais la vieille femme lui dit : « Non, reste comme tu es ». Brusquement elle dégrafe son manteau qu'elle jette à l'eau. On voit une femme jeune, vêtue d'une tunique transparente et courte, qui concentre sur elle toute la lumière. « Je suis Héra, l'épouse de Zeus, et j'ai senti la force de ton corps et la noblesse de ton cœur. Entre dans la ville où tu dois aller tel que tu es sorti de l'eau. » D'une voix forte elle crie à Jason : « Tu n'as plus qu'une chaussure. Tu t'avanceras d'un pied boiteux vers ton destin. Cela t'évitera de courir trop vite vers le malheur. » Et elle disparaît.

Alors il se remet lentement en marche. On entend les bruits d'un marché sur une place publique, des pas, des voix confuses, et de plus en plus forte, venant de très loin, une voix qui bientôt couvre tous les bruits de la ville. « Méfie-toi de l'homme qui n'a qu'une chaussure. Méfie-toi de l'homme... » Une foule bigarrée envahit les escaliers du temple de Bacchus.

« Te voilà prévenu », me dit Amik en éclatant de rire encore une fois.

Je saisis l'occasion au vol. Je lui dis qu'avant de venir à Rhodes j'avais téléphoné à *La Chevelure*, mais que je n'avais pu parler ni à Sergio ni à Nadia, parce que la police faisait une perquisition. Cela augmenta encore son hilarité. « Qui est-ce qui t'a raconté ça ? La police ? Mais elle vient régulièrement, je les connais bien, et ce n'est pas mon affaire. Il y a des gérants pour démêler tout ça. Il passe là-dedans tant de monde. Ils viennent vérifier les passeports, et chaque fois ils trouvent quelqu'un qui n'est pas en règle. Ça fait un beau chahut... Rappelle-les ce soir, tu les auras. La seule chose qui m'intéresse, ce sont les comptes. Mais mon père nous a laissé à Hameïla et à moi assez d'argent pour que cela ne m'empêche pas de dormir... »

Je lui reprochai alors de ne m'avoir jamais présenté Hameïla.

« Hameïla ? Elle vit ici, dans l'autre aile. Mais tu la connais, tu l'as déjà rencontrée. L'an dernier, quand tu as laissé ton message, c'est elle qui t'a reçu. Mais il paraît que vous êtes restés muets... Au fond cela valait mieux. Elle aurait tout fait pour t'empêcher de me rencontrer. J'imagine les discours qu'elle t'aurait tenus... Méfiez-vous de Sergio, et de Nadia, et surtout de mon frère... L'argent lui file entre les doigts, je ne sais comment il s'en procure. Qu'aurait-elle inventé? Trafic de drogue? Non, elle a plus d'imagination. Traite des blanches? Oui, un peu passé de mode, comme vous dites, mais très romanesque! Contre-espionnage, microfilms et secrets d'État? Trop compliqué pour sa petite tête. Trafic d'armes? Sais-tu que Sergio achetait autrefois des armes pour la garde du roi? Et là-bas les armes ça se vend comme les pommes de terre chez vous. Faux-monnayeurs? C'est encore la meilleure façon de se procurer de l'argent. Recel de bijoux? As-tu remarqué que je change souvent de bagues, et je porte rarement le même collier. Mais je te conseille aussi de jeter un œil aux bijoux d'Hameïla. Le roi fut généreux avec notre mère. Tu ignorais cela? Mais tu finiras par tout savoir. Tout le monde parle tôt ou tard... Plus subtil: nous gérons des sociétés fantômes, avec des prête-noms, pour aider la propagande révolutionnaire... Allons un peu d'imagination que diable! Aide-moi!... J'y suis! Nous préparons le retour de la monarchie au Caire! Mais oui, c'est évident! Ma sœur pourra enfin réintégrer le palais de son enfance, et ressembler à sa mère! Elle est folle à lier. Tu t'en apercevras très vite. Elle ne s'est jamais remise de notre exil. Elle se voyait déjà succéder à sa mère. Mais pouf!... Le prince obèse a éclaté et tout s'est évanoui. En tout cas tiens-moi au courant de mes activités, ça m'intéresse, que je sache dans quel complot je trempe...

« Pour le moment je trempe dans le courant d'une onde tumultueuse avec une chaussure en moins... »

Il enleva sa chaussure gauche, avança vers moi en claudiquant. « Pélias, maintenant tu le sais, je suis celui dont tu dois te méfier, je suis Jason, l'homme qui n'a qu'une chaussure, et je viens te réclamer le trône qui m'appartient et que tu as confisqué à mon père... »

Et il fit un geste menaçant.

Interlude

Hameïla et moi nous avons magnifiquement joué la comédie. Amik, deux jours après, me présenta sa sœur. Ah c'était donc vous qui l'année dernière... Vous chantez? Mais j'aimerais tant vous entendre!... Amik nous regardait d'un air amusé, et quand il entendit sa sœur m'inviter, après beaucoup de manières, à son tour de chant, il me glissa dans l'oreille: « Tu auras droit à une belle réception, et à un long discours...» Hameïla minauda juste ce qu'il fallait. Elle me reprocha de partir si vite pour *La Chevelure*, mais elle comprenait fort bien que le temps pressait, et que j'avais à régler beaucoup de détails avec Mme Nadia Sandraine dont l'aide devait m'être si précieuse. Elle me demanda si je l'inviterais à la première de *Jason*. Elle aimerait retourner là-bas, au pied du mont Liban, où elle avait tant de souvenirs. Cela faisait neuf ans, oui neuf ans, qu'elle n'avait pu y retourner.

Je vis Amik relever brutalement la tête et regarder sa sœur avec insistance, comme s'il voulait la faire taire. « Tu n'avais jusqu'ici aucune raison de retourner là-bas. Pour le festival c'est différent. Tu viendras avec nous. Mais ce serait tellement mieux si tu allais en octobre avec Florian, enfin avec nous tous, voir les représentations à Paris. Tu pourrais en profiter pour essayer de trouver des contrats en France et...»
Il parlait très vite, semblait dire n'importe quoi pour empêcher sa sœur de parler. Hameïla me regardait fixement.
Je décidai de la revoir à la première occasion.

La Toison d'or

Nous l'avions dessinée tous les deux, Nadia et moi. Je voulais qu'elle apparût aux spectateurs comme une véritable toison qu'on venait de tondre sur le bélier monstrueux qui avait des ailes, et aussi comme la chape sacrée d'un scapulaire magique dans lequel on taillerait plus tard des colliers pour les empereurs.

Nadia avait imaginé une cape rutilante faite d'une laine d'or aux larges boucles, parsemée de saphirs, de rubis, d'émeraudes et de diamants. On aurait dit le manteau d'un roi carolingien. Je lui en fis un soir la remarque. Elle me dit que la toison serait vue de très loin, et les pierres précieuses ne seraient plus que le scintillement de la lumière sur le corps de Jason. « Laide de près, belle de loin. Je la maquille comme un visage de femme. Mais sois tranquille. Pour tes représentations parisiennes je ferai un habillage plus discret. Dès que nous serons arrivés à Paris je me mettrai au travail... »

Tout en disant cela elle décorait l'encolure de la toison de fils d'or qui pendaient pour former un large collier. « Regarde! Amik sera superbe. Je lui dégage bien le cou et j'élargis les épaules... »

Elle était tombée amoureuse de la toison. Elle ne cessa de l'enrichir de mille détails, de lisérés en relief, de touffes de poils bruns qui lui donnaient des reflets profonds et faisaient ressortir la trame d'or qui serpentait sous les ornements.

Les deux ailes de la toison pendaient par-devant comme une étole. Quand Jason écartait les bras, il apparaissait revêtu d'un scaphandre léger et brillant qui lui permettait de quitter sans dommage pour sa vie la terre qu'il habitait, et de violer impunément des espaces qui ne lui appartenaient pas encore.

Les représentations connurent une grande affluence, et cette fois on en parla autant au Liban qu'en France. Le festival de Baalbek semblait bien parti et mon pari gagné.

Je pensais alors avoir tout dit sur Jason. J'étais bien jeune encore. Je croyais faire du bon théâtre. Je ne faisais que du spectacle.

Maintenant mon intimité avec Jason est plus grande. Quand je relis les exploits de sa vie, il m'apparaît que mon destin découle du sien. Il n'a cessé de conquérir et d'organiser plus d'espace pour rapporter aux autres un peu plus de bonheur. Il s'y est épuisé dans des courses folles. Il n'a rien trouvé pour lui-même, qu'une gloire posthume qui ne ressuscitera jamais son cadavre. Pourtant je crois qu'il fut heureux. Il a connu le calme bonheur, simple certitude, d'avoir tout donné à ceux qu'il aimait. Le destin lui a imposé d'aimer quatre femmes. Je ne me souviens ce soir que de celle qu'il a le plus aimée. Elle s'appelait Glaukè, celle qui a les yeux verts. Il en tomba amoureux quand il la vit déclamer sur scène dans le palais de son père les vers d'un aède aveugle. Elle périt de mort violente et atroce, brûlée vive par une tunique de feu que Médée, une sorcière qui cachait ses charmes, lui avait donnée en cadeau de noces. La malheureuse s'en revêtit et mourut dans d'affreuses souffrances. Quelques années plus tard il rencontra et aima une femme qu'il avait connue dans sa jeunesse. Il crut enfin trouver le bonheur auprès d'elle, mais un soir qu'il allait lui rendre visite on le retrouva mort sous son char renversé. On ne sut jamais ce qui était arrivé. Crime passionnel, accident, malaise, attaque de brigands?

Quels crimes affreux et secrets avait pu commettre cet homme, simplement homme, pour connaître une mort aussi brutale?

Entrelacs

Toute la troupe devait partir fin septembre pour Paris où trente représentations étaient prévues pour inaugurer le nouveau théâtre du front de Seine. Il me fallut rentrer fin août, car ma mission n'avait chaque année qu'une durée limitée, mais je revins à *La Chevelure* un mois plus tard, pour préparer déjà la prochaine saison et faire avec toute la troupe la traversée de Beyrouth à Toulon.

Déjà je pensais à *Héraclès*, la deuxième pièce de ma trilogie, et Nadia rêvait à de belles peaux de lion tendues sur le dos d'Amik et aux lourdes massues qu'il porterait sur son épaule.

J'avais passé plusieurs nuits avec elle à *La Chevelure*, tout

171

aussi folles et fortes que l'année précédente. Je m'efforçais de rester discret. Elle avait dans Sergio un marital associé, et Amik était son partenaire bien-aimé. Mais je compris vite que s'ils mimaient à ravir l'amour sur scène, ils avaient plus de difficultés à le faire dans la vie. Je crois qu'Amik faisait peur à Nadia. Il avait plus besoin d'elle qu'elle de lui. Il était plus fragile que je ne le croyais. Il tenait une part de son génie de la présence de Nadia, et cela parfois la fatiguait. J'avais de mon côté une grande influence sur Amik, et Nadia en était heureuse. Elle pouvait enfin se reposer sur moi et avec moi.

Pendant le festival je ne la vis que pour le travail. Elle était alors tout à Amik, et j'étais trop préoccupé par un spectacle que j'avais l'impression de créer tous les soirs pour désirer autre chose. Le temps de la création chasse chez moi celui des amours.

Hameïla vint à la première. Le soir de son arrivée elle regarda avec intensité le long rouleau du mont Liban dans la direction du sud et sembla plongée dans une rêverie que je n'osais interrompre. On aurait dit qu'elle voulait poursuivre là-bas son voyage. Elle resta deux jours, et partit sans prévenir le matin du troisième. Amik téléphona plusieurs fois à Rhodes, sans succès. Tout ce qu'on put savoir c'est qu'Hameïla avait loué un taxi pour Hasbaïa, aux pieds du mont Hermon.

Quand Amik le sut, il devint comme fou. Je craignis même qu'il ne pût jouer le soir tant il était agité. Nadia eut beaucoup de mal à l'apaiser. Elle avait beau lui dire que sa sœur avait bien le droit de faire du tourisme et n'avait de compte à rendre à personne, il ne cessait de répéter : « Mais de quel droit est-elle retournée là-bas, de quel droit ? » Je lui dis qu'il finirait bien par le savoir, et que cela ne devait pas avoir grande importance. Il regardait fixement dans la direction du mont Hermon et se taisait.

Quelques jours avant mon départ je reçus une lettre d'Hameïla. Elle me demandait de faire escale à Rhodes lors de mon retour pour la rencontrer.

172

Sous les entrelacs d'une treille d'où pendaient de lourdes grappes nous nous sommes retrouvés pour dîner. Nous dominions la baie de Mandraki, et les mirages de l'eau virevoltaient autour du visage d'Hameïla, très belle ce soir-là, avec ses cheveux noirs lissés en bandeaux sur le haut du front par un cercle nacré figurant les deux ailes ouvertes d'un papillon dont le corps donnait naissance à la raie qui séparait sur la tête toute la chevelure. Ses yeux luisaient dans la pénombre, et le châle de soie noire qu'elle avait jeté sur ses épaules nues faisait paraître encore plus éclatant le teint de sa gorge et de sa nuque. Elle ressemblait ainsi étrangement à sa mère.

A mi-voix elle me demanda si Amik avait su qu'elle était allée à Hasbaïa. « Je savais que cela le contrarierait. J'aurai bientôt des choses importantes à vous dire... Un jour vous viendrez avec moi à Hasbaïa. Mais je ne voudrais pas être celle qui toujours vous importune avec nos affaires de famille. Ce soir, parlons d'autre chose. » Elle souriait, paraissait heureuse et délivrée de grands soucis. « Votre *Jason* était magnifique. Vous aviez raison. Vous ferez à vous quatre de grandes choses. Amik a été merveilleux. Je voulais vous demander... » Ses paupières cessèrent de battre. Elle me fixa de ses longs yeux noirs. « Je voulais vous demander... L'an prochain, j'aurais aimé avoir un rôle dans votre *Héraclès*, un petit rôle... Ce n'est pas pour faire concurrence à Nadia et aux autres, non, je vous dis la vérité. C'est pour être plus proche d'Amik, et vivre avec lui, et avec vous, cette aventure. Votre Héraclès a aimé au moins cinquante femmes. Vous serez bien obligé d'en retenir au moins trois ou quatre. Jusqu'à quatre on s'y retrouve, après ça commence à faire beaucoup... Amik se mettra en colère et vous demandera de refuser. Mais croyez-moi, il vaudrait mieux que je sois près de lui. Et puis vous lui direz que cela m'évitera de faire des fugues à Hasbaïa... »

Je voulus savoir pourquoi elle était allée là-bas. Elle me regarda en souriant : « Je vous promets, vous le saurez. Mais je n'aime pas raconter les histoires dont je ne connais pas la fin... Je ne suis pas comme vous. Vous êtes un grand naïf,

Florian... Je voulais voir un lieu précis dont Amik croyait que j'avais oublié l'existence. Ne soyez pas impatient... » Elle redevint subitement grave, laissant fuir son regard au fond de la baie. Je la voyais de profil, la tête rejetée en arrière, les paupières baissées. « Vous saurez tout, quand moi-même je saurai. J'aurai alors une histoire à vous raconter. Mais je vous préviens. Dévoiler un mystère est souvent décevant... Nous allons travailler chacun de notre côté... Mettez-vous dès maintenant à *Héraclès*. Songez à mon petit rôle. Votre héros ne serait-il pas tombé amoureux d'une reine d'Orient ? » Elle connaissait l'histoire d'Héraclès aussi bien que moi. Elle ne fut donc pas surprise de ma réponse.

« Je vois ce qu'il vous faut... C'est vrai : Omphale, la femme au rouet, était lydienne. J'écrirai le rôle d'Omphale pour vous. »

La main dans la main, en silence, nous sommes redescendus vers le port. Nous nous attendions à voir surgir dans le miroitement des eaux l'arche immense du colosse de Rhodes.

L'embarquement de la toison

Le jour du départ arriva. Tous les costumes avaient été enfermés par les soins de Nadia dans des sortes de conteneurs en forme d'armoire. Ils étaient suspendus à des portemanteaux. Elle avait refusé de les plier pour ne pas casser le tissu et provoquer des dommages qui, disait-elle, seraient irréparables. La toison était rangée à part dans une malle spéciale de deux mètres de haut. On aurait dit que l'on déménageait un musée de costumes.

L'après-midi où les caissons devaient être transférés sur le bateau nous étions, Nadia et moi, sur le quai à attendre Sergio qui s'occupait des formalités d'embarquement. Nous voulions nous assurer qu'il n'y aurait pas d'erreur dans la destination du chargement et que nos costumes prendraient le bon chemin. Nous vîmes Sergio revenir vers nous en courant, l'air préoccupé et contrarié. « Ils font des difficultés, ils veulent tout fouiller, alors que tout était réglé. Il va falloir tout ouvrir. Je ne sais pas ce qu'ils veulent... » Il regardait Nadia, l'interrogeant du regard. « Je préférerais que tu viennes... » Je vis Nadia blêmir, mais elle garda son calme. « Pas question qu'ils mettent leurs sales pattes sur mes costumes. J'y vais... » Ils partirent tous les deux. Je les suivis de loin, pensant que ma présence n'était pas indispensable.

Les caisses étaient entreposées sur le quai le long d'un hangar, et cinq ou six douaniers tournaient autour. Sergio exhibait des papiers, faisait le geste d'apposer des tampons, montrant du doigt des signatures pour prouver que tout était en règle. Mais l'officier des douanes désignait les caisses, et déjà deux douaniers cherchaient à en ouvrir une. On demanda les clés des cadenas à Sergio, qui regarda Nadia. Elle haussa les épaules, lui faisant comprendre qu'il fallait bien en passer par là. Sergio tendit donc une clé à un douanier, mais Nadia la lui arracha et ouvrit elle-même la première armoire. Très lentement elle sortait un à un les costumes, les suspendait par l'attache du portemanteau sur le haut de la porte, déployait le tissu, comme pour le défroisser, et le montrait aux douaniers comme s'ils étaient venus là pour l'acheter. Quand elle sortit la tunique rouge de Médée, elle la plaqua sur elle devant ses épaules, lançant sa jambe droite en avant pour donner du mouvement au tissu et permettre ainsi aux acheteurs de voir quel effet produisait sur elle une si belle robe. Mais les douaniers ne semblaient pas séduits. L'un deux fit un geste qui signifiait qu'elle devait sortir plus vite les costumes. Je vis alors Nadia entrer la tête dans l'armoire et arracher de la tringle trois costumes à la fois, les agiter devant les douaniers comme des épouvantails, puis les tenir à bout de bras d'un air vengeur en ayant l'air de dire « Et maintenant qu'est-ce qu'on fait ? »

Ils la laissèrent dans cette posture et, courbés, se mirent à inspecter les parois de la malle. Sergio, tourné obstinément vers le mur du hangar, fumait cigarette sur cigarette. De Nadia je ne voyais que la tête dépassant des pans de tissu qu'elle tenait toujours devant elle, comme pour se cacher. Cela dura longtemps. Les douaniers finirent par se redresser et sortirent de leur boîte. Ils firent signe à Nadia qu'elle pouvait remballer sa marchandise.

Enfin il fallut ouvrir le coffre de la toison. Elle était posée à l'intérieur sur un mannequin grandeur nature, « pour que la trame garde bien sa forme, et que l'encolure ne bâille pas sous le poids du tissu ». Nadia demanda à Sergio de l'aider. A genoux ils firent glisser lentement vers eux le pied du mannequin. Aussitôt sortie de son tabernacle, la toison étincela de tous ses feux. Les fils d'or, les verroteries et tout le strass dont l'avait saupoudrée Nadia renvoyaient dans toutes les directions les rayons du soleil. On ne pouvait poser ses yeux sur la toison sans être aveuglé.

Je compris enfin que ce qui intéressait les douaniers était les coffres eux-mêmes, qu'ils inspectaient avec minutie. Ils auscultèrent avec grand soin la malle de la toison, à l'intérieur et à l'extérieur, la retournant et la soulevant, frappant sur le bois, mesurant la profondeur. Ils ne trouvèrent rien d'anormal. D'un geste ils firent comprendre à Sergio que l'inspection était finie. Deux d'entre eux prirent à pleine main le pied du mannequin et replacèrent sans ménagement la toison dans son coffre. Mais ils ne se décidaient pas à refermer la porte. L'un d'eux souleva même la toison par l'encolure, la soupesa à plusieurs reprises et toucha d'un doigt les parements de l'étole. Nadia, qui avait terminé de ranger les costumes, se précipita vers lui en criant quelque chose que je n'entendis pas. Mais à l'air interdit du douanier je compris que Nadia venait de proférer une menace terrible. Il laissa retomber la toison sur le molleton du mannequin et s'extirpa enfin de la malle.

Sergio repoussa la porte et ferma le cadenas.

Quand je les rejoignis j'entendis Nadia dire à Sergio: « J'avais pourtant prévenu l'ambassade pour qu'on ne nous embête pas. Je voudrais bien savoir qui a décidé de faire du zèle... Ce soir, tu m'entends, ce soir, avant d'embarquer, je leur téléphone, c'est trop fort... L'an dernier, quand tu as fait partir les costumes de *La Machine infernale*, ils n'ont pas fait tout ce cirque ? Alors ? »

Sergio garda un instant le silence, et tout en replaçant une caisse dans l'alignement, il répondit lentement : « Non, bien sûr... L'an dernier l'envoi était fait par l'ambassade elle-même. Elle s'occupait encore du festival. Cette année... c'est une compagnie privée, et c'est M. Leurien qui la préside... »

Puis il ajouta en regardant par terre : « Petite vexation sans importance d'un État qui veut nous rappeler qu'il existe. L'an prochain, monsieur le président, il faudra augmenter le bakchich... C'est très important ici pour les fonctionnaires... et tellement plus sûr pour nous ! Tu devrais t'intéresser davantage aux habitudes du pays où tu travailles. Ce n'est jamais inutile. » Du pied il écrasa son mégot. Nadia, les lèvres serrées, regardait loin devant elle. Elle n'écoutait plus ce que Sergio disait.

Une nuit sur l'« Argo »

La deuxième nuit de la traversée, après avoir entendu toujours avec le même plaisir Sergio jouer du piano, je passais sur le pont arrière pour redescendre à ma cabine, lorsque je vis, appuyé au bastingage, dans la pénombre, un couple enlacé. Leurs silhouettes, éclairées indirectement par les lumières de lointains hublots, semblaient émerger d'un long voyage aquatique, et quelques mèches des cheveux de la femme, tels des filaments argentés, dansaient autour du visage de l'homme qui, immobile, pressait le corps de sa compagne contre le sien en la tenant par la taille. Je reconnus Amik et devinai Nadia. Pourquoi à ce moment précis éprouvai-je, pour la seule fois de ma vie, de la jalousie ? Peut-être parce que ici nous étions tous les cinq enfermés en un même lieu et qu'il n'y avait plus cette distance, cette séparation dans l'espace qui redonne à chaque amour sa nouveauté et son innocence. Pour cette raison Nadia et moi étions convenus de ne pas nous retrouver tous les deux pendant le voyage. Je vis avec amertume qu'elle n'avait pas fait le même serment avec Amik. Mais je regrettai vite ce mouvement d'humeur.

Le lendemain soir je croisai Nadia, seule. Je lui dis seulement que la veille, au cœur de la nuit, je l'avais trouvée très belle. Elle me répondit que de sa beauté elle n'était pas sûre, et ne croyait pas toujours ce qu'on lui en disait, mais que de son bonheur elle était certaine. « Grâce à toi », et elle se serra contre moi. Nous nous sommes embrassés d'un baiser que je n'ai connu que cette fois. Il était d'amitié et d'amour, de complicité et même de tendresse. Nous savions que nous ne pourrions nous le donner qu'une fois dans notre vie, et il dura longtemps. Elle dégagea doucement ma main qui entourait sa taille. Je murmurai pour elle « Nadia, fais attention à toi... Je ne suis pas aussi sûr que toi de ton bonheur... » Elle remit en place quelques mèches de ses cheveux en regardant la nuit : « Le bonheur se paie toujours, mais puisque c'est après, quelle importance... C'est comme la mort, elle vient toujours après la vie. En somme elle est toujours en retard... » Elle s'éloigna lentement. Elle faisait sonner ses talons sur le pont du navire. Chaque fois qu'elle passait devant un hublot je voyais sa chevelure étinceler, et l'ombre de son corps, très vite, dessinait un rapide arc de cercle qui venait s'évanouir devant elle. Je ne devinai bientôt plus que les deux fuseaux de ses jambes nues. Elle était belle et j'eus envie de l'aimer.

C'était une nuit d'été entre Rhodes et Malte. L'*Argo* filait avec une régularité parfaite ses vingt nœuds, et je ne vis jamais au ciel autant d'étoiles. On perd vite dans cette situation la notion des distances, et la Voie lactée se confondait avec les voiles de fumée qui s'échappaient de la cheminée du navire. On distinguait à plus de dix kilomètres les lumières d'autres bateaux, et l'on croyait qu'ils allaient nous croiser à quelques centaines de mètres.

Ce n'était ni la nuit ni le jour. Il n'y a pas de mots pour désigner cette lumière diffuse, très douce, qui me permettait de suivre des yeux le sillage de l'*Argo* jusqu'au fond de l'horizon. Je compris encore plus clairement combien nous sommes tous infirmes avec nos tricheries. Inutile alors de filmer, d'écrire ou de mettre en scène ! La proue d'acier pénétrait dans une eau nouvelle aux lèvres d'écume, la lumière de la nuit était un embrun phosphorescent qui provenait aussi bien de la mer que du ciel, et je sentais à l'évidence en cette minute que le lieu présent de nos vies n'est jamais le même, qu'il nous est totalement inconnu et qu'il est vain de vouloir l'arrêter ou le rattraper. Qui sait à quel endroit de l'espace se trouve aujourd'hui la Terre ? Aucun savant, aucun ordinateur ne peut le dire. Nous ne sentons pas les odeurs de l'espace, ni les vents cosmiques. Nous croyons être immobiles, comme je l'étais sur mon bateau, et nous sommes projetés aux confins de l'univers, au-delà même des limites de l'espace pour y créer de l'espace.

C'est ce que j'éprouvais physiquement sur le pont de l'*Argo*, petite nef de métal et de bois qui traçait comme une étoile sa vie obstinée sur une masse liquide collée à la terre. Elle portait en elle, dans nos vies enfermées en sa coque, et dans les malles recelant de mystérieux costumes, toutes les courbes sinueuses et serrées de nos destins qui allaient bientôt, brutalement, se déplier.

9

LES CORDELIÈRES

Covent Garden   Voyage   Sanctuaire   Nocturne
Les Cordelières   Silence   Néant   Estelle   Changement de rôle
Pleins cintres   Nécrologie   Flash   Progrès
Droits d'auteur   Colin-maillard

Covent Garden

Hameïla a toujours aimé les jardins et les théâtres. C'est peut-être pour cela qu'elle a choisi d'habiter ici, dans le quartier de Covent Garden. « Tu verras dans la Henrietta Street, tout à côté du vieux théâtre Drury Lane, une grande maison blanche, au numéro 6. C'est à deux pas du Royal Opera House. Anthony et moi nous allons à pied aux représentations. C'est très agréable... »

Face à l'église St Paul's, qu'on appelle plus souvent Actor's Church, parce qu'à Londres aussi on sait bien que théâtre et religion sont inséparables, j'ai trouvé une grande porte à la peinture noire luisante et aux cuivres bien astiqués, encadrée de colonnes et d'un fronton blancs du plus pur style néoclassique. En haut des colonnes, en guise de chapiteaux, on distinguait de larges tresses en forme de guirlandes, dont je n'ai pas pu savoir si elles étaient moulées dans le plâtre ou sculptées dans la pierre. J'ai sonné très vite. Je n'ai que trop tardé à tenir ma promesse : il y aura bientôt deux mois qu'Hameïla m'a appelé au secours.

Au bout d'un large couloir aux tentures sombres est apparue une femme au faciès nubien, grande et forte, qui sortait tout droit de la haute Égypte. Elle a pris mon manteau et mon parapluie, et, sans me regarder, a murmuré en anglais : « Mme Linsdown va vous recevoir tout de suite, Monsieur. »

« Florian, enfin, tu es venu... » Elle m'appelle du fond du salon avant même que nous puissions nous voir. Sa voix est toujours aussi grave, et elle parle toujours aussi lentement. « Florian, viens ! », et elle apparaît, moins grande qu'elle ne l'est dans mon souvenir, avec plus d'embonpoint, me tendant sa main où elle porte, à l'annulaire, le saphir restitué un soir à Athènes. Nous nous sommes serrés longtemps l'un contre l'autre. Il y a seize ans que nous ne nous sommes pas revus.

Le salon est immense, prolongé au fond par un jardin d'hiver où se mêlent plantes vertes et chrysanthèmes, qui coulent de hautes poteries chinoises en longues nappes mauves ou dorées, arrangées avec autant de soin qu'une coiffure, et viennent entourer un superbe hibiscus aux fleurs rouges. Le mur du salon est tendu de velours vert amande, aussi clair que le vert des céramiques dans lesquelles miroitait l'eau si pure du petit bassin dans la cour carrée de Rhodes.

Hameïla reste debout, immobile, levant vers moi ses grands yeux noirs, le corps toujours souple, même s'il est maintenant plus en chair. « ... C'est magnifique chez toi... » Depuis sept ans Anthony et elle habitent ici. Elle m'explique que c'est une maison construite à la fin du XVIIIe siècle par le célèbre architecte Adam, et qui fut habitée par une foule de célébrités dont j'ai oublié les noms. Il se trouvait qu'elle était à vendre. C'était l'époque où Anthony, qui est actionnaire dans une filiale de la British Petroleum, faisait de bonnes affaires... Ce qui ne veut pas dire qu'il en fasse, maintenant, de mauvaises...

Anthony Linsdown adore Hameïla. Je ne pense pas que leur mariage soit seulement l'union de deux petites fortunes. Il est vraiment inquiet de la voir perdre le sommeil à cause de la réapparition d'un spectre qui délire. Il m'a posé une foule de questions. Il veut surtout empêcher sa femme de se précipiter à Rome pour retrouver le spectre et le faire parler.

Je leur ai avoué le saccage de ma maison et la disparition de la bourse. Hameïla était atterrée. Elle m'a dit que c'était très grave, que j'aurais dû lui en parler tout de suite, et que j'avais eu tort de ne pas la brûler comme elle me l'avait souvent demandé. Ce qui l'a le plus intriguée et même agacée, c'est mon calme et mon indifférence en face de tous ces mystères. Ma vie maintenant, c'est *Le Soulier de satin* et la fête de la Comète, et plus profondément encore ce que j'écris pour moi.

A la fin du repas, pendant qu'Anthony servait le café, elle m'a pris la main. « Florian... Tu es fatigué... Pourquoi ne veux-tu pas tout me dire, au moins sur ta santé... » Les traces du mal qui dort en moi sont donc devenues visibles pour elle. Je n'ai rien pu lui répondre.

Je n'ai pas réussi à la convaincre qu'il était inutile de chercher à retrouver Sergio. « Je mettrai deux ans s'il le faut, mais je le retrouverai. Il me dira qui a volé cette bourse. Je suis sûre qu'il le sait. » Je lui ai objecté que je n'avais même pas dit à Sergio qu'on me l'avait dérobée. Mais cela ne l'a pas ébranlée. « Il sait bien ce qui s'est passé. Il sait tout. Il a toujours tout su... Il a eu l'air si étonné que cela quand il a visité ta maison?... » Je dois avouer que l'ironie de Sergio, avant qu'il éclate en sanglots dans la voiture, m'a paru peu naturelle : « ... Tu n'as pas peur des voleurs? » J'ai eu comme l'impression qu'il connaissait déjà les lieux qu'il feignait de découvrir. Peut-être est-ce pour cela qu'il avait trouvé si facilement l'emplacement des Commettes? Mais c'est affabuler pour le plaisir. Sergio veut me retrouver parce que Nadia est morte, qu'il est seul et veut lui aussi revivre un peu de son passé.

Hameïla m'a reconduit à l'aéroport. Au moment de nous quitter elle a enlevé ses lunettes noires pour m'embrasser. « Tu te souviens, quand enfin nous avons pu nous regarder face à face à travers les gouttes d'eau de la fontaine, place des Martyrs, j'ai subitement enlevé mes lunettes de soleil et je t'ai appelé par ton nom. C'est à ce moment-là que je suis devenue amoureuse de toi. Je m'en aperçois seulement maintenant. Jusqu'ici je n'ai jamais su quand j'avais commencé à t'aimer... »

Sait-elle seulement quand elle a cessé ?

Voyage

Pour retrouver Marie-Anne aux Cordelières en venant de Paris, le plus simple est de traverser la Beauce de Chartres à Beaugency.

A Romilly-sur-Aigre je retrouve la terre de Zola. Elle vient d'être labourée par des tracteurs, cubes opaques qui se détachent à contre-jour sur l'horizon, et soulèvent derrière eux un nuage de poussière ocre.

Grasse, brune, luisante, la glèbe par endroits est un minerai noir quand la lumière rasante du soleil projette sur le limon l'ombre des mottes alignées à la crête des sillons, mais parfois elle est dorée comme un sable de plage quand elle a séché à la chaleur des rayons. La pâte de la terre, incisée par la pointe des charrues, est craquelée et rousse comme la croûte d'un immense pain.

Loin devant moi je devine une fine toison verte régulièrement peignée qui sort du sol, léger duvet, pousses d'un blé d'hiver qui lève, comme un liséré d'écume glacée sur le clapotis figé de la terre.

Au fond de l'horizon, au sud, se détachant sur un ciel très pâle, quelques nuages, blancs, blonds, presque translucides avec leurs taches bleutées, semblent réverbérer en eux le cours de la Loire, qu'on voit sinuer comme dans un mirage reflété par le ciel.

Mais plus je me rapproche, plus je remarque un nuage qui se distingue des autres. C'est un panache immobile, qui jaillit de terre, et se renouvelle en restant toujours au même endroit, la crête inclinée dans le sens du vent, alors qu'autour de lui les autres nuages s'étirent, se déforment, s'allongent et s'évanouissent.

Au-dessus de la ligne décharnée de l'horizon, à trente kilomètres d'ici, je vois en effet s'élever dans le ciel la vapeur des eaux du fleuve. Elles ne montent pas d'elles-mêmes parce que soudain l'air se serait rafraîchi. Elles s'évaporent pour nous avoir protégés du feu que nous entretenons dans nos tabernacles de ciment et d'acier, et nous les dispersons au vent du haut des tours de cathédrales toutes neuves. Celle-ci est consacrée à saint Laurent des Eaux. C'est un sanctuaire où l'on se relaie jour et nuit pour faire brûler perpétuellement un corps sur son gril. Un peu de poussière, qui provient de la terre, se consume ici pour notre survie et notre réconfort.

Dans un réacteur comme derrière un tracteur, c'est la loi : la vie ne va jamais sans des poussières de mort qui sont semences de vie.

Sanctuaire

Je ne pensais pas apercevoir de si loin les traces du feu. Elles seront maintenant le phare de ma navigation jusqu'à ce que j'arrive là-bas, plus loin derrière elles, au sud de Chambord, sur les bords du Beuvron, aux Cordelières, où je verrai enfin Marie-Anne, ses deux filles, « et mon mari peut-être, s'il a le temps, ou l'envie, de venir ».

16 heures. Cravant. Ce village fut ravagé au début du siècle par un cyclone. Il a été purifié par un cataclysme naturel des miasmes de son histoire. Il était prêt à accueillir de nouvelles forges.

Je distingue maintenant, loin devant moi dans le ciel, deux couronnes qui crachent de la vapeur. Elles sont satellisées au-dessus de l'horizon, ne reposant sur rien, propulsant dans l'atmosphère deux colonnes blanches qui très vite finissent par se rejoindre.

16 h 20. Beaugency. Le cours du fleuve s'engouffre plein ouest dans le soleil. Les reflets de l'eau m'aveuglent. Un métal en fusion jaillit continuellement des piles du pont, et

va se perdre derrière la ligne des arbres, sous l'immense nuage qui projette en silence dans le ciel les protubérances de ses explosions. D'étranges lueurs brillent à travers les troncs dénudés de peupliers. Des boules de lumière percent la masse de vapeur, derniers feux d'un vieux soleil à son crépuscule, ou orages en formation au-dessus d'un cratère qui recèle en lui de nouveaux éclairs.

A ma grande surprise la route ne s'interrompt pas. Elle est tracée toute droite, parallèle au fleuve, pour passer entre les deux tours, conduisant elle aussi directement au soleil. Je roule lentement, car j'ai du mal à distinguer la chaussée. Le pare-brise est devenu soudain un écran de poussières compactes, de goutelettes figées, de traînées liquides et de paillettes dorées incrustées dans le verre depuis longtemps, invisibles jusqu'ici, et révélées soudain par une radiographie solaire. Je sais seulement que j'avance vers un portique enflammé qui a la forme d'un gigantesque arc mozarabe, amorcé à sa base par la courbure des tours, prolongé dans le ciel par la masse grise de la vapeur qui, très haut, forme une voûte en perpétuelle oscillation.

Il est 16 h 40. Le soleil est caché maintenant par la tour de gauche. Le portique se dresse sans relief, tout noir dans le contre-jour, porte monumentale d'une cité invisible. Derrière elle il y a un fleuve, et le soleil qui s'enfonce dans l'autre rive, et au-delà encore, quand j'aurai franchi les tours de la cité et passé le fleuve, Marie-Anne qui m'attend dans la nuit.

Dans les derniers mètres la route brutalement fait un coude et se détourne des remparts. C'est la fraîcheur et l'ombre, presque l'obscurité, et je me retrouve aux pieds de tours dont je ne vois plus le sommet, devant des grillages et des fils de fer barbelés. Sanctuaire et camp de concentration. Le four crématoire où l'on brûle les reliques est un lieu interdit. Seules visibles au-dessus de ma tête, de longues guirlandes tendues haut dans le ciel par de fines poutrelles de métal, chevelure d'acier bien peignée qui s'en va dispenser dans son sillage la chaleur que son corps, jour et nuit, irradie. Nous ignorons le mal qu'il peut nous faire. Nous ne voulons jouir que de ses bienfaits, et nous croyons qu'en lui s'opère la fusion du bien et du mal.

Avant même d'avoir éteint le moteur, j'entends au-dessus de ma tête des froissements de métal, de lointaines respirations de forges, des bruits de cascades. Une fois descendu de voiture, je sens sur mon visage une pluie tiède, et des paquets d'embruns que par moments le vent pousse vers moi. A quelques dizaines de mètres, au pied de la tour, tombent des cataractes blanches que l'on voit passer à travers les prises d'air, grandes fenêtres rectangulaires, plaques de nacre, moires frissonnantes et bruissantes qui apparaissent un instant dans la lumière avant d'être aspirées dans les gouffres où elles retournent refroidir le cœur en combustion.

Parfois dans le rideau de pluie, quand l'appel d'air est plus fort, passent de fugaces fantômes.

Lentement je longe la clôture. Profane, je ne peux qu'entrevoir les portes du baptistère. Je n'ai le droit de jouer mes mystères que dans des églises en construction.

Je perçois dans les airs, à intervalles irréguliers, des grésillements d'insectes géants et invisibles qui virevoltent le long des fils de la chevelure, et tissent en s'envolant du chœur de l'édifice un immense écheveau qui va se ramifier en une infinité de filaments de plus en plus fins, capillaires qui relient, comme une litanie d'échos perpétuels, les explosions de la fournaise aux pulsations des corps les plus fragiles.

Là-haut, libérée par le cratère, la vapeur, brutalement happée par l'air froid, va s'étirer en de larges volutes dans un ciel qui paraît soudain encore plus clair malgré le crépuscule, pour se diluer et lentement disparaître.

L'âme du saint parcourt son domaine, aspirée par les vents qui s'engouffrent sous le portique, pour s'épanouir au-dessus des tours et s'étaler dans les cieux.

Nocturne

Une fois le fleuve traversé, c'est la nuit. Aucune silhouette humaine. Des troncs d'arbres ou des pylônes, des boules de lumière dorée rasant le sol et m'aveuglant quand elles se dirigent droit sur moi, mais elles m'évitent à la dernière seconde, et devant moi des flammèches rouges qui reculent toujours quand j'avance. Parfois les yeux phosphorescents de chats surpris dans leur chasse, ou de lapins hypnotisés en arrêt au bord des talus, animaux égarés, échos perdus de vies qui grouillent dans les herbes et dans la pourriture, nées de hasards silencieux et promises à des morts naturelles qui ne suscitent ici aucun scandale. Ils habitent les champs de la vie et de l'oubli.

Des raies blanches, toujours les mêmes, fusent au ras du sol et me frôlent. Elles guident ma voiture pour la conduire là où elle doit aller. Des triangles rouge et or jaillissent de terre et s'illuminent soudain, des noms inconnus ou des nombres apparaissent sur des panneaux, et tout s'éteint derrière moi. J'obéis aux ordres.

Des traînées blanches, une ouate étirée en charpie, planent au-dessus de la terre, à moins que ce ne soit plus que son fantôme qui reste seul en suspension aux lieux où elle vivait. Je suis parti très loin dans des lieux sans soleil et sans ciel. J'ai laissé le jour derrière moi.

Les Cordelières

Des barrières blanches, des fenêtres éclairées derrière des arbustes dont les branches en remuant faisaient scintiller la lumière comme une étoile, et une allée de cailloux sur laquelle les pneus crissaient comme sur la neige, j'étais arrivé aux Cordelières.

Quand elles ont entendu le bruit de la voiture sur le gravier, Marie-Anne et ses deux filles, malgré la fraîcheur de la nuit, sont sorties à ma rencontre. Elles étaient éblouies par les phares, clignaient des yeux et souriaient. Marie-Anne avait un gros pull de laine blanc, serré à la taille par une large ceinture noire, et un pantalon de velours noir. Sans rien me dire elle a pris ma valise.

En franchissant la porte d'entrée j'ai remarqué que le chambranle était entouré d'une grosse corde torsadée, fixée dans le mur par des crampons. « C'est pour illustrer le nom de la maison, me dit en souriant Sabine qui avait vu mon étonnement, c'est moi qui ai eu l'idée... Il y avait avant la Révolution un couvent de Cordeliers, là, derrière... »

Dans la grande salle brûlait un feu de cheminée. Au-dessus du toit il devait y avoir un petit panache bleuté, hésitant à se dissoudre dans la nuit. André était là. Le dîner fut joyeux. Je leur ai raconté mon voyage. On a parlé des centrales nucléaires, du *Soulier de satin* et de la Comète aux Champs-Élysées, des études de Sabine et de Virginie, des élections de mars et même des présidentielles. Marie-Anne est très détendue. Si la majorité change, elle retrouvera son poste à Nanterre, et elle se présentera ici aux prochaines élections cantonales. Nous étions tous joyeux et très bavards.

Je n'ai aperçu André qu'une seule fois il y a vingt-cinq ans, et je n'aurais pu le reconnaître. Il avait l'air heureux mais fatigué. Il bâillait souvent. Il me raconta avec force détails qu'il avait des problèmes avec un composant chimique qu'il n'arrivait pas à mettre au point. Il me fit une longue démonstration.

C'est volatile, les molécules. Et les maris, c'est toujours un peu lourd.

Après Sabine et Virginie il a fini par aller se coucher.

Silence

Nous sommes restés assis tous les deux face au feu, sans rien dire, la main dans la main, nous effleurant les ongles et les doigts.

Puis Marie-Anne s'est levée, tout en gardant sa main dans

la mienne, et est venue s'asseoir par terre à côté de moi, sa joue contre mon genou, et je lui ai caressé les cheveux.

Elle a levé ses yeux vers moi, m'a tiré doucement vers elle, et nous étions accroupis face au feu, serrés l'un contre l'autre. Ses yeux brillaient des reflets de la braise, et les lueurs des flammes donnaient à son visage un éclat toujours renouvelé comme si elle venait de se remettre du fard. Nous nous embrassions, et nos lèvres étaient rouges de nos baisers.

D'un bond elle s'est mise debout, secouant sa tête comme pour se réveiller. Elle a murmuré « Allons dormir... » Comme un automate elle m'a accompagné à ma chambre, a allumé la lumière, a dit en se parlant à elle-même « Les serviettes sont là », et s'est éloignée sans même que je l'entende marcher.

Une fois couché, dans l'obscurité, j'ai gardé longtemps les yeux ouverts.

J'avais oublié de tirer les rideaux. Des auréoles de givre sur les petits carreaux de la fenêtre délimitaient des morceaux d'espace plus sombres dans lesquels transparaissaient à des distances infinies les couleurs de la nuit.

Avais-je dormi? J'ai entendu comme un froissement, j'ai perçu sur mon front un frôlement, et sur mes lèvres la pulpe de doigts recourbés, et contre mon oreille sa voix. « Ne dis rien, je t'en prie ». Je voyais son corps se découpant sur la fenêtre, et quand elle a commencé à se pencher, plus nettement encore, la masse noire de ses cheveux qui coulaient de ses épaules et venaient caresser mes joues. Ses lèvres se sont posées sur mes paupières. D'un geste rapide et précis elle a écarté le drap et s'est couchée sur moi, la tête au creux de mon épaule. Nous sommes restés longtemps ainsi, immobiles. Mes doigts ont lissé la fine cordelière de soie qui serrait à sa taille les deux pans de son déshabillé. Ils la faisaient glisser sur la chair que je sentais à travers le tissu souple et chaud. Elle s'est cambrée. Et quand j'ai commencé à desserrer le nœud de la ceinture, brusquement elle s'est relevée et a disparu.

190

Le lendemain, dans le brouillard et le givre, nous nous sommes quittés rapidement. Je n'ai pas pu lui dire que j'étais très heureux. J'aurais voulu au moins l'en persuader. C'est pourquoi ce soir j'écris pour elle cette dernière page. Je vais devoir me taire pendant quelques semaines. Je me dois tout entier aux répétitions du *Soulier* et aussi, périodiquement, aux ballets magiques de mes actrices blanches. Peut-être même ne reprendrai-je jamais ce journal. Il me plairait de l'avoir ouvert sur le passage de Marie-Anne un soir d'hiver dans un jardin des bords de Loire, et de le refermer sur son dernier baiser des Cordelières.

Néant

La machine à traitement de textes refuse de fonctionner. L'écran brille, mais aucun texte n'apparaît. Ciel vide d'étoiles, œil sans pupille. Aveugle. Aucun voyant ne s'est allumé. J'ai entendu quelques grésillements, la mémoire a tenté de chercher. Elle n'a pas pu. Peut-être ai-je fait une fausse manœuvre ? Il y a plusieurs semaines que je ne m'en suis pas servi. Alors il se peut que le texte instantanément se soit effacé. Il s'est volatilisé. Aucun espoir de le retrouver ailleurs, dans un autre monde. Il n'aura jamais existé. Il ne laissera même pas la trace noirâtre de son corps, petites poussières recroquevillées au creux d'une cheminée lorsqu'on a décidé de brûler un manuscrit pour libérer le papier et les mots de leurs carcans rectangulaires, et se retrouver pur comme avant que fût prononcé le premier mot qui était au commencement. Sans le vouloir je me suis branché sur le néant, écran brillant de béances et de vides scintillants.

L'idée que mon texte a peut-être disparu ne me crée nulle angoisse. Déjà j'écris un nouveau texte, qui de lui-même en ce moment efface tous les autres.

Je n'ai pas la force ce soir de serrer mon stylo entre mes doigts pour tracer des signes et enlacer des corps. Je veux seulement, avant de sombrer dans le sommeil, projeter devant moi des lettres, comme on lance des dés.

J'ai pris la vieille Japy grise au ruban séché dont Estelle se servait toujours, et les lettres fusent dans un cliquetis de mitraille, les mots s'abattent à bout portant sur le papier comme la grêle sur la terre et les morts sur la neige, papier troué, lettres traçantes qui viennent éclater sur un horizon blanc, des éclairs qu'on ne verra qu'une fois, ce qu'il y a de plus beau, ce qui ne pourra jamais se répéter, pas même se dire, s'écrire seulement comme un instantané qui n'est rien d'autre que le point d'une trajectoire illisible comme une vie. C'est tout ce qu'il y a à dire.

Taper avec rage, faire voler les mots en éclats, les envoyer très loin devant soi, ne pas connaître leur impact et leur mort, tirer à mots rouges avec un vieux ruban bicolore sur tout ce qui bouge, un mot perdu et un mort par hasard, un mot entre les deux yeux, un mot dans l'abdomen, une comète dans les poumons, et toutes les douleurs crépitent. Appuyer sur les petites détentes et jouer à la roulette russe des mots, c'est tellement plus drôle que de raconter une histoire qui ne peut jamais commencer et jamais finir, et qu'on n'enferme pas en deux cents pages. On croit toujours qu'on raconte une histoire, mais c'est toujours la même suite ou le même commencement de la même histoire, chapitre 1986 d'une Bible-Odyssée-Coran qui n'en finit pas de grossir comme une galaxie qui conquiert son espace avant de s'effondrer sous son propre poids, et je suis ce soir à l'extrême pointe de la conquête, libéré de la pesanteur et bientôt du sens, mettant bout à bout les mots, comme des spationautes montent une station orbitale, tube après tube, et ça ne ressemble plus à rien, ni à une maison ni à un avion, ni à un roman ni à une tragi-comédie, et soudain nous perdons l'espoir d'en relever et d'en révéler un jour le sens. Mais cela existe.

Qui d'autre que moi puis-je finalement abattre avec cette mitrailleuse dérisoire?

Déjà je viens de commettre un sacrilège. J'ai mis mes ongles taillés court dans les touches qui gardaient bien réelles et invisibles les empreintes des doigts aux ongles longs et vernis d'Estelle. J'ai effacé les traces vivantes de sa vie, et voilà que l'attraction de son corps se fait sentir, et une autre mémoire se met à fonctionner, la mémoire de ses doigts, imprimée sur les touches, me dicte un texte qui ne m'appartient pas, une force mystérieuse déroule un programme secret, et les mots comme des étoiles foncent vertigineusement vers le point le plus resserré et le plus noir d'où il est possible de revenir, et que l'on n'a jamais su nommer.

Estelle

Ses doigts étaient posés sur le bouchon ovale et long d'un flacon qui réfractait sur le mur une lumière dont je ne voyais pas l'origine. Ses ongles vernis luisaient, sur le cristal, comme des pétales glacés dans un sulfure. Je ne la connaissais pas encore. Elle n'était pour moi qu'une actrice de talent. Je l'ai aperçue par l'embrasure de la porte qu'elle n'avait pas complètement refermée. Elle était assise devant la coiffeuse de sa loge. Peut-être attendait-elle quelqu'un? Après la représentation des *Yeux de la nuit*, où elle avait été fort applaudie dans le rôle de Karen, j'étais allé flâner dans les coulisses du théâtre. Je voulais me familiariser avec les lieux que j'allais habiter pour une nouvelle création. Elle m'a entendu marcher sur le parquet grinçant du couloir, a jeté son regard dans le vide étroit de la porte et du chambranle, m'a vu passer, indifférente, un inconnu qui s'était égaré là, ce n'était même pas pour lui demander un autographe, et déjà nous étions redevenus invisibles l'un à l'autre.

Alors les minuscules rouages de la machinerie se sont mis en branle.

Je traverse la place devant le théâtre et je vais souper en face à *La Grignotte*, où se retrouvent spectateurs et gens du théâtre qui ne supportent pas comme moi de passer sans transition du spectacle à leur lit. Je me dirige vers une petite table, mais la femme qui m'accueille m'en indique une autre plus grande. Je lui dis que je suis seul et que je n'attends personne. Mais il n'y a plus que celle-là de libre.

Un long moment après je vois revenir, avançant de son pas de procession, la même femme. Derrière elle, les yeux baissés, Estelle Fulgère vient prendre la place qui lui était réservée et que j'avais voulu occuper. Elle évite de croiser les regards des personnes qui soupent dans la pénombre et la dévisagent avec insistance, car ce sont les mêmes qui tout à l'heure l'ont vue sur scène, avec sa canne blanche et sa main gauche battant l'air, et l'ont applaudie de longues minutes dans le rôle de Karen. Elle est maintenant assise en face de moi.

A sa gauche est posée, comme sur ma table, une petite lampe au pied d'albâtre qui monte à hauteur de sa joue. Elle vient d'allumer une cigarette, et la fumée, lente à se dissiper, est attirée vers la base de l'abat-jour, large et ronde, et ornée de franges blanches ; il se rétrécit ensuite en s'incurvant jusqu'à l'ouverture étroite du sommet d'où ressortent, aspirées par la chaleur de la lampe, les traînées de fumée qui planent et s'évanouissent au-dessus de la tête d'Estelle. Selon les mouvements qu'elle fait, elle est tantôt dans l'ombre et tantôt dans la lumière, nimbée de vapeurs bleutées, Karen aveugle ou Estelle aux yeux verts.

« Je vous prie de m'excuser... Pardonnez mon indiscrétion... Je suis Florian Leurien... »

A-t-elle reconnu alors celui qu'elle avait vu passer dans la pénombre des coulisses ? Jamais je n'ai pensé à lui poser la question, jamais elle ne m'en a fait la confidence. J'ai besoin ce soir de le savoir. C'est un moment essentiel de notre vie. Quand m'a-t-elle vu pour la première fois, vu à pouvoir me reconnaître quand elle me reverrait ? Je cherche avec angoisse un secret d'outre-tombe.

De tous les détails je me souviens. De ses yeux étonnés levés vers moi, comme si je parlais trop fort, de ses doigts lissant le bord de son assiette dans laquelle flottent sur une crème à la vanille des brindilles d'écorce d'orange recouvertes de chocolat, de la tresse d'or et de platine qui enserre son poignet d'une fine cordelière dont le fermoir a la forme d'un nœud, de la tapisserie d'un bleu sombre sur laquelle se

194

détachaient comme une auréole ses cheveux qu'elle avait à peine peignés, mèches entremêlées, torsades tombant sur l'épaule gauche, de sa veste noire qu'elle avait gardée boutonnée, serrée à la taille, les deux revers pressant la pointe des seins et laissant affleurer la dentelle du chemisier blanc que je devine sous la cravate de soie grège qui cache sa gorge, pour protéger sa voix des fraîcheurs de la nuit.

Je me penche sur elle pour mieux entendre ce qu'elle répond, car elle parle doucement, en s'excusant. Et quand je lui dis que j'ai beaucoup aimé ce qu'elle faisait, elle sourit, hésite, et après un silence me déclare qu'elle n'est pas satisfaite, que ce rôle la fait terriblement souffrir. Elle m'avoue que c'est très fatigant pour elle de jouer sans y voir. « J'ai les yeux ouverts, mais je ne vois rien. Je me fais vraiment aveugle, sans quoi je joue faux. J'ai du mal à me réveiller de ma cécité. L'autre soir, ici, je me suis cognée dans la table. Je ne l'avais pas vue. » Puis des banalités. Elle m'a dit « asseyez-vous », mais j'ai refusé et très vite je suis parti.

Changement de rôle

Deux mois plus tard je me rends à la réception donnée dans le foyer du théâtre pour la dernière. On a invité celui qui va prendre la relève pour la prochaine saison. La directrice, la célèbre et insupportable septuagénaire Armelle Sarrier, me présente de façon militaire à Estelle Fulgère, et il semble en effet que nous nous voyons pour la première fois. Ne sachant que dire je demande où est Parinelli, le metteur en scène des *Yeux noirs*. Nous l'admirons tous, et je sais qu'Estelle vit avec lui. Elle me répond vivement, comme si ma question était inconvenante, qu'il est trop occupé pour venir. Alors je lui demande ce qu'elle compte faire l'an prochain. Elle doit jouer Lucile dans *La Répétition ou l'Amour puni*, au théâtre Vallandier, mais après rien de sûr, les rôles ne lui plaisent pas, elle ne les sent pas.

Estelle n'a jamais joué Lucile. Des difficultés financières, une brouille entre le metteur en scène et le directeur du théâtre ont tout fait échouer. A la place on a repris *La Périchole* d'Offenbach.

Armelle Sarrier a aussitôt saisi l'occasion, avant même de m'en parler. Elle a proposé à Estelle le rôle principal dans la pièce que je devais créer. Ce serait une façon de faire comprendre au jeune Leurien qu'on ne choisit pas ses actrices sans demander l'avis d'une directrice comme elle. Si cela n'avait tenu qu'à elle, je n'aurais jamais fait la mise en scène de sa prochaine saison. Quand je l'ai revue, elle m'a demandé, à brûle-pourpoint, pourquoi j'étais allé « faire tout ce cirque à Baalbek », et s'est étonnée que décidément je sache tout faire, « le plein air et l'intimité ». Mais quand elle a vu qu'elle pouvait garder en tête d'affiche Estelle Fulgère, elle m'a trouvé du talent, et tout alla à merveille.

Pleins cintres

« Mais... vous ne me connaissez pas, et ce n'est pas vous qui avez souhaité que je prenne le rôle. Si ça ne marche pas dites-le-moi tout de suite. Je peux rester plusieurs mois sans jouer. »

Sa voix est timide, elle parle vite, elle se force à faire des confidences que je ne lui ai pas demandées, ce n'est plus la même voix que sur scène, ni même que dans la conversation que nous venons d'avoir sur la pièce, c'est une autre femme qui me parle d'elle parce que c'est nécessaire. « J'ai trente-deux ans. Je n'ai pas décidé tout de suite de faire du théâtre. J'ai fait mes études à Orléans où travaillent mes parents, et j'ai commencé par faire du piano. Des fenêtres du conservatoire on voyait l'immense parvis de la cathédrale. Je regardais souvent, en jouant, une grande statue qui sortait de sa niche à gauche du porche principal. C'était un évangéliste lisant un livre dont les pages se soulevaient au vent qui souffle toujours à cet endroit. Il lisait à haute voix une histoire qu'une foule de gens invisibles écoutait sur le parvis, et ma musique se mêlait à ses paroles. Elle s'habillait de mots, de corps et de gestes avec lesquels je jouais. J'inventais des décors et des ballets. J'ai toujours aimé me projeter dans de grands espaces. Alors j'ai changé de conservatoire. Je suis venue ici à Paris, et plus tard à Milan. Mon professeur connaissait quelqu'un là-bas, et il pensait que ce détour me serait utile. C'est là que j'ai rencontré Parinelli qui faisait passer des auditions... Ce serait trop long à vous expliquer. Pour moi-même ce qui s'est passé est incompréhensible. Il a dirigé toute ma carrière. J'ai eu beaucoup de chance... » Elle esquisse un sourire triste et ajoute simplement : « Je suis stupide. Je ne pense pas que vous me connaissiez mieux maintenant. Je voulais surtout vous dire que je ne jouerai plus très longtemps. Parinelli veut que je fasse de la mise en scène. Nous sommes séparés, mais nous allons continuer à travailler ensemble. C'est moi qui ai préféré... Voilà... Vous savez tout. Pardonnez-moi. Je vous écoute. »

Et nous avons travaillé. Un jour nous sommes montés dans les cintres. Nous voulions vérifier des effets de voix. C'était un vieux théâtre. Là-haut on se serait cru dans une forêt vierge. Des cordes pendaient en guirlandes comme des lianes. Nous nous sommes engagés sur une sorte de passerelle suspendue. J'ai demandé à Estelle si elle avait le vertige. Pour toute réponse elle s'est penchée en avant, à la limite de l'équilibre, a attrapé une corde qu'elle a ramenée vers elle, et s'en est enroulée comme d'une fourrure qu'elle caressait. « Non, pas du tout. J'adore être suspendue dans les airs. Je rêve d'un rôle aérien. On n'utilise pas assez la verticale au théâtre. Je dors dans une mezzanine... » La corde était devenue une balançoire. Elle en attrapa une autre et me la tendit : « Prenez vite, si vous voulez me suivre. » Déjà elle s'éloignait. Je l'ai retenue par la taille. Je ne sentais d'elle que la forme de son corps suspendu à la corde dont elle était prisonnière. Avec précaution je l'ai délivrée, la soutenant de mes bras pour qu'elle ne tombe pas. Alors elle a lentement enroulé la corde autour de nos deux corps et nous avons pu enfin murmurer l'un pour l'autre, joue contre joue, nos deux noms comme un appel et une réponse. En répétant Estelle et Florian nous nous baptisions de noms nouveaux. Nous n'étions pas étonnés. Nous attendions depuis toujours cet instant. Il nous semblait naturel et nous étions heureux. Nous nous étions à nous-mêmes donné un consentement que rien n'a pu briser, hormis une bombe dix ans plus tard qui exploserait par erreur, un accident, une fausse manœuvre, une petite défaillance de notre machine, comme celle qui en ce moment interdit à l'écran d'inscrire dans sa lumière les lettres que je trace, et c'est l'unique rencontre, accidentelle et essentielle, avec ce que nous frôlons tous les jours, et soudain disparaît ce qui fut.

Ne plus écrire.

Nécrologie

La machine à traitement de textes a été réparée. Un simple ressort cassé empêchait le contact de la disquette avec la mémoire. Il a fallu pour cela démonter le châssis, avec un vieux tournevis. Me voici convalescent de l'écriture. Recopier des extraits de presse, cela me remettra au moins en doigts. Pour l'écriture, c'est autre chose.

A lire tous ces articles qui parlent plus de moi et de ma mise en scène que de l'œuvre elle-même j'éprouve un réel malaise. J'ai l'impression de lire ma rubrique nécrologique. J'apprends sur moi beaucoup de choses que j'ignorais. Il est donc bien vrai qu'on se connaît mieux mort que vivant.

« ... Personnalité secrète, Florian Leurien abandonne les feux de la rampe à ses acteurs. Deux fois dans sa vie il défraya bien malgré lui la chronique : en 1966, quand mourut dans des circonstances mystérieuses son acteur préféré, et aussi son associé, Amik Baschkar, qui venait d'atteindre la célébrité internationale avec les *Planètes*, ballet qu'avait créé pour lui Florian Leurien à Berlin, et en 1982, lorsque l'actrice Estelle Fulgère, sa compagne depuis dix ans, trouva une mort tragique dans l'explosion d'une voiture piégée. Cela a-t-il poussé Florian Leurien à s'enfermer davantage dans le silence ? Les entretiens qu'il accorde sont rares. »

« ... On le rencontre parfois dans les meilleurs restaurants de la capitale ou de province, au hasard de ses activités, le plus souvent en compagnie d'une amie, car on dit qu'il pratique l'amitié et la gastronomie comme d'autres la religion : dans le recueillement et la communion. Mais, précise-t-il, je suis de ceux qui n'abusent pas des sacrements. Il est aussi discret sur sa vie privée que professionnelle... »

« ... Avare de confidences, il n'aime pas s'expliquer sur ce qu'il appelle lui-même avec insistance son *métier*, auquel il trouve qu'on attache aujourd'hui trop d'importance : "Au fond c'est simple. Il faut faire voir l'évidence, aux acteurs d'abord et aux spectateurs ensuite, comme Dieu fait voir sa création. Le malheur, c'est que justement rien n'est évident..." Formule dont on peut aussi bien admirer l'humilité, l'orgueil, ou simplement l'impertinence... »

J'ai en effet l'orgueil discret. Cela m'a fait beaucoup souffrir. Mais c'est un pur orgueil, un ressort intérieur qui ne peut que rester secret tant il est fragile. Je ne suis pas doué de la force brutale des ambitieux, qui promènent à nu leurs ressorts et leurs talents, comme des athlètes monstrueux font exhibition de leurs muscles dans les foires. Ils réussissent, car ils plaisent aux médias et aux foules. Leur vulgarité les rassure.

Flash

La photo est prise au moment où le ministre me dit : « Pour la fête de la Comète, pas seulement sur les Champs-Élysées, mais en différents endroits de Paris. Vous savez, ce sera une excellente répétition pour les fêtes du bicentenaire de la Révolution... » La légende de la rédaction commente : « Le ministre remercie le président-directeur général de l'E.D.F. pour son mécénat. » Dans mon métier on a plusieurs vies et plusieurs têtes. En quoi serai-je déguisé pour les fêtes de la Révolution ? En guillotiné ?

Progrès

Je n'ai pu décacheter l'enveloppe. Au moment où je tendais la main pour prendre le coupe-papier, j'ai été de nouveau paralysé par cette douleur aiguë que je sens maintenant plusieurs fois par jour, un coup de poignard dans le haut de l'omoplate gauche, une brûlure qui remonte vers la nuque et m'immobilise pendant quelques secondes. J'ai l'impression d'être pris dans un lasso, et la seule façon de le desserrer un peu est de ne plus bouger.

Je peux maintenant inscrire en moi, comme sur une carte géographique, les progrès du mal. C'est un ennemi qui ne se dévoile qu'au moment du corps à corps. Longtemps il a rampé en silence. On est malade et on ne le sait pas. C'est un mal qui ne fait pas mal, le plus grave de tous. Quand on le découvre il est trop tard. Quelques frissons, petites fièvres, sueurs passagères, légères brûlures vagabondes, le médecin et les analyses... A partir de ce moment le processus est en marche. Le connaître et le soigner n'arrangent rien. J'aurais aimé rester dans l'ignorance, non par lâcheté, mais par mépris du danger. J'aurais fait croire à tout le monde que je souffrais de rhumatismes, et je me serais fait tuer un jour comme un soldat à la guerre, sans savoir pourquoi, et peut-être même sans m'en apercevoir. Mais on m'a condamné à mourir lucide, et je trouve cela aussi ennuyeux qu'un cours de mathématiques. Je saurai au bout de la démonstration quand et de quoi je meurs, et la comédie se perfectionne de siècle en siècle : « ... Et voilà ce qui fait que votre vie est morte ! » Mais savoir pourquoi on m'a volé une bourse de satin, c'est bien plus difficile, et je mourrai peut-être sans connaître la clé de l'énigme.

J'ai donc enfin ouvert la lettre, après avoir lentement repris ma respiration. J'avais oublié de regarder, comme à

mon habitude, le timbre de la poste. « Rome, le 23 juillet...
J'ai quitté Milan comme je te l'avais laissé entendre. Depuis
la mort de Nadia je ne peux plus y vivre. Je réside à Rome,
dans un studio que Nadia avait acheté il y a cinq ans. Dès que
j'aurai fini de régler toutes ses affaires, mais c'est très long, je
viendrai habiter Paris définitivement. Je te ferai signe, à toi
et à Hameïla. Je lui envoie le même message. Je crois que je
lui ai fait peur quand je l'ai surprise à Londres. J'étais en
pleine déprime. Je n'ai pu lui dire ce que je voulais. C'est très
délicat, et il vaut mieux en parler de vive voix. J'aurais dû lui
dire plus clairement de se méfier. Même si elle a fait disparaître les bourses, il y a des choses qu'on ne peut plus effacer.
Des histoires comme celles que nous avons vécues ne sont
jamais finies... »

Délire, ébriété, ou sincère repentir ?

Mon pauvre Sergio, j'avais fini par m'en douter. Si seulement tu m'avais avoué, quand tu es venu cet hiver, que tu
savais qu'on m'avait dérobé la bourse, nous aurions peut-
être gagné du temps. Moi je ne peux que courir après les
événements avec ma mémoire, ma plume, mes doigts ou ma
machine. J'y prends même du plaisir. Je n'ai aucune raison
d'avoir peur. Il y a longtemps que je n'ai plus de prise sur ce
qui m'arrive, si j'en ai jamais eu. Toi peut-être encore. Alors
continue à chercher. Mais dépêche-toi. A la fin les nœuds de
la corde se resserrent très vite.

Peut-être arriverons-nous à temps pour connaître la vérité ? Mais cela ne servira à rien. La vérité ne se connaît que
lorsque tout est fini. C'est une belle chose gratuite.

Droits d'auteur

Qu'est-ce qui est de moi, en définitive, dans cette représentation ?

« On dit au ministère qu'un tel projet était depuis longtemps dans les dossiers, et que c'était le souhait le plus cher
du ministre de voir créer, pour un vaste public, dans un

édifice de notre temps, un spectacle dont il aurait eu personnellement l'idée. Quand on interroge Florian Leurien à ce sujet, il répond en souriant que c'est Claudel qui a écrit *Le Soulier de satin*, et que c'est lui qui vient de le mettre en scène à Belleville-sur-Loire avec le concours de l'E.D.F. Et il vous parle longuement de Claudel... »

C'est vrai. Je n'aime pas qu'on dise le *Soulier* de Leurien, comme on parle de *La Traviata* de Visconti ou de la *Neuvième* de Karajan.

Pauvres auteurs, sur leur tombe ne figure que le nom du marbrier.

Colin-maillard

Hameïla me téléphone une fois par semaine. Elle a réussi à retrouver des amis de sa mère qui lui ont donné l'adresse du studio de Nadia à Rome. Elle s'y est donc rendue, mais n'a trouvé personne. Elle a laissé un mot et un numéro de téléphone, mais il n'y a pas eu d'appel. Elle a fait le guet, mais elle n'a pas vu Sergio. Elle a interrogé la concierge de l'immeuble, qui a pleuré quand elle a parlé de Nadia, qui est morte sans revoir le soleil, et qui était si belle, si bonne, si souriante. Mais le Sergio? Elle fit un geste qui signifiait qu'il pouvait s'en aller où il voulait, et de préférence au diable... Pas de nouvelles.

10

LA MORT À RHODES

La folie d'Héraclès   Le frère et la sœur
Solitudes   Haute couture   Dépit amoureux   Cache-cache
Conseil de guerre   « Les Planètes »   Le tireur fou
La victoire du Minotaure   Trésor de guerre
Le dernier rendez-vous   Sourate LXXXIII
Réunion de famille

La folie d'Héraclès

Été 1964. Tout commence mal. D'abord la politique. Il faut réélire le président de la République libanaise. Une nouvelle chambre siège depuis le mois d'avril et les députés veulent modifier la constitution pour permettre au président Chehab de rester. Mais celui-ci refuse tout net, par trois fois, d'exercer un nouveau mandat. Depuis trois ans un calme relatif régnait. De nouveau circulent des rumeurs de coup de force.

Avant même de m'envoler pour *La Chevelure* je reçois un appel téléphonique d'Hameïla qui me dit qu'Amik est très perturbé. Un de ses meilleurs amis vient d'être assassiné à Malte. Il travaillait pour le compte d'une société d'exportation. On a retrouvé son corps criblé de balles dans un garage. Amik jure de le venger, veut partir à Malte, dit que plus rien ne compte pour lui, qu'il sait qui a commis l'attentat, alors que personne ne sait rien. Hameïla pense que c'est un crime passionnel. Même Nadia ne peut rien faire pour le calmer, « et moi inutile d'en parler. Vous devriez lui téléphoner ». Mais impossible d'avoir Amik au téléphone. Je finis par obtenir Sergio, qui a l'air très étonné que je sache tout cela. Il me rassure. Amik reste prostré et ne sort pas de chez lui, mais Nadia s'occupe de lui. C'est lui, Sergio, qui va se rendre à Malte, via Athènes, pour en savoir plus. Il lui a fait jurer de ne plus bouger, de se reposer et de ne penser qu'à son rôle.

Héraclès. Ouverture brutale. Amik, traqué, se faufilait à travers les colonnes du temple. Il hurlait au milieu des éclairs : « *Non, je ne les ai pas tués ! Non ce n'est pas vrai ! Où sont mes enfants ?... Mes enfants ! Dans mon rêve je voyais que je les tuais, mais je ne les ai pas tués...* »

Il découvrait alors l'endroit où il se trouvait, et tous les spectateurs en face de lui. « *Vous croyez que je suis fou, mais vous ne savez rien de mon sommeil ni de ma folie... Ils me disent clairement ce que je dois faire. Oui, devant vous je vais tuer et je deviendrai un héros. Vous me verrez tuer et vous applaudirez, vous direz que je suis un héros, parce que je tuerai pour le bien, parce que je tuerai le mal.*

« *Mais je sais que ma mort sera pour vous une délivrance.*

« *Vous ne supportez pas de vivre avec ceux à qui vous devez la vie.*

« *Vous n'aimez que les héros morts !* »

J'avais conçu le spectacle comme la représentation d'une immense purification du monde. Héraclès était celui qui luttait contre toutes les formes du mal, les épidémies, la folie, les monstres, la superstition et les tyrans. Les forces du mal étaient toujours représentées sous des aspects séduisants. Dès qu'Héraclès les avait démasquées, elles devenaient aussitôt invisibles. Une lutte sournoise commençait alors. Héraclès se battait en aveugle. Il faisait sentir à tous un mal qu'il ne voyait plus lui-même.

Le rôle convenait parfaitement à Amik, et je l'avais écrit pour lui. Il s'y était encore plus investi que dans *Jason*, et nous avions longuement travaillé ensemble le scénario.

Huit jours avant la première je lui proposai quelques modifications. En particulier je voulais supprimer l'expression « je tuerai le mal » qui me semblait outrée. Amik se mit alors dans une violente colère. « Non ! Il ne faut rien changer ! La folie d'Héraclès c'est exactement cela ! Il pense qu'on peut tuer le mal comme on tue un ennemi. Il ne sait pas que tuer le mal, c'est encore faire le mal. Il ne le saura qu'à l'heure de sa mort. » Il parlait comme s'il était sur scène et avait en face de lui des centaines de spectateurs. Nadia tenta de le calmer. Elle lui dit, avec beaucoup de douceur, que la vraie folie c'était de s'identifier à ce point à son rôle, que pour bien jouer il fallait prendre plus de distance, et elle voulut passer son bras autour de son cou, mais il la repoussa brutalement, lui disant qu'elle ne comprenait rien, qu'elle ne l'aimait plus, qu'elle le trahissait chaque jour, et il lui cria, avant de s'en aller en claquant la porte, qu'elle était tout juste bonne à faire, à l'âge qu'elle avait, des mauvais numéros de cabaret, par protection. Nadia resta très calme, mais je vis quelques secondes plus tard deux larmes couler lentement sur ses joues.

Le frère et la sœur

J'avais tenu ma promesse. Hameïla avait eu son rôle. Elle joua donc Omphale, la reine de Lydie qui réduit Héraclès en esclavage. Je redoutais un éclat d'Amik. Il se contenta de ricaner : « Le rôle sera muet, j'espère ? » Nadia ne parut pas étonnée : « C'est elle qui te l'a demandé ? Elle t'a dit pourquoi ? » Elle se contenta de hausser les épaules quand je lui dis que c'était pour surveiller son frère. « C'est elle qu'il faudra surveiller. Elle va empêcher Amik de jouer. Il ne la supportera pas. Méfie-toi. »

Le rôle d'Hameïla était court, et en effet presque muet. J'avais écrit la scène très vite. Je voyais Hameïla et je voyais Amik. Cela me suffisait.

La scène se déroulait dans la pénombre. Héraclès, endormi, est attaché à une colonne du temple, le corps ployé en avant, prêt à s'affaisser, seulement retenu à la ceinture et aux jambes par les cordes qui le maintiennent debout. Il est revêtu d'une peau de lion. Omphale le contemple, s'approche lentement de lui et tourne plusieurs fois autour de la colonne.

Puis elle se met à chanter et à danser jusqu'à ce qu'elle réussisse à le réveiller. « *Sais-tu pourquoi tu es devenu mon esclave ? Ce n'est pas parce que tu as été pris par la force des armes, ni même parce que tu t'es laissé prendre sans résistance, mais parce que je t'aime. Viens.* »

Elle commence alors autour de lui une danse très lente, puis s'arrête soudain comme hypnotisée. Doucement elle vient caresser la peau de lion, laisse ses doigts filer sur l'épaule et la nuque, et enfin, d'un geste précis et rapide, détache la boucle qui en haut de l'épaule droite maintient le vêtement sur le corps d'Héraclès. Il n'est plus retenu par les cordes qui le plaquent sur le ventre. Les épaules et le torse d'Héraclès sont maintenant nus.

Très vite sur elle-même elle a dénoué sa ceinture et commence à faire glisser de ses épaules la longue tunique rouge dont elle est revêtue. Mais elle se reprend et vient défaire les nœuds des liens qui retenaient encore le pelage fauve sur le corps de l'homme. Elle arrache la peau de lion. Je fus surpris le premier soir de la brutalité avec laquelle Hameïla fit le geste. Elle enlevait sa tunique, s'emparait de la peau, la serrait contre elle, s'en caressait le corps et très lentement, comme si elle se lavait, s'ondoyait, s'enveloppait, se frottait, se parfumait des essences qu'elle tirait des poils brillants et soyeux. Alors revenant vers Amik, elle lui présentait la robe pourpre et en habillait son corps docile qui se prêtait à tous les mouvements.

J'avais voulu qu'ils fussent nus sous leur costume, car il était essentiel qu'ils sentissent chacun sur leur chair le vêtement de l'autre. Les projecteurs formaient à ce moment une couronne de lumière autour de leurs corps qui restaient dans une zone d'ombre. On ne les distinguait que par les reflets d'une pâleur lunaire qui laissait seulement deviner leurs gestes.

Malgré cette pudeur que je trouvais très esthétique, Sergio avait fait de sérieuses réserves. Il m'avait dit que la scène ferait ici scandale, et qu'à Paris on dirait simplement que c'était du mauvais music-hall. Je ne faisais pourtant que suivre la légende qui disait que le plus viril des héros avait alors porté des vêtements de femme. Mais j'étais allé un peu plus loin en montrant aussi la jouissance qu'éprouvait Omphale à se revêtir de la peau d'un fauve qui couvrait le plus puissant des hommes.

Sergio me déconseilla de suivre mon idée. Amik refusa, sans s'expliquer davantage, de passer la tunique rouge d'une femme sur son corps « et de faire sentir qu'il y prenait du plaisir ». Seule Hameïla, approuvée par Nadia, trouva que cela passerait très bien, « si l'on devine seulement dans la nuit l'éclat des chairs ». Ce fut Nadia qui réussit à convaincre Amik, qui était persuadé que je voulais l'humilier devant sa sœur, en lui disant que la scène serait très belle et qu'avant tout il convenait d'en faire une danse très lente, « comme il savait si bien le faire à *La Chevelure* ».

Alors tous deux, mais chacun de leur côté, revenus à la lumière, découvraient de leurs doigts leurs nouvelles parures, qu'ils plaquaient sur leur corps pour mieux les sentir, et commençaient pour eux-mêmes une danse de volupté, deux couples en un seul, la femme revêtue de l'homme et l'homme revêtu de la femme. La reine commandait, et ses intonations, quand elle donnait ses ordres, avaient toute l'ampleur de celles d'un homme et toute l'acuité de celles d'une femme ; le héros filait la laine et chantait, et sa voix était légère et précise comme celle d'une femme, pénétrante et puissante comme celle d'un homme. L'idée d'une telle mise en scène m'était venue en les entendant chanter l'un et l'autre. Amik pouvait facilement prendre quelques minutes la tessiture d'une haute-contre, et la voix de contralto d'Hameïla avait une ampleur et une profondeur naturelles qui m'avaient séduit le premier soir que je l'avais entendue. J'avais l'impression que le frère et la sœur avaient échangé leurs voix, et qu'ils ne s'en haïssaient que davantage.

Mais très vite, à l'écho insolite de son chant, Héraclès retrouvait la raison, et sa pauvre voix d'homme. Fou de rage d'avoir été dupé, mais plus secrètement peut-être de n'avoir pu conserver la voix idéale que la reine pour un temps lui avait rendue, il se précipitait sur elle et la tuait. Il déchirait un pan de la tunique rouge et lui voilait le visage.

La scène fit en effet scandale, mais pas pour les raisons que Sergio avait prédites. Si quelques âmes pieuses, dont j'ignorerai toujours l'exacte confession, quittèrent le sanctuaire scandalisées, une bande de spectateurs, quand Amik voilait le visage d'une femme coupable d'avoir voulu enrichir l'image de nos sexes, applaudissaient et hurlaient à tout rompre. On eût dit une mise à mort dans une arène.

J'aurais voulu n'avoir jamais écrit cette scène. Mais Amik la trouva soudain, au soir de la première représentation, « très forte et très belle ».

Solitudes

Il avait maintenant autour de lui une véritable cour de jeunes gens, étudiants pour la plupart, fils de notables de la région, mais aussi pour un grand nombre réfugiés politiques, venus surtout de Jordanie et d'Égypte. Ils manifestaient bruyamment lors des représentations. Chaque victoire d'Héraclès était ponctuée de pétards, de cris, de gestes agressifs que je mettais plus sur le compte de la jeunesse et de l'enthousiasme que sur celui de la politique. Pourtant très vite je dus me rendre à l'évidence. Malgré moi *Héraclès* devenait ici le symbole du héros libérateur d'un pays qui n'admettrait plus longtemps qu'on vînt chez lui jouer un théâtre qui n'était pas le sien, et dans une langue qui n'était pas sa langue maternelle. Je me souvins des craintes du visionnaire de la rue de Valois. Était-ce déjà pour nous l'échec ?

Les deux techniciens recrutés à Zahlé lors de notre premier voyage, Sakhem et Rassaoui, étaient pour Amik de vrais anges gardiens. Il y avait entre eux et lui une complicité miraculeuse chaque fois qu'il fallait régler avec minutie les éclairages pour suivre ses déplacements sur scène. Quand Amik commençait à mimer un combat, les projecteurs, avec une précision remarquable, l'isolaient, l'auréolaient, et petit à petit le métamorphosaient. Il était protégé par un cercle magique, et l'on devinait tout autour de lui des forces maléfiques qui reculaient, vaincues par la lumière qui irradiait de son corps. La synchronisation entre les gestes d'Amik et les mouvements des projecteurs était telle qu'on avait l'impression que c'était lui qui, en avançant, déplaçait les rayons lumineux comme une arme divine qu'il avait domptée et dirigeait contre l'ennemi avec une infaillible précision.

Souvent, après la représentation, ils partaient, avec Amik et plusieurs jeunes gens, dans une maison de Baalbek qui appartenait à l'un d'eux. Nadia restait avec Sergio. Hameïla était seule. Elle ne fit cette fois aucune fugue. Un soir je lui demandai si elle pouvait me dire ce qu'elle était allée chercher à Hasbaïa. Elle hésita longtemps avant de me répondre. « Une vérité bien fragile... La vérité, vous savez, ce n'est jamais l'évidence. Oui, j'ai trouvé une vérité qui n'a intéressé aucun juge d'instruction. Elle ne concerne plus que moi. Je vous assure que je vous la dirais si j'étais sûre que vous puissiez la comprendre. Il faudrait raconter tant de choses... » Elle regardait loin devant elle et ne voulut pas en dire plus.

Mon rôle soudain me parut factice. Je me sentais égaré dans un pays où j'avais été envoyé en mission sans même le connaître, « mais personne ne connaît ce foutu pays, répétait Sergio, personne. Ça fait plus de dix ans que j'y habite, et je ne le connais guère mieux que toi, sauf pour le bakchich, bien sûr... Continuons à faire rentrer les sous. Tant que ton ministre y croit et paie, c'est ce qu'on a de mieux à faire... Mais pendant combien de temps encore y croira-t-il ? »

Où était l'élégant pianiste de l'*Argo* qui ne semblait vivre que pour les notes perlées, les effluves de tabac se dissipant dans l'air marin, et les jeunes talents cachés dans l'île des roses ?

Pour la première fois je doutais de ma mission. Et je décelais, aussi bien dans notre troupe que dans le public, les signes évidents de prochains divorces. Il m'est facile maintenant de l'écrire. A l'époque je n'avais que de vagues pressentiments. Je n'en parlais même pas à Nadia. Le succès me rassurait.

Nous étions cinq, Nadia, Sergio, Amik, Hameïla et moi, tous enfermés dans nos rôles et, malgré nos succès, dans notre solitude. Nous attendions un dénouement, en espérant qu'il ne se produirait pas, comme on refuse de croire à une mort certaine.

Haute couture

Nadia, elle, continuait à travailler à l'écart et en silence. Je la laissais en toute liberté esquisser, couper, rêver, chiffonner, essayer, coudre et découdre. Elle commençait son travail à Paris, dès qu'elle avait acheté le tissu. C'était entre nous les meilleurs moments. Elle s'habillait, se déshabillait, bâtissait, essayait sur moi et sur elle toutes ses idées, mais après de longues heures de travail nous aboutissions toujours à la même conclusion. « Enlève-moi mon idée », me disait-elle. Et j'allégeais son corps de quelques idées de trop qui faisaient obstacle à la seule idée qui nous tenait alors vraiment à cœur.

A l'aller comme au retour c'était le même manège et la même fébrilité. Lorsque les feux de la dernière représentation s'éteignaient, Nadia était prise d'une véritable frénésie de destruction. Elle se mettait à découdre les galons, les parures, les doublures, et elle taillait déjà de nouveaux costumes, pour les mêmes représentations qui auraient lieu deux mois plus tard en France, « parce qu'en Europe on n'a pas le même goût qu'ici. Tu ne veux pas montrer ça à tes critiques. Ils perdraient la vue et ne te le pardonneraient pas. Laisse-moi faire. Ici c'est en plein air, mais là-bas les spectateurs dans leur fauteuil auront le nez sur mes costumes. Tu vois bien, il faut tout refaire ».

Elle attachait un soin tout particulier aux doublures, pour que les tissus « se tiennent ». Elle ne cessait de les découdre et de les remplacer, après les avoir empesées par un procédé dont elle gardait le secret.

Elle répétait souvent que la lumière devait naître du tissu lui-même, et qu'un costume ou un corps devait faire oublier qu'il était éclairé artificiellement. « La lumière vient du corps lui-même. »

Souvent Sergio l'aidait. Il était très habile. Il disait en plaisantant qu'il allait se reconvertir dans la haute couture. Avant chaque embarquement et après chaque arrivée, il travaillait lui aussi comme un forcené. Il essayait sur lui et sur Nadia les costumes et discutait longuement de l'effet produit.

A Marseille ou à Toulon, il venait lui-même prendre livraison à la douane des malles qu'il emportait aussitôt dans une camionnette, chez un ami qui possédait dans un coin perdu de la banlieue parisienne un jardin en friche avec une sorte de hangar que Sergio appelait « notre atelier de retouches ». Il n'y eut jamais aucun contretemps ni aucune fausse note. Les costumes étaient là à l'heure prévue, souvent complètement transformés, toujours réussis, impeccables. Ce perfectionnisme m'agaçait. Nadia faisait tout elle-même, ne supportant pas la présence de quelqu'un d'autre quand elle retouchait dans la même journée une robe, une cape et un manteau. Souvent je la retrouvais le soir, les yeux rouges, les paupières gonflées, faisant effort pour distinguer ce qu'elle regardait, et finalement fermant les yeux plusieurs minutes, en disant : « J'ai encore trop travaillé aujourd'hui, quel brouillard... Si ça continue, dans quelques années, je ne verrai plus rien. »

Dépit amoureux

Nadia en effet était fatiguée. Elle me répétait qu'elle voulait bien encore m'aider l'année prochaine pour *Thésée*, mais qu'après elle irait s'installer à Paris, et que Sergio ferait ce qu'il voudrait. Elle me regardait de ses yeux brillants, en plissant les paupières. Elle ne me parlait plus d'Amik.

Sergio faisait plus que d'habitude de fréquents déplacements. Il disait que les affaires de *La Chevelure* n'allaient pas bien, qu'elles étaient moins rentables qu'un salon de haute couture, et la situation politique l'inquiétait. Il marmonnait en tirant sur son cigare « Foutu pays... Pays foutu... Foutre le camp ! »

Amik était de plus en plus nerveux. Le soir de la dernière représentation il sortit de scène épuisé. Le hasard voulut qu'il me trouvât aux côtés de Nadia attendant dans les coulisses la fin du spectacle. Elle avait posé sa main gauche sur mon épaule et s'appuyait sur moi, une jambe repliée reposant seulement sur la pointe du pied. Quand Amik parut elle dégagea vivement son bras et s'écarta. Mais il avait eu le temps de voir son geste. Il me dit très vite, tout bas, sans me regarder, comme s'il improvisait pour lui-même un monologue : « Tu aimes Nadia... Tu as certainement raison. C'est une femme à qui il faut beaucoup d'hommes. Mais Nadia ne t'aime pas. Nadia ne t'aime pas, il faut que je te le dise. C'est moi qu'elle aime. Elle aime le partenaire, le fils et l'amant que je suis pour elle.

« Et puis il faut que je te dise la vérité, tu la connais, mais tu ne veux pas la reconnaître. Elles aiment toujours ceux qui les font souffrir. Toi tu ne fais pas souffrir Nadia. Tu es son loukoum fadasse et mou... Elle aime seulement te mouiller de sa salive... pour mieux sentir ton odeur. »

Les confidences de Nadia me disaient assez qui de nous trois elle aimait. Je n'en tirais aucune gloriole. Elle avait ses fidélités et je les respectais. Mais je suis ainsi fait que les démonstrations de jalousie provoquent en moi une folle hilarité. Les jaloux sont les infirmes de l'amour. On ne peut les plaindre, ils se sont eux-mêmes mutilés. Ils croient porter l'amour à son point de perfection ; ils sont desséchés comme l'avare devant sa cassette. On a envie de les voler, pour le plaisir. Ils croient aimer ; ils ne font que compter leurs intérêts. Sergio et Nadia avaient sur ce sujet une grande expérience, et une grande sagesse. Ils avaient sûrement l'un et l'autre beaucoup souffert. Ils ne se possédaient pas. Ils s'aimaient. C'est le couple le plus extraordinaire que j'ai jamais rencontré. Et si moi aussi, malgré les ruptures et les morts, je peux écrire tranquillement ce soir que j'ai connu, avec Nadia elle-même, avec Hameïla aussi, avec Estelle encore plus, et maintenant avec Marie-Anne un authentique bonheur, c'est à eux, et d'abord à elle, que je le dois. Il serait ridicule d'en faire aujourd'hui la confession à Sergio. Je regrette de ne pas avoir pu l'avouer à Nadia.

Pour couper court à une querelle ridicule, je répondis à Amik que le seul homme que Nadia aimait vraiment, c'était Sergio. A ce moment je n'en croyais pas un mot. Mais cela m'amusait d'exaspérer la jalousie d'Amik. Je pensais qu'il allait hausser les épaules. C'est comme si je lui avais envoyé un coup de poing en pleine figure. Il se recroquevilla, éclata en sanglots. « Alors toi aussi tu crois... Non ce n'est pas vrai... Tu sais Nadia... La première fois j'avais dix-neuf ans... Tu ne peux pas savoir... Elle m'a sauvé la vie, même ma mère a compris cela. Quand elle a su, elle m'a dit que c'était bien, qu'avec Nadia je serais toujours heureux. Nadia fait pour moi des choses qu'aucune autre femme ne ferait. J'en ai la preuve tous les jours, et toi tu n'en sais rien. Sergio, c'est le valet de Nadia. Il fait pour moi tout ce que Nadia lui dit de faire. Tu m'as permis de jouer, tu m'as écrit des rôles splendides, mais je t'en prie, laisse-moi Nadia, laisse-moi Nadia. »

Il pleurait. Il était soûl de fatigue et de douleur. Je le gardai un instant contre moi, lui disant seulement que je n'étais pas venu à Baalbek pour voler quelqu'un à quelqu'un. Les jeunes gens de sa suite vinrent l'enlever, et ils partirent fêter la fin du festival.

Je n'eus pas le temps de m'en inquiéter plus.

Les événements nous obligèrent à avoir d'autres préoccupations.

Cache-cache

Pendant le festival il y eut à Zghorta d'horribles massacres. Cette fois ce n'étaient pas des chrétiens qui assassinaient des musulmans, ou l'inverse, ni même des sunnites qui égorgeaient des chiites, mais des maronites qui tuaient des maronites. On se massacrait religieusement entre frères. On instaura cette chose terrible, éteignoir de vie et de liberté, qu'on appelle le couvre-feu. Il y eut un peu partout des flambées de violence. Les raids israéliens, dont la presse ne parlait jamais, créaient une insécurité de plus en plus grande. A Baalbek on voyait parfois dans les rues des groupes qui pendant quelques heures faisaient la loi, réglaient la circulation et rançonnaient les commerçants et les passants. Parmi eux je reconnus quelques jeunes gens de l'entourage d'Amik. Sergio, agacé, me dit que ce devait être de jeunes chiites, très nombreux dans la région.

Deux jours après notre arrivée, nous revenions de nuit d'une répétition pour regagner le logement que la municipalité avait mis à notre disposition, quand soudain Amik me poussa violemment en avant et me força à courir avec lui. Il tourna dans la première ruelle qu'il trouva, et se cacha dans l'encoignure d'une porte, me faisant signe de l'imiter. Je crus d'abord qu'il voulait jouer. L'envie lui en prenait souvent dans ses moments de grande anxiété. Mais quelques instants plus tard j'entendis des pas qui se rapprochaient et je vis passer au bout de la ruelle la silhouette d'un homme qui s'enfuyait, puis presque aussitôt trois ou quatre poursuivants qui glissaient sans bruit dans la nuit. Ils avaient pris leurs précautions et étaient chaussés de semelles silencieuses. Il fallait l'oreille fine d'un animal sauvage pour entendre venir de loin la poursuite. Je demandai à Amik s'il pensait que ses amis étaient de la fête, mais il n'apprécia pas la plaisanterie. Je vis qu'il tremblait, et ce n'était pas l'effet de la course. Il était trop bien entraîné. Il me dit simplement que, grâce à moi, il était devenu célèbre et qu'on lui demandait de s'engager publiquement dans la campagne pour les élections, mais il voulait rester en dehors de tout cela, même s'il comprenait fort bien l'exaspération de ses amis étudiants. Il n'était pas citoyen de ce pays, mais le Liban maintenant était sa patrie.

Le lendemain nous apprîmes qu'un homme avait été assassiné la nuit précédente dans un faubourg de Baalbek. Amik m'affirma que c'était un simple règlement de comptes sur lequel il ne savait rien.

Conseil de guerre

Les malles étaient bouclées. Nadia, une fois de plus, avait effectué les dernières retouches à ses costumes. Il n'y eut pas de difficultés à la douane. J'avais laissé Sergio faire tous les cadeaux nécessaires. Mais cela avait coûté très cher. Il fallut grossir la ligne budgétaire concernant les frais de transport, en déclarant l'achat de nouvelles malles et d'une camionnette qui n'existèrent jamais.

La veille de notre embarquement je reçus un pli de l'ambassade qui me transmettait une lettre du ministère. Les termes en étaient fort clairs. Les événements, la situation politique « ne permettaient plus au ministre de subventionner un festival qui risquait de voir ses objectifs et sa mission détournés de leur vrai but... » Mais si nous avions le courage de continuer seuls...

A ma grande surprise aucun d'entre nous ne manifesta sa déception. On s'efforça seulement de ne pas trop montrer son soulagement. Sergio pensait qu'on pourrait jouer *Thésée* à Athènes dans l'odéon d'Hérode Atticus, et que ce serait bien mieux qu'ici. Il connaissait très bien le directeur du festival. En somme il suffisait d'obtenir du ministère qu'il transfère ses crédits de Baalbek au Parthénon. Le prestige n'en serait que plus grand !

Nous tînmes un véritable conseil de guerre. Fallait-il en finir et nous séparer ? C'est alors qu'Amik déclara très calmement, sur un ton qui ne souffrait aucune discussion : « Je créerai *Thésée* à Athènes, si c'est possible. Mais d'abord je voudrais danser, loin d'ici, en Europe, ou en Amérique. J'ai l'argent pour financer tout ce qu'il faudra. Florian, il est temps de créer *Les Planètes* ».

215

C'était un rêve dont souvent je les entretenais. Ils avaient fini par y croire. Sergio avait trouvé un enregistrement des *Planètes* de Holst, et nous avions en dansant sur la musique trouvé le scénario.

« *Les Planètes* »

On voyait une femme et un homme évoluer dans l'espace. Attachés comme des marionnettes à des filins transparents reliés à des rails cachés dans les cintres, ils dansaient dans le vide, flottaient comme s'ils glissaient sur une eau invisible et traçaient avec leurs bras des trajectoires toujours renouvelées et jamais achevées. Leurs corps scintillaient comme des astres splendides et froids, qui ne peuvent jamais s'arrêter ni se toucher, car ils sont voués à une course perpétuelle.

Ils cherchent un socle sur lequel ils pourraient enfin se poser, une aspérité où ils pourraient s'agripper, pour s'étreindre l'un l'autre au moins une seconde. Parfois ils réussissent à prendre pied sur une planète, mais chaque fois ils sont repoussés par des forces hostiles qui se déchaînent dès qu'ils se posent. Ils affrontent les nuits bleues et glacées qui les pétrifient, les fournaises aveuglantes et torrides qui les transforment en mirage, les anneaux et les tentacules noirs et souples qui cherchent à les enserrer, et même des êtres qui leur ressemblent et leur interdisent de demeurer parmi eux. Ils ne sont sauvés que par un envol rapide et une nouvelle errance.

Enfin ils découvrent un jardin luxuriant où ils peuvent s'aimer en paix. Ils sont heureux et chantent. C'est alors un feu d'artifice de pierres précieuses, de poussières d'or et de corps toujours nouveaux, corps adultes qui viennent de naître et gardent encore sur eux la lumière intérieure du ventre qui les a portés et libérés. Ils marchent sur terre, nagent dans les eaux et volent dans les airs. C'est une genèse sans fin de courbes, de couleurs et de parfums.

La musique elle-même jaillissait de différents points de

216

l'espace et parcourait toute la scène. Amik dansait sur les lignes des violons, bondissait à l'endroit précis où frappaient les timbales, flottait sur les ondulations des violoncelles. Là où il était naissait la musique, et l'on croyait qu'elle sortait de son corps. Il était le lieu et le dieu d'où partent toutes les vibrations qui créent le monde, et ses semblables l'adoraient. C'est pourquoi ils voulurent lui ressembler, et se massacrèrent entre eux pour savoir qui lui succéderait.

Alors le jardin se dessécha et les survivants furent condamnés à reprendre dans l'espace leur quête perpétuelle.

Car souviens-toi que tu es espace et que tu retourneras à l'espace !

Nous avons créé *Les Planètes* l'année suivante à Berlin. On s'en souvient comme d'une chose folle qu'on ne fera jamais plus. J'ai conservé toute une série de photos, celles qui sont restées dans le secrétaire d'acajou, légèrement déformées par l'émeraude qui était dans la bourse de satin.

Le tireur fou

Depuis quelques semaines il se passe des choses bizarres sur la route départementale qui conduit aux Commettes. Plusieurs automobilistes, en traversant le bois des Sources, ont senti sur la carrosserie de leur voiture un choc, l'impact d'un caillou qui aurait rebondi sur le capot, une aile ou une portière, comme cela arrive quand on traverse à trop grande vitesse un tronçon de route qui vient d'être refait. Mais ici il n'y a pas eu de travaux, et les gravillons se sont transformés en mystérieux projectiles. Quel grand Poucet s'amuse à semer sur l'asphalte des silex qui font des étincelles ?

Un automobiliste, en arrivant chez lui, a eu la curiosité de regarder si sa peinture avait été écaillée. Il a vu dans l'aile arrière gauche, juste au-dessus du réservoir, un impact de plusieurs millimètres de diamètre, un trou dans la carrosserie. Un autre, qui croyait que sa glace arrière droite avait éclaté sous le choc d'une pierre, a découvert, en enlevant les débris, qu'il y avait un trou rond bien régulier dans le verre, comme on en voit aux vitrines très épaisses des bijouteries. D'autres ont relevé de longues éraflures, comme des cicatrices, sur leur carrosserie. Au total on a recueilli plus d'une dizaine de témoignages. La police mène son enquête. On a maintenant la preuve qu'un tireur fou, caché dans les bois à une centaine de mètres de la route, tire au jugé sur les voitures qui passent. Depuis que les journaux en parlent il ne s'est plus manifesté.

Je suis passé plusieurs fois à cet endroit, tard la nuit, sans rien savoir. Je n'ai jamais rien remarqué d'insolite.

Mais maintenant, chaque fois que je traverse le bois des Sources, je ne peux m'empêcher d'accélérer.

La victoire du Minotaure

Au mois de juin 1966 nous nous retrouvons tous à Rhodes chez Amik pour commencer à répéter. Sergio avait tenu sa promesse : *Thésée* devait être créé l'année suivante à Athènes. Pendant cinq jours nous travaillons du matin jusqu'au soir, en nous penchant sur les plus petits détails. Nadia rêve d'une affiche noir et rouge « comme pour une corrida ». Elle voit au centre de l'affiche une tête de taureau, très géométrique, figurée par le tracé d'un labyrinthe. A gauche et à droite, sur toute la hauteur, une jeune femme et un jeune homme se font face. La main de la jeune femme tient un liséré rouge qui suit tout le parcours du labyrinthe et forme comme un lasso autour de la tête du taureau, avant de rejoindre la main de l'homme. Le liséré rouge est un fil de laine qui vient de la robe d'Ariane. Chaque fois que l'homme tire sur le fil il défait quelques mailles, et déjà le bras et l'épaule d'Ariane sont dénudés.

Le dernier jour, en fin d'après-midi, je reconduis à l'embarcadère Sergio et Nadia qui rentrent à *La Chevelure*. Je dépose mes valises à l'hôtel *Hélios*, car Amik nous a dit qu'il partait le lendemain très tôt pour le monastère de Mâr Abda, où il veut retrouver un vieux moine qui s'est beaucoup occupé de lui dans son enfance. Après avoir hésité nous jugeons plus simple que je passe cette dernière nuit à l'hôtel. Hameïla prépare elle aussi ses malles, car elle doit chanter tout l'été à Athènes et retrouver sa mère, Rhazella, dont j'entends pour la première fois prononcer le nom. A la dernière minute elle m'a demandé de revenir chez elle tard dans la soirée pour prendre une bande magnétique sur laquelle elle a enregistré son dernier récital. Elle voudrait que je la fasse entendre en France. Le technicien de la radio qui devait faire le montage a pris du retard et elle n'aura la bande que vers les vingt-deux heures. Elle souhaite que nous en profitions pour parler un peu de l'avenir.

Tout le soir je marche dans les rues de Rhodes. Pour me reposer. Pour clarifier tout ce que nous venons d'agiter. Pour me confirmer que *Thésée* n'est pas une erreur. Je me retrouve en haut de l'acropole, et sans même le vouloir, je refais seul la promenade qu'Amik et moi avions faite le soir de notre première rencontre. Je suis heureux. Tous nos rêves et toutes nos promesses se sont réalisés. Nous avons tous retrouvé la sérénité et l'enthousiasme des premiers jours.

En redescendant je me perds dans le dédale de la vieille ville. Il fait nuit et je marche au hasard. Au détour d'une petite rue mon regard est attiré par des reflets bleus qui passent régulièrement au fond d'une ruelle. Quelques personnes sortent précipitamment de leur maison et courent vers les lueurs qui continuent à se projeter par intermittence sur les murs. Je me souviens avoir entendu quelques instants auparavant des sirènes. Je tourne dans la ruelle en pressant le pas et je me retrouve dans une rue plus large. Quelques mètres devant moi il y a un attroupement, contenu par deux voitures de police qui barrent la rue, gyrophares et feux allumés. Et sur ma droite, un peu derrière moi, je reconnais l'entrée de la rue Hippodamou, celle qui conduit à la maison d'Amik et d'Hameïla. Sans m'en rendre compte je suis revenu là où je devais arriver. Malgré cette heureuse coïncidence je serai en retard. Il est presque vingt-trois heures.

J'entends des cris, je vois des policiers courir dans toutes les directions. En jouant des coudes je me fonds dans la foule pour voir ce qui se passe. Descente de police, rixe, vol, attentat, accident? J'essaie de savoir.

Derrière les voitures, sur le trottoir, est garée une ambulance, et entre elle et le mur je devine, en me haussant sur la pointe des pieds, une civière et une couverture sous laquelle gît un corps. Deux infirmiers sont penchés dessus. Ils doivent insuffler de l'oxygène à quelqu'un. On voit des bouteilles et des tuyaux devant la porte ouverte de l'ambulance. Mais impossible d'en savoir plus. Je ne parle ni grec ni turc, et mon anglais reste ici sans écho. A l'air des gens qui parlent autour de moi je m'aperçois qu'ils ne savent rien non plus.

Des policiers en civil, accompagnés d'agents en uniforme, reviennent en courant de la rue Hippodamou. L'un d'entre eux rengaine son revolver.

Avec précaution les infirmiers soulèvent la civière. Ils la font glisser à l'intérieur de l'ambulance, pendant que le chauffeur accompagne leurs mouvements en tenant au plus près du corps la bouteille et les tuyaux pour qu'on n'ait pas à débrancher le masque. La porte arrière se referme et l'ambulance démarre. La sirène couvre le bruit du moteur. Toute la rue est parcourue par une ondulation stridente, un cri qui vient de très loin, recouvre toute la ville et traverse notre corps à nous en faire hurler. On se bouscule, on parle, on crie. Deux policiers tracent à la craie une silhouette informe sur le trottoir. D'autres demandent les papiers d'identité en interpellant au hasard les personnes qui s'en vont. C'est à ce moment que je sens qu'on me pousse dans le dos, et, à deux reprises, des doigts s'agrippent à la manche de ma veste, comme pour me tirer à l'écart. Je me retourne. Deux yeux noirs très brillants, un visage voilé par une main aux ongles vernis qui plaque un pan de tissu sur la bouche et le nez, un corps de femme sous une djellaba grise : « Ils l'ont assassiné », la voix étouffée et brisée d'Hameïla, « Qui? — Amik...

— Qui a été...? — Amik! Ils l'ont tué. Ils se sont introduits dans la maison... — Mais qui? — Je ne sais pas. Je ne sais rien. C'est affreux. Il avait réussi à s'enfuir. Ils l'ont rattrapé là... Il faut que je rentre, pour l'enquête. On m'attend. Il y a des policiers partout. Ils fouillent chez Amik, peut-être chez moi. Je vous en prie... Je ne veux pas garder cela...» De sa djellaba elle sort une bourse de satin blanc décorée de motifs verts et me la met dans la main, « Prenez cette bourse, vite, je vous en prie, gardez-la et partez, partez vite... Ils bouclent le quartier. Si vous ne pouvez pas passer, revenez chez moi. Vous, ils ne vous fouilleront pas.» Déjà elle longe les murs de la rue, faisant des détours, regardant autour d'elle pour s'assurer que personne n'a vu son geste. Alors rassurée elle se dirige droit vers un policier en faction, lui parle et se fait accompagner à sa demeure.

Là, la craie sur le trottoir, c'était le corps d'Amik. Elle a dit « assassiné ». Mais peut-être est-il encore...? On lui donnait de l'oxygène.

Dans ma main je sens une petite bourse très douce qui me semble pleine de cailloux. J'oublie presque que je la tiens. Je ne songe pas à la cacher. Je voudrais surtout m'approcher du trottoir. On photographie au flash la silhouette de craie, un dérisoire liséré blanc, de forme géométrique, qui enserre du vide. Je crois distinguer au moment de l'éclair des taches et des traînées brunes qui ont coulé sur les dalles.

Est-ce possible, moi ici, en ce moment, Amik assassiné, Hameïla aux abois, mais si calme? En moi non plus il n'y a aucune panique, et cela me surprend. Je subis ce qui m'arrive, immobile, debout, au milieu de la rue et des gens. Sous mes doigts, à travers le tissu, je sens des petits objets durs, tranchants, pointus. Je les presse. J'entends comme un crissement de sable. Mais je n'ai pas le temps de vérifier. Devant moi les policiers continuent à vérifier les identités, fouillent rapidement les gens, obligent ceux qui n'ont pas de papiers à attendre sur le trottoir. Je regarde la bourse dans ma main. Comment leur expliquer sa présence? Si je leur dis la vérité ils croiront que je mens. Je recule, lentement d'abord, puis je me retourne pour m'en aller par où je suis arrivé, sans trop presser le pas. Mais de ce côté aussi la rue est maintenant barrée.

Sans réfléchir, naturellement, comme si toute ma vie je m'étais trouvé dans cette situation, je sors mon mouchoir, j'enveloppe la bourse dedans, je le garde bien bouchonné à la main, et régulièrement je m'éponge le front. J'essaie le plus possible de ressembler à un touriste perdu, affolé par ce qui vient de se passer. Je vais trouver un policier et lui demande en anglais la direction du port. Il me répond très vite en grec, avec beaucoup de gestes, en m'indiquant une direction, puis me fait comprendre que je dois lui montrer mes papiers, ouvrir ma veste, pendant qu'un autre tâte rapidement toutes mes poches. Je lève bien haut les bras pour leur faciliter le travail, en serrant très fort dans ma main gauche mon mouchoir. Je me retrouve dans la ruelle, où avec précaution je le remets dans ma poche.

Trésor de guerre

Je laisse mes pas me conduire.
Je veux avoir la certitude qu'Amik est mort.
Je me retrouve sur les quais du port, où je vois un commissariat de police, fenêtres éclairées et porte ouverte. Je dis en anglais au planton que je viens de recevoir un appel téléphonique qui m'apprend qu'Amik Baschkar, un acteur célèbre, un ami, vient d'être grièvement blessé dans une rixe. Je veux savoir où on l'a transporté, et si son état... Je serre fort mon mouchoir dans ma poche. Il forme une protubérance que j'imagine compromettante. « Qui vous a téléphoné? » La voix, dans mon dos, me fait sursauter. « Qui êtes-vous? Venez dans mon bureau... » Ce doit être l'officier de permanence. Il parle couramment anglais. Florian Leurien... Hameïla et Amik Baschkar... Le festival de Baalbek... Il me regarde avec étonnement. J'ai du mal à cacher mon

222

impatience. Oui, il y a eu un assassinat dans la vieille ville, le quartier est bouclé, ses collègues pensent que les assassins, ils étaient deux, s'y cachent encore... Enfin il téléphone. Oui, il est mort, sur le coup, inutile d'aller à l'hôpital, on procède à l'autopsie. Il est navré, c'est un grand malheur.

Comme un somnambule je rentre à l'hôtel *Hélios*. J'aurais pu ce soir être l'hôte d'Amik, comme nous l'avions envisagé un instant, et alors rien ne se serait passé de la même façon. Peut-être est-ce moi qui aurais été tué. Si je ne m'étais pas égaré dans les ruelles de Rhodes, peut-être serais-je arrivé à temps. Et si la bande magnétique avait été prête à l'heure prévue... Au lieu de la bande que j'étais venu chercher, c'est une bourse de satin que je tiens maintenant dans la main.

Arrivé dans ma chambre, je peux enfin en dénouer les cordons. On dirait que toute la pacotille de Nadia se trouve là. Je crois même reconnaître les saphirs qui avaient orné un soir le diadème du sphinx quand elle essayait son costume, et aussi les rubis dont rutilait la toison. Il y a des émeraudes, et surtout des diamants de différentes tailles. Je prends dans mes doigts quelques pierres, je les fais miroiter dans la lumière. Je ne suis pas un grand spécialiste, mais je vois vite que chaque pierre a sa couleur spécifique. Aucune n'est vraiment semblable à l'autre. Les tailles sont différentes, et la petite bourse pèse lourd.

Il me paraît évident qu'Amik ne se serait pas fait tuer pour un sac de pacotilles. C'est une jolie bourse pleine de vrais bijoux, qui contient une fortune, de quoi financer la création de plusieurs spectacles, ou tuer un homme.

Le dernier rendez-vous

Je fus frappé le lendemain par le calme et la détermination d'Hameïla. Je l'ai serrée contre moi, sans rien dire, et je lui ai rendu la bourse qu'elle a posée sur un guéridon, sans même la regarder.

« Hier soir j'avais peur qu'on me fouille moi aussi. La

police dans ces moments se croit tout permis depuis que les colonels sont au pouvoir. Et je ne pouvais plus sentir sous mes doigts cette bourse qu'Amik avait sur lui et pour laquelle on l'a tué. »

D'elle-même elle me raconte ce qui s'est passé.

« J'étais en train d'écouter la bande qu'on venait de m'apporter. Je n'étais plus décidée à vous la donner. Je la trouvais mauvaise. Soudain j'ai entendu des cris, comme une violente discussion, puis de plus en plus fort les cris d'Amik qui descendait l'escalier en courant. Je me suis précipitée à la loggia. Dans la nuit j'ai distingué deux ombres qui couraient l'une après l'autre, une course folle, ils se faisaient des feintes, s'arrêtaient, s'observaient, repartaient, sautaient, tournaient autour du jet d'eau. Ils ne criaient plus. J'ai cru qu'Amik jouait avec un de ses amis, comme cela lui arrive parfois, à s'attraper ou à faire semblant de se battre. Il adore mimer les combats... Il adorait... J'ai vite compris que ce n'était pas un jeu, d'abord à cause de leur silence, et puis cela a duré très longtemps. J'ai pensé éclairer la loggia, mais je me suis dit que l'obscurité aiderait Amik, qui connaissait par cœur son jardin. J'ai eu raison. Vous savez comme il est souple. Il a pris l'avantage sur son adversaire, il l'a fait tomber dans le bassin, mais lui-même a glissé sur le rebord, et l'autre a eu le temps de lui agripper un pied. Je l'ai appelé plusieurs fois, et j'ai vu qu'il voulait revenir vers la loggia, mais il n'en avait plus le temps. L'autre déjà sortait de l'eau et lui barrait le passage. Amik m'a crié « Rentre, barricade-toi, appelle la police », et en même temps, très vite, il a voulu me lancer la bourse. J'ai entendu quelque chose s'écraser sur le mur, juste en dessous de moi, et tomber sur les dalles. L'agresseur cherchait à s'enfuir. Pendant qu'Amik me jetait la bourse, il courait vers la porte, et je vis qu'il boitait fortement. Amik s'est lancé à sa poursuite. La porte s'est ouverte, et moi, d'où j'étais placée, j'ai vu qu'il y avait dehors un autre homme qui faisait le guet et qui venait d'ouvrir la porte. Amik, emporté dans son élan, ne pouvait le voir. J'ai tout compris et j'ai hurlé. Mais c'était trop tard. Il a été pris entre celui qu'il poursuivait, qui a dû brutalement se retourner, et l'autre, qui n'a eu qu'à le poignarder dans le dos.

« Je me suis précipitée. J'ai vu Amik, les deux mains glissant le long du mur, continuer à avancer, s'affaisser, se relever, atteindre l'angle de la rue Hippodamou, et disparaître comme quelqu'un qui tombe dans le vide. Quand je suis arrivée, il était à terre, les deux assassins penchés sur lui. Ils venaient encore de le frapper. Ils m'ont vue et ont hésité. Celui qui boîtait se tenait la jambe. Il s'appuyait sur le bras de son complice, qu'il a retenu. Si Amik ne l'avait pas blessé à la jambe quand il l'a jeté dans le bassin, je pense qu'ils m'auraient tuée moi aussi. Ils sont partis, sans aucune hâte. A cet endroit, il n'y a pas d'éclairage et ils ont disparu très vite. Je n'ai pu vraiment distinguer les traits de leur visage.

« Il y avait peu de monde dans la rue, quelques personnes figées le long du mur, qui m'ont dit n'avoir rien vu.

« Je me suis penchée sur mon frère. Il perdait tout son sang. Ils l'ont poignardé plusieurs fois. Il ne pouvait plus parler. Il a voulu se serrer contre moi. Il m'a reconnue. Et tout son corps, dans un soubresaut, s'est détendu... »

Elle reste un moment silencieuse, les yeux fixes, les doigts refermés comme des griffes sur son ventre.

« Je suis revenue ici. J'ai appelé les secours et la police. Dans l'appartement d'Amik tout était en désordre. Les sièges étaient renversés, les vases brisés, des bouteilles ouvertes et des verres cassés. Ils avaient bu ensemble. Amik connaissait son assassin. Il l'a laissé entrer sans méfiance. Peut-être avaient-ils rendez-vous ?

« J'ai voulu retourner vers lui, mais j'avais peur. J'ai pris une de ses djellabas, et là, en descendant l'escalier, je me suis souvenu de ce qu'il m'avait lancé. J'ai trouvé la bourse, je l'ai ouverte, j'ai compris tout de suite. Quand je suis revenue près de lui, l'ambulance et les policiers étaient déjà arrivés, et avec eux la foule. Je vous ai vu. Je me suis alors souvenu que je vous attendais. Vous étiez hypnotisé, paralysé. J'ai cru que vous saviez déjà. C'est pourquoi je vous ai dit cela si vite...

« Je voulais vous dire... J'ai réussi avant que vous arriviez à faire prévenir par téléphone le vieux moine du monastère de Mâr Abda.

« Jamais Amik n'avait pris rendez-vous avec lui. »

Sourate LXXXIII

« Hier après-midi il est allé à la banque. Il a dû retirer la bourse du coffre. Je pense que c'est à ce moment qu'il a été suivi. Il devait certainement rencontrer aujourd'hui un agent de change clandestin, mais où ?

« Tenez, venez voir ce que j'ai retrouvé dans une armoire : trois bourses comme celle que je vous ai remise hier, vides. Elles ne l'ont pas toujours été... Je n'en connaissais pas l'existence. Il n'y a plus rien dans le coffre, plus rien. Je l'ai fait ouvrir ce matin en présence d'un huissier. Plus rien non plus du portefeuille d'actions que notre père lui avait laissé. Aucune trace. Il avait tout dépensé. Il ne restait que ça : dans une des bourses, ces deux clés. Je vous raconterai. »

Elle s'interrompit. Elle lissait les trois bourses qu'elle avait posées à plat sur ses genoux. Elles avaient la même taille que celle qui était sur le guéridon. J'observai avec attention les motifs de fils verts, qui étaient différents d'une bourse à l'autre. Ils ressemblaient à des caractères arabes, mais qui paraissaient tronqués, inachevés. Je demandai à Hameïla ce que cela voulait dire. Elle hésita, m'assura que les caractères ne voulaient rien dire, mais déplaça les bourses, comme si elle cherchait la solution d'un puzzle. Soudain elle prit la bourse que je venais de lui rapporter, en vida le contenu dans un coffret, avec autant d'indifférence et de précision que si elle versait un paquet de sucre cristallisé dans un bocal. Elle la plaça à côté des autres.

« Elles ont été taillées dans le même tissu, regardez. Si on les place comme cela, en carré, oui, on peut deviner un sens... Enfin, peut-être... » Et elle récita une phrase en arabe, en la répétant plusieurs fois, comme si elle cherchait à retrouver

226

un refrain oublié. « Excusez-moi. Vous ne comprenez pas. Cela veut dire... Mais il manque des lettres... *Malheur aux fraudeurs*... Peut-être... C'est le début d'une sourate du Coran, *Malheur aux fraudeurs!* C'est l'usage dans notre pays de broder sur des tissus précieux des versets du Coran. Attendez. Je vais vérifier... » Quelques minutes plus tard elle revint avec une très vieille édition du Coran qu'elle feuilletait tout en avançant lentement. Elle se mit à psalmodier quelques versets en arabe, puis, me regardant, elle me traduisit le début, comme si le sens n'avait aucune importance. « Oui, ce doit être cela, Sourate LXXXIII... *Malheur aux fraudeurs! Lorsqu'ils achètent quelque chose, ils exigent des gens une pleine mesure. Lorsqu'ils mesurent ou qu'ils pèsent pour ceux-ci, ils trichent...* Je ne sais pas où il a pu se procurer ces bourses. Le satin est assez vieux. Il faudra les montrer à Nadia et Sergio. Ils nous éclaireront peut-être. Ils en savent de toute façon plus que moi. Je leur ai envoyé un télégramme. Mais ont-ils seulement eu le temps d'arriver à *La Chevelure*? »

De nouveau nous avons gardé un long silence. Hameïla près de la fenêtre regardait le jardin vide. Il y a quatre ans elle était là aussi. Elle m'épiait pendant que je contournais le bassin, avant d'apparaître voilée à la loggia.

« Et maintenant, Florian, qu'allez-vous faire? D'ici l'an prochain vous aurez le temps de trouver un autre acteur. Pour l'argent, vous l'avez là. Je pense qu'Amik voulait l'utiliser à financer la création de *Thésée*. C'est pour cela qu'il devait vendre ce matin une partie des bijoux, je suppose. Quand je vous ai confié la bourse hier, c'était pour vous la donner, non pas seulement pour la mettre provisoirement à l'abri. Il faut garder à ces pierres leur destination première. Je n'en veux pas. »

Ainsi Amik était mort pour *Thésée*. Il avait rencontré dans sa vie les forces invisibles. Jamais il ne tracerait dans l'espace les gestes du héros qui délivre. « Mais qui l'a tué? Qui? » Je voyais les bourses sur le guéridon, les diamants dans le coffret ouvert, poussières rutilantes, matière momifiée, urne funéraire qu'on n'avait pas eu le temps de refermer. Il y avait eu Amik, et il n'y avait plus rien, qu'un peu de craie déjà effacée sur un trottoir, et des pierres précieuses et inertes dans une bourse de satin, une dernière énigme, le reflet minéral et pur de son âme.

J'ai refermé d'un geste brutal le couvercle du coffret. J'ai dit à Hameïla que je n'accepterai rien. Elle fit un geste las, et me regarda fixement de ses yeux noirs, immobiles, longtemps, sans un battement de cils. C'était le regard de sa mère dans ma chambre quand j'avais seize ans. Elle s'approcha tout près de moi. « C'est l'argent de *Thésée*. Je n'y toucherai pas. Si nous devons le dépenser, ce sera comme Amik l'avait prévu. Ensemble. »

Réunion de famille

Sans avoir prévenu, Sergio et Nadia arrivèrent le lendemain. Ils n'avaient eu que le temps de faire l'aller et retour. Nadia, qui n'était ni coiffée ni maquillée, avait les paupières si gonflées et les yeux si rouges que régulièrement elle se mettait quelques gouttes de collyre. J'avais en face de moi un vieux couple abattu par la mort de leur fils. Je laissai longtemps ma main dans celle de Nadia, qui gardait les yeux fermés.

Avant même d'avoir des précisions, Sergio conseilla à Hameïla de continuer à faire surveiller pendant plusieurs jours sa maison par la police et de ne jamais sortir seule. Eux-mêmes avaient pris pour venir de grandes précautions. Tant qu'on ne saurait pas pourquoi Amik avait été tué, il fallait se méfier. Hameïla parut indifférente à tous ces conseils. Elle répondit sèchement qu'il était bien tard pour prendre des précautions.

Elle leur raconta ce qu'elle savait, mais ne leur parla pas de la bourse. Brutalement elle leur demanda : « Et vous, dites-nous maintenant ce que vous savez... »

Nadia voulut parler, mais Sergio lui coupa la parole. Il dit qu'il savait qu'Amik avait beaucoup d'ennemis, depuis quatre ans surtout, parce qu'il avait refusé de mettre sa célébrité au service des clans et des chefs de partis. On avait dû vouloir le faire chanter et il avait refusé. Il lui avait confié que des responsables palestiniens l'avaient contacté... Il allait chercher de son côté. A moins que... Il regarda Hameïla qui baissa les yeux. Peut-être était-ce un tragique accident, un vol qui avait mal tourné. Avait-on constaté la disparition de quelque chose?

« Oui, répondit Hameïla voulant en finir avec une conversation inutile, on est venu voler ça! »

Elle leur montra la bourse. « Vous connaissez? Certainement... Cela ne vous dit rien? »

Avant même que Sergio eût balbutié le moindre mot, Nadia répliqua pour relever le défi qu'elle connaissait très bien cette bourse, qu'il y en avait même trois autres, que c'était elle qui les avait cousues pour Amik qui le lui avait demandé. Il aimait les beaux tissus... Hameïla d'un geste rapide ouvrit le coffret. « Dans ces beaux tissus il y avait ces petites choses, et Amik les avait sur lui quand ils l'ont attaqué... Vous savez peut-être d'où elles viennent? Des costumes de théâtre, par exemple? »

Nadia ferma les yeux. Sergio murmura « Amik était très riche » et se tut.

Hameïla regarda par la fenêtre le jet d'eau et la porte. Pour la première fois je vis couler lentement sur sa joue une larme.

« Maintenant vous pouvez nous dire ce que vous savez, ça n'a plus d'importance... »

Mais Sergio répéta qu'il ne savait rien, rien de plus que ce que savait Hameïla, et il la fixait avec insistance en disant cela. Nadia n'avait pas rouvert les yeux. J'aurais voulu la serrer contre moi, lui dire « Parle, parle-nous puisque tu sais tout, délivre-nous ».

Tous les quatre nous gardions le silence.

Le matin des obsèques, Hameïla me prit à part et me dit qu'une organisation clandestine venait de revendiquer l'attentat en envoyant un communiqué aux journaux et à la radio. Elle se nommait les Flocons noirs. « Le traître Amik Baschkar a subi un juste châtiment. La colère de Dieu l'a foudroyé... » Hameïla s'appuya sur moi. « Florian, nous sommes tous coupables, Nadia et Sergio surtout, mais moi aussi... Je connaissais l'existence des Flocons noirs. Je vous expliquerai. Si Amik avait eu avec moi moins d'orgueil, si nous avions mieux su l'aimer... » Mais elle n'eut pas le temps d'en dire plus.

Il y eut les jours suivants à Beyrouth des manifestations et même quelques affrontements de petits groupes qui s'accusaient mutuellement de la mort d'Amik. On n'entendit plus parler des Flocons noirs.

Sergio et Nadia repartirent aussitôt à Beyrouth. Nadia s'arrangea pour rester seule quelques instants avec moi. Je n'avais pas cherché à lui imposer ma présence. Elle devait ressentir d'autant plus cruellement la mort d'Amik que depuis un an elle se détachait progressivement de lui. « Florian, ne tarde pas, viens à *La Chevelure*. Il faut absolument que je te parle. »

Sergio voulut une fois encore voir les bourses. Il les toucha à plusieurs reprises et fit onduler le tissu dans la lumière. On aurait dit qu'il faisait une expertise. Il nous demanda de ne parler à personne de leur existence. « Le plus simple serait de les brûler. Voulez-vous que je... »

Hameïla les lui arracha. « Laissez, je m'en occuperai. Quand il le faudra, je saurai découdre ce qui a été cousu. »

11

LES FLOCONS NOIRS

Rhazella Excursion Les Flocons noirs
Inquisition Perquisitions Percussions Vies parallèles
Les échos d'Hasbaïa Les conclusions d'Hameïla
Révélation

Rhazella

Hameïla m'avait demandé de la retrouver le lendemain des obsèques, car il fallait prendre immédiatement des décisions importantes. Il n'était plus question pour moi de créer *Thésée*. Amik était mort en emportant avec lui une œuvre qui lui appartenait. Il ne me restait que des mots sur du papier, un manuscrit dérisoire.

Elle m'accueillit en haut de la loggia. Mais derrière elle, dans la pénombre, une autre femme guettait.

« Vous êtes monsieur Leurien ? Je suis Rhazella Baschkar. Ma fille m'a souvent parlé de vous... »

Elle entrouvrait, pour me sourire, des lèvres que malgré son deuil elle avait voulu maquillées. Habitude dont elle ne pouvait même aujourd'hui se départir ? Ou provocation qui l'aidait à survivre à la mort de son fils ? Les mains croisées sur le haut du ventre, les doigts lissant lentement les doigts pour trouver des bagues qu'ils faisaient doucement glisser sur les phalanges, elle se cambrait et relevait la tête pour mieux poser sur moi son regard. Je la sentais tendue dans l'élan immobile de son corps, désirant connaître celui qui jusqu'ici n'avait été qu'un nom prononcé par les voix de sa fille et de son fils.

231

Jamais Amik ne m'avait parlé de sa mère. Il la cachait, comme si elle était devenue folle. C'est lui qui était devenu fou de la beauté de sa mère. Il l'avait maudite, car elle s'était donnée à d'autres corps. Il n'avait reçu d'elle que les caresses distraites de doigts lourds de bagues, et les effleurements rapides de lèvres épaissies de rouge et de baisers adultères. Il était resté un enfant exilé de sa patrie et de sa mère.

Je m'inclinai devant Rhazella et je lui baisai la main. Elle ne pouvait pas savoir ce que ces gestes convenus signifiaient pour moi. Elle me souriait. Elle n'avait pas d'âge, femme éternelle dont j'avais découvert le visage il y avait douze ans dans un magazine que mes parents m'interdisaient de lire, et dont le sourire figé avait bercé mes nuits sans sommeil, quand je lissais de la pulpe moite de mes doigts son visage glacé, comme si je pouvais enfin sentir sous mes ongles ses cheveux laqués. Je la voyais enfin aujourd'hui pour la première fois, plus grande que sa fille, son corps serré dans un fourreau noir qui n'était que l'enveloppe légère d'une vie d'où étaient nés Amik et Hameïla, tous mes rêves, et notre destin.

« Vous avez rendu Amik heureux. Il ne m'aimait pas. Il s'acharnait à me montrer qu'il ne m'aimait pas. Mon petit... Il ne savait pas être heureux. Nous avons eu tant de malheurs. »

Hameïla nous a fait signe d'entrer. Rhazella marchait devant moi. Elle se retourna pour continuer à me parler. Je voyais la pointe de son pied glisser sur le sol, j'entendais son talon se poser avec un bruit précis sur le dallage, elle avançait et faisait vibrer sur son corps les plis du tissu qui devenait une chair voilant elle-même sa nudité, comme un soleil couchant noyé de brumes fait onduler devant lui les écharpes qui l'estompent. Je revoyais la démarche d'Amik le premier soir où il vint me voir à l'hôtel *Hélios*. Une première boucle de ma vie venait de se refermer. Je savais pourquoi j'avais succombé aux charmes d'Amik.

C'était la première fois que le hasard me sautait aux yeux de cette façon. Il se dévoilait devant moi. Il n'est que le maquillage de la nécessité. Mais le plus souvent nous ne voyons que lui, oubliant le vrai visage des choses. Il ne faut pas dire *cela était écrit*. Il faut écrire pour démaquiller le hasard.

Mes fantasmes n'étaient pas des mirages. Sans qu'il y eût entre elle et moi d'autres contacts que l'effleurement de mes lèvres sur ses doigts, je sentis dans nos étonnements et nos sourires une attirance et une complicité qui étaient les signes évidents d'un accord intime que l'un et l'autre nous avions grand désir de nous avouer. J'avais fait un pèlerinage de douze ans pour m'assurer que mon rêve était vrai et impossible. J'étais heureux.

Elle continuait à me parler et dut me trouver stupide. Mes yeux restaient posés sur sa nuque, mais je ne la regardais pas. J'étais en elle. J'entendis, dans un écho affaibli, des fins de phrases : « Mais vous, vous avez rendu Amik heureux. Je voulais vous le dire... Hameïla, il faut que tu dises à M. Leurien pourquoi, sauf avec lui, Amik n'a jamais été heureux. Hameïla, raconte... » Et, pour mieux me convaincre, de ses doigts elle effleura mon coude.

Hameïla baissa les yeux et serra les lèvres.

« Je sais si peu de choses. Tout a commencé sur les pentes du mont Hermon, du côté d'Hasbaïa... Mais sait-on vraiment quand tout a commencé ? Il faudrait, pour nous, remonter si loin... aux transhumances de nos tribus dans les déserts du Sud. »

Excursion

De sa voix lente et grave Hameïla commença à raconter.

« Quand nous sommes arrivés ici, Amik avait douze ans et moi seize. Nous étions tous trop inquiets pour nous occuper de lui. On lui avait trouvé un précepteur français, mais le plus souvent il était seul. Il nous demandait toujours quand nous retournerions au Caire voir le roi. Nous vivions dans la hantise de règlements de compte, et mon père redoutait même une extradition. Il était persuadé qu'un jour on l'assassinerait, et je crois qu'il nous a caché beaucoup de choses... J'ai continué à prendre des leçons de chant. Sergio venait souvent voir mes parents, qu'il avait connus au Caire. C'est lui qui leur proposa de s'occuper de notre avenir en nous faisant venir à Beyrouth. Il m'a fait chanter à *La Chevelure*, et ce fut avec succès... Il trouva pour Amik une institution privée où il pourrait faire ses études. Nous avons donc acheté un appartement à Beyrouth. Ma mère y venait aussi, car le roi, au début de son exil, aimait résider au Liban, et il réclamait souvent Rhazella.

« C'était à la fin du mois de février 1959, quelques mois après la guerre civile. Amik venait d'avoir dix-neuf ans. Il nous annonça un soir qu'ils avaient décidé, avec huit de ses condisciples et un professeur, de faire une randonnée à ski de quatre jours sur les contreforts du mont Hermon, en partant d'Hasbaïa et en remontant jusqu'à la frontière syrienne. Le projet leur tenait à cœur depuis longtemps, mais ils avaient dû le remettre à cause des événements. Sauf Amik, ils étaient tous libanais, et de religions différentes, je ne me souviens plus exactement, maronites et grecs orthodoxes, catholiques, un arménien, de l'église grégorienne, je crois, des musulmans aussi... Ce n'était pas leur problème. Ils avaient tous entre dix-huit ans et vingt ans, ils étaient heureux de vivre et d'être ensemble. Cette excursion était pour eux l'accomplissement d'un serment, au-delà de leurs différences, ou peut-être à cause d'elles.

« Quand Amik nous a fait part de son intention, instinctivement ma mère et moi avons eu peur. L'endroit était trop près des frontières syrienne et israélienne. Fermes incendiées, enlèvements, embuscades... Israéliens et Syriens préféraient se battre de l'autre côté de leur frontière. Il y eut entre Amik et ma mère une violente altercation. Mais rien n'y fit.

« C'est alors qu'avec la complicité de Sergio ma mère eut recours à un stratagème. Amik voulait devenir danseur. C'était sa vraie vocation, vous le savez. Depuis toujours il avait suivi des cours et il dansait à *La Chevelure*. Il voulait rencontrer un danseur célèbre qui le fascinait, Meïli Miram, qui obtenait un succès fou au Caire. Ma mère suggéra à Sergio d'arranger une rencontre, précisément aux dates prévues pour la randonnée. Cela fut possible. Mais Amik répondit que pour rien au monde il n'abandonnerait ses camarades. Sergio resta ferme et lui reprocha de gaspiller une grande chance. Il avait parlé à Meïli Miram, qui lui aurait certainement proposé un contrat. Il fallait savoir tout sacrifier à son art... Deux jours avant leur départ Amik essaya encore de faire changer la date de la rencontre. Il comprit qu'il ne l'obtiendrait pas. Brusquement, la rage au cœur, après une colère terrible, il céda.

« Ils sont donc partis sans lui. Ils avaient dit qu'ils reviendraient au soir du quatrième jour. Mais le soir du quatrième jour ils ne revinrent pas et leurs parents les attendirent toute la nuit. Le matin du cinquième jour ils se rendirent à l'institution pour avoir des nouvelles. On décida d'appeler Hasbaïa. On apprit que les deux voitures qu'ils avaient laissées au départ du sentier étaient toujours là et qu'ils ne les avaient pas rejointes. Le temps était beau, froid et sec ; aucune avalanche n'était signalée. Mais il y avait beaucoup de vent. On pensa qu'ils avaient pris du retard, qu'ils étaient allés plus loin que prévu, qu'ils s'étaient peut-être égarés et que dans la soirée on les verrait descendre. Mais le soir du cinquième jour ils ne revinrent pas.

« La nuit se passa dans une folle inquiétude. Amik partit pour Hasbaïa avec quelques camarades. Il connaissait l'itinéraire projeté, les refuges où ils devaient dormir, les étapes qu'ils avaient prévues. Il avait conservé une carte où tout était noté. Au soir du sixième jour nous n'avions toujours aucune nouvelle. Le gouverneur militaire décida de confier les recherches à l'armée. Un capitaine et une vingtaine d'hommes se mirent en marche. Amik et ses camarades les accompagnèrent. On suivit scrupuleusement l'itinéraire prévu. On trouva un refuge où ils avaient mangé et couché. Mais il devenait de plus en plus difficile de suivre leurs traces. La neige était poudreuse et le vent les avait déjà recouvertes. Le capitaine donna l'ordre d'arrêter les recherches. Il disait qu'il était trop près des frontières et ne voulait pas prendre le risque de provoquer un incident. Pendant de longues heures ils observèrent de différents endroits les alentours à la jumelle. Rien. Aucun signe de vie. C'est alors que sans prévenir, Amik et un de ses camarades, celui qui a été assasssiné à Malte l'année dernière, sont partis en avant. Ils ont marché pendant deux heures dans la neige, ont cru retrouver des traces. Enfin du haut d'une ligne de crête où ils s'étaient arrêtés, ils ont distingué à une cinquantaine de mètres devant eux, sur la pente, comme des éboulis, une série de petits monticules, des congères bizarrement entremêlées. Ils se sont rapprochés. Ils ont vu un spectacle horrible. Les corps de leurs camarades et de leur professeur gisaient face au soleil. Ils avaient été tués par balle, d'assez près semble-t-il, et leurs assassins s'étaient acharnés sur eux en les poignardant et en les égorgeant. Tout autour d'eux la neige était noire de leur sang. »

Les Flocons noirs

On mit plusieurs jours à redescendre les corps. L'enquête ne donna rien. On voulait éviter à tout prix l'incident diplomatique. Le gouvernement libanais mena conjointement l'enquête avec le gouvernement syrien. Les conclusions furent rapides : le massacre était l'œuvre de bandes incontrôlées à la solde des Israéliens. Pendant quelques semaines aucun des trois États ne revendiqua cette petite portion de terre. Les camarades d'Amik n'étaient morts nulle part, ni au Liban, ni en Syrie, ni en Israël. La neige avait effacé soudain les lignes meurtrières de trois frontières. La mort, comme un rapace qui trace de ses ailes effilées son propre espace, était venue se poser sur un territoire qui lui appartenait à elle seule.

Cette tuerie provoqua une immense émotion. Quelques

semaines après, les journaux reçurent un texte anonyme qui s'intitulait *Le Serment des Flocons noirs*. Il y était dit que de jeunes étudiants avaient juré de venger la mort de leurs camarades, en luttant contre un ennemi invisible mais connu de tous.

« Pas une fois je n'ai vu pleurer Amik. Il ne nous parlait plus. Il nous fuyait. Un jour il me cria qu'il aurait dû mourir avec ses camarades et que c'était notre faute s'il était encore en vie, que nous l'avions retenu volontairement parce que nous savions ce qui allait arriver, que nous étions complices, et d'autres horreurs qu'on profère sous le coup de la folie. Il trouva refuge chez Nadia, qui lui fit reprendre goût à la vie... Elle vous expliquera cela mieux que moi. »

A la fin du mois de mai une banque fut dévalisée à Beyrouth en plein jour par des hommes armés et masqués. Ils lancèrent en s'enfuyant des tracts, des rectangles de papier blanc sur lesquels étaient imprimés neuf cristaux de neige, noirs. Puis ce fut à Saïda, à Zahlé et à Baalbek, et à chaque fois on retrouva éparpillés sur le sol les petits rectangles blancs aux flocons noirs. Des bombes très puissantes explosaient la nuit dans des magasins, des administrations, des usines, provoquant d'importants dégâts. Le plus souvent c'étaient des capitaux européens ou américains qui étaient visés. Il n'y eut jamais de victimes. Et toujours au milieu des décombres les mêmes flocons noirs.

On les retrouva l'année suivante dans des attentats qui eurent lieu à Amman et à Tel-Aviv. Mais, cette fois, il y eut des morts.

Inquisition

« Le comportement d'Amik nous inquiétait. Il s'absentait souvent sans rien dire. Le jour du premier anniversaire de la mort de ses camarades il avait passé la nuit avec Nadia. A midi il nous téléphona pour demander si ma mère pouvait lui prêter sa voiture. Il nous raconta une histoire très compliquée : sa voiture était en panne, il lui en fallait absolument une pour aller au cimetière avec ses camarades, et Nadia avait besoin de la sienne. Nous avons dit oui, mais quelques minutes avant qu'il vienne la prendre, j'ai décidé brusquement, sans même réfléchir à ce que je faisais, d'aller moi aussi au cimetière sans lui dire et en me cachant. J'ai mis une vieille djellaba et un voile. L'avantage de ce pays, c'est qu'on s'y habille comme on veut, sans se faire remarquer. J'ai pris à tout hasard mon appareil photographique.

« Il y avait foule à la cérémonie et Amik ne me vit pas. Évidemment je ne pus prendre aucune photo. Je voulus savoir ce qu'il ferait après le rassemblement. J'eus beaucoup de mal à le suivre avec ma petite Fiat. Il conduisait à toute allure, semblait prendre n'importe quelle ruelle, croisait des rues où il était déjà passé, et je finis par le perdre dans la partie sud du quartier de Sabra. Vous ne connaissez pas cette partie de la ville. Ce n'est pas celle où habituellement on va se promener... Il est difficile d'y circuler en voiture. C'est un vrai labyrinthe. Je n'avais plus qu'à en faire le tour par les rues qui le bordent, au cas où Amik aurait voulu couper par l'intérieur pour aller ailleurs : dans le dédale des ruelles où il avait pénétré il ne pouvait aller ni très vite ni très loin, et il aurait mis plus de temps à traverser le quartier que moi à en faire deux fois le tour. Je ne le vis plus. Il était donc resté à l'intérieur.

« Alors lentement j'inspectai ruelle après ruelle. Il me fallut souvent faire marche arrière. Je ne savais plus où j'étais et je n'étais pas très rassurée. Dans ce quartier une femme seule au volant de sa voiture ne passe pas inaperçue. J'allais abandonner quand je crus reconnaître dans mon rétroviseur un jeune homme que j'avais vu au cimetière. Je trouvai un renfoncement pour garer ma voiture et je le suivis. Je le vis soudain s'arrêter, hésiter, regarder attentivement un mur, comme s'il cherchait à déchiffrer quelque chose, puis brutalement pousser une porte découpée dans un portail et disparaître. En m'approchant je regardai moi aussi au même endroit. Je vis, collé sur la bordure de ciment d'une fenêtre, le rectangle blanc aux flocons noirs. Derrière les murs, on entendait, par rafales, des roulements de timbales, des rythmes scandés par toutes sortes d'instruments que je ne pus identifier. Je savais qu'Amik était obsédé par les problèmes de rythme. Il jouait de tous les instruments à percussion. Peut-être avait-il trouvé un local pour répéter avec ses camarades ?

« En me retournant je vis venir vers moi un autre jeune homme, qui trouva lui aussi le signe caché. Je m'arrangeai pour le croiser au moment où il poussait la porte. J'aperçus une cour, et, garée au fond sur la droite, d'où provenaient les bruits, la voiture de notre mère. Amik était bien là.

« Je suis retournée à ma voiture et j'ai pris mon appareil que je cachais sous ma djellaba. J'observai un curieux manège, et si mon angoisse n'avait pas été aussi grande, j'aurais souri de tant d'enfantillages. Tous ceux qui voulaient entrer dans la maison accomplissaient le même rite en se penchant sur la fenêtre. De loin je les photographiais. A ce moment je pouvais les voir de trois quarts. Je ne risquais pas grand-chose ; après tout j'étais la sœur d'Amik... Tenez, regardez, j'ai gardé toutes les photos... »

Elles n'étaient pas très nettes ni toujours bien cadrées. Pourtant je reconnus sans hésiter les deux techniciens qu'Amik, à grand renfort d'éclats de voix, avait recrutés un matin à Zahlé, Sakhem et Rassaoui. Je le fis remarquer à Hameïla. Elle les regarda attentivement et murmura lentement, comme si elle pensait à autre chose en disant cela, « Oui, en effet ce sont eux, je ne l'avais jamais remarqué ». Et elle mit les photos à part.

« J'ai attendu, cachée dans ma voiture, plus d'une heure. Ils s'en allèrent un par un, dans des directions différentes. Amik est sorti le dernier. J'ai repéré l'endroit et à mon tour je suis partie. »

Perquisitions

« Je ne savais que faire. Dès que je l'ai pu j'ai fouillé sa chambre. J'ai cherché partout. Je n'ai rien trouvé, que ces

deux clés découvertes par hasard en déplaçant son électro-
phone : un cliquetis bizarre à l'intérieur m'avait fait croire
qu'il y avait quelque chose de cassé. J'ai dévissé le support de
la platine et j'ai vu deux clés attachées par une cordelette à
un pivot. Sans en parler à ma mère j'ai pris les clés et je suis
retournée à l'endroit où ils s'étaient réunis. Il n'y avait plus
au bord de la fenêtre le petit rectangle blanc et noir, sauf
quelques traces de papier qui était resté collé sur le ciment.
Doucement j'ai poussé la porte. Dans la cour des enfants
jouaient à la guerre, dans la boue, au milieu de barils
rouillés, de parpaings éparpillés et de tôles trouées. J'ai
demandé où étaient les musiciens. Mais les enfants n'ont rien
voulu me dire. Je leur ai donné de l'argent, je leur ai dit que
j'étais moi aussi musicienne, une amie de celui qui tenait la
batterie, qu'il avait oublié ses baguettes et ses marteaux,
qu'il m'avait donné les clés, ces clés-là, et il m'avait dit que
c'était au fond de la cour, mais je ne savais plus très bien. Un
garçon, moins méfiant que les autres, se mit à imiter un
joueur de batterie et à danser. Il y avait dans son mime
quelque chose d'Amik. Du doigt il me désigna un hangar au
fond de la cour. La porte était en acier, toute neuve, et
l'unique fenêtre était protégée de solides barreaux scellés
dans le ciment. J'ai essayé mes clés. La seconde fut la bonne.
Je suis entrée, en ayant bien du mal à contenir les enfants et à
refermer la porte derrière moi. »

Percussions

   « Excusez-moi. Je vous raconte tout cela parce que je m'en
souviens avec grande précision, et je retrouve, en vous le
disant, une foule d'images que je ne peux vous cacher. Elles
font partie, elles aussi, de la vérité.
   « Je crus avoir une hallucination. Devant moi, à hauteur
de mon ventre, je vis comme d'immenses nénuphars blancs
en suspension dans l'air, des plantes luisantes rondes et
sphériques, des tiges et des feuilles de métal, des conques

d'or et de platine, tous les instruments à percussion qu'on pût imaginer. Dans la pénombre brillaient les lames argentées des vibraphones, les cercles et les clés des tambours et des caisses, les plateaux des cymbales comme des disques solaires tombés du ciel et plus haut, suspendu à des fils invisibles, un triangle d'argent oscillant doucement au déplacement d'air que je provoquais en me déplaçant. Je caressai longtemps les oves cuivrés des timbales enchâssées sur leurs supports de bois. Je ne pus résister au plaisir de les frapper de mes doigts et de moduler leurs échos en jouant avec les pédales. Derrière moi pendaient, immobiles comme des stalactites d'acier, les cloches-tubes qu'en me retournant j'effleurai involontairement du coude. Elles tintèrent les unes après les autres et résonnèrent longtemps. J'avais l'impression que tout l'espace vibrait. Ce fut un grand moment de bonheur. Je me fis pour moi seule un concert. J'oubliais les Flocons noirs, les deux clés et les rendez-vous clandestins.

« Enfin je suis montée sur une estrade au fond de la pièce où étaient rangés des pupitres et des panneaux peints qui cachaient tout un matériel électro-acoustique. Je me suis reculée pour m'appuyer un instant contre le mur et écouter encore monter vers moi les dernières vibrations. C'est alors que mon talon s'est coincé dans la rainure d'une latte mal jointe de l'estrade. J'avais pensé à revêtir une vieille djellaba pour passer inaperçue, mais j'avais oublié de changer de chaussures. Cela un jour me trahira. Je ne me sens à l'aise qu'avec des talons hauts et fins. J'ai eu du mal à dégager la pointe du talon, et c'est en faisant effort pour la retirer que je me suis aperçue que quelques lattes bougeaient ensemble, alors que les autres restaient immobiles. Je me suis penchée. En m'aidant de la tige métallique d'un pupitre j'ai voulu soulever une planche. Une petite trappe s'est dégagée et j'ai deviné les premières marches d'un escalier très étroit. Je suis descendue.

« Très vite je me suis retrouvée dans une obscurité totale. Je n'avais pas pris volontairement mon sac à main et je n'avais pas de briquet. Tout en avançant doucement et en sondant le sol de la pointe du pied, j'ai exploré les parois avec mes mains. J'espérais trouver un interrupteur, mais il n'y en avait pas. Je me suis cognée dans des chaises et une table. Rien sur la table, rien contre les murs. La pièce était petite, sorte de cave qui semblait avoir été murée grossièrement avec des parpaings. J'ai fait glisser mon pied sous la table, pour être sûre de ne rien négliger. J'ai senti des caisses et des emballages de carton. J'ai passé plusieurs fois ma main jusqu'à ce que je trouve une ouverture. J'ai touché des paquets de papier empilés les uns sur les autres. Il y en avait une grande quantité. En voulant en prendre quelques-uns, mes doigts ont senti un métal froid et gras. J'ai deviné la forme d'une crosse et d'un canon, et j'ai même touché le crochet lisse d'une détente. Les armes nous sont depuis toujours familières. Mais j'ai eu peur.»

Ces mélanges noirs et clandestins de papier et d'acier, de balles et de signes inertes et froids, repliés en un si petit espace, étaient une alliance terrible, la réserve compacte de la mort qui attendait immobile sur son orbite l'instant de son explosion.

« J'ai pris quelques liasses, très vite, et je suis remontée. Je ne fus pas surprise en voyant imprimés sur les tracts les neuf flocons noirs. Amik appartenait à une cellule terroriste. Peut-être même en était-il le chef, puisqu'il détenait les clés du secret.

« Quand je suis ressortie les enfants ne m'ont même pas vue. Ils continuaient à jouer à la guerre.»

Vies parallèles

« Alors commença pour nous le temps de l'angoisse et du soupçon.

« Tout dire à Amik aurait provoqué en lui des réactions violentes. Il se serait encore plus enfermé dans sa révolte. Prévenir la police, c'était pour lui la prison, pour nous, tôt ou tard, les règlements de compte et la mort. Très vite j'ai parlé à Nadia, qui savait tout ce que je croyais lui apprendre.

Sergio connaissait l'endroit où Amik et ses amis s'exerçaient aux percussions, et quand je lui ai parlé des deux clés, il a haussé les épaules en disant qu'il en connaissait l'existence puisque c'était lui qui les leur avait procurées. Ils avaient besoin de locaux pour entreposer leur matériel d'orchestre. Ils lui avaient demandé d'en trouver un en ville, et un autre à la campagne pour pouvoir répéter tranquillement la nuit. Pour le reste il ne fallait pas trop s'inquiéter. Amik avait voulu baptiser son groupe de musiciens Les Flocons noirs, parce que, parmi ses camarades assassinés, quelques-uns devaient faire partie de son orchestre. Cela n'avait rien à voir avec l'organisation terroriste du même nom, qui existait depuis longtemps. Amik avait simplement eu tort de s'entêter malgré les menaces qu'il avait reçues. Les terroristes le contraignirent à y renoncer en entreposant de force dans les deux endroits des tracts et des armes. En cas de dénonciation ou de perquisition, ce serait lui le coupable. Il leur servait de couverture. Tous les risques étaient pour lui. Et naturellement il n'était plus question de jouer en public.

« Sergio, habituellement si à l'aise, s'embrouillait dans ses démonstrations. On aurait dit un avocat plaidant une cause perdue. Il inventait un roman pour cacher la vérité. Nadia fut plus franche. Un jour elle me jura qu'ils avaient tout fait pour empêcher Amik de commettre l'irréparable. Elle avait réussi un soir à le faire parler, mais depuis il ne lui confiait plus rien. Elle était persuadée que, très vite, il avait été récupéré et manipulé par des organisations syriennes qui exploitaient son désir de vengeance et son courage. Elle éclata en sanglots et répétait "Il finira par se faire tuer... Ils le tueront lui aussi..."

« Dans les mois qui suivirent on retrouva dans une ruelle de Beyrouth le cadavre d'un inconnu sur lequel étaient épinglés les tracts blanc et noir. Non loin du hangar une famille entière fut retrouvée égorgée, et sur la porte de la maison on trouva cloués neuf rectangles portant chacun neuf flocons noirs. Des attentats on passait aux assassinats. Chaque fois nous tremblions. Une trahison, une simple perquisition, une imprudence auraient suffi à faire arrêter et condamner Amik. Sergio et Nadia ne nous disaient plus rien.

« Puis tout sembla se calmer. Amik s'en alla suivre à Paris des cours d'art dramatique, et quand il revint il commença sa carrière à *La Chevelure*.

« Et un matin de mai je vous ai vu de cette fenêtre traverser la cour et contourner avec précaution le bassin. Vous me disiez que vous veniez de la part de Sergio pour voir Amik. Vous n'étiez pas le premier à apparaître ainsi et à vous recommander de lui. Chaque fois je redoutais un nouveau malheur. J'ai préféré ne pas vous parler et vous laisser croire que je ne comprenais ni ne parlais français. Je fus d'autant plus inquiète que vous n'avez rien dit. Vous répétiez "Amik Baschkar, Amik Baschkar", comme si un grand danger nous menaçait tous. C'est seulement quand je vous ai vu partir que j'ai eu confiance en vous. Vous aviez l'air très calme, et vous avez regardé l'hibiscus et le jet d'eau comme si vous vouliez les peindre. J'ai pu vérifier qu'à votre sujet Amik m'avait dit la vérité. J'ai même espéré que vous seriez notre sauveur.

« C'est pourquoi l'année suivante j'ai voulu vous parler. Peut-être ai-je eu tort de ne pas vous dire tout ce que je savais ? J'étais persuadée que vous ne me croiriez pas, et le peu que je vous ai confié m'a aisément convaincue que j'avais raison... »

Les échos d'Hasbaïa

Ainsi, moi aussi je fus coupable. Je n'avais pas su regarder autour de moi. Je n'avais pas voulu écouter. J'avais jugé Hameïla fantasque. Je l'avais soupçonnée de vouloir me séduire, par jalousie de Nadia et par vengeance d'Amik, alors qu'elle voulait seulement me faire entrevoir la vérité. Je me souvins de notre soirée dans la baie de Mandraki. Ce soir-là j'aurais été prêt à l'écouter. Mais elle n'avait pas voulu parler. « Je n'aime pas raconter les histoires dont je ne connais pas la fin... Je ne suis pas comme vous. »

Pourquoi n'avoir rien dit alors ?

« Avant de vous voir j'étais décidée à vous parler, et puis quand je vous ai vu... J'étais... J'ai trouvé de mauvaises raisons pour ne pas parler, mais cela n'aurait rien changé. Dire les choses ne conjure en rien le destin.

« Voici ce que j'ai appris.

« Quand je suis arrivée à Hasbaïa j'ai fait parler les gens. Ils se souvenaient. Ils m'ont conduite chez un vieux berger qui disait avoir vu des choses. Il m'a raconté ce qui lui était arrivé. Il était parti très tôt un matin avec son âne dans la montagne pour réparer la charpente d'un refuge où il parquait ses moutons quand il faisait mauvais temps. Il ne pensait pas trouver autant de neige, mais il connaissait bien le chemin et il voulait absolument remettre la charpente en état pour le printemps. Il y travailla pendant trois jours. La veille du massacre il vit passer trois hommes lourdement chargés et armés de fusils qui marchaient avec précaution et semblaient à l'affût. Il les prit pour des chasseurs. L'après-midi du troisième jour il crut entendre, venant de très loin, des cris et des coups de feu. Il s'arrêta de taper sur les poutres. Il pensa même un instant que c'était l'écho affaibli de ses coups de marteau qui résonnaient dans la montagne. Mais il entendit d'autres coups de feu. Il descendit alors de sa charpente et regarda à l'extérieur. Il ne vit rien. Il resta à l'intérieur de son refuge, n'osant plus faire de bruit. Il croyait que c'était un incident de frontière, ou une bande de pillards qui s'était fait accrocher par une patrouille. Il attendit près d'une heure, enfermé avec son âne. Il entendit alors des bruits de pas, puis des éclats de voix, et, par une ouverture ménagée dans un mur pour laisser passer l'air et donner un peu de jour, il distingua les trois hommes qu'il avait vus passer la veille. Ils approchaient du refuge. Ils semblaient vouloir s'y arrêter, et s'adossaient même contre le mur. Mais celui qui devait être leur chef les fit repartir, disant qu'il leur fallait au plus vite rejoindre Merdjayoum. Le vieux berger m'assura qu'il l'avait entendu dire : "Il faut être à la côte demain, et prendre le bateau pour Le Caire. Ce sont les ordres." Les deux autres protestaient qu'ils étaient fatigués et qu'ils ne savaient même par pourquoi "on avait fait ça". En particulier ils répétaient : "Ils étaient neuf, pas dix comme on nous l'avait dit, neuf..." Le chef fit un geste d'impuissance et ils se remirent en marche.

« Le berger terrorisé passa la nuit dans son refuge. Il ne redescendit que le lendemain. Ce n'est que quelques jours plus tard qu'il apprit le massacre. Il voulut faire une déposition, qui fut enregistrée et consignée dans le dossier. Mais nous n'en avons pas eu connaissance, puisque nous n'étions pas parents des victimes. Et la politique avait autre chose à faire que d'essayer de démêler le témoignage confus d'un simple berger.

« La révélation venait trop tard pour nous, mais je compris que j'approchais un peu de la vérité. »

Hameïla eut beaucoup de mal à poursuivre. La gorge nouée, elle ravalait souvent sa salive. Elle souffrait à me révéler ce qu'elle n'avait pas eu la force de me dire à Mandraki.

Les conclusions d'Hameïla

D'abord les assassins étaient venus du Liban. Il y avait peu de chances pour que le massacre fût un simple incident de frontières. La version officielle était fausse. Tout avait été prémédité. Les malheureux avaient été suivis, ou attendus. On les avait tirés comme du gibier. Pourquoi ?

Ensuite les meurtriers avaient le sentiment de ne pas avoir accompli leur mission. Il manquait une victime au tableau de chasse. Si cela les contrariait, ce n'était pas par humanité. C'est que peut-être celle qui leur faisait défaut était justement la plus importante, la victime désignée. Pour être sûre de la tuer on n'avait pas hésité à massacrer tous les autres.

Enfin c'était au Caire qu'il fallait rechercher l'origine du crime. On avait voulu tuer des Baschkar, le fils d'un confident du roi soupçonné de comploter pour le retour de la monarchie. Son père était mort l'année précédente. Il suffisait donc d'éliminer le fils, et la vengeance serait accomplie. La race des Baschkar disparaissait à jamais.

Mais cette fois encore le hasard a joué à tous un mauvais tour. Les innocents sont morts. Les assassins ont fait leur travail de brutes anonymes, et la victime, ignorant tout, se protégea elle-même en devenant à son tour semblable à ses assassins. Du moins pour un temps.

Hameïla avait-elle raison? Pourquoi vouloir à tout prix trouver de la cohérence à une folie que rien ne pouvait expliquer? Pourquoi, sept ans après le coup d'État, éliminer un jeune homme qui ne menaçait personne, et quel rapport avec l'assassinat d'Amik dans une ruelle de Rhodes, quatorze ans après son départ d'Égypte?

Jusqu'où faudrait-il remonter pour tout savoir?

Révélation

Rhazella était restée immobile pendant tout le récit de sa fille. Avait-elle seulement écouté ce qu'elle savait depuis longtemps? Elle me regardait fixement, comme si elle cherchait à percer un secret qui était en moi, et que moi-même j'aurais ignoré.

Hameïla me tendit la deuxième clé : « C'est bien celle que j'ai vue il y a six ans. Montrez-la à Sergio et à Nadia. Peut-être voudront-ils vous dire à quoi elle servait... »

C'était une grosse clé de coffre-fort, de marque anglaise, déjà ancienne.

« Si je vous ai raconté tout cela en détail, c'est pour que vous compreniez bien que le hasard seul a tout commandé, dans la vie d'Amik et dans ce que j'ai pu en savoir. Il a suffi de si peu de choses... »

De nouveau elle regardait les photos qu'elle avait prises dans la ruelle de Sabra. Je me penchai sur son épaule pour revoir les visages de ceux qui s'appelaient les Flocons noirs.

Je sentis ses cheveux contre ma joue. Elle ne cessait de détailler les deux photos de Sakhem et Rassaoui. Soudain elle ferma les yeux, s'appuya sur mon bras et murmura : « Non... Ce n'est pas possible... Celui que j'ai vu apparaître dans l'encadrement de la porte quand Amik s'est enfui, celui qui m'a regardée dans la rue, c'est lui, celui que vous appelez Rassaoui... l'assassin... Et l'autre, celui qui était blessé à la jambe... Je les ai vus penchés sur Amik... Oh non... Non... »

C'étaient les meilleurs amis d'Amik.

12

FORFAITURES

Crapahut

Quand je suis arrivé à Beyrouth, le dernier soir de juin, une épaisse brume de chaleur couvrait la ville et ses lumières, et je ne vis pas étinceler les filaments de *La Chevelure*. J'ai repris le même chemin que la première fois. Lentement j'ai gravi le grand escalier. Quatre ans plus tôt j'y avais eu la révélation de *Thésée*. J'ai deviné très loin au-dessus de ma tête des traces de lumières voilées. On aurait dit qu'un navire se reflétait dans le ciel, avec les mêmes oscillations que dans l'eau. *La Chevelure* scintillait pour elle-même. Sa trajectoire était ce soir invisible. Elle crépitait, comme une braise aspergée d'eau crache soudain une vapeur pour tuer le liquide qui veut l'éteindre, jusqu'au moment où il n'y a plus ni feu, ni eau, ni chaleur.

Il ne me restait ici que deux nuits à vivre, nuits de révélations et de ruptures. J'ignorais que j'aurais pu ne jamais connaître la seconde.

Sergio m'attend seul au bar. Quand il me voit, il descend de son tabouret comme un automate. Il appuie pendant quelques secondes les paumes de ses mains sur le comptoir,

249

comme s'il avait besoin de sentir devant lui quelque chose de solide, puis, en se retournant lentement, il me fait signe de le suivre. Sans que je lui demande rien, il me dit que Nadia est à l'ambassade où l'on souhaite avoir des explications sur la mort d'Amik, et qu'elle rentrera tard, qu'elle est très fatiguée... Elle veut que je la retrouve le lendemain soir.

Puis il garde le silence, alors que tout, entre nous, reste à dire. Pour le provoquer je lui montre la deuxième clé qu'Hameïla m'a confiée. Il me l'arrache, la regarde attentivement, semble hésiter et brusquement me demande si j'ai des chaussures qui me permettent de marcher pendant une heure dans la montagne. « Autant que nous y passions les premiers, et tout de suite... » Il me conduit alors à son appartement et prend devant moi un revolver qu'il passe dans sa ceinture aussi naturellement que s'il mettait son portefeuille dans la poche de son veston. Il se munit aussi d'une lampe électrique, en disant qu'il espère bien ne se servir que de la lampe. Sans me prévenir il me lance à la volée un petit revolver noir en me demandant si je sais m'en servir, « Prends-le, ici ça fait plus sérieux ! », et il m'oblige à chausser une belle paire de rangers toute neuve. Quand je lui dis qu'Hameïla est persuadée que les assassins ne sont autres que Sakhem et Rassaoui, il se contente de hocher la tête, comme si cela ne lui apprenait rien. Il marmonne : « ... Des fanatiques... De dangereux chiites... »

Nous roulons jusqu'à Aley, puis nous entrons dans le massif du Chouf, le fief des Druzes. Après un virage, sur un talus en forte pente, Sergio arrête la voiture et pendant une demi-heure nous marchons dans les pierres et les herbes. A gauche je vois en contrebas, très loin, les lumières d'un village et j'en demande le nom à Sergio. « Si je te dis que c'est Djezzin, tu seras plus avancé ? Oui, c'est Djezzin, et après ? Tu connais ? Tu veux que je te le fasse visiter, de jour, de nuit, en été, en hiver, par beau temps, sous la pluie ? Et que je te raconte son histoire, et que je te fasse rencontrer tous les gens que je connais ? Tu veux savoir à quoi sert la deuxième clé ? Tu veux savoir pourquoi Amik a été tué ? Alors suis-moi et laisse-moi repérer le chemin. Et tais-toi, je t'en prie. La nuit le moindre bruit porte loin, et ici tout est suspect. Il y a trois mois, la dernière fois que je suis venu, un berger a tué une chèvre qui le rattrapait. Il croyait qu'il était attaqué par-derrière.» A plusieurs reprises il m'indique de la main des pierres qu'il vaut mieux éviter. Parfois il s'arrête brusquement et tend l'oreille. J'entends le vent qui descend de la montagne, quelques tintements de clochettes, des écoulements lointains d'eaux sur les rochers, et tout ce qui bruit dans toutes les montagnes du monde. Le revolver pèse lourd dans ma poche et je commence à ressentir une douleur oubliée, une brûlure entre l'omoplate droite et les cervicales, qui petit à petit raidissait ma nuque et m'obligeait à baisser la tête quand je crapahutais dans les chasseurs alpins, pistolet-mitrailleur en bandoulière, pour déjouer, dans le plus grand silence, l'embuscade qu'on nous avait tendue. On nous faisait prendre les Alpes pour les Aurès, et la guerre pour un exercice de gymnastique. Nous finissions par en être persuadés. Je mourais à chaque répétition, mais je ne fus jamais retenu pour l'ultime représentation.

Soudain Sergio me plaque contre la paroi rocheuse et me fait signe de l'attendre. Il avance en se baissant, comme s'il passait sous des branches. Je ne le vois plus. Il n'y a pas encore de lune, seulement la clarté des étoiles. Après plusieurs minutes il revient et à voix basse me dit qu'on peut y aller. Nous arrivons sur un plateau et je vois, brillant sur le sol, des débris blancs éparpillés comme s'il venait d'y avoir un bombardement, des blocs de pierres taillées plantés de travers dans la terre, des tambours de colonnes qui se sont arrêtés de dévaler sans même se coucher complètement, et loin devant moi, trois arcatures qui flottent dans la nuit. Le passé, autrefois, a ici explosé. Sergio m'explique que c'est un champ de fouilles qui a été exploré dans les années trente. Il y avait là un temple hellénistique, puis une basilique paléochrétienne avec une crypte. On aurait pu y accéder par une route plus directe, qui est à cent mètres à notre gauche, mais il valait mieux se méfier et passer d'abord par ici. Mainte-

251

nant que tout a l'air tranquille, nous allons retourner à la voiture et revenir par la route, car nous aurons des choses lourdes à emporter. Mais il ne peut se retenir de me les faire voir tout de suite. Il avance sur la pointe des pieds en évitant soigneusement de heurter les pierres. Il me conduit derrière l'abside et nous descendons plusieurs marches. Je me trouve en face d'une porte blindée comme à l'entrée d'un blockhaus. Sergio l'éclaire de sa lampe électrique pour trouver la serrure. Il me dit que nous allons visiter la crypte.

La deuxième clé

Pendant qu'il ouvre la porte il m'explique que la crypte a brutalement changé de destination en 1940. Elle fut en effet transformée en blockhaus par les Druzes et les forces françaises libres. D'ici on domine toute la vallée du Litani. En juillet 1941 il y eut de terribles combats entre Français des deux camps.

Dans le faisceau de la lampe apparaissent rangées contre le mur, comme des sarcophages bien alignés, des caisses de métal. La plupart n'ont plus de couvercles et sont vides. Il en reste deux, plus petites, fermées par de solides serrures à chiffre. On dirait des cantines d'officier prêtes pour le voyage. Sergio les ouvre sans difficulté en me disant que nous allons les emporter. Je distingue des étoffes toutes froissées et sales, des vieux costumes qu'on aurait bouchonnés à la hâte et cachés là, mais quand je passe la main sous le tissu, je sens le granulé froid des grenades et les cylindres lisses des canons.

C'était l'arsenal des Flocons noirs, la puissance d'Amik, les coulisses d'un acteur terroriste qui venait se déguiser ici pour préparer le théâtre de ses opérations.

Moi aussi je commençais à comprendre.

Les cercles de vérité se refermaient les uns après les autres.

Amik m'avait tout avoué le premier soir à Rhodes. Mais à ce moment-là la vérité, comme le mal, était invisible pour moi.

Au centre, par terre, je vois un petit coffre de bois précieux incrusté d'ivoire. On dirait une châsse oubliée par les archéologues. A l'intérieur, replié, un carré de tissu blanc, du satin brodé de signes verts, étrangement semblable à celui dans lequel Nadia avait taillé les bourses. En le dépliant je découvre une feuille de parchemin sur laquelle sont tracés des caractères arabes. Sergio me dit que c'est le texte du serment des Flocons noirs, et il me montre la signature d'Amik, d'une encre brune qui semble s'être décomposée. Ils avaient signé avec leur sang. « Nous faisons le serment de venger la mort de nos frères assassinés le 27 février 1959... »

Embuscade

Mais Sergio s'arrête brusquement de lire. Il fourre le texte du serment dans sa poche. Son visage se fige, il m'envoie un formidable coup de poing dans les côtes qui me projette contre le mur, il éteint sa lampe, fait un bond de côté et s'accroupit, deux éclairs, deux détonations, c'est Sergio qui a tiré le premier, des débris tombent de la voûte, l'odeur de la poudre, de l'air brûlé, un sifflement strident dans les oreilles, une ombre était devant la porte, là-haut un homme court, un autre aussi, encore des coups de feu, je suis affalé le long du mur, j'ai du mal à respirer tant Sergio a frappé fort, dans ma main le revolver qu'il m'a donné avant de partir et que je viens d'armer. Il n'y a plus que le silence et l'odeur âcre d'une fumée qui se dilate lentement dans l'air confiné de la crypte-blockhaus. Aucun signe de la présence de Sergio. En moi-même je me prends à ricaner « Ceci n'est pas une répétition ».

Au loin le moteur d'une voiture qui démarre. Je retrouve instinctivement les leçons apprises de nuit dans les chasseurs. Les rangers se posent sans bruit sur la terre battue, je rampe, je longe le mur en montant l'escalier. Des pas se rapprochent, sans chercher à se dissimuler. J'entends des jurons en italien. Là-haut, sur fond d'étoiles, la tête de Sergio qui me découvre en arrêt au milieu de l'escalier, plaqué contre le mur. Il se précipite sur la porte et la frappe violemment du pied. Dans sa hâte il avait commis l'incroyable erreur de laisser la clé dans la serrure. Elle n'y était plus. « C'est la clé qu'ils voulaient, autant que les armes. Ils devaient guetter là-derrière. Ils se doutaient qu'on viendrait. Sans la clé, pas moyen d'ouvrir la porte, il faut tout faire sauter à la dynamite, ou venir avec des pics et des pioches... » Il s'adossa au mur et ferma les yeux. Il marmonnait ses jurons comme s'il récitait une prière. « Foutons le camp !... Il est parti chercher les autres. Ils ne doivent pas être loin ! »

Il ne nous restait plus qu'à retourner à la voiture, sans notre livraison. Nous avons laissé les armes à découvert, et la porte grande ouverte dans la nuit. Quelqu'un, très vite, viendrait la refermer...

Hameïla avait sauvé un trésor dont elle ignorait l'existence. Sergio venait de se faire voler des armes dans un blockhaus dont il avait la clé.

Je lui ai demandé d'où provenait cet arsenal. Il me regarda en souriant, comme quelqu'un qui croit que son interlocuteur plaisante. « Je croyais que tu le savais... Alors il va falloir commencer par le commencement. Parce que si j'avais continué à jouer du piano, il n'y aurait jamais eu d'armes cachées dans la crypte, ni toi ni moi n'aurions failli mourir cette nuit, et Amik serait peut-être encore vivant... »

Le roman de Sergio

Il m'a raconté très vite sa vie, comme on raconte une histoire pour se changer les idées. Je croyais lire la quatrième de couverture d'un roman pour un été pourri. C'est dire que, de sa vie, je ne sais pas grand-chose.

Après son premier prix de piano au conservatoire de Milan, il rêve d'une grande carrière. Nous sommes en 1942 et il a vingt-quatre ans. Il donne des récitals dans les grandes villes italiennes. Partout la critique est enthousiaste, mais il se ruine à organiser des concerts qui n'attirent pas les foules. L'Italie fasciste fait une autre musique.

Un soir qu'il donnait un récital à Milan, il voit arriver à l'entracte dans sa loge une très belle femme qui ne lui cache pas son admiration. Deux fois déjà, à Rome et Naples, elle était venue le féliciter à la fin de ses concerts. Elle est égyptienne et réside au Caire. Elle veut absolument qu'il continue à jouer et vienne se produire à la cour. Elle doit rentrer là-bas, car le roi ne souffre pas qu'elle s'absente longtemps. Elle dirige son secrétariat particulier. Elle invite Sergio à dîner le lendemain soir chez Savini, et lui dit son nom : Rhazella Baschkar. Le lendemain, à la fin du repas, elle signe deux chèques. L'un pour payer le dîner, l'autre pour permettre à Sergio d'organiser d'autres concerts. Elle lui arrache la promesse de venir un jour jouer au Caire.

Rhazella revient périodiquement pour de courts séjours en Italie, et chaque fois elle retrouve Sergio et lui signe un chèque. Mais elle reste discrète, et ne lui demande rien d'autre que de venir au Caire. A bout de ressources, et pour échapper à une seconde mobilisation, il finit par accepter. Il est logé dans une aile du palais, reçu magnifiquement, et son concert, devant la cour, obtient un immense succès.

Alors, enfin, il devient l'amant de Rhazella et reste au Caire. Il est présenté au roi. Comme il ne peut donner, dans une ville aussi bruyante et une vallée aussi étroite, un concert par jour, il est nommé à vingt-huit ans professeur émérite au Conservatoire royal du Caire, et aussi président d'une société d'import-export qui appartient à Rhazella. C'était un cadeau que le roi lui avait fait et qu'elle voulait confier à Sergio pour le faire fructifier. Il se découvre alors une seconde vocation. Pendant cinq ans il fait commerce de figues et de dattes, d'agrumes, de pistaches et de raisins secs, et de grenades en tout genre. Il orchestre un harmonieux marché noir d'armes et de munitions entre Tanger, Le Caire, Beyrouth et les autres, avec dévouement, discrétion et talent. C'était un grand artiste.

Maître gigogne, il se déboitait avec aisance et naturel, de plus en plus secret selon les heures du jour et de la nuit. Le petit pantin nocturne ne ressemblait en rien à la statue vernissée que tout le monde applaudissait le jour. Pianiste de talent aux heures les plus officielles, épicier par héritage d'amour à l'aube ou au crépuscule, maquignon par intérêt la nuit venue, amant fortuné à midi comme à minuit. S'il était resté dans son pays, il aurait fait une belle carrière médiatique, ou même politique. Il arma et réarma ainsi bien des troupes sans uniforme et sans État. Il ouvrit une succursale à Beyrouth. Il avait su faire merveilleusement prospérer le cadeau du roi. Il était devenu au palais un personnage indispensable.

Mais ses amours clandestines, son commerce illicite et sa vie insouciante se terminèrent brutalement un malheureux 23 juillet de 1952, parce qu'un maréchal, flanqué pour son malheur d'un jeune colonel, décida de chasser le roi qui était trop monarchiste et pas assez égyptien. Il fallut donc partir, et ce fut tout naturellement au Liban qu'on s'installa. Il restait dans ses entrepôts de substantielles réserves qui lui permirent de prendre quelques parts, quelques mèches d'or, à *La Chevelure*, tout en continuant pour son plaisir à jouer du piano.

Il était arrivé au Caire avec Rhazella, et s'en retourna avec Nadia. Le roi avait trouvé en effet que ce pianiste, bon commerçant, jouait de trop d'instruments, et Rhazella fut priée d'avoir en musique de chambre des goûts moins éclectiques. Leurs concerts se firent plus rares. De leur amour il ne resta qu'une société anonyme très prospère. Sergio rencontra dans les couloirs de la radio du Caire une artiste polyglotte qui cherchait un accompagnateur et une vie plus stable. Elle s'appelait Nadia Sandraine.

Le drame de Sergio

Il géra avec dévotion la fortune des Baschkar et s'occupa de l'éducation d'Amik. Il l'aimait comme son fils, et ce fut là son drame.

Après le massacre d'Hasbaïa il comprit vite qu'Amik, qui détestait sa mère et sa sœur, répugnait à se confier à lui et avait trouvé en Nadia une confidente patiente et perspicace. Ce fut sa première surprise. Il laissa faire, pensant que cela serait de courte durée. Mais quand Nadia, affolée, lui révéla qu'Amik était le chef des Flocons noirs et qu'il avait dirigé personnellement l'attaque de la banque, il fut lui aussi pris de panique. Ils firent tout pour le dissuader de venger ses camarades. Mais c'était trop tard. Pour dévaliser la banque, ils s'étaient fait prêter des armes par une organisation palestinienne, à laquelle ils devaient en retour pendant plusieurs années payer une contribution en argent et en armes. En fait ils n'avaient aucune indépendance. Amik, regrettant les confidences que Nadia lui avait arrachées, respecta dès lors le silence de la clandestinité. Pendant quelques mois ils ne purent rien savoir d'autre.

Sergio allait cependant faire une découverte qui devait le marquer à vie. Pour que ses affaires continuent à prospérer, il lui avait fallu s'assurer l'appui d'un clan. Ce fut chez les Druzes du Chouf, grands consommateurs d'armes en tout genre, qu'il trouva ses meilleurs clients et son plus solide appui. Pendant dix ans il fit avec eux de bonnes affaires. Un soir Nadia le supplia de trouver des caches pour des armes qu'Amik venait d'acheter. Il lui prêta d'abord en catastrophe le local de Sabra, qui lui servait d'entrepôt, puis trouva chez ses amis les Druzes un refuge plus sûr dans la crypte de la basilique. Pour être certain qu'aucune imprudence ne serait commise, il fit le transfert lui-même avec Amik. En entreposant les armes il découvrit, en vérifiant leur provenance, que c'était un stock que lui-même avait vendu aux Druzes quelques mois plus tôt. Par personnes interposées il avait vendu ses armes à Amik.

Le propre de ce commerce est d'être si sale que tout le monde se cache. Le fabricant ne voit jamais le vendeur, le vendeur jamais l'acheteur, et l'acheteur jamais le visage de ceux à qui il destine ses merveilleux cadeaux, sans quoi il n'aurait jamais le courage de les leur offrir. Cela produit parfois des drames dans les familles, qu'elles soient privées ou politiques. Le fils et le père, le président et le ministre entrevoient avec horreur pendant quelques secondes leur vrai visage.

Pour Sergio ce fut un coup très dur. Il était devenu malgré lui le complice et le pourvoyeur d'Amik. Il ne lui restait plus qu'à l'aider. Il comprit que c'était en restant avec Nadia qu'Amik serait encore le mieux protégé. Ils le poussèrent à faire du théâtre et à s'en aller ailleurs. Pendant quelques mois il alla étudier à Paris et danser à Athènes.

Un soir de mai sur l'*Argo* Sergio me vit apparaître comme l'envoyé du destin. Si je pouvais emmener Amik avec moi en France, ce serait la fin du cauchemar. J'arrivais au moment où tout le monde était à bout de souffle. Les Flocons noirs n'avaient plus d'argent et ils devaient toujours payer tribut à leurs frères.

Nous arrivions à *La Chevelure*. « Et les bijoux ? », dis-je à Sergio. Il regarda devant lui, comme s'il ne voulait plus me voir.

« Ça, c'est Nadia qui te le dira demain soir. »

Aveux

Le lendemain, Nadia m'attendait dans sa chambre. Elle a incliné sa tête sur mon épaule et a murmuré « C'est fini... Toi aussi tu aurais pu mourir... Sergio m'a tout dit ». Nous ne nous étions pas retrouvés seuls depuis deux mois. Après être restés longtemps allongés l'un contre l'autre, immobiles, la main dans la main, au creux de la nuit nous avons sommeillé et tenté de nous aimer.

Ce n'est que le matin qu'elle m'a parlé.

Elle était assise sur le bord du lit, le corps enveloppé dans un peignoir de soie noire à lisérés blancs, penchée en avant, elle regardait loin devant elle, comme si je n'étais pas là. Je ne lui avais posé aucune question. Elle se parlait à elle-même.

« Quand les corps ont été descendus d'Hasbaïa, Amik était fou de douleur. Il est venu nous voir ici. Il voulait se suicider. Sergio m'a laissée avec lui, pour qu'il puisse s'épancher plus librement. Il a pleuré longtemps contre moi. Je n'ai pu lui faire dire quoi que ce soit. Il ne faisait que répéter mon nom. Moi j'avais du mal à prononcer le sien. Il était pour moi le fils de Rhazella...

« Je n'ai d'abord connu de lui que les soubresauts des sanglots qui secouent le corps d'un jeune homme de vingt ans. Ce n'est pas lui qui a voulu m'aimer. Il n'avait pas honte de pleurer devant moi, c'est tout. Et puis un soir, brusquement, c'est moi... Je l'ai serré contre moi, longtemps, puis il m'a caressé la main, il m'a dit qu'il haïssait sa mère, qu'il voulait s'en aller très loin, et brutalement je l'ai pris.

« D'abord j'ai voulu tout cacher, me séparer immédiatement de lui. Mais tout était trop fort, trop fort... Sergio a failli me quitter. Il m'a crié, un soir qu'il avait trop bu, "Non, non, pas avec mon fils..." Mais je n'ai jamais pu savoir exactement... Je n'ai jamais voulu savoir. Physiquement Amik ressemble tellement à sa mère... »

Nadia s'allongea en travers du lit, les yeux grands ouverts, les doigts recourbés sur ses seins. Elle resta longtemps immobile et silencieuse. Puis elle reprit tout bas, lentement, l'histoire qu'elle se racontait à elle-même.

Un jour, pour la faire rompre, Sergio invente des histoires sordides sur Amik. Il lui raconte que c'est un petit voyou dangereux qui leur attire à tous des ennuis. Elle interroge souvent Amik, mais à chaque fois il se met en colère, disant que c'est la jalousie de Sergio qui lui inspire toute cette méfiance. Et soudain, un soir, sans qu'elle lui demande rien, il lui avoue tout : les Flocons noirs, l'attaque de la banque, le trésor, les armes. Il tremble de peur et de rage, car il vient d'apprendre qu'à Amman et à Tel-Aviv on a découvert sur les corps de personnes assassinées le sigle des Flocons noirs. Or il ne lui manquait aucun tract, et la nuit des attentats il était avec Nadia.

« Je l'entendrai toujours me dire... "Jamais nous n'avons tué et jamais nous ne tuerons, sauf ceux qui ont tué mes camarades, si un jour nous les connaissons. Nadia, il faut crier, crier, crier, qu'on entende nos explosions, nos cris de justice. Ils sont plus justes que la justice. Nos armes doivent être aussi pures que des éclairs..."

« Certains soirs je le voyais partir. Il ne disait rien. Il me regardait longuement. Il se blottissait contre moi en murmurant "Protège-moi", puis en courant il allait prendre sa voiture et démarrait à toute allure. Dès ce moment je me suis faite à l'idée qu'un jour il ne reviendrait pas. Une nuit ils ont fait sauter un dépôt d'autobus. Amik avait des doutes sur le bon fonctionnement de la minuterie, et il avait préféré mettre le contact à la main. Cela l'obligea à rester près du lieu de l'explosion. Il reçut des éclats et fut brûlé aux mains que, par réflexe, il avait portées à son visage pour se protéger. Je l'ai soigné.

« Quelques semaines plus tard je le vis revenir affolé. Cette fois il lui manquait des tracts, peut-être toute une liasse, il ne savait plus exactement. Il était persuadé que quelqu'un de son groupe les trahissait. Nous n'avons pas osé lui avouer que le vol avait été commis par Hameïla, pour ne pas provoquer un drame familial, mais nous avons eu tort. Il a commencé à soupçonner tous ses compagnons. Ils se méfiaient tous les uns des autres, chacun accusant l'autre d'avoir trahi, alors que tous étaient restés fidèles ! Peut-être est-ce aussi à cause de cela que finalement ils l'ont tué ? Je ne sais pas... Je ne peux pas le croire... »

"La comète a coupé la Voie lactée"

« ...Les bijoux, et l'or, car il y avait de l'or aussi... C'est Amik, et lui seul, qui les a volés dans les coffres qui étaient ouverts au moment où ils commettaient leur hold-up à la banque d'Orient. Des clients étaient en train d'y déposer une petite partie de leur fortune... L'occasion était trop belle. Il a tout raflé, très vite, sans même savoir ce qu'il pourrait en faire. Il m'a raconté cela beaucoup plus tard et m'a toujours affirmé que personne, pas même ses complices, ne savait qu'il les avait pris... Mais je crois qu'il se trompait.

« ... Il m'apporta aussi un carré de satin auquel il semblait attacher une grande importance. Il me demanda de lui confectionner quatre bourses parce qu'il voulait faire un cadeau à sa sœur, et de lui rendre ce que je n'avais pas utilisé. J'ai trouvé cela bizarre, et puis je n'y ai plus pensé.

« Quelques jours avant ton arrivée il m'avoua qu'ils n'avaient plus de quoi acheter des armes. Il voulait de nouveau dévaliser une banque. J'ai réussi à l'en dissuader, mais sans rien me dire il a négocié tout seul la vente de la moitié des bijoux, ici, à Beyrouth et à Baalbek. Je ne sais pas à quoi il a pensé. Je crois que déjà il voulait en finir par n'importe quel moyen. Très vite la police a su qu'on trouvait chez des receleurs des bijoux qui avaient été volés deux ans plus tôt lors de l'attaque à main armée des Flocons noirs. Elle commençait à remonter la filière. Nous l'avons su. Un jour, en plaisantant, il m'avait fait promettre, si je sentais qu'un grand danger le menaçait et que je ne pouvais le joindre, de lui envoyer ce message : "La comète a coupé la Voie lactée." C'était le début du poème qu'il avait écrit au lendemain du meurtre d'Hasbaïa. Mais je n'ai pu le joindre. Il était à Rhodes, peut-être en train de parler avec toi... C'est Hameïla qui a reçu le message. Elle a cru que c'était une plaisanterie. Elle ne l'a jamais transmis. Il fallut très vite restituer de l'or, beaucoup d'or, et pas aux propriétaires... A la police.

« ... Je n'en pouvais plus, j'étais à bout. Sergio ne voulait plus s'occuper de lui. Il me méprisait de plus en plus. Amik était si perturbé qu'il ne pouvait plus, même physiquement, m'aimer. Il restait des heures à côté de moi sans rien dire. »

Les bijoux et les armes

« ... Quand j'ai écarté le rideau, le soir de ton arrivée, je t'ai vu tout de suite dans la grande salle. J'étais folle de peur. Je croyais que tu étais un flic déguisé en chargé de mission. J'ai voulu te séduire. Tu as trouvé tout merveilleux. Tu es venu nous voir dans l'odéon. Tu ne parlais que de théâtre. Je ne savais plus que penser...

« ... J'attendais un homme qui m'aimât seulement pour moi, tranquillement, sans mystère et sans drame, et ce fut toi. Le second soir je ne cherchai plus à te séduire. Là-haut sur la terrasse je ne sais qui a surpris l'autre. Malgré les brûlures qui m'aveuglaient, j'ai été très heureuse...

« ... Florian, je t'aime...

« ... Quand j'ai su que tu voulais faire voyager les costumes entre ici et Paris, j'ai dit à Sergio que j'avais trouvé la solution pour écouler sans risque les bijoux. Il suffisait de les passer avec les costumes, en décollant les faux de leur support après la dernière représentation, et en fixant à leur place les vrais pour les récupérer à l'arrivée.

« ... Ce fut pour moi un travail exténuant. Moi seule pouvais m'y retrouver. J'ai toujours pris la précaution de mélanger les vraies et les fausses pierres. J'ai fait mon premier essai avec le diadème du sphinx dans *La Machine infernale*. Tu as bien vu que j'avais changé l'emplacement des pierres qui figuraient les flammes, mais tu n'as rien soupçonné. Cela m'a encouragée. J'ai utilisé tous les colliers, toutes les couronnes, les étoles, les tuniques, et surtout la toison de Jason et la massue d'Héraclès... C'est pourquoi j'ai eu si peur lors de la fouille quand nous avons embarqué la toison. J'ai pensé qu'on avait été dénoncés. J'avais forcé la dose. Deux rubis sur trois étaient vrais. Quand je les ai vus briller dans le soleil, j'ai cru qu'on était perdus. Les faux se voyaient comme le nez au milieu du visage. Mais heureusement on avait affaire à des douaniers, pas à des joailliers. « ... A l'arrivée on décollait tout, et Sergio revendait à Marseille ou à Paris. Il mettait l'argent sur le compte de sociétés qui intervenaient toutes dans les ventes d'armes. Les circuits étaient très bien organisés. Il n'y eut jamais de problèmes. L'argent atterrissait à Prague ou à Berlin-Est, et les armes s'envolaient à Damas. On félicita plusieurs fois Amik pour son efficacité...

« Nous étions tranquilles pour quelques mois. Mais avec ces armes-là on tuait, et Amik ne pouvait pas l'admettre. »

Rébellion

Elle s'arrêta, comme si elle m'avait tout dit. Elle ferma les yeux et se mordit les lèvres. Je la serrai contre moi. Elle murmura des mots, en ravalant souvent sa salive, comme si tout ce qu'elle me confiait lui causait une grande douleur physique. J'eus du mal à comprendre ce qu'elle disait.

Quand Amik revint de notre rencontre à Rhodes, il était comme délivré. Il lui dit qu'il avait trouvé un autre moyen de continuer le combat. Il décida d'utiliser une part de l'argent des Flocons noirs pour financer mes spectacles. Il le fit facilement admettre aux membres de sa cellule, en leur démontrant qu'il avait enfin trouvé la couverture qu'ils cherchaient depuis longtemps. Cela pourrait même leur procurer des recettes... C'était un marché de dupes. Très vite ils comprirent qu'Amik n'avait qu'une envie : faire du théâtre. Ils l'ont obligé à organiser l'assassinat d'un député. Il a refusé. Il a voulu dissoudre les Flocons noirs, ou démissionner. Mais on ne revient pas d'un pareil voyage. On lui rappela son serment : ses camarades n'étaient toujours pas vengés. Il était parjure. Il a proposé de restituer l'argent et de tout leur laisser, le trésor, les armes, la clé. Ils ont fait semblant d'accepter. Ils l'ont tué au terme d'une longue comédie, la veille du jour où tout devait se régler.

Sakhem et Rassaoui ont été chargés d'exécuter la sentence. Peut-être même ont-ils été volontaires. Le premier prétexte fut le bon. Ils étaient ses amis et il les avait trahis. Parce qu'il m'avait rencontré un soir sur l'acropole de Rhodes...

« J'aurais voulu que tu ne saches jamais cela... Plusieurs fois j'ai failli tout t'avouer. Je ne pouvais pas. Nous allions en finir. Il me disait qu'une fois partis nous serions tranquilles...

« ... Maintenant, je t'en prie, laisse-moi. Plus rien n'a d'importance. L'essentiel pour moi, c'est que tu n'aies pas été mêlé à tout ça.

« ... Je t'aime. »

Je suis resté longtemps allongé contre elle. Elle ne parlait plus. Je lui ai pris la main, mais elle l'a retirée. Elle gardait les yeux fermés. C'est à peine si je la voyais respirer.

Je crus l'entendre dire « Pars... Pars vite... »

Je sentais en moi une immense déception, mais aucune colère. Je comprenais et j'excusais Nadia.

Je l'ai laissée reposer. Je suis parti sans faire de bruit. Je pensais la retrouver quelques jours plus tard.

Je ne devais plus jamais la revoir.

Forfaitures

Je suis revenu à Rhodes. J'ai retrouvé Hameïla. En haut de la loggia d'où elle me guettait, lentement je l'ai embrassée. J'ai compris enfin la longue attente de cette femme qui avait tout deviné, et qui n'avait cessé de croire qu'un jour je comprendrais.

Un soir elle m'a dit « Tout est prêt... » et elle m'a tendu une pochette de tissu dans laquelle il y avait des liasses de dollars. Rhazella était allée en Crète. Entre Rhodes et la Crète il y a beaucoup de mer et de milles, mais pas de frontière. Elle avait négocié là-bas, chez des amis, à peu près tout ce qui restait des bijoux. Elle avait décidé que cela serait à Hameïla et moi. Elle voulait que la volonté d'Amik fût scrupuleusement respectée. L'argent servirait à créer *Thésée*. Pendant trois jours j'ai refusé. Je voulais partir, retrouver Nadia. Rhazella attendait et ne disait rien. Le troisième soir, sur la loggia, à la tombée du soir, elle me regarda longtemps, me prit la main et me dit simplement « Monsieur Leurien, il faut maintenant que vous soyez heureux, vraiment heureux... Je parle très mal français... Je ne sais rien dire d'autre. Mais cela n'a pas d'importance... » Et elle disparut. Hameïla vint me rejoindre. Comme sa mère elle me prit la main, et moi non plus je ne sus rien dire d'autre.

D'abord nous avons marché dans la cour, autour du bassin. Nous avancions avec précaution, chacun réglant son pas sur la cadence de l'autre. Puis nous avons regardé les fleurs de l'hibiscus. Elles vibraient à l'air du soir qui lentement remontait le long du mur.

Hameïla voulut se recueillir à l'endroit où Amik avait été frappé.

Nous sommes revenus sur nos pas. Elle marchait devant moi, me tenant toujours par la main. Elle me fit remonter l'escalier de la loggia, puis très vite elle a poussé sur la droite une porte que je n'avais jamais remarquée et qui conduisait aux appartements de Rhazella. L'obscurité était totale. Ses talons claquaient sur le marbre. Elle m'aida à monter quelques marches. J'entendais les froissements de sa robe, je devinais les mouvements de son corps. Mes genoux sentirent les bourrelets moelleux de coussins qui semblaient disposés en cercle autour de nous, et soudain des doigts aux ongles très longs s'insinuèrent sous le tissu de ma chemise, et commencèrent à me revêtir lentement de la pulpe de leur chair. Mes yeux s'habituaient à l'obscurité. Tout près de moi je voyais une longue forme blanche, un voile de chair qui m'enveloppait et entrouvrait ses lèvres pour me sourire et effleurer mes paupières. Je m'entendis murmurer « Rhazella » et une voix que je ne reconnaissais pas me répondit « Oui... Mais oui... Rhazella ».

Je n'ai souvenir que de vagues successives qui m'emportaient à chaque fois plus loin de moi. Je vivais sans même sentir que je respirais. Je flottais sur un corps immense dont je sentais en moi les pulsations. J'étais heureux. Au creux de la nuit je me suis retrouvé seul. Sans que je m'en aperçoive, elle avait disparu.

Le lendemain je voulus expliquer à Hameïla pourquoi je n'avais pu m'empêcher de murmurer le nom de Rhazella. Elle m'arrêta en souriant : « Mon ami, quelle importance... ? Je comprends si bien... Hameïla est la fille de Rhazella, elle sort de son corps... » Elle me caressa longtemps le visage. « Ce sont bien les mêmes doigts, n'est-ce pas, les mêmes ? »

J'ai accepté l'argent. Je suis resté. J'étais convaincu que c'était la seule façon de respecter la volonté d'Amik. Cela me paraissait alors évident. C'est tout ce que je puis dire dix-huit ans après.

Nous avons créé *Les Mouches* au festival d'Athènes. Je n'avais pas trouvé d'acteur pour jouer *Thésée*. J'ai fondé ma propre troupe. J'ai connu de nouveau le succès, à Paris et en Europe. Les bruits les plus fantastiques couraient sur l'origine de l'argent que je mettais dans mes spectacles. Cela, je crois, augmenta encore l'intérêt qu'on portait à mes créations.

Je revois cette époque comme trois années blanches de ma vie, blanches comme la canne d'un aveugle.

Hameïla restait discrète. Elle me répétait qu'elle était heureuse. C'était une femme placide, qui avait gardé de son éducation aristocratique et égyptienne une réserve qui faisait croire qu'elle ne pourrait jamais connaître les folles passions, tout au plus les effleurements discrets de jouissances qu'elle avait peur de sentir. C'était cela qui me séduisait en elle. Je la forçais à s'avouer son bonheur. A chaque retour de Rhazella, elle s'effaçait, prétextant des obligations ou un voyage, et elle redevenait la solitaire que j'avais connue à Rhodes.

J'accomplissais des rites que je ressentais comme un viol de moi-même. J'étais allé trop loin dans ma propre vie.

J'habitais un espace où je n'aurais jamais dû pénétrer. Je me sentais en survie.

L'amour est une surprise qui nous tue.

Nous croyons qu'il est plus fort que la mort et qu'il donne la vie. C'est une belle illusion d'optique. La mort, pour se survivre, a besoin de passer par la vie. Nous croyons la défier et la vaincre. Nous ne faisons que la propager. Elle tolère que nous fassions un peu de bruit dans son silence. Nos vies ne sont jamais que les vacances de la mort.

Rhazella mourut brutalement pendant l'hiver de 1969 d'une rupture d'anévrisme, alors que rien ne le laissait prévoir. Je ne voulus pas croire aux explications qu'on nous donnait, je pensais même un moment qu'elle s'était suicidée, mais ma supposition ne reposait sur rien. Elle vivait à Rome, heureuse. Ses derniers mots pour moi avaient été : « Venez quand vous voulez. J'aime vous voir. »

Tout l'argent était dépensé. Je n'avais plus de capitaux à mettre dans la troupe. Chacun repartit de son côté. Hameïla hérita. Elle prit plaisir à gérer sa fortune. Il n'y eut pas de rupture entre nous, seulement un progressif détachement, puis une douce indifférence.

Un soir à Athènes nous avons partagé ce qui restait : un saphir et une émeraude. Je n'avais plus de raisons d'être fidèle.

L'année suivante j'entendais sur scène une comédienne qui disait, le front appuyé sur la vitre d'une fenêtre, « ... Il neige, me dites-vous ? Cela vous émerveille comme un enfant. Vous aimez voir briller la neige au soleil. Elle vous aveugle, vos yeux pleurent, mais vous respirez à fond et vous êtes heureux. Pour moi, ce sont des mouches glacées qui me piquent sans que je les entende venir, des flocons noirs silencieux qui m'étouffent. J'ai peur ». Elle s'appelait Estelle Fulgère.

Je croyais qu'une page de ma vie était tournée et qu'une autre commençait. J'oubliais qu'elles sont toutes reliées et se tiennent entre elles comme les cellules de l'organisme. Il suffit qu'une seule soit atteinte d'un cancer pour qu'aussitôt un écho fidèle se répercute entre elles, et bientôt toutes elles résonnent du même mal, toutes les lettres s'irriguent jusqu'à la dernière de la dernière page, qui ne signifie plus qu'un définitif silence.

13

LA FÊTE DE LA COMÈTE

Viol

Voici venus les temps où il nous faut violer la mémoire du monde. Pour la première fois la comète ne repartira pas intacte de son passage parmi nous. Nous lui prendrons avec notre sonde une parcelle de sa substance. Nous mettrons dans notre présent une part de sa mémoire. Qui sera désormais le prisonnier de l'autre ?

Conseil d'administration pour une fête

Marie-Anne est en face de moi, et ils sont tous là pour le premier conseil d'administration de la fête de la Comète : les compositeurs, les scénographes, les architectes, les décorateurs, les éclairagistes, les chorégraphes, les entrepreneurs de bâtiments et de spectacles, et même les scientifiques de la Villette, qui boudent dans leur coin, car ils prétendent eux aussi avoir eu les premiers l'idée de la fête. « Et où sont les scénaristes ? » a demandé, agacé, un réalisateur. Les scéna-

269

ristes? Mais il avait toujours été entendu que c'était moi. Premiers froissements. J'ai énuméré à mon réalisateur ahuri les scénarios que j'allais lui donner : le vin de la Comète, il ira cette année filmer les vendanges en Bourgogne... La conquête de l'espace... Les amours d'un homme et d'une femme en apesanteur, et aussi une histoire universelle de l'humanité, sept minutes, une fable que j'intitulerai *Les poux et les cheveux...* Silence consterné autour de la table.

Ils ont déjà la liberté de s'enrichir, le show-biz va s'en donner à cœur joie, la sous-traitance va tourner à plein régime. Bel argent et bonne fête. Mais je ne prêterai mon nom à personne. Je ne signerai que ce que j'aurai écrit.

On va vendre un produit qu'on n'a ni acheté ni fabriqué. Une affaire en or.

Mais c'est moi qui ferai le texte de la pub.

Radiotélescopes

Huit jours plus tard, Marie-Anne déjeune avec moi dans un restaurant de Nançay. Elle n'a pas voulu revenir aux Commettes après son premier passage. La présence d'Estelle y est encore trop forte pour elle. Après le déjeuner elle m'a demandé de l'emmener en voiture pour nous perdre dans les allées de Sologne et marcher longtemps ensemble.

Au bout de la ligne droite qui conduit à Souesme nous avons vu soudain, émergeant de la crête des arbres, le haut d'une muraille brillante, à l'armature de métal, une couronne blanche qui fermait l'horizon et clôturait la forêt. On aurait dit la tour d'une ville nouvelle implantée au cœur d'une forêt inhabitée. Plus on s'en approchait, plus elle s'éloignait, et s'évanouissait, étouffée par les ramures serrées d'arbres aux troncs invisibles. Ce devait être un mirage.

Tout en conduisant je serrais la main de Marie-Anne. La prochaine allée serait pour nous. Nous y pénétrerions. Elle-même des yeux cherchait une entaille dans la forêt pour trouver enfin un passage.

« Florian, regarde ! »

Elle aussi... Elle ne voulait pas retrouver Estelle aux Commettes, et ici elle est traversée de son cri, elle me donne le même ordre, avec le même feu dans les yeux, « Regarde ! » Parfois soudain une voix, un cri, et toute une vie de vies, des collisions de vies aux carrefours de nos corps, des résurrections folles qu'il nous faut reconnaître. Tout recommence maintenant, et toujours les yeux, la voix d'une femme au nom différent, aux heures différentes de ma vie, qui m'ordonne « Regarde ! » Je ne peux plus alors que regarder ses yeux.

Ce qu'elle me désigne ainsi, avec ce cri qui ne lui appartient pas et qu'elle n'a appris de personne, c'est un immense écheveau, une toile d'araignée géante, les cellules d'un épiderme agrandies des myriades de fois et tendues vers le ciel pour en recevoir les ondes émises en d'autres temps et d'autres lieux, un médium d'acier qui vient d'obliger Marie-Anne à prononcer les paroles d'Estelle.

« Regarde ! Viens, je voudrais voir... »

Elle me montre une clairière. Le mirage est là, bien réel.

Fine gaze de métal ajouré, dépliée en parabole pour concentrer en elle des sons profonds que nous ne percevons pas, elle déploie ses alvéoles blanches sur une steppe de bruyères fanées pour détecter les pulsars qui tournent au fond de l'univers comme des phares, ou les mystérieux quasars ultraviolets qui fusent à la conquête de l'espace, et les traces d'astres qui ne sont plus que des fantômes d'années-lumière.

Devant nous, une allée d'immenses parapluies retournés et ouverts, plantés en équilibre sur le sol, pour absorber les ondes et les gouttes du soleil, et canaliser sa lumière, alignés comme des menhirs de granit aux temps de la préhistoire pour tracer sur terre des chemins qui descendent tout droit du soleil.

Nous avancions nous tenant par la taille et nous posions nos pas avec précaution sur le sable blanc de l'allée. Nous ne disions rien. Nous traversions des contacts invisibles, et nous

271

marchions sur les bords d'un immense miroir à travers lequel passait et parfois s'accrochait le ciel. Nous avions peur de violer des musiques que nous n'entendions pas. Nous sommes revenus à la voiture. Sur le ciel gris, dans la pluie qui commençait à tomber, je ne voyais plus que l'éclatant fragment d'une superbe ruine toute neuve, les restes d'une gigantesque arène destinée à capter les combats du ciel.

Nous sommes de pauvres gladiateurs. L'orbite de l'arène nous donne le vertige. Aujourd'hui encore, nous cherchons avec acharnement à emprisonner dans des filets d'acier les ondes vivantes de mondes déjà disparus. Nous sommes toujours en retard d'un combat, et nous ne cessons de courir après la vie pour mieux attraper la mort.

Nous ne pouvions plus parler. Nous nous sommes regardés. Nous rattrapions des siècles d'attente. Nous avons fait basculer nos sièges. Elle était tournée vers moi, tout près de mon visage. Je voyais aussi dans la vitre inclinée se refléter son corps allongé, loin de moi, soutenu en l'air par des forces invisibles, prêt pour un lointain départ. Penchée vers moi elle me souriait, elle m'attendait, et mes doigts voulaient la toucher. Je voyais en même temps son front et sa nuque, son front effleurant mes lèvres, sa nuque et ses épaules, traînées blanches insaisissables, accrochées aux chevelures tremblantes des arbres dans le ciel.

Ses yeux passaient à travers les miens, elle me voyait très loin au-delà de moi et notre amour nous dédoublait. Nos corps se dévoilaient, perdant en chemin leurs vêtements, sur le plancher de la voiture ou dans l'espace qui les maintenait près de nous suspendus et immobiles, et nous pouvions enfin connaître, dans la nuit qui nous recouvrait, nos corps et les fantômes de nos corps.

Ironie

Imaginez de la poussière de cendre qui aurait gardé l'éclat du feu mais ne brûlerait pas, une cendre froide et scintillante, un mirage pour les yeux, et un poison pour les poumons.

Imaginez une vapeur de brouillard où viennent se réfracter, et se briser, les regards de la lumière. C'est au moment où elle vient mourir sur son obstacle qu'on sait que la lumière a existé.

Imaginez les embruns d'un sillage de vent et d'eau qui vous ferait sentir le vrai masque de votre visage en le pétrifiant.

Imaginez un froid qui ne gèlerait pas, une mort d'avant la naissance, une plage mouillée d'eau pure.

Imaginez encore une légère touche, une courbure transparente, la trace d'un voile lacté déposé là par erreur, ou par hasard, la maladresse d'un peintre qui aurait frôlé de son pinceau la toile à un endroit où l'on n'aurait dû voir que le bleu profond et lisse de la nuit, rivé à la voûte céleste par des pointes de diamants. Sur le bleu et sur les pointes, une écharpe en suspens, signature égarée au milieu du tableau, parasite imprévu qui nous oblige à revoir toute la composition du tableau.

La comète est l'ironie du ciel, et la dernière folie de ma vie.

Via Appia

J'aurais pu crier, me lever, marcher, gesticuler. J'ai regardé les images comme si je les avais déjà vues, parce qu'il était évident que cela devait se passer ainsi. Pourquoi s'étonner de ce qui arrive, sinon pour se donner une comédie qui nous fait croire que cela aurait pu ne pas arriver ?

J'entendais la voix du commentateur lire sa leçon de vingt heures. Hier soir une patrouille de carabinieri a découvert au sud de Rome, sur la Via Appia, dans les ruines d'une tombe à l'écart de la route et près des catacombes de Saint-Sébastien, deux cadavres. Pins parasols dans la lumière dorée du soir, voie romaine étroite et droite, goudronnée à cet endroit, tombeau de Cecilia Metella, entassements de briques et de pierres. Deux hommes d'environ quarante-cinq ans, tués par balles à bout portant, en plein cœur. Brûlures du canon sur la peau. Ils ne se méfiaient pas. Détritus et résidus de rencontres et de tractations clandestines et nocturnes, sur bas-reliefs romains, papiers gras, seringues et tampons d'ouate. C'est là, dans les fondations de la tombe d'un certain Minucius Florus, qu'on a trouvé deux cadavres à peine cachés sous des aiguilles et des branches de pins, parce que !es promeneurs, l'odeur et les chiens, puis les carabinieri... D'après les premiers résultats de l'enquête, la mort remonte à deux ou trois jours au plus, deux sujets venus du Moyen-Orient, qu'on n'a pas encore pu identifier. Les noms figurant sur leurs passeports étaient faux, mais on a retrouvé sur chacun d'eux des lettres provenant d'une organisation palestinienne concernant des ventes d'armes. A moins qu'elles n'aient été placées dans les poches des victimes par leur assassin pour brouiller les pistes... Photos agrafées sur les passeports, deux visages gris et flous à gauche et à droite de l'écran, mais immédiatement je les reconnais, ce sont bien eux, Sakhem et Rassaoui, les meurtriers d'Amik exécutés hier lors d'un règlement de compte dans une sépulture antique toujours en activité. Il ne faut jamais détruire les nécropoles, elles peuvent toujours servir.

On verra s'ils arrivent à les identifier.

Ce qui pourrait m'étonner, à la rigueur, ce n'est pas la mort logique et prévisible de deux terroristes, mais que je sois aujourd'hui le seul avec Sergio et Hameïla à connaître leur identité.

Amusant.

Chevelures

Longue promenade cet après-midi sur les Champs-Élysées, pour préparer la fête de la Comète.

Il faudra tirer parti des arbres, les éclairer par intermittence de l'intérieur, à l'intersection du tronc et des branches, en faire autant de sources lumineuses jaillies de terre, les transformer en étoiles filantes végétales, chevelures de feuilles nouées l'instant d'un éclair au-dessus de nos têtes. Rue du Mont-Thabor. Ce n'est qu'au moment où elle a disparu que je me suis rendu compte que depuis quelques minutes je me laissais guider par les cheveux longs d'une femme qui marchait devant moi.

Les rayons du soleil, qui se couchait devant nous, étaient prisonniers de fils et de résilles aux reflets d'acajou qui vibraient à chacun de ses pas. Quelques cheveux, émanation vaporeuse de la tête qui pénétrait régulièrement dans l'air, flottaient sur les tempes et sur les épaules, à l'écart de la masse plus disciplinée de la chevelure, esquissant le départ d'un invisible sillage de tourbillons et de parfums, avant de retomber, consumés, sur la soie mauve du chemisier. D'autres aussitôt prenaient, à chaque pas, le relais.

Ma promeneuse fit soudain un écart. Elle quitta brutalement son orbite, poussa une porte de verre et fut aspirée par l'entrée étroite d'une galerie privée. Elle avait disparu. Je continuais d'avancer comme si je tombais dans le vide. Je n'aurai connu d'elle que la chevelure d'un front et d'un visage que je ne verrai jamais. Astre égaré et solitaire : la plupart des femmes portent aujourd'hui les cheveux courts. Elles les font couper très ras derrière le cou pour bien dénuder la nuque qui paraît ainsi plus fine et plus frêle, plus blanche aussi et mieux dessinée. C'est dans les épaules que se concentre toute la force du corps. Plus larges, renforcées par les pattes et les galons de blousons ou de vestes qui soulignent encore plus nettement le départ des manches, elles donnent une carrure plus robuste à leur silhouette, et à leur buste une force secrète et épanouie. La forme des chaussures, effilées et aux talons peu élancés, donne à leur démarche une allure encore plus souple et plus déliée.

On dirait des spationautes qui viennent d'atterrir après avoir accompli leur mission. Elles ont enlevé leur casque, revêtu un chemisier et passé une jupe. Nouvelles hôtesses des stations de l'espace, elles sont aussi à l'aise pour déambuler sur nos trottoirs que pour évoluer avec précision dans leur cabine. A les voir ainsi marcher on devine qu'elles connaissent des sensations et des gestes qui nous sont interdits.

Renaissance

Hameïla elle aussi a vu les photos dans les journaux. Elle me dit que maintenant tout est vraiment fini. Elle se sent soulagée. Elle a honte de me l'avouer, mais tant que les meurtriers d'Amik vivaient elle se sentait menacée, même si elle n'y croyait pas. Ils lui ont hypothéqué vingt ans de sa vie. Elle repart immédiatement pour Rome. Cette fois rien ne l'arrêtera. Elle retrouvera Sergio. Lui doit savoir. Il a toujours tout su, mais il cache sous des flots de paroles ce qu'il ne veut pas dire. Elle le forcera à parler.

Elle avait la même voix que le jour où elle m'a abordé près de la fontaine de la place des Martyrs à Rhodes, une voix très calme et déterminée.

Elle va pouvoir enfin vivre.

Minutes de nuit

Il faudra d'abord irriguer d'ondes sonores et de scintillements toutes les avenues de l'Étoile, et, des tours de la Défense à l'obélisque de la Concorde, projeter des éclairs de laser, faire une radioscopie des vibrations de la lumière, révéler les rayons invisibles, créer un orage de couleurs sans tonnerre, silences de lumières que plus rien ne vient fracasser.

A minuit nous ferons cinq minutes de nuit totale, comme on fait une minute de silence. On éteindra toutes les enseignes, les vitrines, les réverbères et les lampes. On cessera de circuler. Chaque citadin a droit de voir la nuit et sa ville illuminées seulement par les étoiles. Cinq minutes suffisent pour que nos yeux, habitués à la nuit, aillent enfin toucher le fond perceptible de l'espace.

Je ne veux pas plonger une ville dans les ténèbres. Je veux rendre à chacun son ciel nocturne. Ce sera le cadeau de ma fête.

La fête de la Comète

Sur les Champs-Élysées, entre les platanes et les marronniers, des chevaux de Marly à l'arc de Triomphe, nous ferons une grande fête, non pas la fête d'un jour, mais pendant les semaines de juin une promenade dans une fête, une déambulation dans des temps et des espaces que nous tentons d'apprivoiser.

Chanteurs, sonos, projecteurs et hurlements : nous ferons de grands rassemblements place de la Concorde. Baraques de forains pour tirer au sort et au pistolet les étoiles filantes et les comètes, horoscopes informatisés et oraculaires, manèges où l'on s'envole, petits enfants bien au chaud emportés dans de beaux vaisseaux silencieux... Mimes, tréteaux et boniments, histoires de commères et superstitions de comètes, planétariums et labyrinthes...

Je voudrais aussi faire voir en permanence sur des écrans géants une foule de scènes rappelant des événements récents que nous avons déjà oubliés. Une fête est aussi une mémoire. Les inondations au Bangladesh, le dernier cyclone au Mexique, l'agonie d'Armero sous les coulées de boue du Nevado del Ruiz, et la mort télévisée d'une petite fille de Colombie dont nous avons tous déjà oublié le nom, les pluies acides et les marées noires, les attentats à Beyrouth du 17 août dernier et les débris de *La Chevelure*, l'explosion de la navette, et les deux plus beaux actes de barbarie qu'on ait commis depuis des années, le massacre du stade de Heysel et la destruction d'un Boeing sud-coréen froidement abattu sur l'ordre militaire d'un État souverain si puissant qu'il peut s'amuser impunément à tirer en vol deux ailes portant des

277

centaines de vies humaines parce qu'elles planaient trop
près de ses rivages... Toutes les horreurs que la comète
viendra recouvrir de sa chevelure.

Apothéose

Une longue courbe blanche s'est élevée très haut dans
l'azur.
Un cordon ombilical s'est étiré de la terre au vide de
l'espace. Une fois de plus nous allions assister à une naissance dans le ciel.

Ils étaient sept, deux femmes et cinq hommes, envoyés
dans l'espace pour accomplir plusieurs missions, et obser-
ver, dans les meilleures conditions possibles, la comète de
Halley. Débarrassée des voiles de l'atmosphère, ils auraient
pu la voir filer, nue et brillante, dans la pureté noire de
l'infini.

Mais la comète ne l'a pas voulu.

La fusée, quarante-cinq secondes après son départ, est
entrée en collision avec une force invisible. On a vu un éclair
et une boule de feu. Un dragon s'est engendré dans le ciel,
pour protéger sa comète des regards qui la violaient. On
voyait ses pattes descendre lentement vers la terre, ses griffes
fumantes enserrant des débris de chair et de métal. Il s'est
métamorphosé, très vite, en scorpion géant et est resté en
suspension dans le ciel, incarnation astrale d'un serpent
venimeux. Le cordon a été tranché alors qu'il n'avait pu se
déplier complètement. Il s'est terminé par un ridicule crochet en forme de point d'interrogation.
Les sept spationautes ont été désintégrés. Tout le monde
pense qu'ils sont morts. Cela ne veut rien dire.

Plus je regarde la nouvelle nébuleuse qui vient de se créer, plus je vois distinctement réapparaître la longue courbe blanche sur fond d'azur, l'encolure d'un cygne gigantesque qui est venu s'épanouir et se figer là, blason pétrifié de nos rêves, resplendissant de lumière et de pureté.

Ce n'est pas un échec. C'est une tragédie. Aucun génie n'a pu l'imaginer, aucun dramaturge n'aurait pu la mettre en scène. Nous sacrifions au ciel nos plus belles chairs humaines. C'est ainsi qu'aujourd'hui nous engendrons nos dieux.

Passionautes

Je ferai filmer aussi le ballet de mes deux spationautes, dont j'avais commencé à raconter l'histoire. Le plus difficile sera de composer une musique qui puisse les accompagner dans leurs évolutions.

... Quand il a levé la tête, il l'a vue qui planait dix mètres au-dessus de lui, ses bras faisant des mouvements d'ailes. Ils avaient revêtu la combinaison légère faite de deux pièces, d'un tissu élastique très fin, qui moulait le corps tout en laissant passer l'air. Il pensa qu'en fait ils pourraient aussi bien travailler nus et qu'ils n'en éprouveraient aucune gêne. Soudain la nécessité de porter des habits lui apparut comme une habitude désuète, simple transposition des contraintes terriennes : aucune variation de température, une régulation permanente de l'air et de ses composants, et surtout l'apesanteur qui donne au corps une liberté nouvelle. Seule la pudeur... Il lui sembla que ce n'était plus ici un sentiment naturel.

Et sans réfléchir davantage, tranquillement, avec précaution, il se déshabilla. Sous lui ses vêtements flottaient, encore pleins de sa forme. Il avait, sans souffrance, dépouillé le vieil homme.

A la façon dont la combinaison moulait le corps de sa compagne, il vit qu'elle était aussi légèrement vêtue que lui.

Elle le regarda longtemps se rapprocher, et quand il fut à quelques mètres d'elle, elle lui sourit et lui demanda d'attendre. Alors, avec beaucoup de précaution, elle commença à faire glisser le bas de sa combinaison. Elle sentit les mains de l'homme qui tirait le tissu vers lui.

Dans la sphère flottaient maintenant, épars et mélangés, leurs vêtements d'homme et de femme, imprégnés de leurs odeurs, comme de rares algues bercées au fond de la mer traduisent la présence d'un mouvement invisible et profond. Ils nageaient au-dessus de ces ondulations et se rapprochaient doucement l'un de l'autre.

Elle vit, entre elle et le corps de l'homme, quelques filaments en suspension, franges transparentes, dentelles offertes aux prémices de leur amour, qui paraient son ventre d'une soie liquide, et qu'elle sentait aux commissures de ses lèvres, plus froides déjà que son corps, mais encore humides, brillantes d'une lumière sortie des muqueuses de son ventre, phosphorescentes comme les échancrures célestes des jupes d'une aurore boréale.

Mais déjà des doigts s'insinuaient dans ses lèvres, et son échine a ondulé de plus en plus vite.

« *Or tous deux étaient nus, l'homme et la femme, et ils n'avaient pas honte l'un devant l'autre* » (Genèse, 2, 25).

C'est ainsi que selon moi ont commencé à s'aimer dans l'espace le premier homme et la première femme.

Premiers amants des espaces vierges, je ne veux plus dire un homme et une femme, une femme et un homme, car ils sont ensemble et immédiats dans leur amour, et je ne saurai jamais les désigner qu'ensemble, deux êtres différents et semblables, qui gravitent et s'attirent pour s'unir et se séparer, s'aimer et se haïr, immobiles dans leur trajectoire, couchés debout dans un nouveau paradis pour une nouvelle folie.

La dernière pièce du puzzle

Hameïla n'a pu retrouver cette fois encore Sergio à Rome. Elle l'a cherché partout. Elle a même pris des risques. Elle est allée de nuit sur la tombe de Minucius Florus, qui a été aussi pour quelques heures celle de Sakhem et Rassaoui. Elle n'y a trouvé que briques romaines, merdes de chien et traînées de papiers hygiéniques.

Elle a réussi à voir un inspecteur de police. Il pense que le meurtre a eu lieu ailleurs, dans un endroit isolé, et que les cadavres ont été transportés là quelques heures après, au milieu de la nuit, par quelqu'un qui connaissait bien l'endroit. Il est persuadé que c'est un règlement de comptes. Elle ne lui a pas dit qu'elle connaissait les victimes, et ne lui a pas parlé de Sergio. Elle me le dit comme si elle avait à se faire pardonner un oubli.

Je lui ai répondu sèchement au téléphone qu'il était complètement inutile de s'occuper de lui. S'il est encore en vie, il nous fera signe.

Il nous rapportera la dernière pièce du puzzle.

Fleurs

Qui a déposé des fleurs sur la tombe d'Estelle? Chrysanthèmes, boucles d'or et mèches rousses, cheveux coupés épars sur le marbre d'une tombe.

J'ai téléphoné à Marie-Anne pour la remercier, car j'étais persuadé que c'était elle. Elle a été très surprise. D'une voix à peine audible elle m'a affirmé que ce n'était pas elle, qu'elle avait pensé le faire mais qu'elle n'avait pas osé. Elle voulait me demander où Estelle était enterrée, mais elle n'avait pas pu... Seul Parinelli a l'habitude d'envoyer des fleurs, et il me prévient toujours. Il le fait à chaque anniversaire.

Une main anonyme, un admirateur d'autrefois, une erreur, ou un remords qui vient mourir ici? Mais qui connaît le petit cimetière de Clémont, caché de hauts murs au fond d'une allée à peine carrossable ? La gardienne du cimetière me dit qu'elle n'a vu personne.

Le fou de la comète

Il se tenait agrippé d'une main à un barreau de la grille qui clôture les ruines des thermes de Cluny. Debout sur le mur, le buste penché en avant comme s'il allait se jeter sur les passants, il gesticulait et vociférait. Le bruit des moteurs, les jets d'eau sous pression, qu'on projetait derrière lui sur les briques et les pierres romaines qu'on restaurait, étouffaient sa voix. On aurait dit un fantôme égaré, accroché aux clôtures de temps étrangers qu'il n'avait pu franchir avant le jour, un tribun du forum, sans toge, un orateur de la Révolution, revenu un peu en avance pour le bicentenaire, haranguant un peuple qui ne pouvait pas le reconnaître. Il semblait éprouver une grande frayeur. Ses propos étaient incohérents, mais parfois, subitement, il se mettait à délirer en de longues périodes, toujours les mêmes, qui à la longue formaient un discours qui avait sa cohérence.

« La comète, monsieur, c'est l'ange de Dieu. Elle a des cheveux d'ange. Oui, les anges sont des comètes. C'est l'œil de Dieu dans le ciel. Elle est éternelle.

« Je vais vous dire la vérité. C'est le soleil qui est mortel. Les jours du soleil sont comptés. On les a calculés. Et nous nous restons là. Nous sommes les esclaves d'un feu follet qui court l'espace sans savoir où il va, et il va à sa perte, et nous le suivons, boulet de terre enchaîné à une fournaise de mort. Il faut suivre la comète ! Elle va nous prendre dans ses filets et détourner la terre de son orbite. Nous ferons un grand voyage, dans l'espace, et elle nous fera découvrir d'autres soleils. Mais pendant le voyage il faudra bien se couvrir. Il y aura des jours de nuit et des étés de froid. Tous ceux qui resteront sur terre mourront. Seuls survivront ceux qui habiteront un vaisseau spatial, un vaisseau qui sera notre arche de vie.

« Un jour nous descendrons sur une terre nouvelle, éclairée par un soleil neuf, avec une eau pure et de l'air non pollué. Nous serons très loin d'ici, dans une autre galaxie, nous serons plus légers que sur terre et tous jeunes, car le temps ne sera plus le même, et toute notre énergie sera magnétique ! D'un seul mouvement de nos yeux nous inverserons le sens des forces, nous ferons remonter l'eau à sa source, avec la seule concentration de notre esprit nous déplacerons les pierres et les rochers, comme Thésée dans sa jeunesse, d'un geste de la main nous créerons des tourbillons. Nous aurons de grands réservoirs de nuages, et ils se déplaceront quand nous soufflerons dessus. Nous aurons faim et soif quand nous voudrons avoir faim et soif, et nous ne mourrons plus.

« Partez ! Ne restez pas collés sur terre. Piétinés, étouffés, asphyxiés, pourris et brûlés que vous serez tous ! La terre c'est de la pourriture, c'est de la chair à soleil. La preuve : sur terre tout le monde meurt. Il faut que la terre change d'orbite, il faut que la terre change de terre, il faut que le soleil cesse de se lever tous les matins et de nous commander, il faut enfin qu'il finisse par faire ce pour quoi il est fait, il faut qu'il tourne autour de la terre et qu'il nous suive ! »

Pauvre fou et grand acteur. S'il avait du talent à heure fixe, je lui aurais volontiers confié un rôle dans la fête. Il faudrait trouver un acteur pour le mimer. Il paraît que c'était un astronome promis à une brillante carrière. Il serait devenu un grand savant. Mais il a été frappé d'un mal étrange. Il a été atteint, comme d'autres avant lui, par la névrose de l'infini. Il n'a pas supporté de se voir en grandeur nature, arrimé à sa petite sphère prisonnière d'un soleil déclinant dans une galaxie drainée par un nuage qui n'est qu'un amas de poussière en suspension dans un tout petit coin de l'univers. Il a été pris d'un vertige astronomique. Il a perdu la raison.

Pauvre fou amnésique. Notre terre est un minuscule petit point, l'atome d'une infime et infirme molécule qu'on appelle une galaxie, et trois mois ou trois mille ans ne sont rien.

Mais nous brillons comme des éclaboussures de phosphore, et il nous arrive, sans même le vouloir, d'embraser quelques arpents de terre et de chair, et de brûler d'amour quelques insectes. J'aime mon éclair.

Aller et retour

« Venu. Pas vu. Reviendrai dans huit jours. Tout est clair maintenant. Mais c'est impossible à écrire. Il faut que je te parle. Je vais loger dans un petit hôtel de la région, comme un touriste, en attendant ton retour. En vacances. C'est plus sûr. Pourquoi as-tu abandonné *Thésée* pour la comète? Tu dois créer *Thésée*. Je vais t'aider. Tout à toi. Sergio. »

Le vin de la Comète

La dernière belle année de l'Empire, 1811. Ce fut une des rares fois où le passage de la comète fut accompagné dans la mémoire des hommes d'événements heureux. L'été et l'automne furent splendides, et la récolte de vin si exceptionnelle que très vite on la désigna par une appellation restée fameuse et unique : le vin de la Comète. On le garda longtemps dans les chais, et cinquante ans après, dans certaines familles de vignerons, sous le Second Empire, on dégustait encore rituellement le vin de la Comète, qui vieillissait bien, et qui était devenu un breuvage magique.

Tresser tout un espace de treilles qui, comme un radio-télescope géant, captent une lumière solaire torride. Des hommes montent et descendent fébrilement le long des treilles et coupent avec avidité d'énormes grappes qu'ils lancent, au rythme d'une musique qui commande leurs gestes, dans de grandes hottes. En formant une chaîne ininterrompue, ils montent tout en haut d'un pressoir par un escalier à vis pour vider leur hotte. C'est un cylindre doré en forme de tour, au sommet de laquelle guettent des soldats qui comptent les paniers. Le vin nouveau coule par quatre rigoles, placées dans la direction des quatre points cardinaux, et il ruisselle en cascades successives, de vasque en vasque, abreuvant à chaque niveau des foules assoiffées qui se battent et se tuent pour recueillir quelques gouttes du vin mystique. Cycle des adorations et des dévorations perpétuelles. Facile à mettre en scène.

Le saut de l'ange

Marie-Anne vient de partir. Nous avons vécu un jour et une nuit ensemble. Il y a tant de retard à rattraper, et il me faut vivre si vite, que nous ne disons rien. Des étreintes et des caresses. Nous avons dormi là, dans la grande salle, sur le canapé, face au feu qu'elle avait allumé au début de la soirée. Reflets des flammes et des braises sur son ventre et ses cuisses, et parfois, au milieu de la nuit, quand il ne restait plus que quelques tisons prêts à s'éteindre, une dernière étincelle dans ses cheveux.

Ce matin, en revenant de faire sa toilette, elle est apparue en haut de la mezzanine, dans son déshabillé de soie grège. Elle m'a longtemps regardé, sans rien dire, puis elle a ouvert tout grand ses bras, penchée vers moi qui restais immobile en bas, comme pour m'embrasser de très loin avec des bras qui réussiraient, malgré la distance, à m'attraper, et à m'emporter avec elle dans un plongeon qui ne cesserait jamais.

Nadia est morte. Estelle est morte. Hameïla aura toujours peur de la vie, et attendra jusqu'à la sienne la mort de quelqu'un qu'elle redoute ou qu'elle aime.

Marie-Anne, dernier amour si court que déjà il est éternel.

Télégramme

« Arriverai lundi soir vers 19 heures en voiture. T'attendrai s'il le faut. Maintenant je peux tout te dire. » Et c'est signé *Celui qui t'a déjà écrit.*

A croire que Sergio vit maintenant dans la clandestinité.
Mais pourquoi m'en étonner? Il a toujours été clandestin, en
art, en amour et en argent.

Tirer des plans sur la comète

Il faudrait obtenir des États-Unis et de l'Union Soviétique
qu'ils envoient dans l'espace, sous l'égide de l'O.N.U., trois
satellites figurant des comètes. Elles composeraient dans le
ciel la forme d'un triangle et seraient visibles, successive-
ment, de tous les points de la terre pendant plusieurs années.
Les crédits seraient pris sur les budgets destinés à l'arme-
ment. Nous pourrions voir, inscrite au-dessus de nos têtes,
notre volonté de paix et de solidarité.

Autrefois on envoyait des bouteilles à la mer. Aujourd'hui
il faut oser envoyer des comètes dans le ciel. Les chances sont
les mêmes, nulles. La propagation des ondes reste un mystère. Qui entend et qui voit? Mais quand je crie je ne me
soucie pas de savoir qui m'entend. Je crie.

Restitution

J'ai entendu le bruit du moteur. Il est arrivé à dix-neuf
heures comme prévu. Il a frappé à la porte-fenêtre, comme si
nous étions voisins depuis toujours. Il a terriblement vieilli
en quelques mois. Il m'a longtemps regardé sans rien dire,
puis il a glissé la main droite dans la poche de son manteau
et m'a tendu une grande enveloppe: « Tiens, je te les rends.
Maintenant tu peux les conserver sans risque. »

J'ai déchiré le papier. J'ai vu, soigneusement classés, les
feuillets du manuscrit que je ne retrouvais plus, la bourse de
satin repliée, et du doigt j'ai senti à l'intérieur l'émeraude.

Sergio s'est affalé dans le fauteuil face au feu qu'il regardait fixement.

« Je vais tout te dire... Tout... Sur la mort d'Estelle...

« Florian... C'est ma faute... Tout est de ma faute... »

Marie-Anne, tu hériteras bientôt des Commettes. J'aurai le courage de te dire pourquoi. Je veux que tu saches toi aussi la vérité. Je vais mettre par écrit, pour toi, la confession de Sergio. Elle ne t'intéressera que parce que tu m'aimes. Mais je ne pourrai jamais te la confier oralement. Quand tu es là, seuls comptent le présent, ta vie et notre amour.

14

LITURGIES

Bréviaire

Marie-Anne, je ressemble, en face de mon papier et de mon écran, à ce vieux curé de campagne que je connais. Chaque matin il dit sa messe tout seul. Il répète les rites, comme si toujours c'était la première fois, que le monde venait de naître et qu'il y avait autour de lui toute une foule pour célébrer la liturgie. Tous les jours il lit son bréviaire. Il découvre les textes sacrés qu'il connaît par cœur.

Je voudrais maintenant pour toi ne retenir que l'essentiel. Tu trouveras sur une autre disquette toutes les indications techniques concernant la fête de la Comète. Je viens de les taper. Tout le monde les connaît, mais je voudrais qu'on les respecte scrupuleusement. Je n'ai pas confiance.

Ce que tu vas lire, je ne sais pas pourquoi je l'ai écrit. Je n'avais personne à qui le dire. Prière du soir de ma vie, qui s'invente d'elle-même, selon les événements de la journée.

A qui, sinon à toi, confier cette survie d'une vie qui n'a aucune importance, qui va atteindre maintenant sa dernière vérité, et qui sait qu'elle est vaine, mais ne craint pas de la dire.

Ce soir de rares poussières blanches, que je ne peux suivre des yeux, tombent lentement sur le sol depuis quelques heures. Seule trace de mouvement dans une immobilité totale. Tout continue d'attendre.

Il y a deux ans on a vu dans un puissant télescope un flocon brillant au fond de l'univers. Dans quelques mois elle sera au-dessus de nos têtes, et nous lui ferons une grande fête.

Il y a deux ans une trace fugace a traversé de nuit le jardin où je marchais. C'était toi. Tu étais revenue. Tu étais au début et tu es à la fin.

Offices

Je continue de remplir du mieux que je peux mes offices. Tous les huit jours je préside le conseil d'administration de la fête. Ils sont tous dévoués et souvent compétents : ils ont beaucoup d'argent à gagner. J'ai promis pour dans huit jours ma fable *Les poux et les cheveux*. Cela les intrigue beaucoup. Comment filmer cela ? Avec des images de synthèse, par les procédés de l'infographie. On est en train de ressusciter ainsi Humphrey Bogart et Marilyn Monroe. On pourra donc aussi bien faire évoluer les poux dans une chevelure, et y retrouver, en sept minutes, notre histoire universelle. Un digest qui devrait plaire à nos consommateurs pressés.

Hameïla m'appelle une fois par semaine. Quand je lui ai dit que Sergio avait annoncé sa venue, elle a crié : « Il n'est donc pas mort ? », et elle voulait venir. Mais je préfère qu'il aille la voir. Je ne veux pas qu'elle apprenne devant moi qu'elle est encore en vie par erreur.

Mes danseuses blanches sont de plus en plus habiles. Non, ce ne sont pas celles de la fête. Je t'expliquerai cela de vive voix. Pendant qu'elles s'occupent de moi je leur raconte la fête de la Comète. Quand je parle je regarde leurs yeux. J'y vois toute la fête comme je ne la verrai jamais.

Confession

« Tout est de ma faute... »

Il gardait les yeux baissés. Parfois il s'arrêtait de parler et regardait les flammes avec étonnement, comme si c'était la première fois qu'il voyait brûler des bûches dans une cheminée.

Longtemps Nadia et lui ont attendu mon retour à *La Chevelure*. Puis ils ont compris que je ne reviendrais jamais. Ils ne pouvaient m'en vouloir et ils n'ont pas cherché à me joindre. Au début ils ont eu quelques nouvelles par Rhazella, mais après sa mort, plus rien.

La dernière fois que Sergio l'a vue, elle l'aimait encore. Elle lui a dit à plusieurs reprises, avec force, que Florian et Hameïla resteraient toujours ensemble, et qu'elle savait pourquoi... Lui aussi le croyait.

Ils suivaient mes créations dans les journaux. Ils ont vu des photos de moi avec Hameïla. Rhazella les découpait et les gardait précieusement. On les a retrouvées chez elle après sa mort. Hameïla a vendu la maison de Rhodes. Ils ont pensé que nous étions très riches. Une ou deux fois Sergio a eu l'idée de venir nous surprendre, mais Nadia le lui a interdit.

Tout était de leur faute, oui, mais si j'avais bien voulu parfois leur faire signe, peut-être que les événements auraient pris une autre tournure.

Il était décidé à venger Amik. Il le fallait... « Tu sais pourquoi... » Il se rendait compte que ce serait long, difficile, et certainement dangereux. Impossible de retrouver la trace de Sakhem et Rassaoui. Ils avaient filé en Jordanie, puis avaient disparu. C'est pour cela qu'il est resté avec Nadia à *La Chevelure*. Ils ont attendu et cherché pendant trois ans. Nadia avait créé son magasin de haute couture, qui marchait bien. Lui continuait à vendre des armes, espérant trouver ainsi la filière qui le conduirait un jour aux assassins. Les Flocons noirs avaient été dissous, mais le réseau continuait d'exister, sous un autre nom. Il avait la certitude qu'un jour il trouverait un indice.

Une première occasion se présenta quelques mois après Septembre noir. Les Palestiniens, chassés de Jordanie, refluaient au Liban. Sergio était très sollicité. Il rencontra beaucoup d'intermédiaires et, en parlant affaires, n'eut pas de mal à identifier une cellule terroriste qui ressemblait fort aux Flocons noirs.

C'est alors qu'il commit sa première erreur. Il offrit ses services, proposant des transactions avantageuses à « un groupe qu'il voulait aider ». L'accord fut conclu facilement, et pendant un an tout alla bien.

Mais au début de 1974, au moment de se faire régler une traite, on lui remit avec la facture une lettre dont il sut seulement que c'était un communiqué des chefs de la résistance. On exigeait qu'il restituât au plus vite « le texte du serment, le carré de satin et l'argent détournés à son profit par le traître Amik ». Il fut atterré. Il comprit qu'il était démasqué et prit peur. Il jura qu'il ne savait pas à quoi on faisait allusion, que cela remontait maintenant à plusieurs années. Pour gagner du temps, il promit de se renseigner. Et l'on passa un nouveau marché.

A ce moment de son récit Sergio prit la bourse de satin que j'avais posée devant lui, sur la table basse, devant le feu, et me regarda enfin droit dans les yeux.

« Est-ce que tu connais l'usage du raya ? » me dit-il.

Je ne lui répondis rien. J'attendais qu'il continuât de me dévoiler les secrets de secrets qui peu à peu nous rapprochaient de la vérité.

Du revers de la main il essuya une larme. Ce n'était pas l'effet de l'alcool. Volontairement je ne lui avais rien offert, pour être sûr qu'il se bornerait à me rapporter les faits, si toutefois il s'agissait bien de faits.

Nœud sacré

Quand il est venu avec Nadia à Rhodes après la mort d'Amik, il avait en effet regardé attentivement les bourses. Il ne les connaissait pas. Nadia ne lui en avait jamais parlé. Elle n'y avait pas attaché beaucoup d'importance. Elle croyait que c'était une fantaisie de jeune homme. Elle se souvenait même qu'Amik lui avait dit que c'était pour faire un cadeau à sa sœur. C'est pourquoi elle ne fut pas étonnée de les retrouver là. Mais Sergio, lui, fut intrigué. C'était le même tissu que celui qui enfermait le serment dans la crypte. Il comprit que le satin était un linge précieux, peut-être un tissu sacré. C'est pourquoi ce jour-là il nous demanda de les brûler. Mais Hameïla les lui arracha des mains, lui coupa la parole, et on n'en parla plus.

De retour à *La Chevelure* il questionna Nadia. Elle savait seulement que le satin était vieux, très beau, tissé à la main. Elle se souvenait de la date où Amik lui avait demandé de tailler les bourses. C'était au mois de juin 1959, quelques semaines après l'attaque de la banque (mais alors elle ne savait rien), et quelques jours après un pèlerinage qu'Amik avait fait sur la tombe du sultan Yaccoub... Cela il lui avait avoué, lui disant simplement qu'il voulait se recueillir avec des condisciples après ce qui était arrivé. En fait ils accomplissaient un vœu qu'ils avaient fait à plusieurs pour demander que justice soit faite, et s'obliger eux-mêmes à venger la mort de leurs camarades. Mais Nadia ignorait à cette époque les activités d'Amik, et elle ne put établir la moindre relation entre tous ces événements.

Sergio alla donc sur la tombe du sultan. C'était un roi du Maroc qui, au début du XIVe siècle, partit en pèlerinage à La Mecque. Mais au lieu de rentrer dans son royaume, il voulut visiter les autres lieux saints de l'Islam et s'en alla à Jérusalem. Puis il traversa le Liban, et c'est sur les contreforts du mont Liban, face à la plaine de la Bekaa, qu'il entendit l'appel du prophète. Il abandonna les gloires de ce monde, vécut comme un saint, un walî, dans une extrême pauvreté. Dans son royaume on sut qu'il était devenu un saint, et après sa mort on vint en pèlerinage sur sa tombe. On y pratiquait les rites en usage dans son pays. On révérait la djellaba du prince. Mais surtout, autour de son mausolée, les pèlerins venaient nouer à des branches d'arbres ou à des mâts que l'on plantait, des linges, des chiffons, des *rayas*, pour lier l'âme du saint à la prière qui lui était faite et qu'elle ne puisse plus se dérober.

Le texte et le tissu, même matière et même esprit, étaient à jamais liés dans un enchevêtrement de fibres et de formules que rien ne pouvait dénouer, pas même la poussière du temps et la pourriture de la matière qui ne les effaçaient qu'à nos yeux.

Sergio interrogea le gardien de la tombe. Ils cherchèrent dans les archives. Au mois de mai 1910, pour le maulid du saint, un hadjdj venu du Maroc déposa et noua un carré de satin sur lequel était brodé en effet le début de la sourate LXXXIII. On retrouve à cette époque beaucoup de rayas de cette nature. Ils marquent la solidarité des Arabes contre tous les envahisseurs. A l'époque ils dénonçaient les Turcs renégats qui tyrannisaient un pays qui ne leur appartenait pas.

Le gardien lui dit aussi que le raya disparut au maulid de mai 1959. C'était bien au moment du passage d'Amik. Ainsi ils avaient à leur manière renouvelé le rite du raya. Ils se liaient par serment aux forces ancestrales et reprenaient à leur compte les vœux les plus sacrés. Ils inventaient leur guerre sainte et créaient pour eux l'irréversible.

Amik fut donc deux fois parjure. D'abord parce qu'il viola son propre serment, et pour cela il fut tué. Ensuite parce qu'il viola le serment d'un serment, et pour cela il fallait réparation.

Pourtant, en me racontant cela, Sergio lui-même hésitait. Il m'avoua ses doutes. « Tu sais, bien des fois je me suis dit que je rêvais... Je ne connais rien à ces histoires... Et je n'ai voulu en parler à personne... Pourtant les faits sont là. »

Puis il a fini par trouver une explication.

Quand on lui régla le marché suivant, on lui paya dix pour cent en moins de la somme, parce qu'il n'avait pas rendu le satin et l'argent. Ce n'était donc en définitive qu'un chantage pour faire baisser les prix. Au fond cela le rassurait. Il avait trouvé ce qu'il cherchait. Sakhem et Rassaoui venaient de lui faire parvenir, par deux fois, un message, et sans se rencontrer ils s'étaient reconnus. Il jugea plus prudent de se tenir à l'écart du marché pendant quelque temps.

Prodigieuse machine

Il eut bientôt d'autres préoccupations. Il m'expliqua tout avec un grand luxe de détails, « parce que, tu comprends, tout a son importance, tout... ».

La vue de Nadia commença à faiblir de façon inquiétante. Aucun traitement n'arrêtait des décollements de la rétine de plus en plus fréquents. Il fallut faire plusieurs séjours dans des cliniques, à Rome ou à Milan.

La situation au Liban devenait intenable. Quelques semaines avant la bataille des Grands Hôtels, Sergio et Nadia s'installèrent définitivement à Milan. A la suite d'une opération, Nadia retrouva partiellement la vue de l'œil gauche. Mais l'œil droit était perdu. Et Sergio reprit, *mezza voce*, son petit commerce avec le Moyen-Orient.

Le 6 juin 1982 les troupes israéliennes envahirent le sud Liban. Un nouvel exil commençait pour les Palestiniens. Certains d'entre eux vinrent en éclaireurs, en Italie et en Tunisie, préparer la retraite. Et cette fois on sollicite Sergio sans qu'il demande rien : il connaît trop bien les circuits clandestins et les bonnes adresses. Dès le mois d'avril il fait plusieurs voyages à Tunis.

Il n'y allait jamais sans se déguiser : fines moustaches, cheveux teints, lunettes aux verres fumés cerclés d'or, accent anglo-égyptien... Arrivé au lieu du rendez-vous, on lui bandait les yeux pour l'emmener, dans des voitures aux pneus lisses et aux amortisseurs désarticulés, après de folles embardées dans des ruelles bosselées, aux lieux secrets des tractations.

Et un soir, dans un appartement de la banlieue de Tunis, tout s'est passé très vite. Il y avait beaucoup de monde dans l'immeuble. On parlait anglais, arabe, allemand, tchèque, iranien et même français. On aurait pu négocier là aussi bien l'achat de céréales ou de bétail. Soudain, dans l'embrasure d'une porte, il vit deux hommes penchés sur des bordereaux qu'ils étudiaient avec grande attention. Ils avaient posé leurs pistolets, deux Herstal G P 35, Sergio s'en souvenait très bien, à côté d'eux, sur le bois de la table. Il a continué d'avancer dans le couloir. Alors il eut la certitude que c'étaient eux, Sakhem et Rassaoui. Il est revenu sur ses pas pour repasser devant la porte. A ce moment Rassaoui a levé la tête, l'a regardé, mais déjà il était passé. Il s'attendait à les voir bondir. Mais rien. Ils ne l'avaient pas reconnu. Ils continuaient à vérifier leurs chiffres à haute voix. Mais au moment où il allait descendre l'escalier, il a entendu hurler son nom. Ils étaient tous les deux dans l'encadrement de la porte, ils l'injuriaient. Ils lui demandaient s'il venait enfin rapporter l'argent, le satin et le serment. Puis, en criant et en le menaçant, ils lui ont dit qu'ils savaient très bien où ils étaient passés, chez la sœur et son metteur en scène, qui les avaient détournés à leur profit. Et Sergio maintenant en me racontant cela baisse les yeux et a du mal à poursuivre. Il bafouille. Il leur répond que puisqu'ils le savent, il est inutile de le lui demander, et de lui réclamer des choses qui n'existent peut-être plus et que de toute façon il n'a jamais possédées. Il n'a pas la présence d'esprit d'inventer tout de suite une histoire pour brouiller les pistes. Il leur laisse croire ce qu'il croit lui-même, qu'Hameïla et Florian Leurien vivent toujours ensemble à Paris. Alors ils lui disent qu'ils iront les chercher là. Puis ils éclatent de rire. Ils ont mieux à faire qu'à jouer les voleurs. Ils s'occupent maintenant de la France. Ils auront l'occasion de régler bientôt cette affaire. Quant à Sergio, il n'avait qu'à bien se tenir et à baisser ses prix.

Une fois encore il a cru au chantage. Il a perdu un temps précieux. Il n'en a pas parlé tout de suite à Nadia pour ne pas l'inquiéter. On venait de lui apprendre que son œil gauche aussi était perdu. Mais il a fini par lui avouer ses angoisses, et c'est elle qui l'a convaincu que cette fois les menaces étaient sérieuses.

Alors ils ont tout fait pour nous prévenir. Ils ont réussi à retrouver le dernier théâtre où j'avais travaillé. Sergio est venu seul à Paris, mais on n'a pas pu lui communiquer mon adresse et j'étais absent. Il a cherché mon nom dans l'annuaire sans succès. Il a laissé un mot au directeur du théâtre pour qu'il me dise qu'un certain Sergio me cherchait et avait laissé son adresse. Il y joignit une lettre où il expliquait tout. Je n'ai jamais reçu ces messages, qui sont peut-être encore au fond d'un casier dans une loge de concierge, à moins que Sergio ne les ait inventés pour se disculper. Il est revenu à Milan. Et un matin, comme il se préparait à lire le journal à Nadia, il a tout su, et tout compris: «... Mort tragique d'Estelle Fulgère, la compagne de Florian Leurien... Explosion d'une voiture piégée...» Il vit la photographie de Florian, d'Estelle et de la maison des Commettes «dans le Cher». Par peur et maladresse il avait désigné, sans le vouloir, une nouvelle victime à l'imagination des tueurs. Qu'elle s'appelât Estelle ou Hameïla, pour eux, quelle importance?

Pourquoi l'ai-je rencontré un soir de mai sur l'*Argo*?

Pour apprendre moi aussi à reconnaître l'évidence.

Nous sommes une prodigieuse machine qui transforme, jour et nuit, du hasard en nécessité. De l'innocence à la mort.

Litanies

29 mars 1982, une bombe explose dans le rapide le Capitole, cinq morts, 15 avril, un bouquet de fleurs tue un couple à Beyrouth, 22 avril, rue Marbeuf, une Opel Kadett orange et un mort, 15 juin, à Orly, au parc 7, une voiture blanche, un manteau noir, Estelle... 7 août, à l'aéroport d'Ankara onze morts, 9 août, rue des Rosiers, deux hommes sur une moto, six morts.

20 mars 1986, une fusée sur les Champs-Élysées, deux morts, le 4 septembre, dans une voiture du R.E.R., une charge explosive capable de transformer un tunnel en cratère, le 8 à dix-neuf heures dans le bureau de poste de l'Hôtel de Ville, un colis piégé, une employée tuée, le 12 à la Défense, quarante et un blessés, le 13 rue Moirard, je croise l'homme à la mallette noire, envol de pigeons et cascades de débris de verre, deux morts, le 14 au pub Renault, deux morts, le 15 à la préfecture de police, un mort, le 17 rue de Rennes, sept morts...

Écriture de dates, de lieux et de cadavres, écriture, seule survivance, formules répétées et psalmodiées, couchées sur le papier, figées sur le marbre, litanies d'aujourd'hui. Qui prendra le relais de ma voix pour les réciter toutes?

Flocons de comète

Bientôt nous la frôlerons. Aujourd'hui brusquement nous sommes entrés dans sa turbulence. Nous commençons à traverser les milliards de pointes brillantes qu'elle disperse autour d'elle. Des flocons de sa neige tourbillonnent sur notre terre et produisent un vent violent. Elle nous enveloppe d'un brouillard gris qui laisse filtrer une clarté diffuse et ne fait aucune ombre, reflets mourants de lumières qu'elle a emprisonnées, lueurs fanées et étiolées qui nous laissent entrevoir les portes d'un enfer étoilé, immense et glacé, bien plus terrible que le petit enfer torride et rougeoyant que nos ancêtres avaient imaginé sous terre.

Elle nous offre ce soir ses prémices.

Au nord d'Orléans les trains sont bloqués. Notre plaine fertile est une toundra où se sont perdus voitures et voyageurs. Une fois de plus de légers flocons ont bloqué les aiguillages de notre civilisation. Nous sommes fragiles jusqu'en notre mémoire. Nous oublions qu'un peu de neige céleste peut nous étouffer et nous tuer. La nuit dernière, en Ardèche, un père est mort à quelques mètres de sa maison en portant dans ses bras son enfant mort de froid.

Elle aussi est un astre fragile, pur et froid, qui aime la chaleur à en mourir. Elle a déposé sur terre une couche épaisse et glacée, une myriade de diamants qu'elle offre au soleil. Il plaque sur eux une lumière dorée qui les dévore. Elle se liquéfie et s'évapore. Sa neige fond à ma fenêtre. La lutte du soleil et de la comète est inexorable. Ils s'y épuiseront tous deux après nous avoir tués.

Dans quelques années, quand elle aura perdu encore des milliards de flocons et qu'il aura dispersé des milliards de rayons, ils mourront.

Il ne restera bientôt de nos frôlements à tous trois que des traces de froid, de blanc et de mort.

Viatique

Maintenant l'histoire de Sergio est presque finie, et la mienne avec elle.

Il n'a pas eu le courage de tout m'avouer après la mort d'Estelle. Il n'a rien dit à Nadia. Il lui a fait croire qu'il avait trouvé mon adresse et m'avait écrit. Il inventa de lui lire une réponse que je lui aurais adressée, et il a vu Nadia toucher pendant plusieurs minutes la feuille de papier toute blanche qu'il avait juste repliée en quatre pour lui faire croire qu'elle était arrivée par la poste. Elle la déposa dans son coffret. Sergio m'avoua qu'il m'y faisait dire mes regrets et promettre une visite à Milan. Mais Nadia refusa absolument de me rencontrer et lui interdit même de me dire qu'elle était aveugle. Quant à Hameïla, ils ne savaient pas où la trouver et ne s'en inquiétaient pas. Elle avait sûrement changé de nom. Cela la protégerait.

Au début de cette année, Nadia avait mis fin à ses jours. Elle avala des barbituriques un jour où Sergio était absent. Rien ne laissait prévoir son geste. Il pense qu'elle avait fini par savoir qu'il lui avait menti, et qu'elle avait appris qu'Estelle Fulgère, la compagne de Florian Leurien, avait été tuée dans un attentat. Mais il n'était sûr de rien.

Il se mit à boire, et n'eut bientôt plus qu'une idée fixe. Se venger. Venger. Détruire et se détruire. Il savait comment retrouver Sakhem et Rassaoui. Et voici ce qu'il imagina. Il ménagea un rendez-vous à Tunis. Il avait une affaire extraordinaire à leur proposer dont il voulait les entretenir seul à seul. Il leur joua la comédie de la loque humaine, tremblant et divaguant sous l'emprise de l'alcool, n'ayant plus qu'à offrir ses petits services pour vivre et à se faire rouler. Dans la conversation il leur glissa qu'il savait comment récupérer le serment et le satin. Pour l'argent c'était plus délicat. Trop de temps avait passé. Mais il fit miroiter la possibilité de récupérer des bijoux, et laissa entendre qu'il pourrait les leur remettre personnellement s'ils le souhaitaient, à moins qu'ils ne doivent en référer d'abord à leur organisation. A leur silence il comprit qu'ils étaient intéressés par la proposition, mais se méfiaient. Il leur demanda six mois. Il leur ferait signe. Il bluffait. Il voulait pouvoir les rencontrer ailleurs qu'à Tunis, sans témoins, et les tuer, ou se faire tuer.

Il voulait les appâter avec une preuve. Depuis la mort d'Estelle il avait mon adresse, « les Commettes, dans le Cher ». Il pensait que chez moi il trouverait au moins quelques indices.

Alors il repéra les Commettes, fit le guet, me vit arriver et repartir.

Un jour d'octobre, alors que tout était calme et qu'il pleuvait, il me cambriola. Cela lui répugnait. Il avait beaucoup bu pour se donner du courage. Il força sans difficulté le volet d'une porte-fenêtre. Il alla directement à mon bureau, sur lequel il trouva une feuille manuscrite.

J'avais écrit exactement ceci : « Il neige, me dites-vous ? Cela m'étonne. Tout à l'heure j'ai senti le soleil... Mais enfin je vous crois. Je n'aime pas la neige. Elle me fait peur. Je n'entends plus mes pas. J'ai l'impression que soudain l'espace se referme sur moi. Ces duvets qui viennent me caresser les joues et les mains, ce sont des flocons noirs, un satin très doux qui me brûle les doigts. Si je n'avais pas vu, j'imaginerais que ce sont les franges de la mort qui viennent me frôler... »

Quand il lut ces lignes, Sergio vit soudain tout le passé resurgir. Il m'avoua qu'il eut peur. Il fut soudain persuadé que je savais qu'il allait venir et que je lui avais laissé ce message. Il fut pris alors d'une violente colère et me détesta. Je n'avais pas su protéger Amik. Je lui avais pris Nadia. Il la revoyait caresser avec amour de ses doigts une lettre qu'elle croyait de moi, et il avait acquis la certitude qu'une définitive absence n'avait rien effacé. Alors il chercha avec frénésie, saccagea tout. Comme un forcené il lacéra les fauteuils, cassa des assiettes, força la serrure du secrétaire et trouva la bourse et l'émeraude. Cela le dessoûla. Il pleura. Il s'aperçut que j'avais fidèlement conservé les souvenirs. Il prit son trésor et s'enfuit.

Il avait trouvé son viatique. Il reprenait espoir.

Requiescant in pace

Il revint sur les lieux du saccage deux mois après, pour me voir et tout m'avouer. Mais il ne put que me demander si je n'avais pas peur des voleurs. Il retrouva la trace d'Hameïla grâce aux renseignements que je lui avais donnés. Mais il ne put rien lui dire. Il avait trop bu. Il lui parla de la mort de Nadia, et pleura longtemps.

Son viatique lui suffisait. Il monta méticuleusement son piège. Il fit savoir qu'il avait récupéré le serment et une partie du trésor, qu'il pouvait les restituer, mais qu'il était très fatigué, que si à l'occasion d'un voyage à Rome ils pouvaient, dans un lieu public qui garantirait la sécurité de tous, les rencontrer, tout se réglerait facilement. Après plusieurs contrordres ils finirent par se mettre d'accord sur le lieu de la rencontre. Elle eut lieu le 24 novembre dernier dans une boîte de nuit isolée au sud de Rome sur la route des Castelli Romani, à l'abri d'immenses pins parasols ouverts sur le ciel.

Ils se rencontrèrent tous les trois, passé minuit, autour d'une table réservée par Sergio. Le bruit était tel qu'ils réduisirent leurs échanges à quelques phrases. Ils lui dirent que leur organisation savait qu'ils étaient là ce soir, mais ils n'ajoutèrent rien. Il était évident qu'ils restitueraient le satin et le serment, mais garderaient les bijoux pour eux. Sergio leur dit qu'il avait le satin et enfonça sa main dans la poche droite de son veston. Au bout de quelques secondes il en sortit l'émeraude et en même temps se leva. Il ne pouvait leur montrer les autres bijoux ici, mais ils pouvaient venir les vérifier sur le parc, à l'entrée. Cette pauvre guenille de Sergio s'était levé, titubait et déjà s'éloignait sans même attendre la réponse des deux autres. Ils le rattrapèrent dehors, à l'écart, entre deux rangées de voitures.

Il leur a tendu la bourse en leur disant « Le serment est à l'intérieur ». Ensemble ils l'ont saisie. Ils l'ont touchée avec respect. Ils se sont penchés sur le tissu. Ils l'ont porté à leurs lèvres. Ils ont murmuré des formules. Sergio s'est incliné avec eux. Dans un geste de respect il a porté sa main droite à son cœur, sous le revers de son veston. Il a balbutié « Voici les bijoux ». Il a sorti une sorte d'étui à cigares et en a extrait un long cylindre fin avec une bague d'acier, qu'il a appliqué avec précaution sur le cœur de Sakhem, et il a pressé la détente. On a entendu un petit choc, un pneu de vélo qui éclate, et la chemise de Sakhem est devenue toute rouge. Il regardait hébété Sergio et commençait doucement à fléchir les jambes. Sergio déjà offrait le même cigare à Rassaoui, qui sembla d'abord le refuser en faisant un brusque écart, mais une légère fumée sortit des doigts de Sergio, au moment où l'on entendait, mêlé au bastringue de la piste de danse, le même petit pet précis d'air comprimé. La chemise de Rassaoui devint rouge à son tour, et il finit lui aussi par ployer les genoux dans le même geste d'adoration et s'allongea aux côtés de son compagnon. Sergio leur arracha la bourse.

Il ne m'a pas raconté tout cela en détail. Il m'a dit simplement : « Je les ai descendus à bout portant, dehors, avec un silencieux, entre deux rangées de bagnoles. Je ne pouvais pas les rater. Pour le reste j'ai improvisé. Je pensais qu'on m'arrêterait aussitôt. »

A une vingtaine de mètres on entrait et on sortait. Certaines personnes ont vu Sergio qui fumait un cigare. Il leur a fait bonsoir de la main. Ils n'ont pu distinguer les corps affalés, enveloppés par l'ombre des voitures. Alors tranquillement, pour passer le temps, il a tiré les corps. Il les a d'abord assis contre les roues d'une voiture, puis, comme personne ne venait, il les a pris au passage dans la sienne, et ils sont partis.

Ils n'ont pas bougé du voyage. Le sang ne coulait plus. Il a roulé longtemps, lentement.

Il s'est retrouvé sur la Via Appia. Il a sorti de sa voiture deux copains ivres qui lui passaient les bras autour du cou, et il les a couchés avec de grandes précautions dans la plus tranquille des tombes qu'il put trouver, sous le regard émerveillé de deux drogués qui sont allés s'endormir dans une autre tombe.

Il n'y avait plus qu'à faire confiance aux chiens.

Fantômes

Nous avons dû sommeiller dans les fauteuils. Je ne savais plus quelle heure de la nuit il était. Le feu n'était plus qu'une couche de braises éclairant des bûches craquelées et noircies. Je me suis levé pour coller mon front à la porte-fenêtre et regarder les arbres. En me déplaçant je l'ai réveillé. Il m'a rejoint. La neige avait cessé de tomber et par moments la lune éclairait le jardin comme un projecteur qu'on allume brusquement sans graduer l'intensité de la lumière.

En silence nous guettions chacun nos fantômes. Il épiait, entre les arbres blanchis sortant de la nuit, la silhouette de celui qui devait venir le tuer pour venger ses camarades, et mettre un terme à une trop longue histoire. Il ne se fait aucune illusion. Là-bas, à Tunis, ils savaient que c'était lui qui les avait tués, puisqu'ils étaient au courant de la rencontre. Tôt ou tard ils le retrouveraient. C'est pourquoi il s'était caché huit jours dans un petit hôtel de Sologne. Il avait juste pris le temps de porter des fleurs sur la tombe d'Estelle. Jamais il n'avait oublié son nom depuis qu'il l'avait lu dans les journaux. Il était responsable de sa mort, par imprudence et lâcheté. Il ignorait le nom des meurtriers, de sordides exécutants, peut-être ces deux-là. C'est pour cela aussi qu'il les avait tués.

Je ne l'écoutais plus. Je guettais une fois encore l'arrivée de la voiture blanche d'Estelle au milieu de la cour recouverte de neige. J'entendais régulièrement au loin des bruits de moteur, et sur les dalles blanches et noires de l'entrée, le choc des hauts talons.

De toute notre histoire, il ne restait plus qu'une bourse chiffonnée par des doigts nerveux, des feuilles repliées sur un scénario inachevé, et un petit caillou solitaire et perdu, qui n'indiquait plus aucun chemin. L'émeraude brillait au fond du cendrier de cristal. Elle rutilait du reflet des braises qui éclairaient deux visages qui ne se regardaient plus.

Plus tard je l'ai entendu murmurer, assoupi dans le fauteuil « Trouve-moi une petite planque à Paris... Je t'aiderai à préparer *Thésée*... »

Il n'a pu repartir ce matin, à cause de la neige. Je vais lui laisser pour quelques jours les clés de la maison, et ma voiture. Quels dégâts peut-il maintenant commettre ? Si les routes sont dégagées il me conduira ce soir à la gare. Je lui ai dit que je devais retrouver demain mes actrices blanches, et je lui ai expliqué pourquoi. Il m'a serré dans ses bras. Il a dit « Tôt ou tard, tu sais, ils nous retrouvent tous... Alors toi aussi, traqué ? ».

Et puis subitement, tout à l'heure, violente colère quand je lui ai dit que dans mon journal je racontais notre histoire. « Je t'interdis, tu m'entends, je t'interdis d'écrire nos saloperies. Tu y prends plaisir, hein, comme avec Nadia. C'est pour la retrouver que tu fais ça... Donne-moi au moins que je lise... » J'ai refusé. Il a pleuré. Maintenant il dort.

Mon écriture a rattrapé le temps de ma vie. Je la laisse poursuivre. Qu'arrivera-t-il à partir de cet instant? Me contenter d'écrire le présent. Dernière création, suprême dédain d'un essentiel qui ne nous concerne pas. La vie rencontre la mort, comme une météorite s'écrase sur une planète.

Imprécations

Va-t'en, saleté de comète, boule de neige pourrie. La traîne brillante que tu portes a la forme d'une faux. Tu n'es que la goutte d'eau d'une vie qui s'évapore, larmes d'argent sur tentures noires. Tu brilles comme le strass des paillettes un jour de carnaval. De loin on te voit. Si l'on était à l'intérieur de toi, on ne verrait rien que du vide. Ta chimie me dégoûte autant que celle des hommes. Tu n'en finis pas de dilater tes gaz, ton hydrogène et tes gènes, et tu ne peux même pas t'accoupler avec un je ne sais quoi, puisque ton féminin n'a pas de masculin. Tu es sur ton orbite comme une fusée qui n'a pour la suivre que les miasmes qu'elle crache. Chaque fois que tu croises notre vie, tu nous rapproches de la mort. Va-t'en, poussière, retrouver ton nuage de boue, et laisse-nous recommencer en paix nos combats perdus.

Le tireur fou

Sergio a eu grand peur. Les gendarmes viennent de partir, et il a cru qu'ils venaient l'arrêter. Ils font une enquête dans la commune. Le tireur fou fait de nouveau partir sur les voitures ses éclairs bleus la nuit venue. Depuis quelque temps, il ne se manifestait plus, mais la semaine dernière trois automobilistes, le même soir, ont reçu des coups de feu en traversant le bois des Sources. L'un d'eux a failli être tué. Heureusement pour lui, il roulait à une vitesse excessive, et cela lui a sauvé la vie.

Ils m'ont demandé de me méfier, et de leur signaler tout ce qui me semblerait anormal. Sergio a simplement dit : « Le tireur fou, qu'est-ce que c'est ça, un terroriste ? » Et le gendarme lui a répondu : « Non, monsieur, nous ne sommes pas à Paris. » Il a eu l'air rassuré.

Brûlures

« Aucune douleur ? » avait dit le spécialiste. La douleur, c'est le visage du mal qui travaille à découvert, quand il ne lui est plus nécessaire de se cacher. Le mal enfin se révèle. Plus n'est besoin d'un télescope pour le déceler. De fines aiguilles très longues me traversent. Je sens des brûlures me parcourir à la vitesse de l'éclair. La déflagration par moments me coupe le souffle, et m'empêche même d'écrire. Des forces s'échappent de moi, et à chaque fois je suis plus épuisé. Bouger un bras, faire un pas, pendant quelques heures, c'est pousser devant moi des murailles qui à chaque fois m'enferment un peu plus.

Je me sens très lourd, petit corps dense et sans éclat, minuscule étoile qui meurt et se ramasse sur elle-même, prête à se changer en trou noir, sans espace et sans couleur, orifice à absorber le néant.

Bientôt je ne pourrai plus donner le change.

L'avouer à Marie-Anne avant qu'elle ne s'en aperçoive.

Sergio est à Paris. Il doit revenir à la fin de la semaine. Déguisé. Cela le rassure. Il n'a pas voulu me dire en quoi. Si par malheur je ne le reconnaissais pas ?

Envoyer vite aux studios mon dernier texte.

La parabole des « poux et des cheveux »

(On fera voir sur des écrans, en vitesse accélérée, les évolutions et les comportements de poux grossis cent fois dans une

chevelure. Tout cela doit donner une impression de grouille-
ment et de désordre. On verra leur naissance, comment ils
sortent des lentes qui les portent, leur croissance, leurs ébats,
leurs accouplements et leurs travaux, leurs combats et leur
mort. Toute une vie dans des broussailles.

Une voix de pou racontera lentement, avec une sonorité
nasillarde et métallique (en fait une voix artificielle d'ordina-
teur) l'histoire de ces insectes. Par des fondus enchaînés, pour
illustrer le discours, on montrera rapidement quelques scènes
empruntées à différentes époques de l'histoire, ou à l'actualité de
ces dernières années.

A intégrer à la fête de la Comète, puisque comète signifie
chevelure. On diffusera le montage dans des galeries commer-
çantes autour des Champs-Élysées et dans les stations de
métro.)

« Au commencement nous n'habitions pas cette chevelure.

Nous avons perdu la mémoire de notre première tête. Mais
nous gardons le souvenir d'une lointaine transhumance.
Nous vivions tranquilles dans une belle chevelure grasse et
luisante, et nous ne mourions pas. C'est ce que nous rap-
portent nos pellicules sacrées. Nous ne manquions de rien, ce
qui nous fit désirer autre chose.

Est-ce pour cela qu'un jour nous fûmes chassés du paradis
chevelu?

Nul n'a pu le dire. Depuis nous y rêvons comme d'un pays
perdu où nous ne retournerons jamais.

Nous avons atterri sur cette tête branlante, qui ne cesse de
tourner, de hocher et de s'incliner, et qui perd de plus en plus
ses cheveux. Le squelette qui la porte est bien vieux, mais
nous n'en avons pas trouvé d'autre.

Alors notre vie est devenue fragile. Nous nous sommes
accrochés de toutes nos pattes aux racines de ses maigres
poils. Nous nous sommes incrustés pour survivre, volant un
oxygène et un hydrogène qui ne nous appartenaient pas.
C'était une tête inhospitalière et nous avons eu du mal à nous
acclimater.

Au début on a tout fait pour nous chasser. Nous avons connu les déluges, les calottes glaciaires, les sécheresses, les famines et les épidémies. Plusieurs fois nous avons failli périr, et notre vie, bien souvent, n'a tenu qu'à un cheveu. Nous avons dû nous réfugier dans des grottes, nous avons combattu des monstres horribles et nous avons vaincu des peurs terribles, et cette époque de notre histoire n'a pas de nom dans notre mémoire. A force de ramper, de bondir, de tuer et de gratter nous avons réussi à prospérer, et nous serons bientôt cinq milliards.

Il fallut donc nous organiser. Ce fut aussi cruel que de nous installer. Personne n'est content de la place qu'il occupe dans l'abri que nous avons trouvé. Nous avons dû, de génération en génération, délimiter des fronts, tracer des raies, nettoyer nous-mêmes des nids de résistance, pénétrer toujours plus loin dans des espaces inconnus et dangereux, nous ancrer sur des pôles balayés par tous les vents, surnager dans des déluges de sueur, et nous cacher dans des lobes caverneux pour y commettre en toute impunité nos nécessaires atrocités. Nous avons pu fonder nos villes et nos États. Nous avons déployé des trésors d'ingéniosité, et nous ne permettons à personne de tourner en dérision ce que nous avons de plus précieux, notre pédiculité, qui est la mesure de toute chose, et de tout pou.

Nous utilisons au mieux les ressources de notre tête. Nous avons tout mis en valeur : sa crasse, sa sueur, ses racines et ses glandes, sa pourriture, sa nourriture et son magnétisme. Nous avons creusé des puits et tracé des sillons pour en extraire quelques richesses et les transporter ailleurs. Elle nous doit quelques-unes de ses rides. Nous la faisons briller de nos lumières, et nous la recouvrons de notre carapace. Nous avons su l'aménager pour notre commodité, malgré sa résistance têtue, et nous ne désespérons pas d'en venir à bout. Mais elle vieillit et s'épuise, et nous ne savons pas pendant combien de temps encore elle pourra nous nourrir et nous porter. Nous avons fini par l'aimer, malgré son hostilité, et si nous n'étions venus d'ailleurs nous dirions que nous tirons d'elle notre âme. Mais nous avons la certitude que notre âme est ailleurs, et nous croyons que nous l'avons perdue.

Elle a une géographie curieuse, et nous avons mis beaucoup de temps à la connaître. Ses endroits les plus arides ont souvent des glandes souterraines d'une richesse inouïe, et nous nous battons pour les sucer. Ses endroits les plus luxuriants nous asphyxient et nous cachent la lumière. Des bêtes venimeuses y sont cachées, pour nous tuer. Nous préférons les endroits où ses cheveux sont ras, bien plantés et clairsemés, ce qui leur permet de mûrir facilement et de nous nourrir en abondance.

Malgré tous nos efforts, il y a parmi nous de grandes inégalités, non seulement d'un hémisphère cérébral à l'autre, mais d'un cheveu à l'autre, et parfois même à la base d'une même tige selon la hauteur que chacun occupe. Nous ne cessons de nous chercher des poux dans la tête. Nous sommes jaloux les uns des autres, car selon notre rang nous pouvons posséder des bijoux, ou des choux, ou des cailloux. Nous nous battons férocement, et cela, plus d'une fois, a failli entraîner notre perte. Il nous est même arrivé de couper les cheveux sur lesquels nous étions assis, et beaucoup d'entre nous sont morts de cette imprudence. Parfois aussi un cheveu s'écroule de lui-même, et cela fait des milliers de cadavres. Nous ne sommes jamais sûrs du lendemain, mais nous ne pensons pas si loin, ce qui fait que nous croyons être heureux.

Certains d'entre nous habitent sur un terrain chauve et torride qui est un vrai désert. Ils meurent de faim, et il leur arrive, pour se nourrir, de se dévorer entre eux. D'autres, bien à l'abri en des lieux fort tempérés, se gênent entre eux tellement ils sont nombreux, et se dévorent également, non pour se nourrir, mais pour s'aérer. D'autres, qui sont très mal logés en des endroits où il fait très chaud et très humide, se multiplient à une vitesse incroyable et, malgré les tempêtes imprévisibles qui en noient un bon nombre, sont trop nombreux et meurent de faim. Ils se dévorent donc, pour se nourrir et pour s'aérer. C'est dire que nous ne faisons la paix qu'après avoir fait la guerre, et que toute paix est arrangée de telle sorte qu'elle nous donne une bonne guerre. C'est à ce prix que notre tête nous tolère et nous supporte, dans ses étés comme dans ses hivers. Il ne faut pas que nous pesions trop sur son axe, et nous y mettons bon ordre. Nous avons failli périr parce que nous étions trop peu nombreux. Nous ne voulons pas disparaître parce que nous nous étoufferions les uns contre les autres. Nous organisons donc notre mort. Nous sommes très courageux.

Les chefs de nos deux hémisphères se rencontrent parfois au sommet de la tête pour parlementer et décider qui ils vont laisser vivre et qui ils vont faire mourir. Mais cela ne donne pas de résultats satisfaisants. On regarde ces jours-là plus les épouses que les époux, car chez nous les femelles sont chevelues, luisantes et minces, alors que les mâles sont chauves, ternes et épais. Malgré cela ce sont les mâles qui continuent à exercer le plus souvent le pouvoir, mais de moins en moins, et ils se battent de plus en plus avec les femelles. C'est une autre manière de recommencer la guerre. C'est une de nos activités que nous savons le mieux varier. En réalité nous nous en remettons souvent au hasard, ou à la mauvaise humeur de nos chefs, ou à l'avis du plus grand nombre d'entre nous, mais nous changeons souvent d'avis, et de lois.

Quelques-uns d'entre nous, qui n'ont ni État ni maisons, et qui sont si pauvres qu'ils sont devenus pouilleux, ont pris l'habitude, pour qu'on leur donne un arpent de tête qui soit bien à eux, de faire éclater des bombes aux endroits où leurs frères font leurs prières et leurs achats. Cela leur coûte moins cher qu'une vraie guerre qu'ils n'ont pas les moyens de s'offrir. Cette escarmouche des pauvres nous fait très mal, et nos polices, qui pourtant n'ignorent rien de nos arrière-pensées, sont impuissantes à vaincre ces tâcherons qui virevoltent sur nos trottoirs comme des insectes malfaisants.

Nous avons une diversité incroyable de mœurs et de religions, et nous nous tuons aussi pour cela, car nous n'arrivons pas à convaincre les autres qu'ils ont tort. Nous pensons en effet qu'on peut parvenir au bien en faisant le mal. Mais nous mettons si longtemps à nous servir du mal que nous arrivons rarement au bien. Nous avons dix minutes de bonheur pour dix ans de malheurs.

C'est pourquoi la plupart d'entre nous agissent sans parler, contraints qu'ils sont à travailler, à suer et à se reproduire. D'autres cependant, beaucoup moins nombreux, ont le privilège, de par leur naissance, à moins que ce ne soit après élections, ou coup de force, de parler sans agir pour faire agir les autres. Ils réjouissent le cœur de ceux qui travaillent, à qui leurs paroles servent de nourriture, et ils leur promettent toujours un avenir meilleur. Certains, encore moins nombreux, et très pauvres, parlent sans rien promettre et avouent qu'ils n'ont rien à dire. Nous disons qu'ils sont poètes. Mais il y a pire : nous en avons qui n'agissent pas et qui ne disent rien. Ils fredonnent. Ce sont nos musiciens.

Dans l'ensemble, grâce aux précautions que nous prenons, notre colonie se porte bien. Certes il n'y a pas de travail pour tout le monde, et l'on pourrait croire que c'est une bonne chose, car nous n'aimons guère travailler, et nous nous battons pour réduire les heures de labeur. Pourtant nous considérons que c'est un grand malheur de ne pas avoir de travail. Mais nous n'avons jamais pu partager avec égalité entre les uns et les autres les heures de repos et les heures de travail, et c'est toujours l'objet de grandes contestations. Tous nos efforts n'ont pu obtenir que ceux qui travaillent trop laissent un peu de travail et d'argent à ceux qui ne travaillent pas.

Mais ce qui nous inquiète le plus, c'est la lampe qui se balade au plafond et autour de laquelle, paraît-il, nous tournons. Les plus savants d'entre nous disent qu'elle se fatigue. Son filament s'use. Elle brûle son gaz et dispense inconsidérément son énergie. Sa belle lumière d'or vire insensiblement au rouge. Cela se voit le soir quand, fatiguée, elle va se coucher. Elle se dilate et explosera dans cinq milliards d'années. C'est très peu : autant d'années qu'il y a de poux sur la tête.

Récemment quelques-uns d'entre nous ont réussi à s'envoler très haut et à rester quelques instants en suspension au-dessus de la tête qui les a si longtemps portés. Pour arriver à cela nous avons beaucoup travaillé. On nous a même pris une partie de l'argent que nous gagnons, et avec laquelle nous aurions pu nous procurer tout ce qui nous faisait envie. Ils ont pu ainsi se rapprocher un peu des lueurs de la lampe. Ce sont des pionniers. Ils cherchent pour nous un espace nouveau, un cheveu d'ange sur lequel ils pourraient se poser et d'où personne, cette fois, ne viendrait les déloger.

Malheureusement ils ont fait une découverte bizarre. Ils voient avec une étrange précision, sur une très large surface, tout ce qui se passe sur la tête que nous habitons, et l'idée leur est venue de surveiller de là-haut tous les agissements de leurs frères qui ne pensent pas comme eux et s'agitent plus qu'il ne convient. Ainsi nous faisons la course aux étoiles. Le premier arrivé pourra empêcher l'autre de le suivre. Il pourra le tuer d'un seul de ses rayons, et tous les projectiles qu'on voudrait lui envoyer pour le déloger nous retomberaient sur la tête, et nous tueraient. Nous ne pourrions même plus faire la guerre, ce qui serait déjà un grand malheur, mais nous serions esclaves, ce qui pour nous est pire que la mort. C'est pourquoi certains d'entre nous, contrairement à nos usages, agissent et parlent, pour sauver notre démocratie, qui risque de perdre la tête et tout l'univers de sa chevelure, sans retrouver pour autant son âme.

Nous sommes devenus très puissants, et cela parfois nous fait peur. C'est ainsi que nous avons trouvé nous-mêmes le détergent qui d'un seul coup permettrait de nous éliminer tous définitivement de la tête, ce que n'a jamais pu faire celui qui en vain a cherché à se débarrasser de nous. Ce que ni la famine, ni les épidémies, ni les accidents, ni nos guerres, ni même la mort inéluctable, qui survient quand nous finissons broyés entre les deux ongles du destin, n'ont pu obtenir, nous savons le faire, et nous en tirons une certaine fierté mêlée à de l'angoisse... »

(Progressivement les poux, que l'on voit de nouveau en gros plan, se transforment en automates, comme s'ils avaient revêtu un scaphandre. La voix devient de plus en plus métallique, grêle, désagréable et lointaine.)

« ... Si cela continue il y aura un jour un roi de toute la tête. Il habitera le ciel et nous l'implorerons tous pour qu'il ait la bonté de ne pas nous foudroyer d'un seul de ses éclairs meurtriers. Nous connaîtrons alors le nom de notre nouvelle société.

Nous aurons, pour de longs siècles, une belle stellocratie, froide et nocturne. Nous serons de nouveau les esclaves du ciel. Et certains d'entre nous, dans la clandestinité, tenterons d'habiter une autre chevelure.

Mais on ne peut prévoir si loin dans l'espace et dans le temps ce que sera alors notre histoire, ni même si nous existerons encore, et s'il restera des poux pour la raconter à nos descendants... »

Paroles de Marie-Anne

Elle dit que je peux guérir, que rien n'est joué, qu'il faut toujours espérer, qu'elle est là, que nous nous aimons, qu'il n'y a qu'à se soigner et préparer la fête de la Comète.

Elle dit cela avec conviction, naturellement, comme si elle avait tout su avant que je lui dise, et quand elle parle ainsi, je crois ce qu'elle dit.

Elle me dit aussi qu'elle a décidé de quitter André. Il ne se passe plus rien entre eux. Elle ne supporte plus ses silences, ses absences et ses molécules. Elle m'assure que ce n'est pas à cause de moi. Elle y pensait déjà avant notre rencontre aux *Pléiades*. Ce n'est pas pour quelqu'un d'autre qu'elle divorce. C'est pour elle-même, et pour lui aussi. Pour qu'ils soient plus heureux tous les deux, pour qu'elle soit disponible d'elle-même et à elle-même. Le hasard a fait que nous nous sommes rencontrés à ce moment-là.

Et puis elle s'est reprise. Non, ce n'est pas le hasard. Seules les circonstances furent du hasard. Notre rencontre, elle remonte maintenant si loin...

Testament

Je lègue à Marie-Anne les Commettes, et tout ce qu'elles contiennent de meubles et de souvenirs. Elle est venue elle-même en prendre possession un soir, quand elle a rallumé le feu, touché les robes d'Estelle et tout purifié de son regard. Elle y a vécu quelques nuits avec moi. Je sais qu'elle y viendra seule d'abord, ou avec ses deux filles, mais je voudrais qu'elle y attende le nouvel amour qu'elle peut vivre, et qu'à eux tous, de nouveau, ils viennent ici faire vivre mon théâtre.

Relâche

Une scène vide, dépouillée de tout décor, est le lieu le plus absurde et le plus désuet que je connaisse. Les fauteuils, les loges, l'amphithéâtre gardent encore, même inoccupés, leur raison d'être. Ils restent prêts à accueillir les corps des spectateurs. Il y a dans les ondulations de la bâche blanche qui recouvre les fauteuils une vie souterraine que le moindre signal sur scène va ressusciter. Les fantômes des spectateurs, pour un temps endormis sous la toile blanche, vont se réincarner. Je les verrai, avec le trac, apparaître par le trou du rideau de scène. La vie reviendra.

Mais une scène qui n'a plus ni acteurs, ni décors, ni lumières n'est plus une scène. Lieu de tous les possibles, à commencer par la possibilité de son existence même, elle est vide. Il faut le bruit des pas, la trace d'un geste, le trajet d'un premier cri, l'expulsion d'un corps qui sort des coulisses pour qu'elle prenne corps à son tour. Il faut l'explosion d'une luciole éphémère pour qu'elle se déplie et brille de tous ses feux, pendant quelques secondes.

Toute explosion est une naissance et une mort. Une vie libérée et une vie éclatée. Dieu est un terroriste qui a su se servir de sa bombe. Nous sommes les éclats d'une explosion qui continue d'exploser, nous sommes l'éternelle petite seconde d'une vie qui s'étire comme un dormeur à son réveil, et la lumière déjà va nous fermer les yeux. Nous avons vu l'espace d'un éclair.

Il ne faut pas pleurer. Notre éclat de chair va aller s'écraser en un lieu de la terre que nous ignorons. Mais nous avons trouvé très belle la trajectoire.

Derniers versets

Alors ils dirent : « Qu'il y ait une sphère de trente mètres de diamètre arrimée à un vaisseau. Que des êtres vivants y prennent place pour y vivre et y travailler, et qu'ils commandent aux instruments et aux machines pour se déplacer dans l'espace et y créer une nouvelle cité. Sur le diamètre de la sphère nous placerons l'arbre de vie où ils trouveront tout ce qui est nécessaire à l'entretien de leur corps et de leur esprit.

« A chaque génération nous enverrons d'autres êtres qui se déplaceront de plus en plus vite et de plus en plus loin, et vieilliront de moins en moins vite. Ils partiront pour des siècles à la vitesse de l'éclair, et à leur retour ils n'auront vieilli que de quelques années. Nous garderons pour les siècles des siècles des êtres jeunes. Quand ils reviendront sur terre, ils connaîtront d'abord une grande affliction : ils iront pleurer sur les tombes des petits-enfants de leurs enfants. Mais la terre, le ciel, l'espace et le temps leur appartiendront, et ils ne craindront aucun maître. Ils habiteront des espaces vierges, et leur postérité sera plus nombreuse que les étoiles. »

Et ils virent que cela était possible, et ils voulurent qu'il en fût ainsi pour les siècles à venir.

Alors aux hommes de l'espace des lois furent données. Ils savaient tout ce qu'ils pouvaient faire et tout ce qui leur était interdit. Il leur était impossible d'enfreindre la moindre consigne, sous peine de mort. Ils devaient accomplir les rites nécessaires à l'entretien de leur vie et à la réalisation du bonheur de l'humanité.

Mais, pour leur bonheur, à une heure que personne n'avait fixée, ils en décidèrent autrement.

Absences

Sergio n'est pas revenu. A l'hôtel où il devait séjourner à Paris on ne connaît pas de Sergio. Peut-être est-il allé directement à Londres faire frissonner Hameïla en lui racontant la fin de notre histoire ? Peut-être une fois de plus a-t-il eu peur ? Peut-être a-t-il retrouvé ses fantômes, devenu lui-même fantôme ?

Il faudra que je fasse parvenir à Hameïla la bourse et l'émeraude. Cela complétera sa collection. Il faudra lui raconter tout cela un jour...

Pèlerinage

Marie-Anne est venue me prendre avec sa voiture. On nous avait invité à revenir sur les lieux du *Soulier*, à l'occasion de la mise en eau de la piscine du premier réacteur.

Main dans la main, nous avons participé à la cérémonie. Penchés là-haut à la rambarde, dans les tribunes, nous avons vu jaillir du sol une eau fluorescente, un pur azur qui sortait de la terre, une nappe lumineuse qui ne reflétait aucun ciel. Bientôt son éclat illumina jusqu'à la voûte. Nos visages aussi irradièrent. Une voix nous commentait les formules et les temps du rituel, montée des eaux primaires, recouvrement

316

des alvéoles asismiques, niveau des eaux borées. Sur nos têtes le pont polaire, en silence, commençait à pivoter.

Alors on nous pria de sortir.

Bientôt ils immergeront la statue d'uranium. Les portes du sanctuaire se fermeront à jamais. Il nous sera interdit de pénétrer dans le saint des saints. Seuls les prêtres avec leurs cagoules pourront, en respectant scrupuleusement les rites, approcher les lueurs de la divinité. Ils feront en sorte que jamais le colosse ne se fissure, et qu'aucune fumerole de mort ne s'échappe de ses entrailles.

Sous terre une source chaude commencera à bouillonner.

Dehors, tout en haut de la tour, des tourbillons de vapeur se dissiperont au vent, dernières traînes du mariage divin de l'eau et du feu.

Au retour, nous nous sommes arrêtés en face de Dampierre. Nous avons marché longtemps sur la levée. En face de nous, mais très loin, éclairés par le soleil blanc de l'hiver, les quatre tours et les quatre nefs de l'immense abbaye, et quatre panaches blancs sortant des quatre couronnes, dessinant dans le ciel quatre monstres qui ne cessent de se métamorphoser. Ils s'enroulent dans l'air et deviennent torsades de toisons, croupes aux longs poils qui vont balayer la terre, ou, soudain déchiquetés par un vent violent, ils dessinent avant de disparaître les deux cornes d'un taureau, ou ils s'évanouissent en visages successifs qui s'engendrent et se dévorent les uns les autres.

Marie-Anne reste insensible à l'apocalypse des nuages. Elle a noué son foulard autour de sa chevelure, et elle appuie le nœud contre sa gorge pour ne pas avoir froid. Elle marche, penchée en avant, pour lutter contre le vent. De temps en temps elle se tourne vers moi et me sourit. « Alors... Maintenant il faut nous mettre à *Thésée*! Je vais te chercher un endroit. Si on ne trouve rien, on pourra toujours prendre Bercy... » Elle m'a tendu la main. « Viens... Donne-moi le texte, tout de suite! »

Nous avons descendu la vallée de la Loire. Mes souvenirs

317

s'égrenaient aux litanies des noms qui venaient à nous et dans lesquels nous pénétrions. Fleuve scandé de ponts aux arches rondes ou aux longs enjambements qui viennent effleurer ses rives, souples cordons qui relient entre elles les petites lampes rouges cachées derrières les vitraux des abbayes, Saint-Martin et Saint-Benoît, et les fournaises silencieuses contenues sous les chapes de béton, Avoine, Saint-Laurent, Dampierre et Belleville, toutes reflétées et emportées dans les lames fluides qui glissent sur le sable blond, moires vives et grises qui font frissonner les reflets des arbres et noient notre mémoire, cheveux de lianes et d'eau, caresses humides aux lèvres de la terre, condensations d'éternités.

Marie-Anne a emporté *Thésée*. Elle voulait que je lui en lise des scènes. Je lui ai lu le prologue. Elle l'a écouté en me prenant la main. Je sais qu'elle a compris pourquoi j'avais choisi ce passage.

Adieux

« Écoutez! Le jeune Thésée, guidé par sa mère, est arrivé au centre d'une immense forêt.

« Arc-bouté, tendu de tous ses muscles, il les sent tous et tous lui font mal, il n'a qu'une volonté : faire bouger l'énorme rocher que son père, Égée, il y a seize ans, a pu déplacer pour cacher là, dans la grotte qui est devant lui, son épée invincible et ses sandales qui lui ont fait parcourir l'univers. Sa mère Aethra le regarde. Elle a concentré dans ses yeux toute la force de son corps de femme et elle fixe le corps de son fils, un corps sorti du sien, qui ne tient sa force que d'elle. Elle a pris à Égée, son amant d'une nuit, le héros des héros, la force mâle la plus forte, et elle a su la métamorphoser dans son corps. Elle a enfanté un héros plus fort que le héros, c'est sa force à elle, et c'est une force plus forte que les muscles d'Égée et la volonté de Thésée. Elle sait, de son regard aigu qui voit à la fois le corps de son amour et celui de son fils, que son fils est encore plus fort. Elle se souvient de tous les gestes

318

de son amant quand, pressé de fuir, il a dû laisser ici ce signe de reconnaissance. Il lui laissait en plus un secret à transmettre à son fils, et elle l'a porté seize ans qui ont passé pour elle comme une journée. Et maintenant c'est pour elle comme un deuxième enfantement. Elle n'est pas comme ces mères qui se lamentent au départ de leur fils. Il est parti une première fois quand il est sorti de son corps, maintenant il va sortir de sa vie. Tout cela est beau. Elle guette l'instant où le rocher va bouger et libérer un nouvel espace. A ce moment elle saura que son fils prendra son élan. Il bondira derrière le rocher, saisira l'épée, chaussera les sandales. Pensera-t-il à regarder sa mère, reviendra-t-il vers elle pour l'embrasser, ou partira-t-il sans se retourner, en jeune mâle égoïste et fier d'être aussi fort que son père? Quel metteur en scène pourrait en décider?

« Elle préfère se souvenir : Égée avait taillé le tronc d'un chêne pour s'en servir comme d'un levier. Il était pressé et avait agi mécaniquement. Thésée, lui, s'est d'abord arrêté face au rocher. Il l'a longuement contemplé, comme s'il lui adressait une prière, puis il s'est approché, l'a touché de ses bras écartés. Il s'est aperçu que le centre de gravité était très bas, et qu'il ne servirait à rien de vouloir le faire basculer. Il sauta sur le rocher, se mit à danser d'un pied sur l'autre, et le bloc se mit tout doucement à osciller. Cela dura longtemps. Il dansa de plus en plus fort, sautant de plus en plus haut, et quand l'oscillation fut à son paroxysme, brutalement il se raidit, les deux mains plaquées contre les aspérités de la grotte. La bête de granit, surprise, dévia quelque peu de sa trajectoire, et petit à petit il la força à s'écarter de la grotte.

« Bientôt il vit luire l'épée.

« C'est alors que du haut de son rocher il se retourna et regarda sa mère.

« Il pensa que jamais il ne rencontrerait une femme aussi belle. »

Toujours pas de nouvelles de Sergio. Hameïla ne répond pas au téléphone. Je n'ai que la voix de la grande Nubienne pour me dire en anglais sur un ton triste que Mrs Linsdown est partie en voyage avec son mari.

Pendant les quelques jours que Sergio a passés aux Commettes, il a lui aussi beaucoup voyagé. Le compteur de la voiture marque 1 500 kilomètres de plus. La seule activité qu'il m'ait avouée, c'est d'avoir porté des fleurs sur la tombe d'Estelle. On me dit qu'on l'a souvent vu au volant de ma voiture, à tel point qu'on a cru que, comme j'étais malade, j'avais embauché un chauffeur. Je n'aurais pas dû lui laisser les clés.

Trouver une cachette pour la disquette.

Bonheur

Je voudrais maintenant, pendant qu'il me reste encore quelques forces, marcher simplement sur les chemins de Sologne, sans m'occuper de rien d'autre que de mes pas, sentir le très léger déplacement de l'air sur mes joues, et voir jour après jour comment à cette saison le décor peut encore se transformer jusqu'au dépouillement extrême des arbres et de la terre. J'effraierai malgré moi quelques animaux, ceux qui sont assez forts pour survivre à l'hiver, et je ne pourrai pas leur faire sentir qu'il est inutile de s'affoler ainsi.

Marcher et écrire. Comme un animal et une conscience. C'est un grand bonheur.

Liturgies

J'ai planté le décor, j'ai réglé les éclairages, j'ai mesuré l'espace.

C'est sans regret que je m'éloigne de la scène, pour laisser les acteurs jouer leur rôle et l'histoire s'accomplir selon les lois du destin. Qu'importe si ce n'est pas ce que j'ai imaginé et désiré pour eux. Nous avons suffisamment répété pour pouvoir improviser.

Je voulais finir ma carrière et ma vie avec *Thésée*, et c'est avec la fête d'une comète que je vais moi aussi quitter l'orbite du monde vivant. Je souhaiterais ne pas voir la fête. Je voudrais à moi-même m'épargner cette ultime déception. J'ai fait une œuvre, pour que d'autres en vivent. Même s'il m'était donné de la voir de mes yeux, je ne pourrais la regarder, et encore moins la reconnaître.

J'ai écrit mon texte. J'ai monté mon spectacle.

Je dis adieu à un théâtre vide. D'autres ombres que la mienne viendront y faire désirer la lumière.

Maintenant tes grands yeux verts, Estelle*

---

* Ici s'interrompt le texte. Le nom d'Estelle apparaît sur l'écran en vidéo inverse, prêt à être effacé. Il clignote.

Le 21 décembre dernier Florian Leurien trouvait la mort dans un accident de voiture, au crépuscule, sur une route départementale, à quelques kilomètres des Commettes. Il perdit brutalement le contrôle de sa voiture, qui percuta d'abord l'aile arrière d'un véhicule qui le croisait, et alla s'encastrer sous un camion. Il y eut une explosion et la voiture prit feu.

La chaussée était humide et il commençait à geler. Pourtant personne ne signala la formation de plaques de verglas, à une heure où la circulation était encore intense. On pensa qu'il avait eu un malaise, car des témoins avaient remarqué qu'il n'avait fait aucun effort pour redresser son véhicule. Nous savions que depuis plusieurs mois sa santé était précaire.

L'état du cadavre ne permit pas de procéder à l'autopsie.

Toutefois les résultats de l'enquête ont fait apparaître des faits troublants.

La conductrice qui le suivait avait déclaré qu'il lui semblait avoir perçu, juste avant que la voiture fît ce fatal écart, un éclair bleu, sur sa droite, dans la forêt. Elle ajoutait qu'elle avait vu aussi une gerbe d'étincelles sur le capot, ou le long de la portière, elle ne savait plus très bien. Sur le moment on ne prêta guère attention à ses déclarations, et on interpréta ce phénomène, en admettant qu'il fût réel, comme le résultat du frottement brutal des ailes lors du premier choc.

Quand on fit une expertise minutieuse de l'épave, on découvrit que la vitre de la portière avant droit avait bizarrement éclaté. Tous les débris étaient tombés à l'intérieur du véhicule, et une patiente reconstitution fit découvrir en haut de la vitre un trou rond et régulier qui pouvait être l'impact d'une balle. Mais le verre lui-même avait éclaté sous l'effet de la chaleur, et on ne put aboutir à aucune certitude.

On pensa évidemment au tireur fou. Il fut arrêté quelques jours plus tard. Il avoua ses actes sans difficulté, et même avec forfanterie, comme le font parfois les maniaques de son espèce, mais il nia farouchement avoir tiré ce soir-là sur une voiture. Son alibi finit par être vérifié. Il était impossible en effet que ce fût lui.

Toutes les suppositions restent donc possibles.

En particulier on n'écarta pas l'hypothèse que quelqu'un aurait pu prendre la place du tireur fou pour maquiller son crime. Sergio avait beaucoup roulé avec la voiture de Florian Leurien, et beaucoup de personnes l'ont aperçu au volant de l'Alfa Romeo. Les assassins qu'il redoutait l'auraient retrouvé, d'autant plus facilement qu'il était venu au même endroit où, quatre ans plus tôt, eux ou d'autres terroristes avaient repéré la maison du metteur en scène et de sa compagne. Ainsi ils auraient tué Florian Leurien en croyant abattre Sergio, à moins qu'ils n'aient voulu tuer les deux.

En effet, depuis ce jour, on n'a retrouvé aucune trace de Sergio.

Composition Charente Photogravure.
Impression Normandie-Impression S.A.
à Alençon, le 17 février 1989.
Dépôt légal : février 1989.
Numéro d'imprimeur : 890337.
ISBN 2-07-071536-1/Imprimé en France.